벨맨 앤드 블랙

벨맨 앤드 블랙
BELLMAN & BLACK
by Diane Setterfield

벨맨 &앤드 블랙

BELLMAN & BLACK

다이앤 세터필드
이진 옮김

DIANE SETTERFIELD

비채

새총에 관해 내가 알아야 할 모든 것을 가르쳐주신
나의 부모님
폴린 세터필드와 제프리 세터필드를 위하여

떼까마귀를 보게 될 것이다.
익숙하다고 쉽게 보아 넘기지 마라.
떼까마귀는 찬란한 비밀의 하늘 망토를 두르고 있다.
그는 당신이 생각하는 그런 새가 아니다.

— 마크 코커, 《크로 컨트리》

비록 그런 것들을 알 리 없는 사람들이 지껄이는 소리겠지만, 삶의 마지막 순간에 이르면 눈앞에 살아온 삶 전체가 펼쳐진다는 얘기를 들은 적 있다. 그게 사실이라면, 냉소적인 사람은 윌리엄 벨맨이 그의 삶을 채워온 수많은 계산들, 계약들, 사업상의 거래들을 되새기며 삶의 마지막 순간을 보낼 거라 생각할 것이다. 실제로, 그가 저세상과의 경계선, 우리 모두가 앞서거니 뒤서거니 하며 결국 다가서게 되는 그 경계에 섰을 때, 그의 의식은 이미 그 미지의 영역으로 건너간 사람들에게로 흘러갔다. 그의 아내, 세 아이들, 그의 백부, 사촌, 어린 시절의 친구들. 그가 떠나보낸 사람들과 사랑하는 사람들을 떠올리고 난 뒤에도 죽음까지 얼마간 시간이 남아 있을 때, 마지막 한 번 기억의 행위를 할 수가 있었다. 그의 의식의 고고학 속에 사십 년 가까이 묻혀 있던 것을 파내어보니, 그곳에 떼까마귀 한 마리가 있었다.

지금부터 설명을 하겠다.

윌리엄 벨맨이 열 살이 되고 나흘이 지난, 생일의 기쁨이 채 가시지 않은 어느 날이었다. 그는 친구들과 함께 강과 숲 사이의 들판에 있었다. 떼까마귀들이 날개를 퍼덕이며 급강하하여 먹이를 찾아 힘차게 땅을 쪼아대는 들판이었다. 벨맨 방직공장의 예비 상속자인 찰스는 윌리엄의 사촌이었다. 두 사람의 아버지는 형제지간이었지만, 그게 말처럼 간단하진 않았다. 프레드는 제과점 집 장남이었다. 그의 어머니는 낙농가 출신이었다. 휘팅포드에서 가장 잘 먹은 아이로 통한 프레드는 실제로 어려서부터 빵과 크림을 풍족하게 먹고 자란 듯 보였다. 그는 흰 치아와 튼튼한 골격을 덮은 탄탄한 피부를 지녔으며, 언젠가 물려받을 제과점 얘기를 즐겨 했다. 루크는 대장장이의 아이였다. 그에겐 물려받을 유산이 없었다. 형들이 너무 여럿이었다. 그의 밝은 적갈색 머리카락은 몇 마일 밖에서도 눈에 띄었다. 적어도 깨끗할 때 그렇다는 얘기였다. 루크는 학교와 담을 쌓았다. 딱히 학교를 다녀야 하는 이유를 알지 못했다. 매 맞는 게 목적이라면 집에서도 충분했다. 너무 심하게 굶주렸을 때를 제외하면 집과도 담을 쌓았다. 먹을 것이 없을 때는 훔쳤다. 남자애는 먹어야 하니까. 그는 윌리엄의 어머니에게 지극히 헌신적이었다. 그녀는 그에게 때때로 빵과 치즈를 내주었고 죽은 닭을 내어준 적도 있었다.

소년들은 제각기 다른 삶을 살고 있었지만, 여름이 시작되면서 몰려 다니게 되었다. 바로 나이 때문이었다. 그들 모두 같은 해 같은 달에 태어났다. 그 상징성의 위력은 그들에게 일종의 물리적인 힘으로 작용했고, 8월의 나날이 하루 또 하루 지나갈 때, 그들을 수풀과 들판으로 이끈 것은 단지 우정만은 아니었다. 그것은 경쟁이었다.

그들은 경주를 했고, 나무를 탔으며, 모의 전투와 팔씨름 시합에 열을 올렸다. 들판을 일 미터 가를 때마다 조금 더 빨라졌고, 나뭇가지를 하나 더 오를 때마다 지평선이 넓어졌다. 그들은 서로를 부추겼고, 도전을 마다하지 않았으며, 점점 더 큰 위험을 감수했다. 긁힌 자국을 비웃었고, 멍은 영예의 배지였으며, 상처는 트로피였다. 매일 매 순간, 그들은 자신을 이 세상과 서로에게 견주었다.

열 살하고 나흘이 되었을 때 윌리엄은 이 세상에 그리고 자기 자신에 만족했다. 아직 어른이 되려면 멀었고, 자신도 그 사실을 알고 있었지만, 그럼에도 더 이상 어린애는 아니었다. 여름 내내 어머니의 오두막 뒤 나무들 틈에서 들려오는 떼까마귀들의 서늘한 울음소리에 일찌감치 잠에서 깨었고, 내면에서 힘이 자라고 있음을 느꼈다. 그는 부엌과 정원을 넘어섰으며, 강과 나무와 숲은 이제 그의 영역이었고, 하늘도 그의 것이었다. 아직 배울 것이 많았지만 지금껏 그의 삶의 모든 것을 배운 방식으로, 수월하게 그것들을 배우리라는 것을 알았다. 그리고 그 배움의 시간 동안 새롭고도 가슴 벅찬 정복의 기쁨을 맛보았다.

"나 저 새 맞출 수 있어." 멀리 있는 나무의 멀리 있는 나뭇가지를 가리키며 윌리엄이 말했다. 집 근처에 있는 참나무 중 한 그루였고 덤불숲에 반쯤 가려진 그의 집도 보였다.

"안 될걸!" 루크가 말하고는 둑 위로 기어 올라와 먼 곳을 가리키며 곧바로 다른 아이들에게 소리쳤다. "윌이 저 새 맞출 수 있대!"

"어림도 없어!" 다른 두 명이 소리쳤지만, 그러면서도 그의 도전을 구경하려고 모여들었다.

그 새는 떼까마귀 혹은 까마귀였다. 사정권을 한참 벗어나 들판

중간쯤의 나뭇가지에 앉아 있었다. 윌리엄은 허리에서 새총을 꺼내 과장된 동작으로 돌멩이를 찾았다. 최고의 미사일을 찾는 일에는 일종의 신비감이 담겨 있었다. 적합한 돌멩이를 고를 줄 안다는 평판은 참으로 소중한 것이어서 크기와 매끄러움, 질감, 그리고 빛깔을 비교하는 긴 대화가 이어지게 마련이었다. 대리석은 훌륭했지만 기꺼이 대리석 돌멩이를 잃어버려도 좋은 아이는 없었다. 윌리엄의 남다른 직감에 따르면 둥글고 매끄러운 돌멩이라면 뭐든 괜찮았지만, 그 역시 여느 남자아이들과 마찬가지로 신비감을 가미하는 일의 중요성을 알았고, 그래서 뜸을 들였다.

그러나 정작 아이들의 관심을 끈 것은 그의 새총이었다. 미사일을 찾으러 가면서 윌리엄은 사촌 찰스에게 새총을 맡겼다. 찰스는 처음엔 무심히 무기를 받았지만, 훌륭한 균형감을 느끼고 좀 더 찬찬히 살펴보았다. 손잡이에서 뻗어나온 Y자 모양의 갈래는 자연의 것이라기엔 너무도 완벽했다. 숲 전체를 샅샅이 뒤진다 해도 그런 Y자를 찾기 힘들 것이었다. 윌리엄은 눈이 밝은 아이였다.

프레드가 다가와 새총을 살펴보았다. 그가 얼굴을 찌푸렸고 마치 실망스러운 버터의 맛을 보았을 때처럼 입꼬리가 쳐졌다.

"개암나무가 아니잖아."

윌리엄은 돌멩이를 찾느라 고개를 들지 않고 말했다. "개암나무가 자르기는 쉽겠지. 하지만 꼭 그걸 쓸 필요는 없어." 그는 칼을 갈았고, 나무에 올라갔으며, 눈여겨보아둔 모양을 정확하게 잘라내기 위해 공들여 베었다. 딱총나무는 적당히 단단할 정도로 늙었고 적당히 유연할 정도로 어렸다.

투석끈은 눈에 익었다. 윌리엄은 전에 쓰던 끈을 다시 사용했는데, 너무 늘어난 신발의 혀에서 잘라낸 것이었다. 날카로운 칼날로 작고 깔끔하게 칼집을 낸 덕분에 가죽이 늘어나면서 조그만 미사일을 고정할 수 있었다. 그러나 새총의 한 가지 요소만큼은 너무도 새로웠다. 투석끈을 고정하는 자리에 윌리엄은 이 센티미터 너비의 얕은 홈을 파두었다. 투석끈에 연결된 가느다란 가죽 끈이 홈의 중심에 매듭으로 묶여 있었다. 그런데 그 매듭의 위와 아래에도 가죽 끈이 감겨 있었다. 매듭은 감아놓은 두 개의 가죽끈 사이에 안정적으로 고정되었다. 찰스는 감탄하며 줄을 어루만졌다. 섬세한 솜씨였지만 굳이 그렇게까지 해야 하는 이유를 알 수 없었다.

"이건 뭐야?"

가죽끈을 감아놓은 부분을 손끝으로 어루만지며 루크가 물었다. "끈이 미끄러져 내려가는 걸 막으려고?"

윌리엄이 어깨를 으쓱했다. "시험하는 중이야. 아직까진 안 움직였어."

그때까지 그들은 그토록 완벽한 새총이 존재할 수 있다는 사실을 알지 못했다. 새총이란 하나님의 뜻에 따라, 우연에 따라, 위험 요소에 따라 좋을 수도 있고 나쁠 수도 있는 물건 정도로만 여겼다. 새총을 사용한다는 것은 운명에 맞서 자신의 운을 시험하는 것이었고, 오십 퍼센트는 실패했다. 그러나 윌리엄의 새총에는 우연이라곤 없었다. 그것은 만들어지고, 고안되었으며, 설계되었다.

루크는 투석끈의 강도를 시험해보았다. 탄력은 충분했지만 이 부러운 새총에 무언가 보태고 싶은 마음을 억누를 수 없었다. 그는 손끝에 침을 뱉어 가죽에 묻혔다.

마침내 만족스러운 돌멩이를 찾았을 때 윌리엄은 새가 여전히 그 자리에 있는 것을 확인하고 놀랐다. 그는 새총을 돌려받고 돌멩이를 장전했다. 윌리엄은 노련했다. 눈은 밝고, 손은 안정적이었다.

연습도 많이 했다.

새는 너무 멀리 있었다.

소년들은 무기에서 표적으로 시선을 돌리며 미소를 짓고 고개를 저었다. 윌리엄의 허세는 너무도 터무니없어서 윌리엄 자신도 어느 정도는 그들과 함께 자신을 비웃었다. 그러나 십 년간 축적된 관찰, 성장, 기량, 힘이 그의 내면에서 준비되어 있었고 어느 순간 친구들의 목소리가 들리지 않았다.

그의 시선이 미사일과 표적 사이의 곡선을, 그 불가능한 곡선을 좇았다. 그동안 그의 두뇌는 계산하고, 눈금을 매겼으며, 도구에 지시를 내렸다. 그의 발이 위치를 고쳤고, 무게중심이 반듯하게 고정되었고, 다리와 등, 어깨의 근육이 준비를 마쳤으며, 새총을 잡은 손가락이 정밀하게 움직였고, 양손이 새총의 긴장도를 시험했다. 그가 투석끈을 당겼다.

돌멩이를 쏘는 순간, 혹은 그 직전, 멈추기에는 이미 너무 늦었음을 깨달았던 바로 그 순간, 그는 그것이 완벽의 순간임을 알았다. 소년, 새총, 돌멩이. 두뇌, 눈, 몸. 그는 분명히 알았고, 미사일은 발사되었다.

돌멩이가 예정된 탄도를 따라 날아가기까지 긴 시간이 흘렀다. 혹은 그렇게 보였다. 윌리엄에겐 그 새가 날개를 퍼덕거리며 나뭇가지 위로 후르륵 날아올라주기를 바라기에 충분한 시간이었다. 돌멩이가 아무도 해치지 않고 땅에 떨어지고 하늘에서 까마귀의 기분 나쁜 웃음소리가 그들을 조롱해주기를 바라기에 충분한 시간이었다.

검은 새는 움직이지 않았다.

돌멩이가 곡선의 정점을 찍고 하강을 시작했다. 소년들은 조용해졌다. 윌리엄도 조용했다. 온 우주가 조용했다. 오직 돌멩이만이 움직였다.

아직 시간이 있다고 윌리엄은 생각했다. 소리를 질러 새를 쫓아 버릴 수도 있다고. 그러나 그의 혀는 입안에서 얼어붙었고 그 순간은 길고도 느리게, 마비된 상태로 시간 속에서 뻗어나갔다.

돌멩이가 자신의 여정을 마쳤다.

검은 새가 떨어졌다.

소년은 텅 빈 나뭇가지를 얼떨떨한 상태로 바라보았다. 정말 그 일이 일어난 건가? 설마 그럴 리가! 하지만 그들은 보았다. 세 소년의 머리가 윌리엄을 돌아보았다. 윌리엄의 시선은 새가 앉아 있던 가지에 고정되었다. 그는 여전히 새가 떨어지는 장면을 보고 있었고, 그 장면을 이해하려 애쓰고 있었다.

프레드가 엄청난 고함으로 침묵을 깼고, 세 소년은 들판을 가로질러 나무 쪽으로 달렸다. 루크는 나무 밑동과 고랑에 걸려 비틀거렸고, 항상 꼴찌였다. 뒤늦게 윌리엄도 달려갔다. 윌리엄이 나무 밑에 웅크리고 있는 소년들 쪽으로 다가섰다. 그들이 윌리엄을 위해 자리를 내주었다.

거기, 풀밭 위에. 새. 떼까마귀 한 마리. 아직 부리가 검은 어린 새.

그렇다면, 사실이었군. 그가 해냈다.

윌리엄은 가슴속에서 무언가가 꿈틀거리는 것을 느꼈다. 마치 장기 하나를 떼어내고 그 자리에 낯선 무언가를 집어넣은 것처럼. 그가 상상조차 해본 적 없는 감정이 내면에서 자라났다. 그 감정이 혈관을 따라 사지로 스며들었다. 머릿속에서 부풀어 올랐고, 귀를 먹먹하게 했으며, 목소리를 차분하게 했고, 손가락 발가락에 쌓여

갔다. 적절한 표현이 떠오르지 않아 잠자코 있었지만, 그는 그 감정이 뿌리를 내리고 아예 자리를 잡는 것을 느꼈다.

"우리가 묻어주자." 찰스가 말했다. "의식을 치르자."

특별한 사건을 기념하기 위한 의식을 치르자는 생각은 공감을 얻었다. 그러나 의식을 어떻게 치를 것인지 합의하기도 전에, 우스울 정도로 조심스러운 동작으로, 루크가 새의 날개 끝을 잡아 살짝 벌려보았다. 나뭇잎 사이로 스며든 한 줄기 햇살이 죽은 짐승을 비추었고 그 순간 검정은 단순한 검정이 아니었다. 검정 빛을 띤 파란색, 보라색, 초록색이 쏟아져 나왔다. 이것은 평범한 색의 발현이 아니었다. 색은 움직이고 일렁였으며 살아 있는 듯 선명해서 사람의 눈과 마음에 술수를 부렸다. 소년들은 어쩌면 새가 죽지 않은 건 아닐까 잠시 생각했지만 새는 죽었다. 당연히 죽었다.

소년들이 웅성거리다가 다시 한번 윌리엄을 보았다. 이 아름다움 역시 그의 것이었다.

대범해진 루크가 새를 집었다.

"윽!"

그는 새의 주검을 프레드 쪽으로, 찰스 쪽으로 흔들었고 두 소년이 놀라 비명을 지르자 안도감에 웃으며 뒷걸음질했다. 윌리엄 쪽으로는 흔들지 않았다. 프레드가 죽은 짐승을 가지고 장난을 치기 시작했다. 새의 날개를 만지고 나는 시늉을 하면서 까악까악 우는 소리를 냈다. 윌리엄은 힘없이 웃었다. 그의 배 속에 격한 감정의 후유증이 남아 있었다. 그의 폐는 지쳤다.

얼마 후 프레드는 축 늘어진 조그만 몸뚱이 속에서 어떤 불쾌함을 느꼈다. 모두 그랬다. 힘없이 축 늘어진 머리, 제자리에 박혀 있지 않은 깃털들. 프레드는 넌더리를 내며 시체를 던졌다.

새를 묻어주자는 얘기는 없던 일이 되었고 이제 그들의 관심은 새가 아닌 새를 죽인 돌멩이로 향했다. 그 돌멩이는 특별한 가치를 지니게 되었다. 그들은 그로부터 한참 동안, 비슷한 돌멩이를 하나씩 들어보며 그 돌멩이를 찾아 다녔다.

"너무 커." 소년들이 의견을 모았다.

"색깔이 달라."

"거기 그거, 그런 무늬 없었어."

도무지 그 돌멩이를 찾을 수가 없었다. 기적을 일구어낸 돌멩이는 자신의 특별함을 벗어던지고 여느 돌멩이와 구분되지 않는 상태로 어딘가에 뒹굴고 있었다.

아무리 생각해도 그것은 돌멩이가 한 일이 아니었다고 찰스가 말했고, 모두 동의했다. 그것은 윌리엄이 한 일이었다.

그들은 그 얘기를 하고 또 했고, 서로를 위해 그 행위를 재현했다. 그들은 가상의 새총으로 가상의 떼까마귀 한 교구를 죽였다.

윌리엄은 잠자코 있었다. 열 살배기 영웅에게 으레 그러듯 아이들은 그를 격하게 괴롭히고 밀쳤다. 그는 미소 지었고, 멀미를 했으며, 우쭐해했고, 창피해했으며, 죄책감을 느꼈다. 그는 씩 웃고 겸연쩍어하며 아이들을 밀쳐냈다.

해가 낮게 저물며 하늘이 서늘해졌다. 가을이 오고 있었고, 배가 고팠다. 집으로 돌아갈 시간이었다. 소년들은 헤어졌다.

윌리엄의 집이 가장 가까웠고, 몇 분이면 어머니의 부엌에 들어갈 수 있었다.

언덕 꼭대기의 무언가가 그를 돌아보게 만들었다. 윌리엄은 새가 떨어진 자리를 다시 보았다. 그들이 자리를 뜨고 나서 잠시 후 떼까마귀들이 몰려왔다. 떼까마귀 열다섯 마리에서 스무 마리 정도가 참나무 꼭대기에서 원을 그리며 맴돌았다. 사방에서 더 많은 까마귀들이 날아들었다. 까마귀들이 하늘을 뒤덮었고, 검은 점으로 이루어진 실타래가 풀어진 것처럼 한곳으로 모여들었다. 그들이 차례로 나뭇가지에 내려앉았다. 여느 때 같으면 이런 집회에는 서로를 부르는 자갈처럼 거친 지저귐이 수반되게 마련이었다. 하지만 이번 모임은 달랐다. 이 모임은 의도와 목적이 분명한 정적 속에서 진행되었다.

나뭇가지에 앉은 모든 새가 윌리엄 쪽을 보고 있었다.

윌리엄은 둑에서 뛰어내려 집으로 달렸다. 그 어느 때보다도 빠르게. 마침내 문손잡이를 잡았을 때 그는 감히 뒤를 돌아보았다. 하늘은 텅 비어 있었다. 나뭇가지를 보았지만 거리가 먼 데다 저무는 햇살에 눈이 부셔서 그의 눈에 보이는 것이 까마귀인지 나뭇잎인지 분간하기 어려웠다. 어쩌면 그는 수많은 눈들이 자신을 보고 있다고 상상했을지도 모른다.

처음엔 그의 친구들 중 한 명이 다시 참나무로 돌아갔다고 생각했다. 참나무 아래, 그가 서 있던 자리에 한 소년이 서 있었다. 찰스라기엔 너무 작았고, 프레드라기엔 너무 말랐고, 루크처럼 머리가 붉지도 않았다. 더구나 빛과 어둠이 조화를 부린 것이 아니라면, 소년은 검은 옷을 입고 있었다.

눈 깜짝할 사이 소년이 사라졌다. 아마도 숲을 지나 집으로 돌아가는 길인가 보았다.

윌리엄이 문손잡이를 돌리고 집 안으로 들어갔다.

"무슨 일 있니?" 그의 어머니가 물었다.

그날 저녁 내내 윌리엄은 조용했고 어머니는 그가 창백하다고 생각했다. 물어보아도 별 소득이 없었고 어머니는 이제 아들도 비밀을 가질 나이라고 생각했다.

"명심해라. 일주일 있으면 찰스하고 같이 학교에 가야 한다는 거."

그녀가 수프를 부어주려고 곁으로 다가서자 윌리엄이 살며시 몸을 기댔다. 그녀가 한 팔을 두르자 아들은 이제 자기도 열 살이라고 일깨워주는 대신 잠자코 있었다. 이 겁 없는 녀석도 옥스퍼드로 떠나야 하는 게 영 불안한 건가? 그날 밤, 날이 춥지도 않았건만 어머니는 윌리엄의 방에 불을 지피고 초를 켜두었다. 그리고 한 시간 뒤 아들에게 키스해주려고 방으로 가서 잠든 아들의 얼굴을 보았다. 이렇게 창백할 수가. 이 아이가 정말 내 아들인가? 아이들이란 느닷없이 상태가 달라지곤 했다.

이제 겨우 열 살인 이 아이를 벌써 떠나보내야 하다니. 그리고 그 순간, 그녀는 찌릿한 통증을 느끼며 생각했다. 어쩌면 이미 떠나보낸 건지도 모르겠다고.

다음 날 윌리엄은 열이 끓는 상태로 깨어났다. 그리고 침대에 누워 어머니의 간호를 받으며 그 주의 반을 보냈다. 갈수록 피가 뜨거워지고 땀을 흘리고 아파서 울면서, 윌리엄은 열 살 소년의 천재성과 힘으로 자신의 삶에서 가장 큰 위업을 이루었다. 바로 잊는 일이었다.

대체로 성공적이었다.

&

떼까마귀는 실제로 들여다보기 전까지는 친근하게 느껴진다.

떼까마귀의 깃털은 자연이 만들 수 있는 것들 중 가장 휘황찬란하게 아름다운 것이다. 소년들이 그날 보았듯 떼까마귀의 날개는 눈부신 공작의 빛깔로 반짝일 수 있지만, 사실만을 놓고 얘기하자면 떼까마귀는 파란색이나 보라색이나 초록색을 지니고 있지 않다. 등과 머리는 공단의 검정이고, 앞가슴과 다리 쪽은 벨벳의 검정처럼 보드라워지고 깊어진다. 단순한 검정이 아니다. 검정보다 더 검다. 떼까마귀의 검정은 다른 어떤 생명체에서도 볼 수 없는 검정의 향연이다. 떼까마귀는 그야말로 검정의 결정체이다.

그런데 어떻게 그런 찬란한 빛깔을 내느냐고?

글쎄. 떼까마귀는 일종의 마술사다. 그의 검은 깃털은 매혹적인 시각적 효과를 일으킨다.

"아하!" 당신은 이렇게 외칠 것이다. "그렇다면 단지 환영일 뿐이군!"

전혀 그렇지 않다. 떼까마귀는 온갖 속임수로 가득 찬 모자를 쓰고 당신의 눈을 현혹하는 마술사가 아니다. 사실 그 반대다. 진정한 의미의 마술사랄까. 당신의 눈에게 물어보라. **빛은 무슨 색깔인가?** 당신의 눈은 대답할 수 없다. 그러나 떼까마귀는 대답할 수 있다. 까마귀는 빛을 포착하고, 빛을 쪼개고, 그 일부를 흡수하고, 유쾌한 시각적 효과를 일으키며 나머지를 반사하여 당신의 미천한 눈으로는 볼 수 없는 빛의 진실을 보여준다.

그가 깃털 속에 숨긴 비밀은 단지 황홀한 색의 향연만은 아니다. 지극히 드물지만, 그 장관을 목격한 증인이 몇 명 있다. 화창한 여름날 햇빛을 받으면 떼까마귀는 검정에서 천사의 하양으로 변한다. 그는 거울처럼 환하게 빛나며 자신의 순백색을 향유한다.

그가 지닌 아름다움과 그가 자신의 외모로 만들어내는 놀랍고도 마술 같은 변화무쌍함을 감안할 때, 왜 아무 들판에서나 유충을 잡아먹는 그의 모습을 흔히 볼 수 있는지 궁금해질 것이다. 왜 이토록 특별한 짐승이 공주들의 소유물이 되어 번쩍이는 새장 안에 살면서 제복 입은 하인들이 은쟁반에 담아 넣어주는 맛난 식사를 하며 살지 않는 것일까. 유니콘이나 그리핀, 용들과 어울려야 마땅할 그들이 왜 한낱 소들과 시간을 보내는 것일까.

그 대답은 이렇다. 떼까마귀는 본인이 원하는 삶을 산다. 그가 인간들과 어울리는 데서 기쁨을 얻는다면 왕관 쓴 아가씨보다 술 취한 시인이나 거친 눈의 노파를 찾아 나설 것이다. 하지만 기회가 닿는다면 용의 간이나 유니콘의 혀를 살짝 맛보는 것도 즐길 것이고, 기회가 주어진다면 그리핀의 살점도 마다하지는 않을 것이다.

떼까마귀의 집합명사는 수도 없이 많다. 어떤 지역에서는 떼까마귀한 **교구**라고 부른다.

PART

1

진정, 떼까마귀는
당신이 생각하는 것보다 훨씬 더 많은 것을 보고
당신이 생각하는 것보다 훨씬 더 많은 것을 듣고
당신이 생각하는 것보다 훨씬 더 많은 것을 생각한다.

— 보스웰 스미스 목사, 《버드 라이프 앤드 버드 로어》

1

일주일 중 엿새는 덜그럭거리고, 쿵쿵거리고, 철컹거리고, 우르 릉거리는 벨맨 방직공장의 소음이 버포드 로드 일대에 울려 퍼졌 다. 묵직하게 오가는 직조기의 북이 내는 소리는 그나마 가장 작은 소음이었고, 이 모든 분주한 움직임의 동력을 공급하는 물레바퀴 를 돌리는 윈드러시 강물이 철썩거리는 소음도 있었다. 그 소리가 얼마나 요란한지, 하루가 끝나고 직조기의 북이 마침내 움직임을 멈춘 채 창고에 들어가고 물레바퀴가 멎은 뒤에도, 일꾼들의 귀는 여전히 그 모든 소음의 진동으로 울렸다. 그들이 아담한 오두막으 로 돌아간 뒤에도 그 울림은 여전히 남아 있었고, 밤이 되어 잠자 리에 들어도 그대로였고, 때로는 꿈속에서도 들렸다.

새를 비롯한 작은 짐승들은 평일 동안에는 벨맨 방직공장과 거 리를 두었다. 오직 떼까마귀들만이 그 소음을 음미하기라도 하듯 방앗간 위를 날아다닐 정도로 대범했고, 심지어 그 음악에 자신들 의 거친 음색을 보태기까지 했다.

그러나 오늘은 일요일이라 방앗간은 고요했다. 윈드러시 강 건너 번화가에서, 사람들은 다른 종류의 소음을 내고 있었다.

떼까마귀—혹은 까마귀, 그 둘을 분간하기란 어렵다— 한 마리가 교회 지붕에 침착하게 앉아 고개를 비스듬히 하고 귀를 기울이고 있었다.

"오 내게 머무소서
내 안의 성령의 힘,
슬픔, 두려움, 그리고 죄에서 구하시어
찬란한 영광을 내리소서."

찬송가 첫 구절에서 신자들은 마치 장날의 양 떼처럼 음정을 놓치고 허둥거렸다. 어떤 사람들은 그것을 목소리 큰 사람이 이기는 시합으로 여겼다. 노래 부르는 것보다 더 나은 취미를 가진 사람들은 최대한 빨리 마지막 소절로 달려가고 싶어한 반면, 앞으로 치고 나가기를 두려워하는 사람들은 십육분음표 정도 뒤처지며 안전을 택했다. 노래 부르는 사람들의 옆과 뒤에는 청력이 예전 같지 않은 방직공장 노동자들이 있었다. 그들은 밋밋한 저음으로 배경음을 깔았다. 마치 끼어서 움직이지 않는 오르간 페달처럼.

교회에는 다행히 성가대가 있었고, 성가대에는 다행히 윌리엄 벨맨이 있었다. 힘들이지 않고 뻗어나오는 그의 맑은 테너 음성이 일종의 나침반 역할을 했고, 사람들은 그 목소리에 맞추어 북쪽을 찾고 나아갈 방향을 알았다. 그 목소리는 집결시켰고 훈련시켰으며 조준할 목표를 제공했다. 그 목소리의 진동은 잘 듣지 못하는 사람들의 고막까지 자극했고, 귀머거리들이 내는 밋밋한 저음마저도 얼추 음악 비슷한 무언가로 끌어올렸다. 비록 신자들이 '슬픔,

두려움, 그리고 죄' 대목은 제멋대로 불렀지만, 윌리엄 덕분에 '어서 오라 기쁨의 그날이여'에서는 박자가 마침내 합의에 도달했고, '오래된 것들이 마침내 생을 마칠 때'에서는 음정을 회복했으며, 마지막 구절인 '영원한 환희'에 이르렀을 땐 여느 신도의 찬송가처럼 그런대로 들어줄 만했다.

찬송가의 마지막 음정이 잦아들면 곧바로 교회의 문이 열리고 신자들이 앞뜰로 몰려나갔다. 그들은 뜰에서 이야기를 나누며 가을 햇살을 즐겼다. 그중에 두 여자가 있었다. 한 명은 나이가 많고 한 명은 어렸으며, 두 사람 다 코르사주, 브로치, 리본, 장신구로 한껏 멋을 부렸다. 그들은 이모와 조카였는데, 실상은 그렇지 않다고 수군대는 사람들도 있었다.

"노래 참 잘하지 않아요? 매일 일요일이면 좋겠다니까." 어린 여자가 이모에게 애처롭게 말했고, 우연히 그 말을 들은 맥스터 부인이 대답했다. "윌리엄 벨맨의 목소리를 일주일 내내 매일 밤 듣고 싶으면, 레드 라이언 창가에 귀를 대보면 되겠네." 그녀의 말에 담긴 저의가 조금 떨어져 있던 윌리엄의 어머니에게도 전해졌다. "물론, 듣기에 좋다고 해서 영혼에도 좋으란 법은 없지만."

도라는 온화하고 덤덤한 표정으로 그 얘기를 들었다. 그녀 쪽으로 걸어오는 남자에게도 같은 표정을 지어 보였다. 그는 도라의 시숙媤叔이었다.

"말해봐요, 도라. 레드 라이언의 창가를 서성이는 가엾은 영혼들의 심기를 건드리는 것 말고, 윌리엄은 무얼 하며 지내나요?"

"존 데이비스의 농장에서 일하고 있어요."

"농장 일을 좋아하나요?"

"윌리엄을 아시잖아요. 늘 행복한 아이예요."

"데이비스의 농장엔 얼마나 있을 작정인가요?"

"일이 있는 한 거기 있겠죠. 다른 일이 있으면 언제든 거길 떠날 생각은 있어요."

"윌리엄이 좀 더 안정적인 일을 하길 바라지 않으세요? 전망이 있는 일이라든가?"

"어떤 일을 말씀하시는 건데요?"

그를 바라보는 그녀의 얼굴에 너무도 많은 이야기가 담겨 있었다. 오래된 이야기이고 쓸쓸한 이야기였다. 그녀를 바라보는 그의 얼굴에 **당신 말도 다 맞아요, 하지만**……이라는 말이 담겨 있었다. "이제 아버지가 연로하셔서, 내가 공장을 책임지고 있어요." 도라가 반발했지만 그가 그녀의 말을 잘랐다. "다른 사람들 얘기 들먹이는 게 불쾌하다면 안 할게요. 하지만 **내가** 당신에게 해를 입힌 적이 있었나요, 도라? **내가** 어떤 식으로든 당신과 윌리엄에게 상처 준 적이 있나요? 내가 공장을 맡고 있으니, 윌리엄에게도 전망과 안정감, 미래를 줄 수 있어요. 그 일을 막는 게 과연 옳을까요?"

그가 기다렸다.

"당신은 나한테 어떤 식으로든 잘못한 게 없어요, 폴." 마침내 그녀가 말했다. "저에게 원하는 대답을 듣지 못하면, 윌리엄한테 직접 물어볼 생각인가요?"

"모두가 합의에 도달할 수 있도록 빠른 시일 내에 그렇게 할 겁니다."

성가대원들이 옷을 갈아입고 교회를 나서고 있었고, 윌리엄도 그들 틈에 있었다. 여럿의 시선이 윌리엄에게 향했다. 노래도 잘했지만 외모 또한 빼어났다. 그는 백부와 똑같은 짙은색 머리카락, 지적인 이마, 한 번에 많은 것을 간파하는 눈을 지녔다. 건장한 체격에서는 기품과 편안함이 배어났다. 그날 교회의 뜰에 있던 젊은 여자들 중 윌리엄 벨맨의 품에 안기면 어떨지 상상한 사람은 한 명 이상이었다. 그리고 한 명 이상의 젊은 여자가 실제로 그 기분을 맛보았다.

어머니를 보자 그의 미소가 더 환해졌다. 그가 한 손을 들어 인사했다.

"저 아이에게 맡길게요." 그녀가 폴에게 말했다. "본인이 결정할 문제니까요."

두 사람이 헤어졌고, 도라는 윌리엄에게로, 폴은 혼자 집으로 향했다.

결혼에 관해서만큼은, 폴은 아버지와 동생의 실수를 되풀이하고 싶지 않았다. 금화 자루를 거머쥔 멍청한 여자도 싫지만, 빈손의 사랑과 미녀도 싫었다. 앤은 지혜롭고 착한 여자였지만 그녀의 지참금은 염색공장 건물을 겨우 마련할 정도였다. 합리적인 판단으로 중도를 선택한 덕분에 그는 화목한 가정, 원만한 교우관계, 그리고 염색공장을 얻었다. 그러나 그것은 분별력과 확고한 이성으로 그가 스스로를 다그쳤기 때문이었다. 그는 애정 어린 남편이라면 응당 그래야 하듯 아내의 죽음을 슬퍼하지 않았고, 고통스러울 정도로 정직한 순간에는 자신의 제수에게 적절치 못한 감정을 품고 있음을 시인했다.

도라와 윌리엄은 집으로 돌아갔다.

교회 지붕의 떼까마귀가 여유롭게 날개를 파닥이더니, 가뿐하게 날아올라 멀리 날아갔다.

"저, 그 일 해보고 싶어요." 조그만 부엌에서 윌리엄이 어머니에게 말했다. "그래도 괜찮죠?"

"안 괜찮으면?"

그가 싱긋 웃으며 한 팔을 그녀의 어깨에 둘렀다. 열일곱 살의 나이, 제 어머니의 키를 훌쩍 넘어선 기쁨은 여전히 새로웠다. "제가 되도록 어머니 속 안 썩이려 애쓰는 거 아시잖아요."

"바로 그게 문제야."

그로부터 얼마 후, 덤불에 가려진 한적한 곳, 윌리엄의 한쪽 팔이 누군가의 어깨에 둘러져 있었다. 그의 다른 손은 페티코트에 가려져 보이지 않았고, 여자는 좀 더 천천히, 더 빠르게, 혹은 압력의 변화를 지시하기 위해 때때로 자신의 손을 그의 손 위에 포갰다. 점점 나아지고 있다고 그는 생각했다. 처음엔 그녀가 줄곧 손을 올려놓았었다. 이끼 위에서 여자의 흰 다리는 더욱 희어 보였고, 부츠는 신고 있었다. 들키기라도 하는 날엔 곧바로 도망쳐야 했다. 그녀의 숨결이 날카롭게 헐떡였다. 윌리엄은 쾌락의 소리가 고통의 소리와 너무도 비슷하다는 사실이 여전히 놀라웠다.

그녀가 갑자기 고요해졌고 몰입으로 얼굴이 살짝 찌푸려졌다. 그녀의 손이 그의 손을 얼마나 세게 누르는지 아플 지경이었고 흰 다리가 꽉 조여졌다. 그는 홀린 듯 그녀를 보았다. 붉게 물든 뺨과 가슴, 눈꺼풀의 떨림. 그 순간 눈을 감은 채로 그녀의 몸에서 긴장이 풀렸고, 목에 약한 맥박이 보였다. 잠시 후 그녀가 눈을 떴다.

"이젠 네 차례야."

그가 팔베개를 하고 누웠다. 그의 손으로 그녀에게 가르쳐줄 필요는 없었다. 지니는 자신이 할 일을 알고 있었다.

"내 위로 올라와서 제대로 해보고 싶지 않아?"

그녀가 하던 일을 멈추고 손가락 하나를 장난스럽게 흔들었다.

"윌리엄 벨맨, 난 언젠가 정숙한 부인이 될 거야. 벨맨의 아기가 내 앞길을 가로막게 할 수는 없어."

그녀가 하던 일로 돌아갔다.

"대체 날 뭘로 보는 거야? 아기가 생겼는데도 내가 결혼 안 할 것 같아?"

"바보 같은 소리 하지 마. 물론 하겠지."

그녀가 그를 어루만졌다. 적당히 부드럽게, 적당히 세게. 딱 알맞았다.

"그런데?"

"넌 좋은 남자야, 월. 네가 좋은 남자가 아니라고는 안 했어."

그가 그녀의 손을 잡아 멈추고, 그녀의 표정을 제대로 보려고 팔꿈치를 짚어 몸을 일으켰다.

"그런데?"

"월!" 윌리엄이 기어이 대답을 들을 작정임을 깨닫고 그녀가 머뭇거리며 조심스럽게 털어놓았다. "난 내가 원하는 삶이 어떤 건지 알고 있어. 안정적인 삶, 규칙적인 삶." 그가 계속하라는 신호로 고개를 끄덕였다. "그런데 너하고 결혼하면 어떻게 되겠어? 아무것도 알 수가 없겠지. 무슨 일이 일어날지 모르잖아. 넌 나쁜 남자는 아니야, 월. 하지만 넌……."

그가 도로 누웠다. 그의 머릿속에 무언가가 떠올랐고, 그가 다시 그녀를 보았다.

"마음에 둔 사람이 있구나!"

"아니야!" 그러나 화들짝 놀라며 붉어지는 얼굴에서 그녀의 본심이 드러났다.

"누군데? 누구야? 말해봐!" 그가 그녀를 붙잡고 간질였고, 두 사람은 잠시 어린아이로 돌아가 소리 지르고 웃고 장난쳤다. 그러다 다시 어른으로 돌아오자마자 두 사람은 목적을 완수하기 위한 작업에 착수했다.

저 위의 나뭇잎과 하늘에 다시 초점이 맞는 순간, 윌리엄은 자신의 두뇌가 진실을 알아냈음을 깨달았다. 그녀는 존경받는 남자를 원하고 있었다. 그녀는 노동자 계급이었고, 소박한 삶을 원치 않았다. 그녀가 때를 기다리면서 그와 시간을 때운다는 것은 그 사람이 아직 그녀에게 관심이 없다는 뜻이었다. 나이가 적당한 후보가 그리 많지 않았고, 그중 대부분은 이런저런 이유로 후보에서 제외되었다. 남아 있는 사람 중에 한 명이 두드러졌다.

"제과점 집의 프레드구나. 그렇지?"

지니가 기겁했다. 그 순간 그녀의 손이 입으로 날아갔다가 재빨리, 그러나 뒤늦게 그의 입을 막았다.

"말하지 마, 윌. 제발 부탁이야, 절대 말하지 마!" 그녀가 울음을 터뜨렸다.

그는 지니를 끌어안았다. "쉬. 말 안 할게. 누구한테도. 약속해."

지니가 흐느끼며 딸꾹질하다가 잠잠해지자 그가 그녀의 손을 잡았다. "지니! 화내지 마. 분명히 올해 안에 결혼하게 될 거야."

두 사람은 헤어졌고 서로 다른 시각에 집에 도착하기 위해 각자 다른 방향으로 걸었다.

윌리엄은 강 상류 쪽 다리를 건너, 강 건너 길을 따라 걷는 먼 길을 택했다. 초저녁이었다. 여름이 다가오고 있었다. 지니 일은 안타깝다고, 그는 생각했다. 지니는 좋은 여자였다. 배에서 나는 꼬르륵

소리가 어머니가 맛있는 치즈와 자두 스튜를 준비해놓고 기다리고 있음을 일깨워주었다. 그는 달리기 시작했다.

2

윌리엄이 손을 내밀었다. 그의 손에 닿은 손은, 소가죽처럼 질긴 두툼한 살갗이 마치 갑옷용 장갑 같았다. 그는 윌리엄의 손가락을 부러뜨릴 수도 있을 것이다.

"안녕하세요."

그들은 하역장에 있었고, 탁 트인 들판인데도 에스파냐에서 온 상자에서 풍기는 악취가 코를 찔렀다. "짐을 풀고, 세고, 무게를 다는 일이 전부 여기서 이루어지지." 폴이 설명했다. "러지 씨가 이곳 책임자이고. 우리하고 같이 일한 지가 벌써…… 얼마나 됐지요?"

"십사 년째입니다."

"오늘은 여섯 명이 이 작업을 할 거야. 어떤 날은 일꾼이 더 많고, 어떤 날은 좀 더 적고. 하역 건 수에 따라 달라져."

폴과 러지 씨는 십 분 동안 이야기를 나누었다. 함량 미달 상자들과 결산과 발렌시아와 카스티야*의 납품업체 이야기. 폴은 작업

---

* 둘 다 에스파냐에 위치한 도시이다.

순서에 따라 움직였다. 지렛대로 상자를 열어 기울였고, 악취와 함께 양털을 끌어내 갈고리에 걸었다. 그다음엔 무게를 달았는데, 마치 더러운 구름처럼 줄에 매달린 양털이 올라가고 마침내 무게의 균형이 잡히면, 러지가 무게를 기록하고 다음 상자를 가져오라고 지시했다. 작업이 진행되는 내내 러지는, 마치 발렌시아와 카스티야가 치핑노튼 바로 윗동네라는 듯, 폴에게 그곳에 대해 이야기했다. 다시 바닥으로 내려진 양털은 세척장으로 운반되었다. 윌리엄은 주의 깊게 관찰했고, 세심한 것 하나도 놓치지 않으려 애썼다. 그가 관찰하는 동안 그 자신도 관찰의 대상이 되었다. 대놓고 보는 사람은 없었다. 모두가 자신들의 일거리를 보고 있는 것처럼 보였다. 그러나 곁눈질로, 그리고 뒤통수에 달린 눈으로 윌리엄은 모두의 시선이 자신을 향하고 있음을 느낄 수 있었다.

윌리엄과 그의 백부는 당나귀를 따라 다음 단계로 이동했다.

"이쪽은 저의 조카 윌리엄 벨맨입니다." 폴 벨맨이 말했다. "윌리엄, 이쪽은 스미스 씨란다."

그의 손에 닿는 거친 손. "안녕하세요." 윌리엄이 관찰했다. 또 관찰당했다. 하루 종일 그런 식이었다.

양털이 세척되고, 건조되고, 털이 뽑혔다. 윌리엄은 한껏 집중했다. 정련, 빗질, 기름칠, 소모梳毛*, 시방始紡**. 그는 전부 다 기억해두려 애썼다.

"여기서 바로 염색실로 가서 울에 염색을 하는 경우도 있지만, 처리가 끝난 상태로 가는 경우도 있으니, 염색은 나중으로 미루자

---

* 잡물이나 짧은 섬유를 제거하고 섬유를 한 가닥씩 분리하여 가지런히 평행이 되게 하는 공정.

** 슬리이버sliver 즉, 굵은 실 모양의 섬유 다발로 꼬는 초벌 작업.

꾸나."

　그 뒤로 악수 없는 인사가 이어졌다. 방직실에서 그를 훑어보는 시선들은 모두 여자들의 것이었다. 그들은 대놓고 보는 것을 부끄럽게 여기지 않았다. 윌리엄은 방직실의 여자 방직공* 중 가장 나이가 많은 클레어리 릭튼에게 고개를 반만 숙여 인사했다. 방 안에서 키득거리는 웃음소리가 터져 나왔지만 곧바로 저지당했다.

　"다음!" 폴이 외쳤다.

　제직**실에서는, 직조기의 북이 얼마나 빨리 움직이는지 눈으로 좇기도 벅찼고, 얼마나 빨리 직물이 늘어나는지 달그락거리는 박자만으로 옷감이 만들어지는 것 같았다. 축융***실에서는 사람의 오줌과 돼지 배설물을 태운 연기를 사용했는데, 오물을 사용해 오물을 제거하는 셈이었다. 건조장에서는 직물을 잡아당겨 수십 미터를 틀에 고정하여 화창한 날씨에 밖에서 말렸고…….

　"날씨가 궂으면 안 마르겠지. 그런 경우에는…….' 두 사람은 다시 걸었다. 폴이 통풍건조실 문을 열었다. "여긴 말 안 해도 알겠지?" 그는 윌리엄에게 벽에 온통 구멍이 뚫린 길고 좁은 방을 살짝 보여주었다. "여기서 직물이 마르면, 그다음에는…….'

　그들은 계속 걸었다.

　"마무리 단계로 넘어가는데…….' 하지만 그것이 끝은 아니었다. 왜냐하면, **마무리**라는 것이 정련과 더 많은 축융과 더 많은 건조와

---

* 　방직공은 본래 남녀 구분없이 '실을 짜는 사람'이라는 의미였지만 남편 없이 실 짜는 일로 생계를 꾸리는 여성을 지칭하는 말로 쓰이다가 18세기부터는 나이 들어서 결혼하지 않는 여성을 비하하는 말이 되었다.

** 　씨실과 날실을 엮어 직물을 생성하는 작업.

*** 　직물에 수분과 열을 가하여 두드리거나 비벼서 섬유조직이 치밀해지도록 하는 작업.

더 많은 기모*작업을 의미했기 때문이었다. 기계를 통과한 직물이 마치 펠트처럼 표면에 솜털이 일어난 상태로 빠져나오는 것을 윌리엄은 그저 넋 놓고 바라볼 수밖에 없었다.

윌리엄은 냄새 때문에 코끝에 불이 붙는 듯 했고 소음 때문에 귀가 울렸다. 북에서 남으로, 동에서 서로, 들판에서 뜰로, 공장으로 헛간으로, 이 건물에서 저 건물로, 직물을 따라 다니느라 발이 욱신거렸다.

"재단." 폴이 또 한 곳을 열며 말했다.

등 뒤에서 문이 닫히자 윌리엄은 깜짝 놀랐다. 그날 처음으로 조용한 장소에 들어선 것이다. 너무 조용해서 귀가 떨리는 것 같았다. 악수할 손들도 없었다. 키와 체격이 비슷한 두 남자가 거의 고개조차 들지 않고 엄청난 집중력을 발휘하며 일하고 있었다. 그들은 가위로 직물의 이 끝에서 저 끝까지 자르는 중이었다. 침묵 속에서, 두 사람의 움직임은 마치 정교하게 짜여진 발레 동작 같았고, 가위가 지나간 자리에는 오직 기억만이 남았다. 잘려나간 보풀이 깃털처럼 천천히 바닥에 내려앉았고, 마지막으로 남는 것은 완벽하고 튼튼하고 깨끗하고 반듯한 원단이었다.

윌리엄은 자신이 얼마나 오래 그 원단을 보고 있었는지 깨닫지 못했다. 그저 멍하니 몽상에 잠겨 있었다.

"외우고 있지? 햄린 씨하고 갬빈 씨."

폴이 조카를 보았다. "너 피곤하구나. 오늘은 이 정도만 해두자꾸나. 이젠 다림질만 남았어."

윌리엄은 다림질을 보고 싶었다.

---

*   직물의 표면에서 깃털을 긁어내는 가공법.

"샌더스 씨, 이쪽은 저의 조카, 윌리엄 벨맨입니다."

악수. "안녕하세요."

접힌 원단 사이에는 달구어진 금속판이 끼워져 있고 열기가 식는 중이었다. 벽을 따라 포장된 원단이 배송을 기다리고 있었다.

"자." 밖으로 나서며 폴이 말했다. "이제 전부 다 봤어."

관찰을 하느라 윌리엄의 두 눈이 게슴츠레해졌다.

"자. 외투 걸치렴. 피곤해 보인다."

윌리엄은 두 손으로 외투를 받았다. 양털로 만든 직물. 그것은 하나의 기적에 다름 아니었다.

"안녕히 가세요, 큰아버지."

"잘 가라, 윌리엄."

얼마 못 가서, 윌리엄이 몸을 홱 돌렸다.

"염색실!"

폴은 힘없이 손을 들었다. "다음에!"

"그래서, 어떻든?"

도라는 아들의 대답 세 마디 중 한 마디도 알아들을 수 없었다.

그는 음식을 거의 씹지도 않고 넘기면서 쉴 새 없이 떠들었다. 그의 입이 조방기와 방적기와 실 잣는 방과 이중 기모기와 축융기와 그 외에 그녀가 알지 못하는 단어들을 우물거렸다. "러지는 납품, 번튼은 세척 담당이에요. 방직실의 최고 연장자는 릭스이고……."

"벨맨 씨도 있든? 나이 많은 벨맨 씨 말이야."

입안에 음식을 가득 넣은 채, 그가 고개를 저었다.

"하버 씨가 축융실에 있고 크레이스 씨가 건조장에 있고, 아, 아니다. 그게 맞나?"

"음식 입에 넣고 말하지 마, 월. 큰아버지도 첫날 모든 걸 기억하기를 바라지는 않을 테니까."

구운 고기와 감자는 이미 차갑게 식었지만 아무래도 좋았다. 윌리엄은 맛을 느끼려고 먹는 게 아니었다. 그의 마음은 아직도 공장에 있었고, 모든 과정을 지켜보면서 그 모든 일들이 서로 어떻게 맞물리는지를, 모든 과정과 모든 기계를, 모든 남녀 직원들을, 모든 공정을 이해하려 애썼다.

"그리고 다른 사람들은? 다들 어떻든? 널 마음에 들어하는 것 같든?"

그는 입을 가리켰고 그녀는 기다렸다.

그녀는 대답을 듣지 못했다. 윌리엄이 음식을 삼키더니 눈을 감고 꾸벅꾸벅 졸기 시작했기 때문이다.

"그만 가서 자라, 월."

그가 화들짝 놀라며 정신을 차렸다. "레드 라이언에 가기로 했는데."

그녀가 아들을 바라보았다. 충혈된 눈, 피로에 지친 창백한 얼굴. 그러나 윌리엄이 이렇게 행복한 모습을 언제 보았던가.

"가서 자."

월은 잠자리에 들었다.

3

방직공장 사람들은 윌리엄 벨맨을 마음에 들어했을까?

조카는 호기심의 대상이었고, 윌리엄의 출현은 여러 번 거론되었다.

그 첫 여파는 그의 아버지를 둘러싼 오래된 스캔들의 부활이었다. 지금까지 알려진 사실은 이러했다. 폴의 남동생 필립은 부모의 뜻을 거스르고 도라와 결혼하기 위해 도망쳤다. 도라는 필립의 행동을 정당화할 정도로 아름다웠고, 두 사람의 행동을 정당화할 정도로 가난했다. 일 년 뒤, 필립은 다시 도망쳤다. 이번에는 아내와 어린 아들을 남겨두고서.

십칠 년이라는 시간은 짧지도 길지도 않은 시간이지만, 필립은 사람들에게 기억되었고, 또 잘못 기억되었다. 그 이야기 자체도 무게를 달고 털을 뽑고 기름을 치고 세척하고 실을 잣고 실을 짜고 돼지 배설물에 절여지는 과정을 거쳤다. 울로 만든 모자 한 개와 들판의 양 한 마리의 유사함이 남을 때까지. 그 이야기가 백 번째 재탕될 무렵에는 필립 벨맨 자신이 들어도 자기 이야기인 줄 몰랐을 것이다. 재탕될 때마다 영웅과 악당, 배신자와 배신당한 자의 역할이 바뀌었고, 연민의 대상도 바뀌었다.

사건의 진실은 이러했다.

도라와 결혼했을 때, 아마도 필립은 자신이 생각한 것만큼 깊이 사랑에 빠져 있지 않았던 것 같다. 단지 여자의 미모에 눈이 멀었고 원하는 것을 원하는 때 손에 넣는 습관에 젖어 있을 뿐이었다. 아버지는 항상 그에게 엄격했기 때문에 아버지가 그들 부부에게 가혹하리란 것을 예측 못한 바는 아니었지만, 어머니가 상황을 조율해줄 거라고 생각했다. 벨맨 부인은 자신의 남편에게 고통을 주려는 목적으로, 그리고 그 외의 다른 이유로 둘째 아들만 편애하는 멍청한 여자였다. 그러나 어머니는 둘째 아들의 결혼에 전혀 관심을 보이지 않음으로써 그를 놀라게 했다. 필립이 미처 계산하지 못한 게 있다면 자신에 대한 사랑에서 비롯된 어머니의 질투심이었다. 그의 아버지가 마을 외곽의 불편한 동네에 자리 잡은 조그만 오두막에 두 사람의 살림을 내어주자 필립의 엄청난 자존심은 상처를 입었다.

아들이 태어나자 필립은 부모님의 노여움이 사그라들기를 기대했다. 하지만 그렇지 않았다. 그래서 앙심을 품었다. 벨맨 가문 남자의 이름은 세 가지였다. 폴, 필립, 그리고 찰스. 가족에 대한 그의 분노의 대가를 자신의 아들이 치르게 될 터인데도 필립은 아들의 이름을 그 셋 중 하나로 짓지 않았다. 그는 아들 이름을 윌리엄으로 지었다. 뜬금없이, 밑도 끝도 없이.

안락한 부모 품에서 쫓겨나 돈에 쪼들리자 필립은 미녀를 얻은 대가를 너무 혹독하게 치렀음을 깨달았다. 사랑? 배부른 소리였다. 세례식을 치르고 사흘 뒤, 아내와 아기가 잠들어 있을 때 그는 한밤중에 몰래 빠져나와 아버지의 가장 좋은 말을 훔쳐 휘팅포드를 떠났고, 그 뒤로는 그가 어디서 무엇을 하는지 아무도 알지 못했다. 누구도 그를 본 적이 없고 소식조차 듣지 못했다.

도라와 시부모의 관계는 회복되지 않았다. 그녀는 아이를 혼자 키웠다. 양쪽 집안 모두가 두 사람의 불화에 대해 상세하게 알려 하지 않았고, 자초지종을 전부 알고 있는 유일한 사람이 사라졌기 때문에 광대한 범위가 소문의 영역으로 남았다.

진실과 방직공장 이야기꾼의 상상력은 별개의 것이었다. **아버지가 자식에게 다른 이름을 지어주었다면, 분명히 그럴 만한 이유가 있었던 게지.** 사람들은 말했다. 도라를 부정한 여자로 바라보는 것은 솔깃한 일이었다. 조용하고 예쁜 여자를 사악한 여자로 상상하고 싶어하는 남자들은 항상 있으니까. 그러나 그렇게 보기에는 중대한 걸림돌이 있었다. 윌리엄은 필립 벨맨의 억세고 부산스러운 손, 필립 벨맨의 넓은 보폭, 필립 벨맨의 여유로운 미소, 필립 벨맨의 기민한 눈을 지니고 있었다. 누가 보아도, 그 아버지에 그 아들이었다. 벨맨 가의 이름을 갖고 있지 않을지언정, 그의 온몸에 벨맨이라고 쓰여 있었다.

"아주 빼다박았구먼!" 연로한 일꾼 한 명이 말했고, 누구도 이의를 제기하지 않았다.

이야기가 너무 자주 회자되어서 더 왜곡될 여지가 남지 않게 되자 소문이 방향을 틀었다. 조카는 아들과 다르다는 말이 나오는 순간 모두가 수긍한 것이었다. 아들이라면 쉽게 받아들일 수 있었다. 아들이라면 문제는 단순했다. 아들은 직선이었다. 반면 조카란 삐딱한 선이었고, 사선이 분명했으며, 그게 어떤 의미인지 파악하기 힘들었다. 젊은 벨맨 씨는 조카를 자기 날개 아래에 품었다. 그것

만큼은 분명한 사실이었다. 그러나 늙은 벨맨 씨는 그 청년을 탐탁
치 않아한다고 했다. 생각해보면, 조카란 걸어 다니는 불확실성이
었다. 조카는 무엇이든 될 수 있고, 아무것도 안 될 수도 있었다.

　이런저런 가설들이 멀리까지 뻗어나갔고, 결국 확실하게 말할
수 있는 유일한 사실은 아직 윌리엄을 만나지 않은 염색공 로위 씨
의 입에서 나왔다. "그 친구는 상속자가 아니에요. 우리 상사가 아
닙니다."

4

"로위 씨." 윌리엄이 한 손을 내밀며 말했다. "윌리엄 벨맨이라고 합니다." 남자가 양쪽 손바닥을 펼쳐 보였고 윌리엄은 팔꿈치까지 검게 물든 그의 손과 팔을 보았다. 어제 그는 굳은살, 상처, 덴자국이 있는 손들과 악수를 나누었다. 염료에 물든 손쯤이야, 하고 생각했지만 온기라고는 없는 남자의 눈빛이 속단하지 말라고 경고하고 있었다.

더구나 로위 씨는 그와 대화를 나눌 생각이 없는 것 같았다.

"백부께서 어제 방직공장 일을 보여주셨어요. 얘기 들으셨을 줄로 압니다만."

약간의 고갯짓. 마치 얘기는 들었지만 별로 관심 없다고 말하는 것 같았다.

"그런데 염색실은 못 봤어요. 여기서 어떤 일을 하시는지 잠깐 보여주셨으면 합니다."

남자가 한쪽 눈썹을 올렸다. "그야 당연히 염색을 하지."

"물론 그러시겠지요." 윌리엄이 미소 지었다. 다른 사람들은 웃지 않았다. 웃기려고 한 말은 아닌 것 같았다.

남자의 얼굴 근육이 씰룩거렸다. 그저 씰룩거리는 건가, 아니면 일종의 의사표현인가? 둘 중 어느 쪽이건 결코 호의적이진 않았다.

윌리엄은 자신이 환영받지 못할 때를 알았다.

공장 안뜰에서 사람들이 상자를 내리고 있었다.

윌리엄이 러지에게 다가갔다.

"일손 필요하세요?"

"또 왔어요? 이제 볼 만큼 보지 않았나?" 이편이 차라리 나았다. 러지가 큼직한 가죽장갑 같은 손을 내밀며 미소 지었다. 두 사람이 악수를 나눴다.

"오늘은 일하러 왔어요."

"그 손으로?"

일이라면 할 줄 알았다. 나무도 벨 만큼 벴고 풀도 벨 만큼 베었다.

러지가 그에게 쇠지렛대를 건넸고 윌리엄은 반 시간 동안 상자를 열고, 양털을 끌어내고, 양털을 갈고리에 끼웠다. 처음에 일꾼들은 말이 없고 어색해했지만, 워낙에 사사로운 감정에 얽매일 여유가 없는 작업이었다. 어쨌건 그는 한 사람 몫을 하는 일꾼이었고 첫 번째 물건의 무게를 달고 나니 바로 두 번째 양털이 왔다. 그 과정에서 윌리엄은 자신의 자리를 찾았다. 사람들은 그가 누구인지 잊고 자신들이 평소 외치듯 그에게도 "다음!" 그리고 "준비!" 하고 외쳤다. "여기요!" "준비!" 그가 받아서 외쳤다. 마치 그 일 외에 다른 일은 해본 적 없다는 듯이.

손바닥이 욱신거리자 기름을 바르고 붕대를 감은 다음 하던 일을 계속했다. "처음 시작할 땐 양털이 백 개의 조그만 칼처럼 따갑지." 그들이 말했다. 그들은 납품받은 양털이 바닥날 때까지 작업을 계속했다. 일을 마치고 그가 그들에게 인사할 즈음, 모두 그가 열심히 일했다고 인정할 수밖에 없었다.

　그로부터 며칠 그리고 몇 주에 걸쳐서 윌리엄은 일손을 보탤 수 있는 일이라면 기꺼이 나섰다. 방직실에서 여자들은 웃고 시시덕거렸고 그도 마찬가지였지만, 그러면서도 방적기 앞에 한참을 앉아 손이 아릴 때까지 솜털 주머니를 들고 서툴게 기계를 작동해보았다. 새로울 것도 없었다! 그가 하는 모든 일이 여리고 상처입지 않은 새 피부를 찾아내어 고문했다. 자아낸 실은 자꾸만 끊어졌고, 실이 아닌 공기를 자아냈음을 깨닫게 된 것도 수천 번이었지만, 하루가 끝나갈 무렵에는 두툼하고 고르지 않은 기다란 실을 자을 수 있었다.

　"초보자치고 그 정도면 잘한 거예요." 클레어리 릭튼도 인정했다. 그에게 줄곧 눈길을 주던 짓궂은 검은 머리 여자는 "더구나 남자가 이 정도면, 그야말로 기적이죠!" 하고 덧붙였다.

　축융실에서는 거름통에서 나오는 가스를 폐 가득 들이마시고 정신을 잃었다. 정신이 돌아오자마자 구역질을 하며 숨을 헐떡거렸다. 본래의 호흡을 되찾았을 때 그는 자신을 대놓고 비웃었다. 그를 데리고 밖으로 나간 견습생 중 한 명에게 윌리엄이 물었다. "루크 스미스 동생 맞지? 그 친구 아직도 팔씨름하나?" 하필 그가 지나갈 때 거름통 뚜껑이 열린 것이 우연이 아니었다는 것을 알고 있었지만, 하루가 끝날 무렵에는 그들과 카드 게임을 한 판 할 정도로 친해졌고 심지어 돈을 따기까지 했다.

　건조장에서 윌리엄은 몸을 웅크리고 손이 거친 어린아이에게 젖은 옷감을 건조틀의 낮은 못에 고정시키는 방법을 배웠다. 그는 울을 이곳저곳으로 실어 나른 다음 벙어리 그레그와 함께 돌아왔다. 그다음에는 발효된 거름통을 축융기에 쏟아부었다. 그는 결코 도도하지 않았으며 당나귀 먹이를 주고 똥을 치우는 일도 마다하지 않을 정도로 자신을 낮추었다.

한편, 조직 서열의 반대편 끝에서는, 물레방아 목수를 상대할 정도로 자신을 높일 줄도 알았다. 그는 북부 출신인 목수의 곁에 서서, 귀를 쫑긋 세우고 물레바퀴가 돌아가는 모습을 관찰했다. 네 가지 유형의 바퀴가 있었다. 하사식 바퀴, 상사식 바퀴, 높은 방아, 낮은 방아. 윌리엄은 질문을 하고 또 했다. 목수가 설명해주었다. 처음에는 대충 설명하다가 청년의 열정과 상식에 고무되어 점점 더 상세하게 설명했다. 에너지의 저수지를 만들기 위해 물길을 트는 것이라든가, 지속적이고 규칙적으로 수력을 공급하기 위해 물의 흐름을 계산하고 조절하는 것이라든가, 인간이 자신들의 노력을 극대화하기 위해 자연을 가두는 천재적인 수단에 관하여.

목수가 폴과 이야기를 나누려고 사무실에 갔을 때에도 윌리엄은 물레바퀴 옆을 지키고 서 있었다. 양손을 주머니에 넣고 멍한 표정으로 물과 돌아가는 바퀴를 보았다. 그는 물레방아의 원리를 관찰하고 또 관찰했고, 시간은 끝없이 흘러갔고, 어느 순간 폴이 다가와 그의 어깨를 툭 쳤다. "아직 여기 있었니?" 윌리엄은 그제야 정신을 차렸다.

"지금 몇 시예요?"

시간을 확인하는 순간, 그는 돌아서서 달리기 시작했다.

"만날 사람이 있어요!" 그가 어깨 너머로 소리쳤다. "레드 라이언에서."

그달이 끝나갈 무렵 윌리엄 벨맨은 방직공장의 모든 공정에 참여했다. 직물을 짜는 사람처럼 직물을 짤 수는 없었고 실을 잣는 사람처럼 실을 자을 수는 없었다. 그러나 비록 한 시간 정도일지라도 모든 기계를 작동할 줄 알았고, 어떻게 작동되는지, 어떤 식으로 관리해야 하는지, 무엇이 잘못될 수 있는지, 또 어떻게 수리해야 하는지 알았다. 그는 그들의 언어를 터득했다. 정식 명칭도 알았고 필요에 의해 노동자들이 부르는 명칭도 알았다. 그는 공장의 체계를 알았고, 한 작업이 다른 작업과 어떻게 맞물리는지 알았으며, 작업팀들이 그 사이에서 일을 어떻게 관리하는지도 알았다. 그는 사람들의 이름을 전부 익혔다. 감독관이건, 고참 직원이건, 혹은 견습생이건 개의치 않았다. 윌리엄은 그들 모두와 눈을 맞추었고, 그가 말을 걸지 않은 사람은 한 명도 없었다.

그가 해보지 못한 일은 꼭 두 가지가 있었다. 재단실에서 햄린 씨 혹은 갬빈 씨가—두 사람은 마치 친형제처럼 닮았다— 그에게 가위를 건넨 적이 있었다.

재단은 가장 고난이도 작업이었고 잘못하면 가장 큰 피해를 입힐 수 있는 작업이었다. "저는 삼십 년을 해도 못할 것 같아요."

그리고 염색실에서도 일을 해보지 못했다.

시간이 지나고 방직공장 일꾼들이 윌리엄을 자주 보게 되면서 그를 어떻게 대해야 할지에 대한 고민도 줄었다. 윌리엄은 찰스와 같은 학교를 다녔다. 윌리엄의 말투를 들어보면 제 백부보다 훨씬 더 점잖았다. 한편, 다림용 열판 가장자리에 손목이라도 스치면 축융실의 견습생처럼 욕을 하기도 했다. 그를 부르는 호칭을 놓고 약간의 혼란이 있었다. 정작 윌리엄 자신은 그리 개의치 않는 것 같았고 어떻게 불리건 똑같이 살갑게 대했다. 그는 모두를 똑같이 대했다. 차별 없이 미소를 짓고 악수를 나누었다.

"건방진 데가 하나도 없어." 그를 흠모하는 여자 방직공 중 한 명이 자기 언니에게 말했다. "우리를 무시하는 투로 말하지 않아. 그렇다고 아첨을 떨지도 않아."

그렇다면 그는 어느 쪽인가? 관리자인가? 아니면 노동자인가? 윌리엄이 하나의 퍼즐 조각인 것만은 틀림없는 사실이었다. 그러나 그들은 그 퍼즐 조각에 익숙해지고 있었다.

5

"잘하고 있어요." 폴이 도라에게 말했다. "건조장에서 크레이스가 윌리엄을 두고 했다는 얘기 들었어요? 만약 밤새도록 태양이 빛나게 할 방법이 있다면, 분명히 젊은 윌이 그 방법을 찾아낼 거라고 했대요."

그녀가 웃었다.

폴은 도라에게 이런 칭찬을 전하는 것을 좋아했다.

윌리엄은 제의실*에 있었다. 도라는 교회 앞뜰에서 기다리기가 너무 추워서 교회 뒤쪽에 있었다. 훨씬 따뜻하진 않았지만, 귀를 시리게 하는 바람은 피할 수 있었다.

"고된 일을 겁내지 않더라고요. 기술적인 습득이 아주 빨라요. 물레방아 목수가 윌리엄이 아주 똑똑한 아이라고 하더군요. 할 수만 있다면 윌리엄을 훔치고 싶은 기색이던데요."

"그럼 지금은 사무실에 있나요?"

* 교회 전례에 쓰는 제구와 제의를 보관하거나 성직자가 제의를 갈아입는 방.

"네드 하든이 처음엔 좀 불편해하더라고요. 제가 조카를 축융실에 배정하지 않으리란 걸 잘 알고 있으니, 그게 자기 입지에 어떤 영향을 미칠지 궁금했겠죠. 하지만 제가 보기에 윌리엄은 하루 종일 책상 앞에 앉아 있을 아이는 아니에요. 안 그래요? 그것보다는 운신의 폭이 넓어야 해요."

"윌리엄이 과일 케이크 레시피를 네드 하든의 어머니에게 가져다주었어요. 그 답례로 호두 한 바구니를 받았고요."

폴이 미소 지었다. "그 아인 사람들과 친해지는 방법을 알아요. 네드도 이젠 편안해해요."

"그중 어떤 사람들과 너무 친해지진 않나요?"

"여자 방직공들요?"

그녀가 입가에 힘을 주었다.

"걱정스러운 얘기가 들린다 싶으면 제가 나서서 막을게요. 한창 젊을 때잖아요, 도라. 젊은 남자들이 어떤지 도라도 알잖아요."

도라가 그를 흘긋 쳐다보았고, 그 순간 갑자기 동생의 망령이 나타났다. 폴은 자신이 한 말을 주워 담고 싶었다.

"카드 게임을 한다는 소문이……." 그녀가 말을 이었다.

"그런 소문이 돌던가요?"

"그렇게 들었어요."

"내가 얘기해볼게요. 나한테 맡겨요." 동생의 망령이 사라졌다. "윌리엄은 착한 아이예요, 도라. 걱정하지 말아요."

"찰스는요? 찰스는 어떻게 지내나요?"

이번에는 폴이 걱정할 차례였다. "찰스는 항상 똑같아요. 공부를 해야 하는데, 그림을 그리느라 여념이 없어서 시험에 소홀한가 봐요."

"그럼 그리는 게 카드 게임보다는 나을 것 같네요. 게다가 거긴 그 아일 유혹하는 여자 방직공도 없잖아요."

"유혹은 다양한 형태로 나타나지요. 찰스는 여행을 하고 싶어해요. 아버지는 당연히 찰스가 여행하는 걸 원치 않으시고요."

"공장에 있어주길 원하시겠죠. 당연한 일이잖아요."

그녀의 말에 냉소가 있었지만, 누가 그녀를 비난할 수 있으랴. 그의 아버지는 공장에 없는 손자가 있어주기를 바랐고, 막상 공장에 있는 손자는 못마땅해했다.

폴이 한숨을 쉬었다. "유감스럽게도 찰스에게는 공장에서 일하는 게 당연한 일이 아닌가 봐요. 어쨌건, 지금은 때가 아니에요. 어쩌다 보니 말이 너무 길어졌네요."

윌리엄이 다른 성가대원들과 함께 제의실을 나섰다.

성가대원들은 다정하게 작별인사를 나누고 제각기 가족을 찾아갔다. 매서운 추위에 옷깃을 여미고는 집으로 가는 추운 길을 걷기 위해 둘씩 혹은 여러 명씩 무리를 지었다.

"오늘은 왜 그렇게 오래 걸렸니, 윌?"

"얘기 좀 하느라고요. 프레드가 약혼한대요."

"제과점 집 프레드 암스트롱? 여자는 누군데?"

"지니 앨드리지."

그의 어머니가 곁눈질로 그를 흘낏했다. "네가 지니 앨드리지를 좋아하는 줄 알았는데."

윌리엄은 어깨를 으쓱하면서 모호한 소리를 냈고 그 소리는 **네** 혹은 **아니오** 혹은 **뭐라고 하셨어요, 다시 한번 말씀해주시겠어요** 등으로 해석될 수 있었다. 그러나 어쩌면, **어머니가 상관할 바가 아니에요**의 의미일 수도 있었다.

6

폴은 여자 방직공들이 걱정되진 않았다. 윌리엄은 공장 밖에서 연애 상대를 찾을 거라는 생각이 들었다. 카드 게임에 관해서라면, 좀 한심한 짓이긴 했다. 그 문제에 대해서는 일러둘 생각이었다. 왜 그만두어야 하는지 알아들을 것이다. 폴은 그 소문이 아버지 귀에 들어가지 않기를 바랐다.

그날 저녁 늙은 벨맨와 젊은 벨맨의 의례적인 토론에 윌리엄 이야기가 주제로 떠올랐다.

"영 제 몫을 못하지? 네가 데려온 그 윌리엄이란 녀석 말이다." 늙은 벨맨이 말했다.

"제가 보기엔 잘하던데요."

"내가 듣기로는 그렇지 않더라."

늙은 벨맨 씨는 매주 공장을 한 차례 돌았다. 그가 던지는 질문의 성격으로 보아 그가 윌리엄에 대한 험담을 기꺼이 듣고 싶어한다는 것을 알 수 있었다. 공장에는 노인에 대한 충성심에서 혹은 이간질을 하려는 속셈으로 기꺼이 동조하는 사람들이 있었다.

"무슨 얘기를 들으셨는데요?" 폴이 위스키를 한 모금 마셨다.

"멀뚱멀뚱 서서, 주머니에 손을 넣고, 다른 사람들이 일할 때 허공만 보고 있다면서."

아버지가 그를 매섭게 노려보았다. 어렸을 때 폴이 두려워하던 표정이었고 아버지가 대단한 사람이라고 믿게 만들었던 표정이었다. 그러나 지금은 냉랭한 눈빛의 앙상하고 주름진 얼굴이 그저 시글플 뿐이었다. "여자 방직공들하고 한다는 짓거리도 마음에 안 들어. 더구나 그 녀석이 견습생들의 주의를 분산시키고 있어. 수다나 떨게 하고 쓸데없이 빈둥거리게 하고."

폴은 위스키를 한 모금 마시며 차분하게 말하려 애썼다.

"아버지, 혹시 아버지가 윌에게 악감정을 품고 있는 사람들과 얘기하신 건 아닐까요? 어디에나 그렇듯 공장에도 질투하는 사람들이 있으니까요."

그의 아버지가 고개를 저었다. "한 시간이나, 마치 자기가 무슨 여자 시인이라도 되는 양, 윈드러시 강을 바라보더란다."

"아." 폴은 웃음을 참기 힘들었다. "그날이 아마 물레방아 목수가 오던 날이었을 거예요. 윌리엄에게 물레방아의 작동원리에 대해 설명해주었는데 윌리엄이 그걸 외우고 있었어요."

"그 녀석이 너한텐 그렇게 말하더냐? 하지만 상사에 대한 불복종에 대해서는 그렇게 쉽게 넘어갈 수 없을걸."

"어떤 불복종을 말씀하시는 건가요?"

"로위 씨에게 무례하게 굴었다면서."

"로위 씨가 그렇게 말하던가요?"

폴은 그 말을 믿을 수 없었다. 로위 씨는 워낙 말수가 적은 사람이라 그의 견습생들은 로위가 열 마디 이상을 하게 만드는 내기를 할 정도였다. 그런 희귀한 일이 일어나면 승자는 사과술 한 잔을 얻어 마셨고, 나머지 견습생들이 그 비용을 부담했다. 그런 그가 아버지에게 윌리엄에 대한 불평을 하려면 대체 몇 마디를 해야 할까? 어쩌다 그 얘기를 하게 되었을까?

"그 아이가 소란을 일으키고 있어, 폴. 견습생들이 주어진 일을 하지 못하면 어떻게 제때 일을 끝내겠니?"

폴이 얼굴을 찌푸렸다. 최근에 염색실에서 작업이 약간 지체된 적은 있었다.

아들이 머뭇거리는 것을 보고 늙은 벨맨 씨는 이때다 하고 압박을 가했다. "최근에 견본 진열장 들여다본 적 있니? 금요일 오후에 내가 가봤다만 **네가** 직접 가서 봐라. 네 두 눈으로 똑똑히 보란 말이다. 분명히 말하는데, 그 아인 도움이 안 돼."

폴은 치미는 짜증을 억누르려고 눈을 감았다. 다시 눈을 떴을 때 그는 아버지가 얼마나 늙었는지 새삼 깨달았다. 나약함, 판단력 부족, 그리고 이미 한물간 권력에 대한 집착. 그는 연민 때문에 실제 기분보다는 친절하게 말했다.

"그 아이라고 부르실 필요 없어요. 이름이 있잖아요, 아버지. 그 아이도 벨맨이에요."

격한 거부의 몸짓으로 폴의 말에 손사래를 치면서, 노인의 얼굴이 분노를 넘어 역겨움으로 일그러졌다.

그 몸짓과 표정이 폴에게 생각할 거리를 주었다. 한창때 그의 아버지는 자신의 분노를 조절했고, 둘째 아들에 대한 증오도 억누를 수 있었다. 이제 그는 나이가 들었고, 갈수록 감정이 앞섰다. 아버지는 윌리엄 벨맨의 잘못과 약점을 줄줄이 읊어댔고 폴은 낚시를 하면서 윈드러시 강을 볼 때처럼 그저 그 소리가 흘러가도록 내버려두었다.

그 아이도 벨맨이에요. 그가 말했고 아버지는 그 말을 마치 쓰레기처럼 떨쳐냈다.

그러나 윌리엄이 필립의 아들이라는 것은 누구도 모를 수 없었다. 그 사실을 부정하는 것은 어리석었다.

또 다른 가능성이 있었다. 그 가능성은 이제야 폴의 머릿속에 스며들었고, 완벽하게 들어맞는 자리를 찾았다. 너무 빨해서 놀랄 수조차 없었다. 그 사실을 알아내기까지 왜 그리 긴 시간이 걸렸던가.

그의 어머니는 예쁘고 감상적인 여자였고, 그녀의 유일한 관심사는 자기 자신의 기분이었다. 어머니는 어리석었다. 아버지도 어리석었다. 어머니가 가진 땅과 머지않아 물려받을 유산을 목적으로 결혼을 하면, 평생 무관심으로 일관해도 여자가 자기 곁에서 잠자코 살아줄 거라고 생각할 만큼 어리석었다. 어머니는 나쁜 여자는 아니었지만 사랑으로 사는 여자였고, 사랑을 갈망하는 여자였다. 로맨틱한 감정이 없는 남자라고 공공연하게 시인하고 툭하면 화를 내는 남편과 살면서 그녀의 사랑이 증오로 바뀐 것이 과연 놀랄 일인가? 따분함, 허영심, 복수의 갈망. 그중 하나만으로도 외간 남자의 달콤한 말에 넘어가기에 충분했을 것이다. 세 개가 결합된다면 그것은 거의 피할 수 없는 일이었다. 그렇게 해서 필립이 태어났다. 그의 이름은 벨맨이었고 그의 귀에 소곤거리며 응석을 받아주는 어머니에게 모든 것을 받고 누렸지만 아버지에게는 백 가지 은밀한 방식으로 거절당했다. 그들 가족은 한 지붕 아래 살면서도 둘로 쪼개어져 있었다. 필립과 어머니가 한편이었고, 폴과 아버지가 한편이었다. 보는 눈이 없을 때, 아무도 모르게, 두 사람은 서로에게서 형제애를 느꼈다. 집 안에 부모님이 있을 때면, 말없이 전쟁터 양쪽의 적진으로 들어갔다.

폴은 그의 아버지가 좀 더 따뜻한 사람이기를 바랐다. 어머니가 좀 더 지혜로운 여자였기를 바랐다. 그러나 바란다고 얻어지는 것은 없었다. 사람은 결국 생긴 대로 살아가는 법이고 그의 부모님도 서로를 불행하게 만들기로 작정했던 것은 아니었다. 폴은 증오할 수 없었기에 용서해야 했다.

윌리엄에게 벨맨의 이름을 부여하는 것을 거절하면서 아버지가 보인 표정과 몸짓은 폴의 어린 시절 미스터리를 푸는 열쇠였다. 윌리엄은 혼외자식이 아니었다. 혼외자식은 필립이었다.

폴은 새로운 관점으로 어머니를 보게 됐고, 어려서는 이해하지 못했던 어머니의 불행을 생각했고, 어머니가 살아 계실 때 좀 더 관심을 갖지 않은 것을 후회했다. 그는 자신의 동생을, 아버지가 다른 동생을 생각했고, 예전과 똑같이 그를 사랑하면서 동시에 증오하고 있음을 깨달았다. 그는 도라를 생각했고 도라가 동생보다 더 좋은 남자를 만났으면 좋았으리라 생각했다. 차라리 그를 만났더라면 좋았을 거라는 생각도 들었지만 그렇다고 한들 상황이 나아지지는 않았을 것이다. 그리고 마지막으로 윌리엄을 생각했다. 만약 그가 벨맨이 아니라면, 그는 무엇인가?

폴이 이런저런 생각을 하고 있을 때, 윌리엄의 잘못과 결함에 대한 아버지의 설교가 끝났다. 그는 폴의 대답을 기다리고 있었다.

"제가 알아볼게요." 어느덧 그는 그렇게 말하고 있었다. "내일."

그러고는 집으로 돌아갔다.

그는 생각했다. 윌리엄은 나의 조카이고 방직공장에서 잘하고 있고 나는 그 아이를 사랑한다. 어떻게 보면, 지극히 단순한 일이었다.

7

"견본요?" 윌리엄의 얼굴이 환해졌다. "네, 제가 견본에서 천을 몇 점 잘라냈어요. 보여드릴게요!"

그가 주머니에서 구겨진 자투리 천 조각을 꺼내 책상 위에 펼쳐 놓았다. 다양한 명도의 붉은색이었다. 적갈색, 석류색, 짙은 적자색, 체리색, 벽돌색, 암적색…….

"이건 축융실에 너무 오래 두었던 원단이에요. 이 원단은 4월에 나온 거고요. 비 왔던 거 기억하시죠? 햇빛이 안 나서 전부 안에서 말렸어요. 그리고 이건, 이게 진짜 재미있는데요, 보세요. 이건 로퍼가 특별히 만든 건데요. 로퍼가 만든 실은 꼬임이 훨씬 적고……."

그러니까 윌리엄은 직물의 모양과 감촉만으로 어느 베틀에서 나온 건지, 어떤 방직공이 짰는지 알고 있었다. 그는 개별 원단의 역사를 머릿속에 꿰고 있었다. 그러나 오늘 그런 건 중요하지 않았다.

"윌리엄." 폴이 끼어들었다 "말해봐라. 어쩌다가 로위 씨를 화나게 했지?"

"로위 씨를 열 번 남짓 화나게 했죠. 하지만 대부분 본인은 모를 걸요. 혹시 불평을 하던가요?"

"네가 견습생들 주의를 흐트린다고 하더라. 그게 한 가지야."

"그렇게 안 하면 제가 염색 일을 어떻게 배우겠어요? 로위 씨는 하나도 안 가르쳐주려 해요."

"염색 일이라는 게 그 자체로 하나의 세계란 걸 이젠 알 때도 되지 않았니, 윌리엄? 로위 씨한테 가서 당장 비법을 털어놓으라고 해선 안 돼. 염색은 일종의 예술이야. 그건⋯⋯."

"연금술이라고 하겠죠. 로위 씨는 큰아버지가 그렇게 생각해주기를 바라는 거라고요!"

"윌리엄!"

그의 조카는 괴로워하는 것 같았다.

"내가 전에도 설명했었지, 윌리엄. 그러니까 이번이 마지막이야. 로위 씨의 아버지가 청색 염료를 만드는 비법을 발명했고, 그 염료가 너무도 깨끗해서 백 마일(160킬로미터) 내에서는 우리 공장의 청색 원단이 가장 많이 팔리고 있어. 로위 씨가 우리 공장에 있는 건 아주 다행스러운 일이야. 스트라우드 쪽 경기가 좋지 않아서 방직공장들이 망해갈 때 그 사람을 데려온 거야. 경기가 나아지면서 그를 빼가려는 시도가 몇 차례 있었지. 우린 그 사람을 화나게 해선 안 돼."

윌리엄은 초조해하지도 눈을 감지도 고개를 돌리지도 않았다. 그의 말을 듣고 있지만 동의하지 않는 것이 분명했다.

"로위 씨는 염색실에 네가 들어오는 것을 원하지 않고, 넌 그를 존중해야 해. 그는 어중이떠중이들이 자신의 직업적 비밀을 알게 되는 걸 원하지 않아. 그건 그 사람에게 생계수단이나 마찬가지니까."

"진홍색은 뭐 별로 대단할 것도 없던데." 윌리엄이 투덜거렸다. "어쨌든 이건 큰아버지의 땅이고 큰아버지의 건물이고 큰아버지의 공장이잖아요."

"이건 하나의 전통이야. 염색공들은 항상 독자적으로 일해왔거든. 그들만의 방식이 있어. 너무 소중한 사람들이라 잃으신 안 돼. 네가 그 사람 심기를 건드려서 그 사람이 스트라우드로 돌아가는 건 용납할 수 없어."

윌리엄의 표정이 잠시 굳어지면서 자신의 생각이 바뀌지 않았음을 알렸다. 그가 항의하려는 듯 입을 벌렸지만 폴이 손을 들어 막았다. "인정할 건 인정해, 윌리엄. 로위 씨는 자기 일에 통달한 사람이야. 설령 진홍색이 안정적이지 않다 해도, 그걸 들고 로위 씨 문 앞에 가서 따질 일이 아니라고. 물 때문에 그렇게 된 거니까."

윌리엄이 단호하게 고개를 저었다. "그건 그 사람이 하는 말이죠. 거짓말이에요. 물하고는 아무 상관이 없다고요."

"넌 여기 온 지 일 년도 안 되었어, 윌리엄. 경고하는데, 말조심해라."

"비가 물을 희석시켰다는 건 말이 안 돼요. 강물을 쓰는 게 아니잖아요. 샘물을 쓰잖아요. 샘물은 농도가 일정해요. 변하지 않는다고요."

폴이 머뭇거렸다.

"그건 연금술이 아니에요. 그 사람이 우리가 그렇게 생각해주길 바라는 거예요. 그래야만 자기가 결백해지니까요. 그 사람은 훌륭한 청색 염료의 제조법을 알고 있고 큰아버지는 끝까지 그 사람을 붙잡으시겠죠. 그 사람도 그걸 알아요. 하지만 진홍색으로 말하자면, 색이 어떻게 나오건 그 사람에게 달라질 게 뭐가 있죠? 오래된 염료를 쓰고, 함량을 제멋대로 조절하고 그러다가 칙칙한 갈색으로 나오면, 물 탓을 하면 되는데!"

윌리엄이 분노의 몸짓을 하다가 자기 앞에 쌓여있는 자투리 천들을 보고 멈추었다. "보세요, 큰아버지……."

폴이 단호하게 자투리 천들을 밀어냈다. "검정은?"

"검정은 색이 잘 나올 수밖에 없는 게, 이 지역 물에 철분 함량이 많아서 실패할 수가 없어요."

그 말이 사실일까? 어쩌면 그럴 수도 있겠다고 인정할 수밖에 없었다. 이 지역 전체가 훌륭한 검정 원단을 생산하는 것으로 유명했다.

윌리엄은 무더기에서 집어든 천 조각을 만지작거렸다. 그는 작정한 것 같았다.

"청색은 훌륭해요, 큰아버지. 검정도 훌륭하고요. 그 외의 다른 색들은 될 때도 있고 안 될 때도 있는데, 그건 로위 씨의 염료 보관함이 난장판이고 제대로 기록도 하지 않기 때문이에요"

폴은 양손으로 머리를 감싸 쥐었고 윌리엄은 해서는 안 될 말을 내뱉은 표정이었다.

"로위 씨의 염료 보관함을 봤구나."

"네."

폴은 뼛속까지 피로감을 느꼈다. 그는 아버지로부터 조카를 지키고 싶은 마음이 굴뚝 같았지만, 그러려면 윌리엄도 어느 정도는 양보해야만 했다. 이 아이는 어떤 가책도 없고 자신이 선을 넘은 것조차 의식하지 못하고 있었다.

"누군가 손을 써주었겠지?" 그것은 질문이 아니었다.

윌리엄은 아무 말도 하지 않았다. 형이 염색실에서 일한다는 친구의 친구, 레드 라이언에서 술 몇 잔, 건네어진 돈. 속임수, 혼란, 빌린 열쇠.

"다른 방법이 있었다면 다른 방법으로 했을 거예요. 로위 씨가 저에게 선택의 여지를 주지 않았어요."

"로이 씨는 자기 보관함을 신성시하지."

"이제 전 그 이유를 알아요."

윌리엄은 아무 말도 하지 않았지만, 대신 검은 가죽으로 상판을 댄 책상에서 천 조각을 집어 들고 손바닥에 문질렀다. 피의 붉은색이었다. 마치 방금 그의 살갗을 칼로 그은 것처럼 신선하고 깨끗한 붉은색.

"그만 집에 가봐라, 윌리엄."

"네? 지금요?"

폴이 고개를 끄덕였다.

"다시 와도 되나요?"

"며칠 쉬렴. 생각 좀 해봐야겠다."

윌리엄이 나가고 문 닫히는 소리가 들리자 폴은 신음했다.

8

도라는 아들의 옷을 빨려고 주머니를 뒤집었다. 예전에는 주머니에 구멍을 내는 돌멩이와 연필들이 들어 있었지만 요즘은 연필 깎는 칼이 들어 있었다. 기계에 실이 꼬였을 때 자르거나 볼트를 느슨하게 할 때 유용한 칼이었다. 오늘은 손수건과 함께 진홍색 천 조각들이 나왔다. 어떤 것은 두툼하고, 어떤 것은 얇고, 질감이며 무게, 명도가 제각각이었다. 색상은 가장 밝은 것부터 가장 어두운 것까지 있었는데 대부분 고르게 염색되었지만 그중 몇 점은 얼룩덜룩했다. 천 조각들은 몇 센티미터 정도의 길이였고 공들여 세심하게 자르진 않았다. 무엇인지는 몰라도 윌리엄이 이제 방직공장에 나가지 않으니 더는 쓸모가 없을 것이다.

윌리엄이 외출한 동안, 도라는 창가에 앉아 마지막 남은 햇살을 알뜰히 썼다. 천 조각들을 잘라서 꽃잎 모양으로 접은 다음, 두어 땀씩 꿰매어 고정했다. 그다음에는 그것들을 이어붙이기 시작했다. 가장 작은 것을 가운데에 놓고 바깥으로 갈수록 점점 더 큰 것을 붙였다.

지난날을 생각하게 만드는 일이었다. 소녀 시절, 그녀는 자투리 천으로 꽃을 만들어 외투나 모자 장식으로 썼다. 필립을 만난 날에는 황금색 장미 코르사주를 꽂고 있었다. 그녀는 울금 반 스푼으로 직접 염색한 낡은 앞치마를 잘라 그 꽃을 만들었고, 그는 그 꽃을 칭찬했다.

도라는 남편을 비난하는 말도, 칭찬하는 말도 한 적이 없었다. 좋은 것이건 나쁜 것이건 남편에 관한 얘기는 단 한마디도 하지 않았다. 그녀는 일찌감치 그렇게 하기로 마음을 먹었다. 한번 말을 뱉고 나면 절대로 주워 담을 수 없고, 아무리 왜곡되고 진실과 거리가 먼 것이라 해도 휩쓸려가서 되풀이되고 변형되고 다시 입에 올려졌다. 어떤 사람들은 그녀가 필립 벨맨을 완전히 잊었다고 하겠지만, 그녀의 감정은, 비록 변하긴 했지만 여전히 강렬했다. 처음에는 남편이 사고나 부상으로 실종되었을 거라고 믿었고 걱정이 되어서 제정신이 아니었다. 한 달이 지나도록 남편에게서 소식이 없고 폴이 샅샅이 수색했는데도 아무런 기별이 없었을 때, 그녀는 자신이 버려졌다는 사실을 받아들였다.

그리고 그녀는 슬픔에 잠겼다. 그녀는 아들을 돌보았고, 아들을 사랑했으며, 아들에게 세상을 가르쳤고, 아들을 안전하게 지켰다. 아들은 그녀가 하마터면 잊을 뻔했던 기쁨을 가르쳐주었지만, 아들이 잠들면 그녀는 흐느꼈다. 잃어버린 행복을 슬퍼하며 보낸 기나긴 밤들을 떠올릴 때면 지금도 몸서리가 쳐졌다. 그때까지 겪어본 적 없는 고통이었다. 그 고통이 언제 분노가 되었을까? 알 수 없었다. 아마도 서서히 일어난 일이었을 것이다. 그 두 가지 감정은 아마도 그녀의 가슴속에 나란히 자리 잡고 있었을 것이다. 어느 순간 분노가 더 커져 있음을 깨달았을 때까지.

처음에는 필립의 가족을 원망했다. 그녀는 가슴속 깊이 필립의 아버지에게 분노를 품었다. 필립의 아버지는 아들의 도피를 응징했고, 그것은 필립에게 엄청난 시련으로 다가왔다. 필립은 비좁은 오두막, 하인의 부재, 그로 인한 수치심을 증오했다. 그녀는 돈이 아니라 사랑을 거두어간 필립의 어머니도 증오했다. 결국 그녀의 분노는 필립을 향했다. 그들을 버린 장본인은 필립이었다. 부모에 대한 그 어떤 분노가 제 자식을 버린 행위를 정당화할 수 있겠는가? 감정의 여정이 거기서 끝날 거라고 생각했지만 훗날 그녀는 자신을 지배하는 것이 상실감도 분노도 아닌 슬픔이라고 여기기에 이르렀다. 그녀의 삶에서 가장 행복했던 최고의 날들이 거짓이었음을 알게 된 데서 오는 슬픔이었다. 그의 사랑은 진실이 아니었고 그녀의 사랑도 마찬가지였다. 그녀는 그에게 눈이 멀었었다. 그의 잘생긴 얼굴, 그의 달콤한 말, 그리고 부끄럽게도 그의 돈에. 전에는 어떤 남자도 그녀에게 아름답다고 말한 적이 없었다. 그의 숭배 앞에서, 자신이 지닌 힘에 놀라며, 그녀는 그와 함께 도망치는 것에 동의했다. 너무도 강렬한 감정이어서 그게 사랑이 아닐 수도 있다는 생각은 들지 않았다.

유일하게 그와 그녀를 구분 짓는 사실이 있다면, 그녀는 그들의 아이에게 그녀가 아는 한 좋은 어머니였고, 그녀의 노력이 헛되지 않았다면 윌리엄 벨맨이 제 아버지 보다는 좋은 남자가 되리란 사실이었다. 그것이 그녀의 구원이었다.

그러나 지금은, 방직공장에서 쫓겨난 윌리엄이 너무도 비참한 상태라, 아들의 성공적인 미래를 장담할 수 없었다. 아들은 그녀의 삶 전부였고 잃어버린 행복에 대한 그녀의 오랜 슬픔은 고통에 휩싸인 아들을 보는 것에 비하면 아무것도 아니었다. 윌리엄은 폴의 조처에 불평하지 않았지만, 바로 다음 날, 자신의 예전 직장인 데이비스의 농장에 돌아갔고, 단 하루의 일당도 놓치지 않았다. 그러나 윌리엄은 방직공장을 그리워했다. 그는 공장 일이 적성에 맞았고, 그곳에 마음을 두었고, 공장에 나가지 못하게 된 것을 괴로워했다.

장미를 마침 다 꿰매었을 때 윌리엄이 들어왔다.

"어머니, 이렇게 어두운데 바느질을 할 수 있어요? 그 예쁜 건 뭐예요?"

"장미. 내 나이 여자한테는 안 어울리지. 네가 결혼할 여자를 데리고 올 때까지 서랍에 넣어두어야겠다."

그녀가 장미를 만드는 데 사용한 자투리 천을 본 순간, 그는 얼굴을 찌푸렸지만, 이내 미소 지으며 자신의 커다란 슬픔을 감추었다. 제 아버지처럼 큰 키에 잘생긴 얼굴로 그녀를 내려다보면서 아들이 장미를 들어 그녀의 머리에 댔다.

"꽂고 다니세요. 결혼식에 갈 때 모자에 꽂으세요. 제가 휘팅포드에서 가장 예쁜 어머니와 흐뭇하게 팔짱을 끼고 다니게요."

자신의 커다란 슬픔을 감추려는 아들의 노력에 그녀는 마음이 짠해졌다. 오랜 세월 동안 그를 돌보아온 그녀로서는 오히려 자신을 보호하려는 아들의 모습이 여전히 낯설었다.

"내가 폴하고 얘기해볼게." 그녀가 그에게 말했다. "네가 너무 열정이 과했다고. 하지만 이번 기회에 교훈을 얻었다고……."

아들의 얼굴에 경련이 일었고 그가 얼른 돌아섰다. "네, 그렇게 해주세요." 부자연스럽고 애써 낮춘 목소리였다.

옷걸이에 걸려 있는 모자를 내리면서 이러다간 곧 울음을 터뜨리겠다고, 그녀는 생각했다. 그리고 바느질을 하기엔 너무 늦었음을 깨달았다.

그녀는 윌리엄이 돌아서는 기척을 느꼈다. 윌리엄은 그녀의 양쪽 어깨를 힘껏 잡았다. 그리고 자리를 떴다.

하지만 윌리엄은 과연 교훈을 얻었을까? 지칠 줄 모르는 열정이 문제였다. 그녀는 그의 어머니였고, 그래서 알고 있었다. 무언가에 한번 꽂히면 누구도 윌리엄을 막을 수 없다는 것을.

9

폴은 윈드러시 강에서 몸을 돌려 시내 중심가 쪽으로 향했다. 불편한 생각들이 떠올랐다. 그는 다른 일과 다른 사람들을 원했다.

교회를 마주보고 섰을 때 폴은 성가복을 입고 교회 계단에 서 있는 윌리엄을 보았다. 교회 앞뜰에 사람들이 북적였고 그들 틈에 도라도 보였다. 도라는 모자에 장미를 달고 있었다.

지금 그들을 만나는 건 좋지 않았다. 아직은 마음을 정하지 못했다.

결혼식을 치르기에 좋은 날씨였다. 오늘 제과점 집 아들이 결혼한다는 소식을 들었다. 폴은 신부를 알지 못했지만, 사랑스러운 외모의 아가씨였고, 신랑이 윌리엄과 악수할 때 미소를 머금고 얼굴을 붉히더니, 잠시 후 특별한 열정을 담아 윌리엄을 끌어안는 것을 보았다. 윌리엄이 그들 부부에게 미소를 머금고 고개인사를 했고, 폴은 부모가 느낄 법한 뿌듯함을 느꼈다. 그는 윌리엄이 얼마나 공장에 오고 싶어하는지, 자신의 실수를 얼마나 뼈아프게 후회하는지 알고 있었다. 그러나 오늘 그의 친구가 결혼을 했고, 그는 미소를 지으며 악수를 했다. 그것이 그에게 얼마나 힘든 일인지 오직 폴과 도라만이 알고 있었다.

폴도 윌리엄이 공장에 있을 때가 그리웠다. 일 년이라는 짧은 시간이었지만 어느덧 폴은 윌리엄에게 의지하고 있었다. 공장에서 문제가 발생하면, 기계 문제이건, 사람 문제이건, 행정 문제이건, 그곳엔 항상 윌리엄이 있었다. 그는 머리를 긁적이고, 골똘히 생각하고, 발 벗고 나서서 일이 해결될 때까지 시간과 에너지를 아끼지 않았다. 그는 기계 문제를, 오해들을, 엉킨 실을, 숫자들을, 서류 문제를 해결했다. 그의 기민한 손, 체력, 일꾼들과 소통하는 능력은 어린 나이에도 그를 쓸모 있는 존재로 만들었다. 하루에 백 번씩 폴은 생각했다. 이건 윌리엄이 할 일이라고, 윌리엄이라면 해결할 수 있을 거라고. 그러나 그런 생각을 할 때마다 자신에게 물어야 했다. 앞으로 그 아이 없이 어떻게 버텨야 하나?

그러나 윌리엄 때문에 그는 곤란한 상황에 처했다.

폴은 로위 씨가 마음에 들지 않았다. 로위 씨를 데려온 사람은 그의 아버지였다. 염색실에서의 그의 권위는 늙은 벨맨의 시대에 구축된 것이었다. 여러 아버지들이 이 일에 얽혀 있다고, 폴은 떨떠름하게 회상했다. 로위 씨는 그의 아버지가 우수하고 깨끗한 청색 원단을 만들 수 있었기 때문에 그 자신도 우수하고 깨끗한 청색 원단을 만들 수 있었다. 폴 벨맨은 그의 아버지가 염색실에 들어간 적이 없었기 때문에 자신도 로위 씨의 염색실에 들어가지 않았다. 습관과 방식들은 그런 식으로 아버지에게서 아들로, 계속 세습되었다.

그렇다면 윌리엄은? 아비 없는 자식의 아비 없는 자식은 그런 것들로부터 자유로웠다. 그는 관습을 뛰어넘었고, 전통을 꿰뚫어보았으며, 모든 것을 있는 그대로 보았다. 과거는 그를 구속하지 않았다. 아마도 바로 그것이 윌리엄이 미래를 그토록 선명하게 그릴 수 있는 이유일 것이다. 과거의 그림자가 길게 드리워지지 않으면 미래를 더 선명하게 볼 수 있지 않을까? 폴은 그런 그가 부러울 지경이었다.

그들이 폴을 보았다. 도라가 그의 곁으로 다가왔다.

"모자에 단 장미가 예쁘네요."

"장미 얘기나 할 때가 아니에요. 폴, 윌리엄이 저렇게 웃고 있지만 사실 속이 말이 아니에요. 이 상황을 해결할 방법이 없을까요?"

그가 한숨을 쉬었다. "방법이 있을 것 같습니다."

도라는 깜짝 놀랐다.

"그 장미, 저 주세요."

도라가 당황하며 손을 모자로 가져갔다. "이거요? 모자에 꿰맸는데요."

그녀는 폴이 모자에 달린 꽃을 주머니칼로 떼어내게 했다.

"윌리엄을 데려오세요."

그녀가 아들에게 손짓했다.

"이게 전부 다 같은 염료로 색을 낸 거지? 원단만 다르고?" 폴이 다양한 꽃잎들을 가리키며 물었다.

"네."

폴은 가장 밝은색 꽃잎 아랫부분을 칼로 잘랐다. 잘라낸 단면을 돋보기로 들여다보니 천이 속까지 빨갛게 물든 것을 확인할 수 있었다. 염료가 울 깊이 스며들었다. 그는 좀 더 칙칙한 색감의 천들도 잘라내어 단면을 비교해보았다. 전부 속이 희었다.

폴과 윌리엄이 이야기를 시작했다. 빠른 속도로 기술적인 얘기를 나누었기 때문에 그녀는 대화의 의미보다는 열기만을 이해했다. 앤 로퍼와 그녀가 잣는 엉킴이 적은 실, 챈트레이의 상점이 아닌 해리스의 상점에서 새로 들여온 주황색 염료, 자연건조, 그리고 이중염색, 그리고 기록…….

"……그렇게만 한다면," 윌리엄이 결론을 내렸다. "균일한 붉은 색을 얻지 말란 법이 없어요. 이것처럼 매번 부드럽고 밝을 거예요."

도라는 아들과 폴의 얼굴을 번갈아 쳐다보았다. 무슨 일이 벌어지고 있는지 그녀는 이해할 수 없었고, 그녀의 가엾은 장미는 사정없이 고문당하고 잘려서 이제 복구할 수 없었지만, 두 사람의 표정을 보니 모든 것이 제자리로 돌아갈 가능성이 있음을 알 수 있었다.

"그럼 로위 씨는…….'

도라는 숨을 죽이고 제발 윌리엄이 허튼 소리를 하지 않기를 기도했다.

폴의 미소가 옅어졌다. "그 사람이 뭐?"

"이게 전부 다 그 사람 아이디어인 걸로 생각하게 하려면……."

폴이 윌리엄의 손을 잡고 꽉 힘을 주었다. "로위 씨는 나한테 맡겨."

10

"다음번엔 미리 좀 알려 주세요!" 폴의 사무실로 들어서며 러지가 말했다.

"무슨?"

"밝은 빨간색요! 뇌에 확 꽂히더군요. 진짜 그래요. 골짜기 건너편에서도 보이겠던데요. 얼마나 눈이 아리던지, 눈이 터지는 줄 알았어요."

폴이 직접 가서 확인해보았다.

원단을 말리기에 완벽한 날씨였다. 햇살은 따뜻하지만 너무 강하지 않았고, 공기와 산들바람 속에 고른 열기가 있었다. 폴은 축융실의 소음에 익숙해져 있었다. 그 소음은 파란 하늘과 멀리 불규칙한 형태로 펼쳐진 초록색과 황금색 들판을 보며 느끼는 즐거움을 거의 방해하지 않았다.

염색실을 돌아서자마자 건조장의 정경이 눈앞에 펼쳐졌다. 폴은 갑자기 우뚝 섰다. 왼쪽과 오른쪽으로 멀리까지 건조틀이 뻗어 있었고, 그 사이에, 방금 흘린 피처럼 선명한 진홍색 원단 수십 미터가 팽팽하게 고정된 채 길게 걸려 있었다. 그 순간 폴의 눈에 들어온 것은 오직 그것뿐이었고 그는 러지가 눈이 터지는 줄 알았다고 말한 게 전혀 터무니없는 얘기가 아님을 깨달았다. 기분 좋은 흥분으로 가슴이 벅차고 맥박이 빨라졌다. 입가에 미소가 번지는 것을 막을 수가 없었다. 그 순간 그는 그 기분이 혼자만의 것이 아님을 깨달았다.

건조장을 총괄하는 크레이스가 건조대 이 끝에서 저 끝으로 왔다 갔다 하며 위쪽과 아래쪽 가로대의 장력의 균일성을 가늠해보려는 듯 수시로 걸음을 멈추었지만 그 모든 것이 오직 상사를 위한 팬터마임인 것이 너무도 분명했다. 그가 이곳에 나와 있는 이유는 오직 한 가지였다. 이 색상을 음미하기 위해서였다.

폴이 그를 불렀다.

"이것보다 더 훌륭한 붉은색을 본 적이 있나요, 크레이스 씨?"

"없습니다."

"나도 없어요. 여기서도, 그 어디에서도."

염색실의 문간에 기대어서, 로위가 밖으로 나와 자기가 만든 색상이 건조되는 것을 지켜보았다.

"이 정도면 충분히 밝은가요?" 그가 물었다.

"눈부시게 밝네요, 로위 씨."

로위는 고개인사를 한 뒤 염색실로 돌아갔다.

폴이 등장하자 열 명 남짓한 잡역부들이 서둘러 일하러 돌아갔다. 하지만 진홍색은 분명 공장의 화젯거리였고 볼 수 있는 사람은 모두가 한 번씩 보고 갔다. 방직공장 사람들만 관심을 갖는 것은 아니었다. 울타리에도 사람들이 모여 고개를 빼고 들여다보았고, 마차를 타고 지나가던 사람들은 속도를 늦추고 새로운 진홍색 장관을 구경했다.

"어때요?" 윌리엄은 초조해했다.

"축하해." 폴이 대답했다. "아주 잘될 것 같아."

조카의 얼굴이 편안해졌다.

"네가 직접 나서지 않은 건 잘한 일이야. 로위는 자기 인기를 의식하지 않는 척하지만, 속으로는 매 순간을 즐기고 있어. 무슨 생각을 하니, 윌?"

"틀요."

"건조틀? 그게 왜?"

"건조장 가장자리에 틀을 하나 더 놓을 자리가 있는데 지면이 낮아지면서 잡목이 그림자를 드리워서 좋지가 않아요. 무슨 이유를 대건 그레고리 씨는 동쪽 땅을 우리에게 팔 것 같지가 않고……."

폴이 웃었다. "하지만 그게 왜 문제가 되지? 지금도 틀 다섯 개를 전부 쓰는 경우가 거의 없는데……."

"그렇죠, 하지만 진홍색 원단 주문이 밀려들기 시작하면……."

"너무 앞서가지 마라, 윌리엄. 주문이 얼마나 들어올지 아직 모르잖아."

그러나 윌리엄은 그의 말을 듣지 않았다. "제 생각엔 두 가지 중한 가지예요. 하나는 드리필드 씨 땅이 그늘진 곳이 없으니 맞은편에 그 땅을 좀 더 사들이는 거죠. 적절하게 가격을 쳐주면 아마 팔거예요. 또 하나는 건조실을 더 지어서 실내 건조량을 늘리는 거예요. 색상이 우수하니, 실내 건조의 부드러움까지 더해지면 가격을 더 받을 수 있겠죠. 건물을 짓는 데 시간이 좀 걸리는 게 문제이긴 하지만 제 생각엔 그편이 나을 것 같아요. 건조실을 짓는 동안만이라도 드리필드 씨가 땅을 빌려주면 좋을 텐데……."

"너무 앞서가는 거 아니니?"

"지금 몇 시예요?"

폴이 시계를 보았다. "세 시 십 분 전."

"오는 중이겠네요."

지금쯤 상인이 버포드 로드에 도착했을 것이다. 그리고 지금부터 십여 분 동안 거침없이 펼쳐진 천 야드*의 진홍색 원단을 보게 될 것이다.

다섯 시가 되자 폴은 진홍색 원단 천 야드를 9월 말까지, 그리고 같은 양을 그로부터 한 달 뒤에 납품해달라는 주문을 받았다.

그는 곧장 드리필드 씨에게 가서 그의 땅 일부에 대한 임대 계약을 체결했다.

일 년. 이 모든 일을 이 아이가 불과 일 년 만에 이루었다. 만약 전권을 넘긴다면 어떤 일이 벌어질까?

---

* 1야드는 약 0.9미터. 1000야드는 914미터.

11

공장의 배후에서는 윌리엄이 끼어들 수 없는 논쟁이 벌어지고 있었다.

"아버지, 아버지가 저에게 공장 운영을 맡기셨잖아요. 그러니까 제가 운영하게 해주세요. 윌리엄을 비서로 채용하겠습니다."

"하지만 찰스가 공장을 물려받아야지! 네 아들 말이다!"

"찰스는 공장 운영에 관심이 없어요. 제가 보기엔 너무도 자명한 일이고 아버지도 잘 아실 거라 믿어요. 그 아이한테 관심이 없는 일, 솔직히 말씀드리자면, 소질도 없는 일을 맡긴다면, 결과는 한 가지밖에 없어요. 공장은 망할 거예요. 윌리엄도 우리 가족이에요. 그 아인 이 일을 할 생각이 있고, 그저 능력이 있는 정도가 아니에요. 이 년 만에 공장 운영에 대해 찰스보다 더 많은 걸 배웠어요. 학교를 졸업한 이후 공장에 코빼기도 안 내밀었던 찰스보다 더."

"찰스도 머지않아 관심을 갖게 될 거야. 찰스가 공장을 물려받으면……."

"찰스는 오직 여행하면서 그림 그리는 것만 원해요. 일꾼들이나 고객들과 얘기할 줄도 모르고요. 돈에 시큰둥해요. 찰스가 공장을 상속받게 되면, 가장 먼저 할 일이 관리자를 고용하는 거겠죠. 그런 사람을 준비시켜서 대기하도록 하는 게 공장에도 찰스에게도 우리가 할 수 있는 최선이에요. 찰스는 공장에 머물고 싶어하지 않아요. 윌리엄은 오직 그것만을 원하고요. 두 사람 다 각자가 원하는 삶을 살면 왜 안 되는 거죠? 두 사람 모두에게 이롭도록? 그리고 공장이 번창하도록?"

이 문제에 대한 늙은 벨맨 씨의 생각은 요지부동이었고 폴도 뜻을 굽힐 생각이 없었다. 일종의 교착상태였다. 결국 찰스는 본인이 원했던 열두 달의 여행을 떠나고, 그 일 년 동안만 윌리엄이 폴의 비서로 일하는 것으로 합의가 되었다. 그 기간이 끝나면……

앞날이 불 보듯 훤했기 때문에 폴의 아버지가 양보했다.

"찰스가 돌아오면, 공장을 운영할 준비가 되어 있겠지. 윌리엄 녀석도 이게 만만한 일이 아니라는 걸 깨닫고 곧 겁을 집어먹을 거고. 자기 것도 아닌 공장을 위해 그 고생을 한다고? 그 아인 결국 손을 뗄 거야. 어디 두고 보라니까!"

열두 달이 지난 뒤 찰스는 이탈리아의 궁전과 바실리카에 영감을 받아 돌아오지 않겠다고 했고, 윌리엄은 '손을 떼'기는커녕 새로운 프로젝트와 사업에 뛰어들었으며, 벨맨 방직공장은 전에 없던 호황을 누렸다.

그 와중에 이런 일이 벌어졌다.

늙은 벨맨 씨가 코를 훌쩍이며 기침을 했다. 대수롭지 않은 여름 감기였는데, 기침이 떨어지지 않더니 상태가 심각해졌다. 그는 1층 침실에 불을 지펴놓고 무릎 담요를 덮고 들판의 떼까마귀들이 돌 같은 부리로 땅을 쪼는 것을 바라보며 지냈다.

그를 처음 발견한 사람은 하녀였다.

마지막 순간, 그가 자신의 삶을 돌아보았다 해도, 불행한 결혼생활, 아내의 외도, 둘째 아들에게 행했던 복수를 돌아보았다 해도, 그래서 마지막 순간 심경의 변화를 일으켜 그들 가정의 불행이 어느 정도는 자신의 모진 성격 때문이었음을 깨달았다 해도, 그의 얼굴에는 아무것도 드러나지 않았다. 엄격하고, 노려보는 듯한, 찡그린 표정은 평상시 그의 표정과 너무도 똑같았기 때문에 하녀는 그에게 세 번이나 말을 걸고 나서야 그가 죽었음을 깨달았다.

그 일이 일어났을 때 윌리엄은 런던에 있었다. 인디아 앤드 제너럴 컴퍼니와의 일련의 회의 때문이었다. "저를 보내주세요." 윌리엄이 애원했다. "그 사람들은 절 애송이로 보고 경계를 풀 거예요." 그는 두둑한 주문계약서들을 들고 돌아왔고, 늙은 벨맨이 죽은 것은 물론이고 이미 땅속에 묻혔음을 알게 되었다. 윌리엄은 그를 할아버지라고 생각한 적이 없었다.

"안타까운 소식이네요, 큰아버지."

"주문서들을 보여다오."

폴이 고개를 끄덕였다. "잘했구나. 포츠머스 주문하고 날짜가 잘 연결되겠네. 네 아버지 생각을 한 적이 있니, 윌?"

윌리엄이 고개를 저었다.

"어디 있는지 궁금하진 않아? 살았는지 아니면 죽었는지도?"

윌리엄은 그 질문을 생각해보았다. 곰곰이 생각해보면, 행여 그가 놓친 짧은 호기심의 순간에라도 그런 생각을 한 적이 있을지도 모르니까.

그가 고개를 저었다. "한 번도요."

12

그 사건의 전말은 이러했다.

도라 벨맨은 피로를 느꼈다. 나답지 않다고, 그녀는 생각했다.

그녀는 그릇을 하나 들고 블랙베리를 따러 나갔다. 맑은 공기를 마시면 좀 나아지겠지. 저 멀리, 농장 뒤쪽으로 건조장이 보였다. 흰 원단들이 길게 널려 있고, 조그만 막대기 같은 사람들이 그 사이를 오가고 있었다. 윌리엄은 아니었다. 멀리서 보아도 알아볼 수 있었다. 오늘이 건조하기에 좋은 날씨인가? 나무 꼭대기에서 거센 바람이 불었고 떼까마귀들은 높은 기류를 타고 맴돌고 구르며 신이 나서 상스럽게 까악까악 울어댔다.

그릇에 통통한 블랙베리가 반쯤 차고 그녀의 손끝이 붉게 물들었을 때 엄청난 피로감이 밀려들었다. 그릇이 떨어졌고 블랙베리가 땅에 흩어졌다. 다리가 풀리는 순간, 바닥에 흩어진 블랙베리 위로 쓰러지고 싶지 않았던 그녀는 몸을 지탱하려고 덤불을 붙잡았지만 손만 긁히고 그대로 쓰러지고 말았다. 블랙베리가 그녀의 옷자락을 물들였다.

놀라움과 경악. 옷을 더럽힌 것과 종아리를 드러낸 것, 죽는 것에 대한.

윌리엄을 생각해……. 기도해…….

하지만 그보다 먼저, 스커트 자락을 내려야 하는데…….

그 소식을 전한 사람은 영 자매들이었다. 그들은 지금까지 방직 공장에 올 이유가 전혀 없었다. 너무도 뜻밖이어서 아주 특별한 사건이라야만 그들의 출현을 설명할 수 있었다. 그런 사건이 일어날 가능성은 거의 없었고, 그들의 표정이 그 가능성의 범위를 좁혔고, 그들이 윌리엄을 찾았을 때 소식은 이미 전해진 것이나 마찬가지였다. 윌리엄의 어머니가 죽었다.

그러나 윌리엄은 알지 못했다.

"오, 윌리엄!" 그리고 "윌리엄, 어쩜 좋아!" 영 자매가 그가 있는 방으로 들어서며 동시에 소리쳤다.

윌리엄은 놀라면서도 재미있어하는 표정으로 그들을 돌아보았다. 영 자매. 그들이 방직공장에 오다니. 그다음엔 무슨 일이 벌어질까! 우습게 맞추어 입은 드레스와 과하다 싶게 치장한 모자, 휘둥그레진 눈과 그를 바라보는 이해할 수 없는 눈빛. 무슨 이유에서인지 나이 많은 영은 붉게 물든 흰 그릇을 들고 있었다. 부엌에 있다가 곧장 달려온 건가? 참 이상한 일이네!

"무슨 일이시죠?" 그가 물었다.

두 쌍의 눈이 그에게 고정되었다. 그가 알아차렸으면! 알아차릴 기미라도 보였으면!

윌리엄은 공손하게 당황했다. 이 사람들은 왜 그에게 눈을 희번덕거리고 있는 걸까? 마치 그에게서 무언가를 기다리는 사람들처럼? 정작 그는 그들이 말해주기를 기다리고 있는데?

나이 많은 영이 말하려고 입을 벌렸지만 도무지 감을 못 잡는 그의 표정 때문에 입을 떼기가 여간 힘들지 않았다. 그녀가 말없이 그릇을 내밀었다. 마치 그것으로 설명이 된다는 듯이.

윌리엄은 당황했고 그릇을 받지 않았다.

상황을 이해한 사람은 폴이었다. 그는 그 끔찍한 연민의 의미는 오직 한 가지뿐임을 깨닫고 자리에서 일어났다.

"도라 벨맨." 그가 말했다.

그렇게 이야기가 시작되었다. 영 자매는 번갈아 이야기를 했고, 그들의 목소리가 떨리고 흔들리고 서로 끼어들고 포개어졌지만, 마침내 이야기가 윤곽을 드러냈다. 산책을 나갔는데 바람이 세졌고, 그래서 수전의 모자가 하마터면 날아갈 뻔했고, 그래서 지름길로 집으로 돌아가는 길에, 모퉁이를 돌아섰는데, 무언가가 눈에 띄었다. 확인해보니 바로 벨맨 부인이 아닌가! 가엾은 벨맨 부인! 그리고 블랙베리, 하얀 그릇, 이 그릇을 보라! 마치 기적처럼, 깨어지지 않은 그릇을.

종아리를 가려주려고 스커트를 내려주었다는 말은 하지 않았다. 그 일을 언급하는 것은 적절치 않았다.

윌리엄은, 마치 남의 일이라는 듯, 그 소식을 전해 듣는 백부를 지켜보았다. 세상이 잘못 돌아가는 것 같았고, 말 한마디 혹은 한 번의 손짓으로 바로잡을 수 있을 것 같았지만 그는 마비되었고 혀는 얼어붙었다. 그래서 그는, 일시적으로나마 이 세상을 바로잡을 수 없었다.

나이 많은 영이 그가 직접 볼 수 있도록 그릇을 들고 그를 향해 돌아섰을 때 그의 혀가 풀렸다.

"네." 그가 말했다. "그렇네요. 금도 안 갔네요."

그날 저녁, 그리고 그로부터 며칠 동안 폴은 조카를 보살폈다. 한사코 돕겠다고 우기는 영 자매의 뜻을 받아들여서 윌리엄이 춥거나 배가 고프거나 깨끗한 셔츠가 떨어지는 일이 없도록 했다. 윌리엄에게 할 일을 찾아주는 것이 폴의 일이었다. 그건 어렵지 않았다. 결정들을 내려야 했다. 장례식은 수요일이 좋을까 화요일이 좋을까? 열한 시? 찬송가도 불러야 하나? 네더 위치우드에 있는 고인의 남동생과 다른 친척들에게 편지를 써야 하나? 그리고 조문객들이 왔다. 성가대원들, 공장 노동자들, 레드 라이언의 단골손님들, 그가 울타리를 수리해주었던 여자 방직공들, 카드 게임을 했던 사람들, 정육점 사람들, 제과점 사람들, 양초 만드는 사람들, 그리고 그들 모두의 자매와 딸들. 폴은 마을에 예쁜 여자들이 그렇게 많은 줄 몰랐다. 그의 조카가 모르는 여자가 과연 있을까? 백여 명의 손이 악수를 청했고 백여 명의 입이 조의를 표했다. **고맙습니다.** 윌리엄이 말했다. **와주셔서 감사합니다.** 끝이 없었다.

윌리엄은 그의 백부와 영 자매의 도움과 그 외의 모든 사람들 사이를 오가느라 잠잘 때를 제외하고 단 한 시간도 혼자 있지 않았다. 그는 밤사이에 세상이 다시 원래대로 돌아갈지도 모른다는 막연한 기대를 품고 잠자리에 들었다. 긴 시간을 잤다. 끝도 없고 꿈도 없고 피로가 풀리지 않는 잠이었고, 잠에서 깨어나면 세상은 가던 길을 계속 가는 것으로 그를 당황하게 했다. 그는 몸이 처졌고 음울했다. 그와 그의 생각들 사이에 안개가 내렸고, 그 뒤로 떠오르는, 정리되지도 검토되지도 않은 생각은 바로 이것이었다. **모든 게 다시 제자리로 돌아가려면 시간이 얼마나 걸리려나?**

그의 어머니는 죽었고, 그는 어머니의 시신을 보았다. 그러나 그 사실은 그의 마음속에 정착할 자리를 찾지 못했다. 그 생각은 들락 날락하면서 마주칠 때마다 그를 놀라게 했고, 그 사실을 믿을 수 없는 이유가 백만 가지는 되었다. 어머니는 죽었지만, 보라, 그녀의 옷과 찻잔이 그대로 있고, 일요일에 쓰는 모자가 외투 걸이 위 선반에 놓여 있지 않은가. 어머니는 죽었지만, 소리를 들어보라, 텃밭의 울타리 문! 금방이라도 저 문을 열고 들어올 것만 같지 않은가.

이 모든 게 가면놀이 같다는 생각이 떠나질 않았고 장례식 날 아침에는 결국 여기까지 와버렸다는 사실에 짜증이 치밀었다. 그는 일요일에 입는 슈트를 입고 좋은 구두를 신고 끈을 묶었지만 언제든 어머니가 문 앞에 다시 나타날 거라는 기대는 그 무엇으로도 바꿀 수 없었다. **수요일에 다들 옷을 차려입었네? 다들 어쩐 일이지?** 남자들의 행렬이 교회로 향할 때, 오두막에서는 영 자매가 차를 만들며 여자들끼리 집 안에서 편안히 조문할 수 있도록 준비했다. 내가 돌아올 즈음에는 어머니가 집에 있을 거라고, 윌리엄은 생각했다.

윌리엄은 수많은 장례식에서 노래를 불렀다. 장례식이라면 훤했다. 그런데도 오늘은 전부 다 잘못된 것 같았다. 그는 성가대석이 아닌 신도석 앞줄에 앉았다. 이 교회는 그가 알던 교회가 아니었다. 포리트 목사가 본인을 연기하고 있었고, 관은 흉측한 소품이었다. 어딘가 불편했다. 도라 벨맨의 이름이 애도가 담긴 늘어지는 발음으로 목사의 입술 사이로 흘러나올 때 윌리엄은 그의 코를 한 방 갈기고 싶었다.

노래를 할 때 윌리엄의 목소리가 갈라졌다.

가슴속의 무언가가 안절부절못하고 있었다. 그것이 그의 안에서 고통스럽게 팽창했고, 그의 심장을 짓눌렀고, 폐를 죄었다.

대체 뭐가 문제인가?

그는 몇 번 거친 소리를 내다가 이내 마음을 접고 웅얼거렸다. 길잡이였던 그의 목소리가 없으니 합창은 너무도 힘겨워하며 길을 잃고 방황했다.

게다가 새로운 불편함마저 가세했다. 그는 목덜미를 긁고 싶었다. 머리선 밑, 옷깃 아래, 척추가 시작되는 지점 근처의 등골, 누군가의 시선을 느낄 때 골수가 스멀거리는 바로 그 지점⋯⋯.

윌리엄은 목덜미를 긁고 싶었고, 고개를 돌려 누가 자신을 보고 있는지 알고 싶었다. **교회에선 꼼지락거리지 마라!** 어머니의 목소리가 들리는 것만 같았다. 오늘은 어머니의 말씀을 거역할 수 있는 날이 아니었다. 그는 욕구를 억눌렀다.

어쩌다가 여기까지 오게 되었을까? 어쩌다가 이런 일이, 이렇게 한심한 일이 일어나게 되었을까?

그는 한숨을 쉬었고, 화가 났고, 목을 긁고 싶어서 손을 꼼지락거렸지만, 그의 폐를 짓누르고 심장을 쥐어짜던 그것이 한숨을 비명으로 바꾸어놓았고, 폴이 그의 어깨를 붙잡았다. 교회에서 나올 때에도 백부가 여전히 그를 부축하고 있었다.

묘지에서 청명한 가을 햇살의 손가락이 관과 구덩이를 찔렀다. 조금 전에는 포리트 목사와 관이 어떻게 그리 비현실적으로 느껴졌는지? 이제 그들은⋯⋯.

가슴속 무언가가 목 밑까지 치밀었고 그는 그것을 삼킬 수 없었다. 그것이 그의 턱을 잠갔다. 그것이 그의 눈 안쪽에서 밀고 있었고⋯⋯.

조문객들이 묘지 주위에 섰다. 도라의 오빠와 조카들, 사촌들 몇 명이 모였고, 이웃들과 친지들, 그녀를 좋아하고 존경했던 사람들,

그녀를 두고 수군거리던 사람들, 그 수군거림을 들은 사람들과 듣지 못한 사람들이 모였다.

윌리엄의 눈길을 끈 것은 아주 작은 움직임이었다. 뒤쪽에 선 누군가. 언뜻 보였다. 그러다가 이내 사라졌고, 아주 미미한 느낌만이…….

교회에서 그를 지켜보던 사람! 그러면 그렇지!

윌리엄은 무게중심을 바꾸며 그를 제대로 보려고 몸을 왼쪽으로 돌렸다. 아무도 없었다. 다른 데로 갔겠지. 그는 반대방향으로 몸을 살짝 돌려보았다. 두 명의 조문객 사이로 널찍한 어깨가 보였다. 저 사람인가? 아니면 저기, 저 망토 끝자락이었나? 그러나 검은 무리들 속에서, 침울한 얼굴들 틈에서, 그 사람을 분간해내기란 어려웠다.

폴은 윌리엄의 몸이 흔들리는 것을 실신의 기미로 여기고 그의 어깨를 더욱 꽉 잡았다.

그의 몸속에 있던 그것이 그를 당황하게 했다. 그는 팔을 가만히 둘 수 없었고, 다리는 위험할 정도로 후들거렸다. 배 속이 차가웠고, 등골은 서늘했고, 흉곽이 잠겼고, 목은 막혔고, 그는 숨을 쉴 수가…….

윌리엄은 느린 깜빡임으로 눈을 감았다.

앞으로는 모든 것이 달라질 거라고, 그는 생각했다.

눈을 떠보니 따가운 햇살과 눈물이 있었다. 무덤 맞은편에서 누군가 그에게 손짓하고 있는 건가? 어떤 몸짓 같았다. 재촉하는 건가? 격려하는 건가? 윌리엄은 눈을 깜빡이고 가늘게 떴다. 누군가가 팔을 들었다고, 그는 생각했다. 널찍하게 펼쳐진 검은 망토 자락, 소맷부리 아래로 펼쳐진 손가락. 반짝이는 무엇. 눈이 부셔서 더 볼 수 없었다. 그의 눈은 무덤 같은 암흑 속에서 안식을 찾고 있었다. 윌리엄은 자신의 시야 가장자리에서 커다란 망토 자락이 펄럭이며 하늘과 태양, 조문객들, 모든 사람들, 모든 사물들, 그리고 마지막으로 윌리엄 자신을 검게 지우는 것을 의식했다.

그 후. 무언의 합의에 의해, 방직공장 사람들이 그날 밤 그를 돌보았다. 윌리엄의 머리는 무디고 텅 비었다. 사과술과 위스키가 어떤 도움을 준다는 건지 그는 알지 못했지만, 다른 사람들은 그 정도는 알고 있었고, 그래서 그를 레드 라이언으로 데리고 갔다. 영 자매로부터 사흘에 걸쳐 다림질 도움을 받아왔던 윌리엄은 공장 친구들이 보다 거친 방식으로 조의를 표하는 것이 반가웠다. 테이블 위에 사과술 한 주전자가 놓였고, 주전자가 비자마자 바로 채워졌다. 제과점의 프레드가 술집에 들러 그의 몸이 번쩍 들릴 정도로 꽉 끌어안았다. "좋은 분이었지, 네 어머니. 오래 있을 순 없어. 집에 가봐야 해. 아기가 있어서 말이야, 알지?" 재단사 햄린과 갬빈도 와서 특별히 그와 악수를 나누었고, 술집의 소음 속에서 그들의 목소리는 잘 들리지 않았지만 그 느낌만은 선명했다. 고맙습니다, 참 친절하시네요. 윌리엄이 말했다. 어깨를 내리치는 주먹에 깜짝 놀라 돌아보니 러지의 거친 손이 투박하게 연민을 표현한 것이었다. 벙어리 그레그는 연민의 감정을 섬세하게 표현했다. 손끝, 관자놀이로 표현하는 연민은 그 무엇보다도 윌리엄을 감동시켰다. 사람들이 떠나고 다른 사람들이 왔고, 술집 주인인 팔이 사과술 주전자를 채웠고, 마치 레드 라이언의 애완견으로 받아들인 길 잃은 착한 개라는 듯, 윌리엄을 다독이고 쓰다듬었다. 왁자지껄한 술집의 소음 속에서 사람들이 미소를 짓고, 웃음을 터뜨렸다. 윌리엄의 입

가장자리가 씰룩거렸다. 요란한 함성이 터졌고 누군가가 호들갑을 떤다며 누군가를 비난했고…… 윌리엄은 남자들이 서로에게 몸을 숙이고 괜찮은 여자들에 대한 음탕하고 외설적인 이야기들을 주고 받는 것을 들었다. "그냥 주는 거야, 알았지?" 팔이 그의 머리를 긁 적이며 잔을 다시 채워주었고 몇 번이나 그렇게 채웠는지는 아무 도 알지 못했다.

물살이 거셌고, 윌리엄은 그 물살에 몸을 맡겼다.

사과술이 그의 머릿속에 이 모든 소동과 거리가 먼 고요한 장소 를 만들었다. 다시 정신을 차렸을 때 그는 천박한 노래 가사를 읊 조리고 있었다. 그의 목소리는 쉬었고, 거친 까마귀 울음 같았다.

누군가가 그의 어깨에 기대며 그의 앞에 위스키 한 잔을 내려놓 았다. "이걸 마시면 목소리가 좀 나아지는지 한번 보자고."

그는 굼떠졌다. 다른 사람들보다 몇 초씩 늦었다. 그는 단어 몇 개를 주워섬겨 한때 친하게 지냈던 대장장이의 아들 루크에게 말 을 건넸다. "루크! 고마워. 넌 한잔 안 해?"

루크가 시무룩한 표정을 지었다. "팔은 내가 현금을 지불해야만 술을 줘." 루크의 머리카락은 기름기로 탁해졌고 피부는 노랗고 지 저분했다. "팔을 탓할 순 없지." 그가 어깨를 으쓱했다. "괜찮아? 오늘 아침 교회 뒤뜰에서 쓰러지는 것 봤는데."

"거기 있었어?"

"내가 무덤을 팠잖아. 내가 네 어머니 염을 했어. 아주 잘해드렸 지." 찡그린 표정, 잇몸에 박힌 검은 막대 같은 치아들. "그러니까, 내가 할 수 있는 한 최선을 다했다고."

뭐라고 답해야 하나? "고마워. 그렇게 해주어서."

"좋은 분이었어, 네 어머니." 그의 성한 눈이, 윌리엄의 어머니가 배고픈 소년을 위해 찬장을 열고 있는 어딘가로, 혹은 그 어디도 아닌 어딘가로 향했다. "난 그만 가볼게. 목이 탈 때 다른 사람들이 술 마시는 걸 보는 것보다 힘든 건 없으니까."

"내가 한잔 살게." 윌리엄이 비틀거리며 일어섰다.

"그럴 필요 없어." 그가 겉옷을 젖혀 술병을 보여주었다. 몸에 해로운 싸구려 술이었다.

"그런 거 마셨다간 죽어."

작별 인사와 또다시 드러나는 검은 나무토막들. "이게 아니면 다른 게 날 죽이겠지!"

팔이 사과술을 더 채워주었다. 웃음소리. 그의 어깨에 두르는 누군가의 팔. 노래. 팔이 그를 다독이고 사과술을 더 채워주었다. 어딘가 낯익은 목소리가 말했다. "이 친구 이거 괜찮은 거야? 왜 이래?" 노랫소리. 누군가 그의 양쪽 어깨에 손을 얹고 그가 부서지지 않는지 보려고 흔들었다. 그는 부서지지 않았다. 웃음. 노래. 팔이 다시 사과술을 채웠고……

주위가 고요했다. 윌리엄이 눈을 떴다. 그는 레드 라이언의 창가에 놓인 긴 의자에 누워 있었다. 그가 두르고 있던 회색 담요가 바닥으로 미끄러져 있었고, 그는 추웠다. 바깥 하늘이 창백해지고 있었다. 그는 두 발을 내려놓고 신음소리를 내며 일어섰다.

문이 열렸다. 팔이 얼굴을 들이밀었다. 곱실거리는 머리카락 몇 가닥이 수면모자 밖으로 삐져나왔다. "괜찮니?"

그가 고개를 끄덕였다.

"갈 거야?"

또 한 번 끄덕.

"그럼 그 담요 내가 가져갈게."

그는 담요를 돌려주려고 술집을 가로질렀고, 그러다가 그녀에게 키스했다. 조그만 침대 위에서 그녀가 잠옷을 끌어올렸다. 잠시 후 그가 그녀의 몸 안에 있었고, 몇 번 들이밀고 나니 끝나버렸다.

"빵 한 쪽 가져가서 가는 길에 먹어. 뒷마당 커다란 들통 위 선반에 조금 있어."

윌리엄은 생 울타리 길을 따라 집으로 향했다. 빵을 조금 떼어 입안에 우겨넣고 삼켰다. 배가 고파서 조금 더 먹었고, 또 먹었고, 그러다가 구덩이에 토해버렸다. 잘됐다고, 그는 생각했다. 그는 발효된 사과의 폭포 속에서 극도로 불쾌한 무엇이 나오기를 기대했다. 악취 나는 핏빛 무언가가, 썩어가는 덩어리가, 시커멓고 더러운 적갈색의 무언가가 쏟아져 나오기를 기대했다. 그러나 나오는 것이라고는 사과즙의 황금빛 물줄기뿐이었고, 그다음엔 달콤한 거품 한 덩어리를 뱉어냈다.

그 순간 그는 배 속에 또 다른 무언가가 있음을 느꼈다. 단단하고도 고통스러운 것이었다. 이제 나오려나 보네. 그가 입을 벌렸지만, 날카롭게 칵 하는 트림 소리만 나왔다.

느릅나무 가지의 떼까마귀 한 마리가 의심의 눈초리로 그를 내려다보았다.

한 시간 눈을 붙이고 나서 윌리엄은 공장으로 갔다. 남아 있는 알코올은 격한 노동 후에 흘린 땀으로 배출했다. 소음과 고함 속에서 생각할 틈은 없었다. 그다음 날에는 사무실에 열세 시간 동안 꼼짝 않고 앉아 쉬지 않고 주판알을 튀기며 밀린 장부를 정리했다.

공장에는 그 자체의 에너지, 그 자체의 리듬이 있었고, 사람은 그것에 자신을 맡기면 그만이었다. 울이 베틀의 북에 끌려 들어가듯 윌리엄도 일에 끌려갔다. 기계의 부품처럼, 강물의 힘으로 돌아가는 바퀴처럼, 그는 필요한 일을 했다. 결코 지치지 않았고, 거의 멈추지 않았으며, 한 가지 일에서 그다음 일로 쉬지 않고 넘어갔다. 잠들기는 쉬웠다. 베개에 머리를 댄 기억조차 없었고 해가 뜨는 순간 일어났다.

공장과 침대 사이에 있는 시간은 최소한으로 유지했다. 때로는 카드 게임을 하기도 했다. 이길 때도 있고 질 때도 있었다. 때로는 레드 라이언에 갔다. 한 번인가 두 번은 모두가 집으로 돌아갔을 때에도 술집에 남았다. "이거 습관 들일 생각일랑 마." 팔이 그에게 경고했다. 일요일이면 성가대에서 노래를 불렀다. 그의 목소리는 맑고도 수월하게 나왔고 오후에는 폴과 낚시도 몇 번 갔다.

"영 자매들이 아직도 음식을 만들어주고 청소를 해주니?"

"네."

"흠."

백부가 무슨 뜻으로 하는 말인지 그는 알고 있었다. 영 자매들은 희망을 품고 있었다. 희망은 기대로 변하게 마련이었다.

"집에 와서 빨래해줄 사람을 구해볼게요. 식사 준비를 해놓고 갈 사람요."

"좋은 생각이다." 폴이 말했다.

대림절* 초, 윌리엄이 찻주전자를 깨뜨렸다. 주전자를 사용한 것도 아니었고, 사실 거의 건드리지도 않았는데, 그대로 판석 위로

---

* 기독교에서 크리스마스 전의 4주간.

떨어졌다. 마치 원한을 품은 영혼이 그 안에 갇혀 있다가 나갈 길이 오직 이 길밖에 없음을 알았던 것처럼. 그는 찻주전자를 쓸어 담아 땅에 묻었고, 그때 그의 심장 밑에 커다란 구멍이 뚫렸고, 끔찍한 현기증이 그를 덮쳤다.

처음은 아니었다. 이번 것은 이해할 수 있었다. 어머니의 찻주전자와 매장, 생각하고 싶지 않은 상실을 일깨워주는 것들. 그러나 이 느낌은, 횡경막이 내려앉고, 구역질이 나고, 어둠이 엄습해오는 듯한 이 느낌은 다른 때에도 그를 찾아왔다. 그런 위기는 예측할 수가 없었다. 예기치 못한 일로 방해받을 때 시작되거나 일과 일 사이의 막간에 시작되거나 너무 일찍 일어나거나 어둠 속에 홀로 있을 때 시작되었다.

말로 표현하기란 어려웠다. 때로 그것은 엄청난 공허감, 범우주적이고 영원한 무無의 체험이었다. 그럴 때면 다른 사람들—폴, 네드, 프레드와 지니—을 보았고, 윌리엄은 그것이 자기 혼자만의 느낌이라고 믿게 되었다. 때로 그 검은 기운은 그의 내면에 존재하는 어둡고 위협적인 어떤 것 같았고, 그게 더 나빴다. 썩어가는, 괴물 같은 무언가에 그의 피와 생각이 중독되고 있었다. 그는 그것이 수치스러웠고 다른 사람들이 보지 못하는 게 다행스러웠다.

온 세상이 너무도 평온해 보였던 시간을 떠올릴 때면 당혹스러울 정도였다. 그는 병을 앓은 적이 없고 앓았다고 해도 오래가지 않았다. 배가 고팠던 적도 없었다. 어딜 가나 사람들이 미소와 우정으로 대해주었고, 그의 노력은 보상받았으며, 그의 실패는 너그러이 용서되었다. 그는 말썽을 일으킬 줄도 알았지만 거기서 빠져나오는 요긴한 재주도 있었다. 그나마 그를 두렵게 하거나 고통스럽게 했던 얼마 안 되는 것들도 어린 시절의 잊힌 나날 속에 남겨겼고, 어른이 되어서는 두려워할 이유가 없었다. 그런데 이제 커다란 손이 동화 속 세상의 친절한 껍데기를 벗겨내고 발밑의 균열을 보여주고 있었다.

그래도 완전히 무방비 상태는 아니었다. 그에게는 세 가지 무기가 있었다. 잠, 술, 그리고 일. 그중에서도 일이 가장 강력했다.

윌리엄은 전에도 공장에서 꾀를 부린 적이 없었지만 이제는 그곳에 있는 매 순간 움직였다. 그는 게으름을 두려워하며 살았고, 깨어 있는 모든 시간을 속속들이 채워줄 일거리를 찾았다. 만약 그의 일이 생각했던 것보다 오 분 일찍 끝나면 조바심을 냈다. 그는 하루의 위험한 공백을 채울 소소한 일들의 목록을 만들었다. 폴이 옥스퍼드의 바느질도구 판매상을 만나러 갈 때 그를 따라가서 터를 스트리트에 들러 송아지 가죽 노트를 샀다. 목록의 작성이 시급했기 때문이었다. 그는 노트를 항상 가까이에 두었다. 사무실에서는 책상 위에 두었고 공장을 둘러볼 때나 여행할 때는 주머니에 넣어두었다. 침대맡에 노트를 두고 잠들었고 깨어나는 순간 노트로 손을 뻗었다. 괴물이 마수를 뻗어올 때, 때로는 송아지 가죽을 만지는 것만으로도 괴물을 묶어두기에 충분했다.

그러한 위기들은 왔다가 사라졌고, 그는 최대한 자신을 방어했다. 한 번의 위기가 지나가고, 그가 숨을 헐떡이고, 심장이 시계추처럼 날뛸 때면, 그는 부디 이번이 마지막이기를 바랐다.

장례식 이후 석 달이 지났을 때, 적어도 겉으로 보기에 그는 예전과 똑같은 사람이었다. 에너지가 넘치고 미소를 머금은, 생기 가득한 사람. 가장 가까이에서 그를 지켜본 폴만이 그에게 닥친 변화를 알아차렸다. 윌리엄은 일을 너무 많이 하고 있었다. 그는 윌리엄에게 휴식을 취하라고, 책을 들고 강가로 나가라고, 외삼촌을 만나러 가보라고, 낚시를 하러 가라고 권했다. 그러나 윌리엄은 여가를 거부하는 것과 마찬가지로 고독도 거부했다. 겉으로 보기에 그는 열정적이고 활동적이었다. 속으로는, 심지어 그 자신에게도 감추었지만, 발밑의 땅이 파헤쳐져 언제고 그가 발을 내딛는 순간 땅이 꺼질 수 있음을 알아버린 사람의 삶을 살아가고 있었다.

&

어린 떼까마귀는 매끄러운 검은 부리를 지녔다. 다 자란 떼까마귀의 부리는 울퉁불퉁한 회색이다. 더구나 부리가 얼굴과 만나는 경계에는 구멍이 숭숭 뚫려 있고 물사마귀로 뒤덮여서—굳이 언어를 순화하진 않겠다—흉측하다. 혹자는 그것이 어설픈 동화적 보복이라고 말한다. 떼까마귀가 날아가기 전에 누군가 그의 부리를 만지면 까마귀가 석상으로 변한다는 마법 말이다. 그러나 사실 그것은 생존과 더 관련이 있다. 어떤 도구이건 처음 만들어졌을 때는 보기가 좋다. 몇 년에 걸쳐 그 도구로 땅을 파고, 뼈를 부수고, 바다생물을 바위에 놓고 쪼아대어보라. 어떻게 보기 좋은 상태로 남아 있을 수 있겠는가. 떼까마귀의 부리는 생존에 적합하게 변형되기 때문에 예쁜 부리는 머지않아 흉측해지고 만다.

떼까마귀는 숙련된 생존자다. 그는 고대 생명체이고 인간들보다 지상에서 오래 살았다. 그들의 노랫소리로도 그 사실을 알 수 있다. 그들의 울음은 거칠고 귀에 거슬리고, 파이프나 류트, 비올이 발명되기도 전, 보다 고대의 세상을 위해 만들어졌다. 음악이 발명되기도 전, 떼까마귀는 지구 자체를 따라 노래하도록 배웠다. 그는 바다의 거대한 포효,

화산의 무시무시한 폭발, 빙하의 삐걱거림, 고통 속에서 세상이 갈라졌다가 다시 생성될 때의 지질학적 신음을 모방했다. 그러므로 그의 노래가 당신의 봄날 정원의 찌르레기처럼 달콤하고 사랑스럽지 않다고 놀랄 일은 아니다. 그러나 기회가 된다면, 하늘 가득 날아다니는 떼까마귀의 노랫소리에 귀를 기울여보기를. 그것은 아름답지 않을지언정 **웅장**하다.

수세기에 걸쳐 축적된 경험 때문에 떼까마귀는 거칠다. 그는 억수 같은 비와 폭풍을 가르며 날아 다닌다. 번개와 춤추고 천둥이 치면 가장 먼저 설치고 돌아다닌다. 산소가 희박한 산꼭대기 하늘로 기쁘게 날아오르고 세상의 시름 없이 사막을 가른다. 역병과 기아와 전쟁은 떼까마귀에게 친숙하다. 그는 그 모든 일을 이미 겪었고 그것들로부터 이득을 취하는 방법을 알고 있다. 왜냐하면 떼까마귀는 거의 모든 곳에서 편안하기 때문이다. 그는 가고 싶은 곳에 가고, 마음이 내키면 돌아온다. 웃으면서.

기온, 고도, 위험…… 인간에게 장벽이 되는 것들이 떼까마귀들에겐 장벽이 아니다. 그의 지평선은 더 넓다. 그것이 바로 지상을 떠나는 영혼들이 미스터리의 짙은 장막을 지나 산소도 필요치 않고 가뭄 따위는 문제가 되지 않는 곳으로 떠날 때 떼까마귀들이 동행하는 이유다. 육체에서 벗어난 영혼을 그곳에 데려다주고 나서, 그들은 다시 돌아온다. 다른 세상들을 거치고 유니콘의 혀와 용의 간의 향연을 지나, 다시 이 세상으로.

떼까마귀의 집합명사는 수없이 많다. 어떤 지역에서는 떼까마귀 한 **아우성**이라고 말한다.

13

도라 벨맨의 장례식 후 몇 달이 흘렀다. 그리고 또 몇 달. 거의 일 년이 되어가던 어느 날, 윌리엄은 일요일 오후를 보내기 위해 외삼 촌이 농사를 짓고 있는 네더 위치우드까지 칠 마일(11킬로미터)을 달렸다. 가는 길에 납품일에 관해 철판 공급업자와 나눌 대화를 연습했다. 그는 어떤 방식으로 거절할까, 그렇다면 그 거절을 어떻 게 차단해야 하지? 네모난 농장주택의 안뜰로 접어들 무렵 그는 철판 공급업자에게 그 자신이 얻을 이득을 주지시키면서도 방직 공장에도 이로운 방식으로 그 문제를 설명할 방법을 찾은 상태였 다. 좋았어.

전에도 와본 적이 있는 삼촌의 농장이었다. 맛있는 빵과 버터와 시드 케이크*를 먹고 있는데 부엌문이 열리더니 누가 뛰어 들어오 는 발소리가 들렸다. 예닐곱 살쯤 되어 보이는 남자아이가 숨이 턱 까지 차서 다급하게 말했다. "우리 집 가장 좋은 소가 도랑에 빠졌

---

*   캐러웨이 씨앗이 든 케이크.

는데 끌어낼 수가 없어요! 토머스 씨가 좀 와주실 수 있어요? 지금
당장요. 공손하게 부탁하라셨는데 그래도 꼭 모시고 오래요."

월리엄은 삼촌과 함께 벌떡 일어났고 두 사람은 한 입 베어 먹은
버터 바른 빵을 도로 내려놓았다.

깊은 도랑이었고, 바닥에 삼십 센티미터 가량 물이 고여 있었다.
둑이 무너졌고, 사분의 삼이 돌맹이인 것도 놀랄 일은 아니었다.
그나마 섞여 있는 흙은 입자가 가늘고 흙내음도 없었다. 무엇도 그
속에 뿌리를 내려 둑을 지탱하지 않았다. 월리엄은 주위를 둘러보
며 상황을 파악했다. 울타리가 있고, 예측컨대 이전 산사태로, 그
리고 최근에 일어난 두 번째 붕괴로 울타리의 반이 날아갔다. 소의
몸통은 둑에 끼어 있고 뒷다리 쪽은 무너진 흙더미에 묻혀 있었다.
게다가 움직일 수 있는 한쪽 앞다리를 버둥거리고 있어서, 구출을
더욱 힘들게 했다.

월리엄 또래의 젊은 남자 둘이 무너진 흙과 돌을 파내고 있었다.
두 사람은 놀란 짐승 가까이에서 손으로 흙을 파내야 했다. 나이가
더 많은 사람이 구덩이 안에서 소의 어깨를 달래듯 어루만졌다. 그
는 체격이 건장했고 무릎 아래를 진흙탕에 담그고 있었다. 밝은색
머리카락은 얼굴 주변의 땀에 젖은 부분만 어두워져 있었다. "소를
움직이는 건 안 되겠어요." 그가 말했다. 사람과 소 중에서 어느 쪽
이 더 힘들어하는지 분간할 수 없었다.

월리엄은 겉옷을 벗고 구덩이 속으로 들어갔다. "흙을 파내서 소
의 아래쪽에 충분히 공간을 만든 다음 소를 밖으로 밀어 올리자고
요? 그 말씀이신가요?"

"그 방법밖엔 없겠어요. 내가 보기엔."

월리엄이 소년에게 돌아섰다. "삽을 더 가져올래?" 소년이 뛰어

갔다.

그들은 흙을 파냈다. 처음 한 시간 동안은 자신이 도움을 받고 있다는 걸 알 리 없는 소가 앞다리를 버둥거리며 작업을 방해했다. 소의 다리를 묶은 뒤에는―마구를 채웠더니 효과가 있었다― 소가 낑낑거렸지만 한층 속도가 붙었다.

소년이 삽을 여러 자루 들고 돌아왔다. 윌리엄은 소년에게 부러진 울타리를 부수고 기둥을 뽑으라고 시켰고 그동안 어른들은 처음엔 삽으로, 나중에는 맨손으로 소 아래쪽, 차가운 진흙탕에 손을 넣어 잔해와 자갈을 긁어냈다. 그들은 말없이 일했다. 어쩌다 한 번씩 이웃집 남자가 얼굴을 찌푸리며 허리를 펴고 어깨를 움직여 보며 소를 달랬다. "걱정 마라, 우리 귀염둥이." 그가 소에게 말했다. "다 잘될 거야. 두고 봐."

한 무리의 소년들이 구경거리를 보려고 둑에 나타났고, 이 광경을 재미있어했다. "물러서!" 그들에게 호통이 떨어졌지만 오 분 뒤에 다시, "물러서라니까!" 하고 소리쳐야 했다. 그러나 아이들은 호기심을 억누를 수 없었다. 아이들은 점점 더 가까이 다가왔고, 아이들이 발을 디딘 곳이 금방이라도 무너져내려 그들의 작업을 수포로 만들 참이었다.

윌리엄이 소 주인에게 뭔가 제안했고 주인은 고개를 끄덕였다. "얘들아." 그가 말했다. "우리 농장에 뛰어가서 아줌마에게 말해서 아저씨한테 필요한 물건을 가져다줄래? 벽장문을 떼어달라고 해서 가지고 와. 최대한 빨리."

할 일이 생겼어! 문짝을 떼어서 가지고 오래! 아이들이 뛰어갔다.

세 시간째에 접어들었을 때 그들은 소 밑에 울타리 기둥들을 집어넣었다. 튼튼한 문짝 하나가 들판을 가로질러 열두어 개의 다리로 운반되는 중이었다. 기둥 하나를 두 명이 잡고 여섯 명이 소를 들었다. 소를 풀밭 쪽으로 끌어올리는 것은 말이 되지 않았다. 그랬다간 그들 밑으로 둑이 내려앉을 것이다. 그래서 그들은 소를 반대 방향으로 올린 다음 문짝을 구덩이 위에 다리처럼 놓았다. "거봐, 귀염둥이. 내가 잘될 거라고 했지?" 소가 다리를 가눌 수 있게 되자 약간의 도움만으로 문짝을 지나 풀밭으로 건너갈 수 있었다.

소는 놀란 듯 주위를 둘러보다가 풀밭에 코를 박고 풀을 뜯기 시작했다.

"제가 보기엔 멀쩡한데요." 윌리엄의 외삼촌이 말했다.

사람들이 한숨을 내쉬었고 등을 젖혔다.

"윌, 이쪽은 톰 웨스턴 씨란다. 톰, 이쪽은 내 조카 윌이네."

"만나서 반갑습니다."

악수를 하기에는 손이 너무 축축하고 더러웠고, 그들이 함께 겪은 일로도 통성명은 충분했다.

"우리 집으로 갈까?" 톰 웨스턴이 오므린 손을 입 근처에서 기울였다. 초대였다.

톰 웨스턴의 농장에 다다르니 여자가 달려나와 그들을 맞았다. 예쁘고 파란 눈에 친근한 주름이 잡혀 있고, 금발에 흰머리가 거의 없었다. 예쁘지만 수심 어린 얼굴이었다. "꺼냈어요?"

그럼, 그럼. 꺼냈지, 이젠 괜찮아. 다치지도 않았고. 단지 시간이 걸렸고 목마른 여섯 남자가 같이 왔어. 아, 이쪽은 윌리엄 벨맨, 제프리의 조카야. 휘팅포드에서 왔대.

여자가 안도의 미소를 지었고 그다음엔 윌리엄에게 미소 지었다. 그녀의 치아는 반듯했지만 틈이 벌어져 있었다. 그래서 더 호감이 갔다.

"로즈!" 그녀가 집 안쪽에 대고 소리쳤다. "식사 준비해야겠다. 빵하고 버터를 내오고 절인 햄도 꺼내. 필케이크*도!"

부엌에서 남자들이 셔츠를 벗고 젖은 몸을 닦고 흠뻑 젖은 부츠의 끈을 풀었다. 톰의 아내는 불을 지폈고 톰은 몸을 데워줄 무언가를 잔에 넉넉하게 부었다.

"오늘 밤 휘팅포드로 돌아가실 건 아니지요, 벨맨 씨?" 벽난로 주위에 널어놓은 옷가지들을 보면서 톰의 아내가 물었다. 오늘 밤에 돌아가야 한다는 말을 듣고 그녀가 다시 안에다 대고 소리를 질렀다. "로즈! 여기 머리끝부터 발끝까지 홀딱 젖은 청년이 있는데, 오늘 밤에 휘팅포드로 돌아가야 한다는구나. 다른 일은 제쳐두고, 일단 이 부츠 좀 가져가렴. 떠나기 전에 조금이라도 말릴 수 있는지 보자."

옆방에서 접시와 수저 달그락거리던 소리가 멈추더니 문간에 웬 젊은 여자가 나타나 문틀에 기대고 섰다. 금발, 파란 눈. 엄마를 빼닮았다.

"네 할아버지 옷을 좀 입혀볼까, 로즈? 그게 맞을까?"

여자의 눈이 그를 훑었다. "맞을 것 같아요." 그녀가 그의 눈을 보았다. 시선이 곧고 안정적이었다. "좀약 냄새가 나더라도 이해해주세요."

"이해하고말고요."

그녀가 옷을 가지러 갔다.

"다음 주 일요일에 돌려드릴게요." 윌리엄이 웨스턴 부인에게 말

* 과일 껍질을 넣어 만든 케이크.

했다.

옆방에서 그녀가 어깨 너머로 그를 보며 웃었다. 그녀도 치아 사이가 예쁘게 벌어져 있었다.

폴은 이스트 인디아 앤드 제너럴 컴퍼니의 고급 원단 주문 건에 대해 전날 모든 것을 윌리엄에게 알려주었지만, 오늘 보니 한마디도 전달이 되지 않은 게 분명했다. 폴은 같은 내용을 한 번 더 전달했다.

"아, 이제 알았어요." 윌리엄이 마음을 다잡고 장부로 돌아가며 말했다.

"무슨 일 있니?" 폴이 물었다.

"아뇨."

그러나 윌리엄의 상태가 좋지 않다는 것을 폴은 알아차렸다. 무언가가 그를 초조하게 만들고 있었다. 낚시를 한번 갈 때가 되었으려나. 일요일 오후의 평화 속에서라면 뭐가 문제인지 털어놓을지도 모른다. 그러나 그가 강으로 나가자고 했을 때 윌리엄은 놀라는 것 같았다. 갈 수 없다고 했다. 할 일이 있다고.

할 수 없지. 어쨌든 제안은 했으니까. 뭐가 문제인지 몰라도 아마 지나갈 것이다. 어쨌든 정신이 반만 공장에 있는데도 윌리엄은 여전히 일을 잘하고 있었다.

윌리엄의 송아지 가죽 노트는 일주일 동안 펼쳐지지 않았다. 그의 모든 시간이 꽉 차서 일로 채울 시간이 없었다. 그녀의 눈, 그녀의 머리카락, 그녀의 치아…… . 삼십 분 내내 그녀의 치아 위에서 혀를 움직이는 상상을 하며 보낼 수도 있었다. 그녀의 다른 것들도 그가 원하는 그대로였다. 앞태도, 옆태도, 뒤태도 모두 훌륭했다. 솔직했던 첫 눈맞춤 이후 작별인사를 할 때까지 그녀는 그와 눈을 맞추지 않았다. 수줍어서가 아니었다. 수줍어하기엔 너무 일에 몰두해 있었다. 그녀는 그의 부츠에 묵은 쌀을 가득 채워 물기를 빼고, 빵과 햄을 썰고, 차를 따르고, 케이크를 가져오고, 유모에게 눈을 부릅뜨고, 서로의 케이크를 빼앗으려 하는 남동생들에게 손가락을 흔들었다. 그러나 윌리엄은 그녀가 자신을 보지 않으면서도 그의 시선을 즐기고 있다는 것을 알았다.

알고 보니, 로즈의 치아 사이의 틈은 그가 상상했던 것만큼 혀에 닿는 느낌도 좋았다.

"당신이 웃을 때마다 그 틈이 보이고, 그러면 난 키스할 수밖에 없어요." 그가 그녀에게 말했다.

"그럼 키스를 많이 해야겠네요." 그녀가 대답했다. "왜냐하면 난 항상 웃으니까요." 그 말은 사실이었다. 그 말을 할 때도 그녀는 웃고 있었다. 그는 그녀에게 다시 키스했다.

그렇게 일요일이 몇 번 지났을까? 첫 번째 일요일을 포함해서 세 번째였다. 겨우 두 주가 지났을 뿐인데, 새로운 세상이 열렸다.

들판에서, 나무 아래서, 그들은 키스하고 매달리고 애무했다. 그의 손가락은 이미 그녀의 속옷을 파고들었고 그녀의 손가락도 그의 속옷을 파고들었다. 그들은 손가락이 주는 스릴에 기뻐하면서도 더 큰 쾌락을 갈망했다.

"나, 하고 싶⋯⋯" 그가 말했고, "나도요" 그녀가 대답했다.

하지만 그녀 부모의 소를 구덩이에서 끌어내준 후 그는 그녀의 가족에게 마음의 빚을 진 기분이었다. 곧바로 그의 부츠를 떠올려준 마음씨 따뜻한 분. 그런 분의 뜻을 거스른다고? 그럴 수는 없었다. 겁에 질린 소에게 그토록 다정하게 말했던 남자도 생각했다. 안 돼. 그들은 행복한 가정이었고 윌리엄은 그들에게 불행을 가져다줄 수 없었다.

하지만, 하지만, 하지만. 그들은 더 참을 수가 없었다. 축복이건, 재앙이건, 뭐라고 불러도 상관없다. 조만간 그 일은 일어날 수밖에 없고, 그때가 되면 그들은 멈출 수 없을 것이다. 그들은 곤경에 처했다.

목요일, 건조장에서 해결책이 떠올랐다.

"큰아버지!"

윌리엄이 들이닥치자 폴은 놀라서 어정쩡하게 일어섰다. "무슨 일이냐?" 그는 사고 소식을 들을 마음의 준비를 했다. 누군가 화상을 입었거나 물에 빠졌거나 원단이 타거나 찢기거나 날아갔거나.

"말 한 필이 필요해요. 네더 위치우드까지 타고 가야 해요."

"지금? 왜?"

"여자가 있어요. 그 여자와 결혼해야 해요."

"지금 당장? 그건 안 돼. 일단 앉아라."

윌리엄은 앉지 않았다. 그는 심지어 문손잡이에 손을 그대로 얹은 채 허락이 떨어지자마자 밖으로 뛰쳐나갈 기세였다. 그러나 그는 폴의 질문에 대답했다. 어떤 사람들인데? 그리고 로즈라는 아가씨는, 하루 종일 뭘 하는 아가씬데? 왜 꼭 그 아가씨하고 결혼해야 한다는 거냐?

그들은 함께 네더 위치우드로 갔다. 폴은 웨스턴 가족들이 좋은 사람들임을 알 수 있었다. 그들은 폴을 좋게 보았다. 윌리엄과 로즈는 창백한 얼굴로 초조하게 손을 맞잡고 긴 의자에 앉아 있었다. 결혼식은 두 주 뒤로 잡혔다.

14

제대로 영글지 못한 영 자매의 소망은, 이제 죽고 말았다. 레드 라이언에서 총각파티를 하려고 네드가 그를 데리고 왔을 때, 팔은 마치 애완견 쓰다듬듯 그의 머리를 쓰다듬었다. "착한 여자겠지?" 그녀가 물었고, 대답을 듣고 난 뒤에는 "그럼 됐어"라고 말했다. 여자 방직공들은 윌리엄의 얼굴이 붉게 달아오를 때까지 놀렸다. 결혼식을 치르고 나면 다시는 그를 놀리지 않을 것이기 때문이었다. 공장 어딜 가나 남자들이 악수를 청했고, 축하 인사를 건네거나 유쾌한 경고를 했다. 벙어리 그레그는 직접 짚을 꼬아 만든 신랑 신부 인형을 선물했다.

윌리엄은 팔짱을 낀 프레드와 지니를 시내 번화가에서 만났다. 지니는 암탉처럼 풍만해졌고, 프레드는 빵과 만족감으로 뚱뚱해졌다. "좋은 소식이네, 윌. 멋진 일이야!"

"이건 찰스가 보낸 거야." 폴이 말했다. 그들의 결혼을 축하한다는 내용의 편지였고 윌리엄과 신부를 위해 벽에 걸 베니스의 그림을 보내주겠다는 내용이었다.

결혼식 전날 밤, 자정이 지나 집으로 돌아가는 길이었다. 그는 어둠 속 벽에 낮게 웅크린 형체를 미처 보지 못했다. 발이 걸린 순간에야 알았고, 넘어지지 않으려고 양팔을 높이 쳐든 채로 넘어지고 말았다. 그의 발에 걸린 그것은 바닥에 널브러져서 끙끙거리고 있었다. 유리병이 쓰러지는 소리가 났다.

"루크? 루크 맞아?"

"누구야?"

"나 윌 벨맨이야."

어둠 속 형체가 무언가를 더듬었고 작은 쨍그랑 소리와 안도감으로 웅얼거리는 소리가 들렸다. 아마 병이 깨지지는 않은 모양이었다. 술 냄새가 진동했고, 윌리엄은 그가 자신을 알아보았는지, 누군가 곁에 있다는 사실은 알고 있는지 알 수 없었다. 그가 루크의 어깨에 손을 얹었다. 그는 어렸을 때보다 더 야위었다. 만약 그게 가능하다면. 그가 부드럽게 그의 손길을 뿌리쳤다.

"루크? 괜찮아? 요즘 어떻게 지내?"

긴 침묵이 흘렀고, 술을 마시다가 잠이 든 모양이라고 생각한 순간 그가 입을 열었다.

"난 기억해……." 말이 뜻대로 나오지 않자 그가 떨리는 손으로 어설픈 팬터마임을 했다. 손바닥에 침을 뱉고는—어쨌든 보기엔 그렇게 보였다— 술 취한 사람의 섬세함으로 엄지를 손가락 끝에 붙였고, 그리고 하나의 몸짓을, 훌륭하다는 듯한, 머리를 쓰다듬는 듯한, 부질없다는 듯한 몸짓을 했다. 루크는 몇 가지 음절을 내뱉고는 유쾌하게 껄껄 웃었다. **새총**. 그렇게 말하는 것 같았다.

윌리엄은 기다렸지만 설명은 없었다.

"나 내일 결혼해." 그가 말했다.

루크가 그의 말을 알아들었는지는 알 수 없었다. 또다시 침묵이 흐르고, 그만 가봐야겠다고 생각했지만 다시 루크의 목소리가 들렸다. "기억해? 난 기억해……."

윌리엄은 돌아섰다. 그는 침대에서 혼자 보내는 마지막 밤을 위해 집으로 향했다.

나는 내일 결혼한다고. 집으로 들어서며 그가 집에게 말했다. 나 내일 결혼한다고. 촛불을 불어서 끄며 초에게 말했다. 머리를 눕히고 베개에게 "나 내일 결혼해"라고 속삭였다. 그리고 잠들기 직전에, 레드 라이언에서의 술 취한 밤의 기억이 떠올랐다. **내가 네 어머니 염을 했어. 아주 잘해드렸지.**

그러나 그것 때문에 깨어 있진 않았다. 그는 내일 결혼할 것이다.

15

윌리엄 벨맨은 이제 레드 라이언에서 술을 마시지 않았다. 축융실 뒤에서 카드 게임을 하지도 않았다. 빚을 청산했고, 모든 계산을 끝냈다. 그런 삶은 이제 끝났다. 스물여섯의 나이, 청년 윌리엄에게는 정기적인 수입과 건강, 친구들의 호감과 존중이 있었다. 오년간의 결혼생활을 통해, 그는 그녀와 결혼하던 날 알았던 것보다 그녀를 사랑할 이유들을 더 많이 알게 되었고, 다툴 때는 짧고 효율적으로 다투었으며, 결국 너그러운 마음으로 화해했다. 그의 딸 도라는 건강하고 호기심이 많았으며 뭐든 빨리 배웠다. 아직 아기인 아들은 벨맨 집안의 전통에 따라 폴이라고 이름 지었고, 무얼 보고도 잘 웃고 강하게 자랐다.

삶은 윌리엄 벨맨에게 친절했다. 그를 알지 못하는 사람들도 거리에서 그를 만나면 그에게서 풍기는 좋은 인상에 매료되지 않을 수 없었다. 여기, 건강하고 행복하고 성공한 남자가 있다고 그의 걸음걸이가 말하고 있었고, 심지어 옷차림마저도, 모자에서 부츠까지 주인의 훌륭한 인품에 대해 한마디씩 거드는 것 같았다.

윌리엄은 자신의 행운을 의식하지 못하는 것 같았지만 생각보다는 행동에 유능한 그였기에 주어진 행복에 대해 생각하기보다 그저 즐겼다.

다른 사람들에게는 그만큼 운이 따라주지 않았다.

어느 해 겨울 아침, 오두막 문 두드리는 소리가 들렸다. 윌리엄이 문을 열어보니 눈보라가 들이닥쳤다. 벙어리 그레그가 다급한 눈빛으로 어깨에 눈을 맞으며 떨고 있었다.

불이 났나? 도둑이 들었나? 기계가 고장 났나? 노동자들 사이에서 일어난 일일 리는 없다. 그랬다면 그가 알았을 것이다. 그렇다면 다른 공장주들의 시기에 관한 문제인가…….

윌리엄은 잠옷 위에 옷을 잔뜩 껴입고 그레그와 함께 공장으로 달려갔다. 공장 건물들 쪽으로 가려 하자 그레그가 그의 손을 잡고 끌었다. 그쪽이 아니다. 그레그가 손으로 허공에 원을 그렸다. 물레방아 바퀴.

하늘과 땅의 구분이 없었다. 오직 눈뿐이었다. 희지 않은 것은 참나무들뿐이었다. 높은 나뭇가지들이 검게 뭉쳐져 있었다. 작년의 떼까마귀 둥지였다. 공장 노동자 몇 명이 그들을 기다리고 있었다. 집 없이 공장에서 자는 사람들이었다. 그들은 열판을 데우는 스토브 주위에 옹기종기 모여 밤을 맞이했다. 날씨가 몹시 추워지면 거름통 쪽으로 자리를 옮겨서 악취를 견디는 대신 발효열을 얻었다.

윌리엄이 그들 곁에 섰고, 그들은 바퀴를 찬찬히 보았다. 무언가가 바퀴의 움직임을 방해하고 있었다. 보나마나 나뭇가지가 걸렸겠지. 눈의 무게를 못 이기고 부러졌나 보네. 아니면 누군가가 쌓아둔 목재가 무너지는 바람에 통나무 한 조각이 물살에 휩쓸려와

바퀴에 끼었는지도. 아니면 어느 가엾은 영혼이 맥주 한 통을 훔쳐 마시고는 발각될까 봐 두려워 강물에 통을 버렸는지도.

윌리엄은 외투와 재킷을 벗었다. 시간을 끌면 상황이 악화될 뿐이다. 그는 눈 깜짝할 새 물로 뛰어들었고 살을 베는 듯한 냉기에 얼굴을 찌푸렸다. 서둘러야 했다. 냉기가 그를 완전히 기절시키기 전에 그는 바퀴 쪽으로 다가가서 물보라와 물거품 속 검은 형체의 길이와 위치를 가늠해보려 애썼다. 손이 얼어서 일을 제대로 못하게 되기 전에 단번에 제대로 붙잡아야 했다. 그는 양팔을 어깨까지 물에 담그고 붙잡은 다음 끌어당겼다.

첫 번째 시도로는 아주 조금 움직였을 뿐이었다. 두 번째 시도에 바퀴에 걸린 물체가 빠져나왔다. 팔 하나가 물속에서 튀어나와 윌리엄의 입을 세게 때렸다. 처음에 윌리엄은 그것이 냉기에 얼얼해진 자신의 주먹인 줄 알았다. 그는 물에 흠뻑 젖은 시체를 가장자리로 끌어냈다. 일꾼들이 익사체의 옷자락을 붙잡고 끌어내는 동안 그레그가 벨맨에게 손을 내밀었다. 죽은 자와 산 자가 함께 물에서 나왔다. 얼음장 같은 물이 두 사람의 몸에서 뚝뚝 떨어졌다.

"무슨 일이야?" 연락을 받고 달려온 폴이 물었다. "세상에! 누구지? 이 사람 누군지 아는 사람 있어요?" 그러고는 보다 다급한 목소리로 말했다. "윌리엄을 집으로 데려가요. 얼어 죽기 전에 어서 빨리! 몸을 말려줘요. 따뜻하게 해줘요."

윌리엄은 몸 안에 불덩이가 있는 것 같았다. 자신의 체중을 지탱할 수 없었다. 양쪽에서 한 명씩 그를 부축했다. 그는 양팔을 그들의 어깨에 두르고 나서야 겨우 한 발씩 떼놓을 수가 있었다.

그의 뒤쪽에서 사람들이 시신을 굴려보았다.

"스미스 씨의 아들이야." 누군가가 말했다. "대장간으로 사람을 보내서 알려야 할 것 같은데."

"알고 싶어하지 않을걸. 가족과도 별로 가깝게 지내지 않았어. 그 누구하고도."

"술이 곤드레가 되어서 물에 빠졌나 보네. 보나마나 그렇게 된 거야."

"무덤을 파던 친구 아닌가? 가엾은 친구네." 폴이 말했다.

윌리엄이 어깨 너머로 돌아보았다.

눈 위, 한 점의 밝은 빛깔. 윈드러시 강에 씻긴 적갈색 머리카락. 나무 꼭대기의 다급한 떼까마귀 한 마리가 오직 죽은 자만이 들을 수 있는 냉혹한 메시지를 까악까악 전하고 있었다.

로즈는 윌리엄의 옷을 벗기고 물기를 닦아내고 담요를 둘러주었다. 그리고 불을 지폈다. 로즈가 물을 끓였고 그는 술을 넣은 꿀물을 마셨다. 로즈가 물을 더 끓여서 욕조에 부었다. 윌리엄은 허리까지 몸을 담그고 욕조에 앉아 있었고 그동안 로즈는 그의 어깨 위로 더운 물을 붓고 또 부었다. 그녀가 그의 몸을 다시 닦고, 있는 줄도 몰랐던 옷들을 겹겹이 껴입혔다. 그런 다음 불가에 놓은 팔걸이의자로 그를 데려가서 앉혔다.

처음엔 너무 더웠고, 그다음엔 너무너무 추웠다.

아기는 자고 있었지만, 평상시 같지 않은 소동에 호기심을 느낀 딸 도라는 나와서 참견을 했다. 로즈가 야단을 치고 도라를 들여보냈다. 윌리엄은 도라가 우는 소리를 들었다.

"이리 오라고 해." 그가 말했다.

아이가 그의 무릎 위로 올라왔고 그는 아픈 손가락을 움직여 아이에게 담요를 둘러주었다. 도라는 눈과 낮 시간에 집에 있는 아버지의 신기함에 매료되어 아버지 품에 포근히 안겼다. 윌리엄은 아이의 숨소리가 안정적이고 규칙적으로 변해가는 것을 느꼈다. 그의 배와 허벅다리에 닿는 아이의 묵직한 무게. 아이는 얼마나 따뜻한가!

윌리엄의 눈이 감겼다. 그의 몸은 피로에 마비되었고, 잠의 경계로 다가갈 무렵, 무방비 상태의 마음속에 하나의 기억이 떠올랐다. 레드 라이언에서의 루크. **좋은 분이었는데, 네 어머니.** 그리고 다른 또 다른 시간, 밤늦게, 거리에서. **"너 기억해……?"**

윌리엄은 밀려드는 불안감에 퍼뜩 깨었다. 눈을 뜬 순간 무언가가 눈에 들어왔다. 순간적으로 어두워진 실내. 창가에 무언가가 빛을 가리고 있었다. 그는 그것을 본 적이 있었다. 본 게 아니라면 스쳤다고 해야 하나. 검은 형체가 그를 보고 있었다. 그는 놀라 창문을 보았다. 아무도 없었다. 검은 가지를 흰 하늘에 뻗고 있는 참나무들을 제외하면 온통 흰 풍경이었다. 일어나서 창밖을 내다본다면 도라를 깨우게 될 테고, 그의 사지는 잠에 취해 늘어진 상태였다.

도라가 그의 무릎 위에서 살짝 뒤척였다.

윌리엄은 아이를 내려다보다가 안정적이고 졸린 아이의 눈과 마주쳤다. 아이가 무겁게 손을 들었고, 아이의 신비로운 손길이 그의 눈꺼풀을 끌어당겼다. 사랑스럽기도 하지! 그의 심장은 본래의 박자를 찾았다. 따스함이란 얼마나 좋은가. 벽난로의 불길이 치직거리며 타오르는 것을 느낄 수 있었고, 주방에서는 좋은 냄새가 풍겨왔다.

그는 다른 사람들을 괴롭히는 시름과 걱정이 그 자신, 윌리엄 벨맨에게는 해당되지 않는다는 자신만의 완충장치와 확신으로 되돌아갔다.

오두막 옆 참나무 숲에 한때 떼까마귀들이 있었다고, 잠에 빠져들며 그는 생각했다. 어린 시절 내내 떼까마귀 울음소리가 그를 깨웠다. 오늘 아침 물레바퀴 근처에서 보았던 오래된 둥지들을 겨우내 볼 수 있었다. 그러나 지금은 보이지 않았다. 완전히 사라져버렸다.

루크가 묻혔다. 그의 가족은 죽은 형제를 위해 돈을 쓸 만큼 그에게 관심이 없었기 때문에 폴이 포리트 목사를 불렀다. "그 가엾은 친구를 위해 누구든 뭐라도 해야지." 그가 말했다. 물에 들어갔다 나온 뒤로 오한이 나서 윌리엄이 침대에 누워 있었기 때문에 폴은 참석자가 자기밖에 없을 거라 생각하고 있었다. 그래서 제과점집 아들이 참석한 것을 보고 무척 놀랐다.

장례식이 끝나고, 무덤을 파던 친구가 자신의 무덤으로 들어가자, 폴과 프레드 암스트롱은 악수를 나누었다.

"이 친구를 끌어낸 사람이 윌리엄이라고 들었어요." 프레드가 말했다.

"그렇다네."

"이탈리아에 있는 아들에게 편지 쓰실 때 이 얘기를 하실 건가요?"

폴은 문득 궁금했다. "그 둘이 서로 알고 지냈던가?"

프레드가 망설였다. "아마 아닐걸요. 그렇진 않았어요. 그때 우린 어린애들이었어요."

"스트라우드 로드의 술집에 사람을 좀 심어놔야 되는 건 아닐까요?" 윌리엄이 물었다.

그는 훨씬 권위적인 화법으로 말할 수도 있었을 것이다. "스파이를 보내야 해요"라든가 "스트라우드 공장 사람들이 무슨 꿍꿍이인지 알아내야 해요"라든가. 그러나 그는 "아닐까요?" 하고 물으며 폴의 동의를 구했다.

폴은 그의 조심스러운 화법에 감동했다. 그의 조카는 자신만큼이나 업계를 잘 알고 있었고 지식, 이해력, 그리고 비즈니스 감각 측면에서 두 사람은 동등한 수준이었다. 물론 소유권은 다른 문제였다. 드물긴 해도 윌리엄과 폴의 의견이 충돌할 때면, 결국 소유권을 가진 사람이 그날의 승자였다. "이건 큰아버지의 공장이잖아요." 손바닥을 들어 보이며, 편안한 미소를 머금고, 윌리엄은 말하곤 했다. 최근에는 그의 판단이 윌리엄과 다를 때면 폴이 자신의 뜻을 굽히고 싶어졌다.

팔 년 전, 그는 윌리엄을 자신의 비서로 삼았고, 그 뒤로 공장은 발전을 거듭했다. 장부는 주문으로 빼곡했다. 공장의 일꾼들은 효율적이고 질서 있게 움직였다. 수익은 계속 불어났다. 그들은 새로운 기계에 투자했고, 증기력을 향상시키기 위한 방안들을 고심하며 공장을 확장했다. 폴 혼자였다면 이룰 수 없었을 것이다. 윌리엄이 스트라우드의 공장주들이 인력을 빼가는 것에 대해 걱정한다면 분명히 그럴 만한 이유가 있을 것이다.

"보낼 만한 사람이 있니?"

"생각해둔 사람이 있어요."

"그럼 그렇게 하렴."

윌리엄이 시계를 보았다. 다섯 시 정각이었다. "돌아가는 길에 처리할게요."

윌리엄은 집에서도 행복했다. 공장에서 밤늦게까지 일하면서 어두워져서 보이지 않을 때까지 눈살을 찌푸리고 장부를 들여다보던 청년은 이제 없었다. 이제 그에게는 또 다른 삶이 있었다.

"이번 주 일요일엔 무슨 계획이 있니, 윌? 로즈와 아이들을 데리고 점심 먹으러 오렴. 집안에 활기가 좀 돌면 좋을 것 같구나."

"갈게요." 윌리엄이 말했다. "내일 만나요."

윌리엄이 폴 자신의 아들이었기를 바랄 수도 있었다. 도라와 두 사내아이를 바라보면서 그들이 자신의 손자이기를 바랄 수도 있었다. 그러나 그는 그런 욕망을 품는 것에 조심스러웠다. 아버지보다 지혜로운 폴은 아들 찰스가 결코 결혼하지 않을 것이며, 휘팅포드로 돌아오지도 않으리라는 것을 알았다. 이탈리아에서의 찰스의 삶에 관해 어떤 얘기가 들려오건, 그는 항상 찰스를 사랑할 것이다. 찰스의 입장에서는 외국인들의 입에서 소문이 돌고 어린 시절의 그를 몰랐던 사람들이 수군거리고 속닥거리는 편이 나았다. 폴 벨맨은 아들과 조카를 똑같이 사랑했다. 그러나 남몰래 이 사실만은 인정할 수 있었다. 윌리엄을 사랑하는 것이 훨씬 더 단순한 문제였다.

저녁식사 후, 윌리엄은 폴과 아기 필을 무릎 위에 앉혔고, 도라는 그의 한 팔에 기대어 있었다. 아이들이 퍼즐을 갖고 놀고 있었다. 조금 머리를 쓰면 서로 이어붙일 수 있는 물푸레나무 세 조각이었다. 윌리엄은 조각을 일부러 엉성하게 끼워 맞추지 못하는 척하면서 아이들과 놀아주었다.

문을 열어준 사람은 로즈였다. 도라 또래의 여자아이가 숨이 턱까지 차서 빗속에 서 있었다. "저의 어머니가, 윌리엄 씨가 오실 수 있는지 여쭈어보래요."

"너 메리 맞지? 레인 부인의 딸?"

로즈가 윌리엄에게로 갔다. "당신을 찾네. 백부님 댁에서."

그녀가 얼굴을 찌푸리며 외투를 가져다주었다. "대체 무슨 일이지?"

윌리엄은 걱정하는 것 같지 않았다.

별일 아니겠지.

공장 사택에 도착해보니, 폴의 가정부가 횡설수설하고 있었다. 너무 많은 말을 너무 빨리, 순서에 맞지 않게 하고 있었다. 빨리 조처를 취했어야 했는데, 이미 너무 늦었다고, 너무 늦었다고. 가정부가 서재 문을 열었을 때에도 윌리엄은 여전히 상황을 이해하지 못했다. 폴은 문에 등을 돌린 채 책상 앞에 앉아 있었다.

"무슨 일이에요, 큰아버지?" 그가 물었다.

레인 부인의 목에서 헉하고 숨을 들이켜는 소리가 났고 그녀는 그 자리에 멈추어 섰다. 윌리엄이 그녀를 보았다.

"돌아가셨어요." 그녀가 말했다. "제가 지금까지 말씀드렸잖아요. 돌아가셨다고."

윌리엄이 고개를 저었고, 어설프게 웃었다. "그럴 리가요. 두 시간 전만 해도 같이 있었어요. 아주 멀쩡했어요."

"맞아요." 레인 부인이 말했다. 벨맨 씨는 두 시간 전에 공장에서 멀쩡하게 돌아왔고, 지금은 죽어 있다. 너무도 조용히!

그녀가 윌리엄을 방으로 이끌었다. 가서 보라고, 확인해보라고. 그는 움직이지 않았다.

"미드 부인이 입관 준비를 도우러 와주겠지만, 우선 위층으로 올려야 해요. 할 수 있을까요? 우리 둘이?"

폴의 등은 무척 뻣뻣했다. 윌리엄은 그제야 똑똑히 볼 수 있었다. 앉아 있는 모습이 어딘가 부자연스러웠다. 그는 자신의 힘으로, 안에서 나오는 힘으로 꼿꼿이 앉아 있는 게 아니었다. 중력의 도움으로 가까스로 중심을 잡고 있었다. 죽음은 너무도 조용히 다가왔고, 덕분에 그는 앞으로 혹은 뒤로 고꾸라지지 않았고 왼쪽이나 오른쪽으로 기울어지지도 않았으며 오직 아래로만 당겨지고 있었다. 어깨에 손만 대도 중심이 흔들려서 쓰러질 것이다…….

윌리엄은 자신을 지탱할 무언가를, 붙잡을 무언가를 찾으려 했다. 그리고 찾아냈다. 바로 '할 일 목록'이었다.

"운반할 사람을 불러올게요. 미드 부인과 목사에게도 사람을 보내겠습니다. 찰스에게도."

한결 나았다. 현기증이 가라앉았다.

"무척 창백해 보여요, 레인 부인. 충격이 크셨겠지요. 하녀에게 차 한 잔을 드리라고 할게요. 다른 사람들 올 때까지 앉아 계세요."

그는 방을 나갔다가 다시 돌아왔다.

"열쇠는 어디 있나요?"

"열쇠요?"

"공장 열쇠."

"그게…… 아마 주머니에 있을 거예요."

윌리엄이 시선이 폴의 트위드 재킷으로 향했다. 그 재킷을 만질 수가 없었다. 도저히 그럴 수 없었다.

"외투 주머니요. 거실 벽장에 있어요."

그거라면 괜찮았다.

윌리엄은 하녀에게 차를 끓이라고 지시한 뒤 열쇠를 꺼내 들고 집을 나섰다.

흉측한 떼까마귀 한 쌍이 머리 위로 날아오르며 철학을 논하고 웃었다.

윌리엄은 먼저 사무직원의 집으로 갔다. 그는 네드와 그의 형을 깨워 백부의 집으로 보냈다. 소식을 들은 네드의 어머니가 미드 부인의 집에 자기가 가겠다고 나섰고 윌리엄은 그녀의 친절을 받아들였다. 그다음에 포리트 목사의 목사관에 가서 돌아오는 대로 최대한 빨리 공장 사택으로 와달라는 쪽지를 남겼다. 그런 다음 그는 공장으로 달려갔다. 그는 지금껏 한 번도 공장의 정문을 열어본 적이 없었다. 이제 그가 정문을 열었다.

윌리엄은 백부의 사무실에서 찰스의 주소를 찾았고, 사촌에게 정보 위주의 간결한 편지를 썼다. 그는 당나귀 옆 침상에 잠들어 있던 벙어리 그레그를 깨워서 손에 봉투를 쥐여주었다. "이걸 로빈

스한테 전해줘요. 지금 당장 가야 해요, 오늘 밤, 지체 없이."

그는 벽에 걸린 도표와 목록을 훑어보고 다음 주로 잡혀 있는 주문과 생산 일정을 파악했다. 그리고 옆방으로 가서 자신의 일정을 백부의 일정과 나란히 놓았다. 보나마나 백부의 일은 그에게 떨어질 것이다. 백부의 일정표를 그대로 쓰는 편이 그 일정을 일일이 적는 것보나 시간 면에서 효율적일 것이나. 그의 할 일들 중 나른 사람에게 맡길 수 없는 일들을 백부의 일정에 추가했다. 빠르게 휘갈긴 그의 글씨가 백부의 정갈한 글씨들 사이를 비집고 들어갔다.

그럼 그 나머지 일은? 누구에게 그 일을 맡길 것인가? 그는 신속하게 생각해보았고, 그가 곁에 두어야 할 중요한 사람들, 그의 마음을 가장 잘 헤아릴 수 있는 사람들, 그가 의지할 수 있는 사람들을 열거해보았다. 그는 집중해서 차근차근 일했다. 무엇이 시급한가? 무엇을 미루어도 되는가? 무엇을 취소하고, 연기하고, 일정을 조정해야 하는가? 그는 목록을 만들고, 기록하고, 순서에 맞게 세심하게 배열하여 클립으로 고정했다.

윌리엄은 시간 가는 줄 몰랐고, 그의 생각은 공장 전체의 운영과 최종적으로 해야 하는 세부적인 사항들 사이를 오갔다. 얼마나 몰두했는지 몇 시간이 몇 분처럼 지났다. 백부의 사무변호사에게도 상황을 알려야 했다. 우연히 그 소식을 접하고 불안감에 휩싸일지 모르는 지역 납품업체며 고객들에게도 윌리엄이 직접 소식을 전하고, 모든 게 제대로 돌아가고 있다고 안심시켜야 했다.

교구 목사도 불러야 했다. 장례는 수요일에 치르는 편이 나았다. 군이 이유를 설명할 필요는 없었다. 공장이 원활하게 돌아가도록 장례식 일정을 잡는 것이 옳은 일인가? 아마도 아닐 것이다. 그러나 목사의 입장에서는 주중 어느 날이건 크게 상관이 없을 것이다.

윌리엄은 혼란을 최소화하는 방향으로 일정을 잡는 것도 나쁠 게 없다고 생각했다.

벙어리 그레그가 돌아왔다. 윌리엄은 그에게 열두 통의 편지를 주었다. "자, 이번엔 이거예요. 최대한 빨리요."

윌리엄은 큰일에 몰두하는 데서 오는 위안을 의식하지 못했다. 그의 마음은 한 가지 세부사항에서 다른 세부사항으로 매끄럽게 움직였고, 우선순위를 정하고 정리했으며, 계획했고, 결정했고, 지시했고, 계산했다.

완전한 집중에서 벗어나니 어느새 이른 새벽이었다. 그는 다림질방의 스토브 옆에서 잠든 사람들을 깨워 지시를 내렸다. "문 앞에서 기다리고 있다가, 이 사람들이 도착하는 대로……." 그가 크레이스, 러지를 비롯한 사람들의 이름을 열거했다. "바로 나한테로 보내줘요."

일곱 시가 되자 모두 그의 사무실에 모였다. 그들의 표정으로 보아 이미 소식을 들었음을 알 수 있었다. 그는 백부의 부고를 전했고 사람들이 조의를 표했다. 너무도 뜻밖에 일어난 일이네요, 좋은 분이었는데, 하나님은 참으로 알 수 없는 방식으로 일하시지요, 어제만 해도 아주 건강해 보였는데, 등등.

해야 하는 말을 모두 하고 난 뒤, 윌리엄은 불행한 일이 일어났음에도 공장 일은 되도록 차질 없이 돌아가야 한다고 말하고, 원활한 진행을 위해 그가 생각하고 있는 것들을 각자에게 말했다. "네." 모두 대답했다. "그렇게 해야지요."

"그리고 이제 여러분이 저의 버팀목입니다." 그가 그들에게 말했다. "이 시기에 농장 노동자들을 안정적으로 유지하고 일을 매끄럽게 돌아가게 하려면 여러분의 도움이 필요해요. 사람들이 걱정하는 건 당연합니다. 변화는 걱정을 부르는 법이니까요. 의심하거나 불안해할 필요는 없어요. 여러분이 할 일은 진정성을 느낄 수 있도록 그 점을 노동자들에게 전달하는 것입니다. 그렇게 해주시겠습니까?"

그들이 윌리엄을 보았다. 그는 흔들림 없고 자신감 넘치고 믿을 만한 사람이었다. 일이 틀어지는 것은 상상하기 어려웠다.

"네, 윌리엄 씨." 그들이 고개를 끄덕였다. "네, 벨맨 씨."

17

수요일이었다. 장례식 날. 윌리엄은 짜증이 났다. 백부의 죽음 이후 그는 자신의 시간 대부분을 공장에서 계획하고 지시하고 문제를 해결하며 보냈다. 기껏해야 하루에 몇 시간밖에 못 잤다. 그런데도 여전히 할 일이 너무 많았다.

장례식이란 무엇인가? 그저 앉았다가 섰다가 노래하다가 기도하는 게 전부였다. 바보라도 할 수 있는 일이었다. 효율적으로 일하는 그의 마음 한켠이 이 일을 다른 사람에게 맡기라고 백 번도 넘게 제안했었다. 그는 그 제안을 받아들이지 않은 것을 후회했다. 그러나 그럴 수 없었다. 누군가는 장례식을 이끌어야 했고, 공식적으로, 사람들 눈에, 방직공장의 새 벨맨 씨로 모습을 드러내야만 했다. 찰스는 아직 편지조차 받지 못한 것 같았고, 설령 제때 도착한다고 해도 그의 참석은 같은 효과를 일으킬 수 없을 것이다. 오직 윌리엄, 조카 벨맨이어야만 했다. 그래야만 했다.

오전 다섯 시간을 공장에서 보낸 뒤 윌리엄은 옷을 갈아입으려고 집으로 달려갔다. 불 앞에 놓인 목욕물이 식어가고 있었다. 한 시간을 그 상태로 두었기 때문이었다. 로즈는 그의 가장 좋은 슈트와 깨끗하게 세탁한 셔츠를 꺼내놓고 속을 태우며 기다리고 있었다. 그러나 장례식 당일에 상주에게 불평을 할 수는 없었다.

그가 거의 준비되었을 때, 윌리엄이 엉망으로 맨 크라바트를 다시 매어주려고 로즈가 그의 앞에 섰다. 그는 긴장으로 몸이 경직되었고, 초조한 기색이 역력했다.

"당신은 일을 너무 과하게 해." 그가 잠시 그녀를 바라보았다. 그는 딴생각을 하고 있었고, 그녀를 보는 둥 마는 둥 했다.

"장례식 끝나면 곧장 집으로 와. 내 말 듣고 있어?"

"물론."

"좋아. 그만 가. 이러다 늦겠다."

하마터면 늦을 뻔했다. 근심 어린 얼굴들이 그를 찾고 있었다. "이제야 오셨네!" 레인 부인이 안도하며 성호를 그었다. 그는 조문객 행렬에서 자신의 자리를 찾았고, 행렬이 교회로 향했다.

장례예배가 진행되는 동안 윌리엄은 신도와 함께 일어섰다가 앉았다가 무릎을 꿇었고, 적절할 때 아멘이라고 웅얼거렸고, 노래를 불렀다. 목소리는 제 할 일을 했고 신도 틈에서 공장 노동자들의 목소리를 집결하고 정렬했다. 그는 찬송가를 외우고 있었고, 노래하는 내내 생각에 잠겼다.

스트라우드……. 소문이 들려오고 있었다. 그가 스트라우드 도로변에 있는 술집마다 심어둔 염탐꾼들의 입들이 자신이 알아낸 것을 전부 그에게 속삭여주었다. 스트라우드의 공장주들이 다시 주문을 받고 있었다. 해고했던 일꾼들을 다시 불러 모았고, 임금도 벨맨 공장과 맞먹었다. "노동자들이 솔깃해하고 있어요." 염탐꾼이 말했다. "적어도 가족이 딸린 사람들은 스트라우드 쪽으로 가고 싶어해요." 윌리엄은 실망했지만 놀라진 않았다. 만약 그들이 간다면 훌륭한 일꾼들을 잃는 셈이었다.

가장 간단한 해결책은 돈을 더 주는 것이었다. 하지만 스트라우드의 공장들이 그가 인상한 임금을 따라잡는 것을 어떻게 막을 수 있을까? 임금을 올리기는 쉽지만, 다시 고삐를 죄기는 훨씬 더 힘들어질 것이다. 더 나은 방법이 있을 것이다. 방법을 찾아야 했다.

과로와 수면 부족이 윌리엄의 눈 밑에 그늘을 드리우고 얼굴의 핏기를 앗아갔다. 눈동자도 충혈되었다. 그는 장례식 내내 반쯤 넋이 나가 있었지만, 자연스럽게 슬픔으로 받아들여졌다.

교회를 나서는데 한 무리의 조문객들이 윌리엄 앞에 모였다. 깊은 생각에 잠겨 있던 그는 비틀거렸고, 누군가와 살짝 부딪쳤다. 그가 윌리엄을 돌아보았다. 낯익은 얼굴이었다. 고개를 비스듬히 기울이고 호기심 어린 눈빛으로 윌리엄을 보았다. 솔직하면서도 아이러니하고, 질문을 하는 듯한 눈빛이었다. 윌리엄은 그가 누구인지 바로 떠오르지 않았다. 조금 당혹스러웠다.

공장 사택에서 윌리엄은 폴의 친구들과 이웃들, 공장 최고참들과 함께 술을 한두 잔 마셨다.

"장례식에 왔던 그 사람이 누구인지……." 그가 네드에게 물었다. "본 적이 있는데 이름이 떠오르지가 않아서요."

"어떻게 생겼는데요?"

윌리엄이 그의 인상착의를 설명하려고 입을 열었지만 그의 모습을 선명하게 떠올리기에는 너무 피곤했다.

"지금 여기 없는 사람인가요?" 네드가 물었다.

"없어요."

"벨맨 씨의 친구들이라면 저보다 더 잘 아실 텐데요. 윌리엄 씨가 모르는 사람이라면 당연히 저도 모르겠지요."

"그렇네요."

윌리엄은 맨 먼저 일어난 사람들 중 한 명이었다. 정처 없이, 발길 가는 대로 걷다 보니 자신도 모르게 공장으로 향했다. 그의 발은 로즈에게 그 어떤 약속도 하지 않았다. 폴에 대한 조의를 표하는 의미로 공장은 오후 내내 닫혀 있었다. 평화와 정적 속에서 서류 작업을 처리할 좋은 기회였다.

공장이 조용한 것은 이례적인 일이었다. 윌리엄은 소음에 익숙했다. 제각기 다른 기계들의 소음, 고함 소리, 물레바퀴 소리, 모두가 각자의 음색과 리듬으로, 이제는 너무도 익숙해져버린 불협화음을 만들어냈다. 주말도 아닌데 머리 위로 울려 퍼지는 떼까마귀 울음소리를 들으니 기분이 이상했다. 심장박동 소리, 혈관의 피가 흐르는 소리까지 들리는 것 같았다. 사무실 문을 여는 순간, 그의 책상 위에 검은 물체가 놓여 있는 것 같았다. 그것이 떠오르더니, 날개를 퍼덕이며 그를 향해 날아왔다.

윌리엄은 비명을 지르며 양손을 들어 막았지만 그 순간 그것이 뒤로 물러났다.

알고 보니 그냥 헝겊 조각이었다. 열린 창문, 그가 문을 여는 순간 만들어진 기류, 검은색 고급 메리노 원단 견본. 그 헝겊 조각에는 백부의 글씨로 쓴 쪽지가 붙어 있었다. "윌 — 포츠머스?"

윌리엄은 잉크로 손을 뻗었고 대답을 쓰려고 종이에 펜을 대는 순간 비로소 백부가 죽었음을 깨달았다.

그 사람을 전에 본 적이 있다고, 윌리엄은 생각했다. 그는 어머니의 장례식에도 왔었다.

윌은 중심을 잡기 위해 의자 등받이를 붙잡아야 했다.

몇 시간 뒤 윌리엄은 사무실을 나섰다. 서류에는 손도 못 댔다. 그는 오후 내내 그리고 저녁의 절반을 무얼 하는지도 모르고 넋 놓고 앉아 있었다. 그의 생각들은 방직실로 향하는 수레 가득 실린 울 원사 같았다. 한편 그의 가슴은 박동하는 심장과 불규칙한 호흡과 다급하게 찌르는 듯한 느낌으로 가득했다.

집으로 향할 때 빛을 잃어가는 하늘은 알 수 없는 위협으로 가득 찬 것처럼 보였다. 그는 주위에 둘러진 벽, 머리 위를 가리는 지붕을 원했고, 로즈의 두 팔을 원했다. 그는 어둠 속에서 버스럭거리는 나뭇잎의 장막을 보고 움찔했다가 오두막 앞에 다다른 순간 안도했다.

"윌리엄 벨맨, 당신 대체 어떻게 된 거야? 곧장 집으로 오겠다고 약속해놓고 공장에 몇 시간이나 있다니."

로즈는 잠자는 아이들 때문에 차마 소리를 지르지는 못하고 대신 화난 목소리로 낮게 외쳤다. "당신한테 집이 있다는 걸 잊기라도 한 거야? 지난 며칠 동안 아이들 생각을 한 번이라도 했어? 내 생각을 한 번이라도 했어? 우린 오직 당신 생각만 했는데, 그걸 이런 식으로 갚는 거야?"

고개를 돌리고 양손을 물에 담그고 있는데도, 그녀의 뺨에 흐르는 눈물이 보였다.

그가 테이블을 흘긋 보았다. 식사를 치우기에는 늦은 시간이었다. "우린 당신을 **기다렸어**. 애들이 배가 고팠는데도 **기다렸어**. 당신이 장례식을 치렀으니까, 우리가 당신을 **위로해주고** 싶어서 **기다렸다고!**"

윌리엄이 부엌 한구석에 무릎을 꿇고 주저앉았다. 그의 주먹이,

마치 그의 아이들이 울 때처럼 눈가로 향했지만, 흐느끼지는 않았다. 그의 어깨가 흔들렸고, 가슴속 고통이 북받쳐 그의 목 안쪽을 찌르고, 숨이 막히게 했지만, 그래도 그는 울 수가 없었다.

접시들이 조용히 제자리에 놓이는 소리가 들렸다. 로즈는 그의 곁에 웅크리고 앉더니, 행주로 자신의 손을 닦았다. 그녀가 여전히 축축한 팔로 윌리엄을 끌어안았고, 윌리엄은 머리 윗부분에 닿는 아내의 뺨을 느꼈다.

"미안해. 장례식 날인데…… 그분은 당신한테 아버지나 다름없었지, 윌리엄. 미안해."

그녀가 빵과 치즈를 내주었다. 늦게 딴 자두도 잘라주었다. 그녀는 그를 침대로 데리고 갔고 두 사람은 느닷없이 격하게 사랑을 나누었다. 그다음엔 서로의 품안에서 곧바로 잠이 들었다.

다음 날 아침 윌리엄은 동이 트기 전에 침대에서 빠져나와 공장으로 향했다.

공장은 생산성 측면에서 단 한 시간도 손해보지 않았다. 그는 백 부 몫의 일을 했고 자신의 일도 절반을 소화했다. 사무실에서는 네드가 그를 위해 많은 일을 처리했고 러지와 크레이스를 비롯한 다른 사람들이 나머지 일을 맡았다. 그가 점찍어둔 젊은 사람들도 있었다. 믿음직하고 똑똑하고 적극적인 사람들이었고, 윌리엄은 그들에게 기회가 있음을 알려주었다. 그가 원하는 수준으로 그들을 훈련시키는 데 필요한 시간은 그로서는 내기 힘든 시간이었다. 그러나 그것은 투자였다. 넉 달에서 여섯 달 뒤, 그가 생각해놓은 역할을 그들이 맡을 수 있게 되면, 그로 인한 수익을 거둘 수 있을 것이다. 더구나, 그 자신 외에 누가 그들을 가르치겠는가? 그 외의 몇 사람은 불러서 해고했다. 게으름뱅이들, 믿을 수 없는 사람들, 신뢰할 수 없는 사람들. 만약 스트라우드에서 사람을 찾는다면, 그가 골라준 사람들을 쓰게 하는 편이…….

윌리엄은 매일 자신을 찾는 사람 누구에게든 시간을 내어주었다. 이 공장이 선장 없는 배가 아니라는 사실을 모두 인지하는 것이 중요했다. 자신감이 문제의 핵심이었다. 그는 하루 종일 사람들 눈에 띄는 곳에 있었다. 사소한 일이건, 심각한 일이건, 단순한 일이건, 복잡한 일이건, 그를 필요로 하는 곳이라면 어디든 갔다. 그는 십장들, 사무직원들, 방직공들, 재단사들, 축융사들, 염색공들, 짐꾼들, 여자 방직공들과 이야기를 나누었다. 벙어리 그레그의 곁을 지나칠 때면 반드시 고개인사를 했고, 그의 근처에 당나귀가 있으면, 당나귀도 격려의 손길을 받았다. 모두가 공장이 안전하게 돌아가고 있음을 알아야 했다.

공장이 고요해진 뒤에야 서류를 꼼꼼히 살펴보고, 숫자를 맞추고, 주문을 확인하고, 편지를 쓸 시간이 났다. 일이 끝나면 백부의 개인적인 재정문제를 처리해야 했다. 그는 자비로 백부의 소소한 부채들을 해결했고, 레인 부인이 집안일을 하도록 했으며, 정원사에게 임금을 지불했고, 은행 담당자와 이야기를 나누었다.

"얼마나 오래 이렇게 지낼 거야?" 하루에 열일곱 시간씩, 한 주 내내 일하고 난 주말에 로즈가 물었다. "그러다가 지쳐서 쓰러져."

"오 주만 더." 그의 예측이었다.

"정말? 그렇게 정확해?"

그가 고개를 끄덕였다. 그의 계산이었다.

하지만, 오 주의 안정기가 끝나고 나면 그에겐 다른 할 일들이 있었다.

18

머뭇거리며 앞뜰에 내린 이국적인 옷차림의 남자는 호기심을 자아냈다. 윌리엄은 그가 짐꾼들 중 한 명을 부르는 모습을 사무실 창문을 통해 지켜보았다.

어느 방향으로 가야 하는지 모르는 모양이라고, 윌리엄은 생각했다.

잠시 후 찰스가 그의 사무실 문 앞에 나타났다.

"편지가 나한테 도착했을 땐…… 그래도 최대한 빨리 왔어요. 한참 늦었겠지만."

윌리엄은 의례적인 조의를 표했고 찰스가 받아들였다. "나도 당신한테 조의를 표해야겠군요." 찰스가 말했다. "나의 아버지이긴 했지만 말년에는 당신이 더 가까웠으니까요." 악의 없이, 있는 그대로 한 말이었다.

윌리엄은 사촌에게 앉으라고 권했지만 찰스는 내키지 않는 모양이었다. 그는 키가 크고 자세가 반듯했으며, 언제나처럼 잘 먹는 것 같았다. 그의 근육은 여가용이라고 윌리엄은 생각했다. 경치를 좀 더 잘 보려고 언덕을 오를 때나 다리를 쓸 거라고. 공장의 수익을 보여주기 위해 윌리엄이 장부를 펼치자 찰스는 그 장부에 손가락을 짚는 대신 흰 두 손을 등 뒤로 꽉 움켜쥐었다. 들여다보는 시늉이라도 하려고 몸을 앞으로 숙였지만 실제로 관심이 있는 것 같지는 않았다. 손톱 밑이 새카맣고 굳은살이 박인 손으로 윌리엄이 군데군데 짚어가면서 공장의 생산성을 높이기 위해 어떤 일을 했는지, 어떤 일을 하고 있는지, 비전문가의 용어로 설명했다.

"그렇군요." 찰스가 말했다. "잘 알겠습니다." 찰스는 목소리가 떨리는 것을 막을 수 없었다. 숫자들의 표와 주문 장부 위에서 그의 눈이 깜빡였고, 윌리엄은 가능한 한 간결하게 설명하고 단순한 용어를 사용하려 애썼지만 그럼에도 찰스는 아무것도 보지도 듣지도 못하는 것 같았다.

"실은." 그가 말했다. "제가 베니스에 몇 가지 중요한 일을 벌여놓아서……."

그 말에는 미리 연습해둔 말, 이탈리아에서 오는 길 내내 중얼거린 말 같은 느낌이 있었다. 머릿속에서, 마차 안에서, 말 잔등 위에서, 바다 위에서는 그 말이 그럴듯하게 들렸을 것이다. 그를 곤경에서 구해낼 마법의 말들이었다. 이 사무실에서 그 말을 실제로 내뱉은 지금에야 그게 얼마나 빈약한 설명인지 깨달았을 거라고, 윌리엄은 생각했다.

사촌들이 서로를 보았다.

"원치 않으신다면 굳이 여기 머무를 필요가 없어요." 윌리엄이 말했다. "모든 게 제대로 돌아가고 있으니까요. 제가 이탈리아로 계속 소식을 전해드리거나 해도 됩니다. 갑자기 인생을 송두리째 뒤집을 필요는 없어요."

"그럼요, 그렇고말고요……. 당신만 괜찮다면."

윌리엄이 고개를 끄덕였다. "제가 월급을 받겠습니다." 그가 숫자를 말했다. "이게 지난 오 년간의 수익인데요. 그걸 오십 대 오십으로 나누겠습니다. 향후에는 지금까지보다 재투자를 더 많이 하고 싶어요. 저의 배당금으로 투자를 하고 그에 따른 초과 수익이 발생하면 그 이윤은 제가 갖겠습니다. 제가 보장해드릴 수 있는 수익은……." 그가 액수를 적어 건넸다. "어떠세요?"

찰스가 아버지로부터 받던 것보다 훨씬 큰 액수였다. 그에게 필요한 액수 이상이었다. 그는 자신이 원하는 방식대로 살 수 있을 것이다.

"그건 상당히……."

그는 아버지가 하던 얘기들, 신중하고도 포괄적인 언어로 돈과 사업에 대해 했던 얘기들을 떠올려보려 애썼지만 생각이 나지 않았다. 찰스는 시와 역사와 루이 15세 시대풍의 가구에 대해 논할 수 있었고, 그런 얘기들을 영어, 이탈리아어, 혹은 프랑스어로도 논할 수 있었지만, 단순한 영어로 사업 이야기를 하는 것은 너무도 낯설었다. 그래서 그는 고개를 끄덕였다.

사촌들이 악수를 나누었다.

찰스의 얼굴이 평상시의 낯빛을 회복했다. 그는 살았다. 윌리엄이 그를 살렸다.

그로부터 오 분간 윌리엄이 방금 두 사람이 합의한 내용을 글로 작성했고 찰스는 기다렸다. 여생을 공장에 갇혀 지낼지도 모른다는 두려움에서 해방된 찰스는 다른 사람의 일터를 구경하는 외부인의 시선으로 사무실을 둘러보면서 공업적인 분위기에 감탄했지만, 아무것도 이해하지는 못했다. 윌리엄이 자기가 하는 일을 잘 알고 있는 것만은 분명했다. 누군가 노크를 하고 알아들을 수 없는 질문을 던진 것이 두 차례였고 매번 찰스로서는 도저히 이해할 수 없는 대여섯 개의 단어들로 윌리엄이 대답했다. 그는 매끄러운 송아지 가죽 노트에 무언가를 기록했고 다시 망설임 없이 계약서를 작성하는 일로 돌아갔다.

계약서에 서명하기 위해 찰스가 사용한 펜은 그가 공장에 머무는 동안 유일하게 손댄 물건이었다. 윌리엄도 서명을 했고 두 사람은 악수했다.

"고맙습니다." 찰스는 묻지 않을 수 없었다. "그런데, 이게 뭔가요?"

윌리엄의 노트 빈 페이지에 어린아이가 연필로 그린 그림이 있었다. 당나귀였다. 윌리엄이 미소 지었다. "제 딸이 마땅히 그림을 그릴 곳이 없을 때 제 노트에 그림 그리길 좋아해서요."

이곳에 도착한 뒤로 모든 것에 심드렁했던 찰스는 당나귀 그림에 가장 큰 관심을 보였다. 찰스는 노트를 뒤적여서 다른 스케치들도 보았다. 꽃, 울타리 문, 고양이. "몇 살이죠?" 그가 물었다. "레슨을 받고 있나요?"

윌리엄은 자신의 사촌이 대화를 즐기는 사람임을 깨달았다. 찰스는 일과 시간, 그 시간을 재고 나누어 그 안에 끝낼 일을 할당하는 것에 익숙하지 않았다.

"저희 집으로 오세요." 그가 제안했다. "오늘 저녁에 저희와 함께 식사하시죠. 자기가 몇 살인지 도라가 기꺼이 알려줄 겁니다. 기분이 내키면 초상화도 그려줄 거예요."

사촌이 가고 난 뒤, 윌리엄은 흐뭇한 마음으로 펜과 새 종이를 꺼내 들었다. 그가 오랫동안 마음에 품고 있던 일이 있었다. 어느 수준의 투자가 필요한지 알았을 때 폴은 위험부담 때문에 망설이곤 했다. 윌리엄은 수압에 관해 공부했다. 그는 수압의 원리를 속속들이 이해했고, 직접 기본적인 스케치 정도는 할 수 있을 정도로 세부적인 것까지 알고 있었다. 그는 인근 지역을 조사해서 이 방면의 전문가를 찾았다. 적임자만 찾는다면 위험은 감수할 수 있었다. 적임자가 누구인지도 알았다. 그러나 찰스와의 문세가 남아 있었기 때문에 지금까지는 행동에 착수할 수가 없었다. 하지만 지금은!

그는 설계사에게 편지를 썼다. 설명을 위해 스케치하는 즐거움에 완전히 심취한 상태로 몇 시간이 흘렀다.

그는 시계를 보았다. 저녁 시간. 집에 가야 했다.

한편, 농장으로 터너를 찾아가, 그의 땅을 조금 빌리는 대가로 도저히 거부할 수 없는 금액을 제안하기에도 더없이 좋은 때였다.

19

찰스는 사촌의 아내가 매혹적이고 유능하며, 그의 사촌 같은 남자에게 꼭 필요한 여자임을 알 수 있었다. 아이들은 생기 있고, 행복했으며, 호기심 넘쳤다. 그는 어린 시절의 기억 속에 남아 있던 조그만 거실에 앉아 있었다. 할머니는 사촌의 집을 방문하는 것을 탐탁지 않아했지만 아버지는 말리지 않았다. 그의 숙모, 윌리엄의 어머니도 떠올랐고 그는 그녀에 관한 소소한 이야기를 했다.

찰스는 자신이 들려주는 일화에 로즈가 엄청난 관심을 보이는 것에 놀랐다. "지난 몇 년 동안 남편이 들려준 이야기보다 당신이 몇 분 동안 들려준 이야기가 훨씬 더 많아요." 로즈가 설명했다. "저희와 저녁 같이하시겠어요? 제가 음식 준비하는 동안 도라가 그림을 보여드릴 거예요."

아직 바깥이 환했고 바람에 온기가 스며 있었다. 찰스는 어린 화가가 작업을 하는 동안 정원에 앉아 있었다. 도라는 그에게 여러 장의 스케치를 보여주었다. 방해받고, 포기하고, 완성하지 못한 몇 가닥 끊어진 선이었지만 적어도 찰스가 보기에는 새가 분명했다.

도라는 빠르게 페이지를 넘겼고, 마음에 안 드는지 종이를 구겼다.

"조심해라." 그가 그녀를 막으려고 손을 내밀었다. "이게 뭐니?"

"떼까마귀예요. 얘가 저기, 정원으로 들어와요. 제 창가에서 보여요."

찰스가 노트를 가까이 당겼다. 잘못된 부분이 있었다. 아무도 이 아이에게 연필 쥐는 법을 가르쳐주지 않아서인지 종이에 너무 힘을 주어서 그렸다. 털을 그리려는 노력은 지나치게 순수했다. 새에겐 눈도 없었다. 그러나 누가 보아도 까마귀과의 새였다. 가지를 움켜잡은 발톱이며, 다리의 각도, 몸체의 균형과 무게가 모두 담겨 있었다. 노련함이 부족했지만 설득하기에 충분한 명료함이었다.

"여기가 좀 잘못됐어요." 그녀가 말했다. "그리고 여기, 이것도요." 찰스가 생각했던 취약한 부분을 도라가 연필로 가리키며 말했다. 잘못된 부분이 어딘지 안다는 것은 가능성을 의미했다. 열 살밖에 안 되었는데도 보는 눈이 있는 것이 분명했다.

찰스 역시 자신의 잘못이 무엇인지 알았다. 우선 커다란 잘못이 있었다. 그를 유배시키고 그에게 기쁨을 주고 그가 미워할 수 없었던 그것. 그리고 작은 잘못들이 있었고, 그중에는 위대한 화가가 되지 못한 것도 있었다. 언젠가 누군가가 그에게 말했다. 무언가를 잘하고 싶다는 갈망은 재능의 지표라고. 그의 경우에는 그렇지 않았다. 그는 화가가 못 되었다. 그는 그림을 사랑했고 그림을 보는 눈도 있었지만, 그의 갈망이 아무리 강렬해도 그의 노력은 신통치 않았다. 그는 세상을 어떻게 보아야 하는지 알고 있었고, 자신이 본 것을 전할 예술 작품을 구상할 수도 있었지만, 막상 그것을 실행할 능력이 없었다. 그는 잘해야 좋은 스승이 될 수 있을 뿐이었다. 그러나 부자들은 소녀들에게 그림을 가르치지 않는다. 있을 수 없는 일이었다. 그에게 남아 있는 선택이 바로 그의 현재 모습이었다. 수집가. 그는 그림을 사주는 것으로 다른 사람들, 그보다 재능 있는 사람들이 생계를 유지하고 그림을 그릴 수 있도록 했다. 그는 자신의 열정에서 한발 떨어져 살고 있지만, 대체로 체념하고 받아들였다.

어쩌면 도라는 그가 갖지 못한 것을 가졌을지도 모른다. 도라는 제대로 된 교육을 받지 못했고 접근 방식이 다소 서툴렀지만, 관찰력이 뛰어났고, 표현이 정확했으며, 백지를 두려워하지 않았다.

"봐라." 그가 연필을 들고 어떻게 잡아야 하는지 알려주었다. "이렇게 잡으면 이렇게도 할 수 있고…… 이렇게도 할 수 있어."

그녀가 연필을 받아 직접 해보았다.

"알았어요. 이렇게 하니까 좋아요."

"바로 그거야."

바로 그때, 종이 속 쌍둥이의 부름을 받고 떼까마귀 한 마리가 나타나 다소 품위 없이 고도를 낮추다가 침착하게 내려앉았다. 관찰에 집중하느라 점점 더 심각해지는 도라의 표정이 재미있으면서도 감동적이었다. 도라는 사람들이 가까이 있는 것에도 아랑곳하지 않고 궁금하다는 듯 풀뿌리를 쪼는 새를 유심히 보았다.

도라는 바로 그림을 그리지 않고, 새가 궁금증을 해소한 뒤, 날개를 퍼덕이며 허공으로 힘차게 날아오를 때까지 그저 바라보았다. 그런 후에 연필을 종이로 가져갔다.

하얀 종이에 떼까마귀가 다시 나타났다. 그는 아이가 이미 연필을 잡는 방법을 터득했음을 알았다. 한결 자유로워진 선들 속에서 아이의 발전을 볼 수 있었다. 그림을 다 그리고 나서, 아이가 한쪽으로 고개를 비스듬히 기울였다. "이 방법이 더 좋지 않아요? 새를 그리려면⋯⋯." 도라가 그림을 넘기며 설명했다. "일단 아주 열심히 관찰하는 걸로 시작해요. 그러다가 새가 날아가면, 여전히 그 모습이 남아 있거든요. 마음의 눈에."

"그것 참 좋은 방법이구나."

"내일 이탈리아로 돌아가세요?"

"그렇단다."

도라가 고개를 돌리더니 심각한 얼굴로 한참동안 그를 쳐다보았다.

"날 마음의 눈에 담는 거니?"

"날아가시기 전에요." 그녀가 고개를 끄덕였다. "됐어요. 이제 다 담았어요."

20

떠나는 날 아침, 찰스는 아버지의 변호사를 만났다. "영국에 머물지 않기로 했어요. 외국에 벌여놓은 일이 있어서요." 찰스가 그에게 말했다. "공장 운영에 대해 윌리엄 벨맨과 제가 합의했어요."

그는 윌리엄과 작성한 계약서를 변호사에게 건넸고, 변호사가 계약서를 읽었다. 윌리엄의 월급에 관한 대목에서 그가 손을 턱밑에 괴고 턱수염을 어루만졌다. "월급이 후하네요. 하지만." 그가 찰스를 보았다. "유능한 사람이에요. 그런 사람을 경쟁사에 빼앗겨선 안 되겠지요."

찰스의 심장이 뛰었다. 그 생각은 미처 하지 못했다.

변호사가 계약서를 읽었다. "오십 대 오십으로 이윤을 나눈다……." 그가 이맛살을 찌푸렸다.

"네?"

"특이하네요."

찰스는 판단할 입장이 아니었다.

"사촌 되시는 분이 향후 공장에 투자를 할 예정인데, 거기서 발생하는 수익을 전부 가져간다……. 이례적인 일인데……."

찰스는 윌리엄이 다른 공장으로 간다면 어떤 일이 벌어질지 생각해보았다. "윌리엄은 저의 사촌입니다. 가족의 유대도 무시해선 안 되겠지요." 그가 엷은 미소를 지었다. 그의 아버지가 했을 법한 말이었다.

변호사가 생각해보았다. "아버님께서는 윌리엄 벨맨에 대한 신뢰가 두터우셨지요. 윌리엄을 비서로 임명하기로 한 계약에 충분히 나타나 있겠지만요. 수익 배분을 다시 검토하고, 얼마든지 벨맨 씨와의 계약서를 검토해보셔도 좋습니다. 다소 성급하게 결론에 도달한 것 같아서요. 멀리서 오셨고, 당연히 아버지를 잃은 충격에서 아직 완전히 벗어나지 못하셨을 테고요. 다시 생각해보고 마음이 바뀐다면, 벨맨 씨에게 그 부분을 철회하라고 압력을 행사할 수도……."

압력을 행사한다고? 윌리엄에게? 찰스는 기겁했다. 그는 무슨 일이 있어도 옥스퍼드에 세 시까지 도착해야 했다. 내일의 횡단을 위해 그를 해안까지 데려갈 마부가 그곳에 대기하고 있었다.

"저는 이 계약에 아주 만족합니다."

찰스의 어조가 달라지자 변호사가 고개를 들었다.

"뭐 그러시다면……." 그걸로 끝이었다. 이 계약을 통해 찰스는 원하는 바를 얻었다. 그것이 무엇이건 놓치고 싶지 않았다. 그렇다면 하는 수 없지. 변호사는 어떤 식으로든 윌리엄 벨맨과의 논쟁에는 휘말리고 싶지 않았다.

나중에 그와의 대화를 되새겨보면서 변호사는 자신이 고객의 이익을 최우선으로 생각한다는 점을 스스로에게 확인시키려고 한 말이었다는 생각이 들었다. "하긴 수익이라고 해봐야 얼마나 되겠습니까? 현재보다 더 높은 수익이 난다는 건……." 그가 고개를 저었다. 공장은 이미 최대의 수익을 내고 있었다. 여기서 어떻게 더 큰 수익이 난단 말인가?

찰스는 예정보다 일찍 떠날 채비를 마쳤다. 마차가 대기하고 있는데, 뭐 하러 시간을 끄는가? 그는 이곳에 미련이 없었다. 이탈리아가 그의 고향이었다. 그가 사랑하는 사람이 그곳에 있었다. 이곳에 있는 어떤 것도 탐나지 않았다. 공장도, 집도. 그 둘에 작별을 고한다니 기뻤다. 이제 다시 돌아올 필요가 없다고 생각하니 기분이 묘했다.

휘팅포드를 벗어나면서, 마차가 사촌의 집을 지났다. 그는 지금까지 윌리엄을 거의 만나지 않았다. 그러나 그가 있는 한 공장 걱정을 할 필요가 없다는 것만은 알았다. 로즈와 함께 있는 한 윌리엄도 걱정 없었다. 윌리엄의 인생에는 좋은 일이 많았지만, 찰스는 단 하루도 그런 삶을 살 수 없다는 것을 하늘은 알고 있었다. 그런데도 그는 이곳에서 예기치 못한 행복한 한 시간을 보냈다. 바로 사촌의 딸과 함께 까마귀들을 그리며 보낸 시간이었다. 그는 자신이 도라 같은 딸의 아버지가 되어 화창한 오후의 정원에 앉아 딸에게 그림을 가르쳐주면 좋겠다고 생각했다. 충격적일 정도로 낯선 생각이었고, 자신의 열망과 그 열망의 비현실성이 동시에 밀려왔다.

그들이 그린 까마귀를 떠올리며 그가 고개를 돌렸다. 둑 너머, 들판 건너편 참나무 숲까지, 예전에 그랬던 것처럼 수풀이 우거져 있었다. 한때 하늘에 완벽한 곡선을 그리며 날아간 돌멩이가 있었다. 윌리엄과 그의 새총이 그 한쪽 끝에 있었고 나뭇가지에 앉은 어린 떼까마귀가 그 반대편에 있었다. 그때 그 일은 기적 같았다. 지금 생각해도 기적 같았다. 프레드가 함께 있었다. 지금은 세상을 떠난 루크도 그 자리에 있었다. 그의 아버지가 편지로 소식을 전해주었다. 날개를 들추어서 검은색에서 그 눈부신 빛깔들을 드러내던 아이가 루크였다. 지금 생각해도 눈이 부셨다. 눈물을 닦아내야 할 정도로.

옥스퍼드에 일찌감치 도착한 덕분에 터틀 스트리트에서 스케치북과 연필을 살 짬이 났다. 그는 그것들을 도라에게 보내도록 조처했다. 그러고 나니 마차가 준비되었고 그는 다음 여정에 올랐다.

21

윌리엄은 스트라우드 사람들에 대해 생각했다. 그가 훈련시키고 다듬어서 일을 기가 막히게 해내는 방직공들, 축융공들, 포장꾼들을 그들이 빼내려 하고 있었다. 모두가 돈이 답이라고 생각했지만, 그건 아니었다. 생산량이 똑같은데 왜 임금을 올려주는가? 현 상태를 유지하기 위해 돈을 지불하는 것이 영 내키지 않았다. 돈이 답이라면 더 열심히 일해야 했다.

그것보다 더 좋은 생각이 있었다.

어느 화창한 아침, 윌리엄이 부엌에 앉아 있는데 소년이 빵을 배달하러 왔다. "아버지한테 내가 좀 만나고 싶어한다고 전해주련? 오늘 오후에 이쪽으로 오시라고 전해다오."

세 시 정각에 제과점의 프레드 암스트롱이 윌리엄의 집 부엌 문 앞에 나타났다.

두 사람은 악수를 나누었다. 프레드 암스트롱이 이 오두막을 익숙하게 드나들던 시절이 있었다. 어린 시절, 프레드가 벨맨의 사촌과 학교에 진학하기 위해 집을 떠나기 전에, 윌리엄과 프레드는 바로 이 집 계단에서 사과를 먹었다.

이제 이곳에 살고 있는 윌리엄과 낯선 사람처럼 악수를 나누며 그 일을 떠올리자니, 그 기억이 어쩐지 사실이 아닌 것처럼 느껴졌다. 윌리엄이라고 불러야 하나? 십 년 전만 해도 레드 라이언에서 같이 술을 마시곤 했건만. 그런데 지금 어린 시절의 친구는 공장 운영자가 되었고, 낯선 사람이 되었다. 벨맨 씨라고 불러야 하나?

프레드가 짐 상자들을 둘러보았다. "이사를 하신다면서요."

"네. 내일부터는 공장 사택에서 지내려고요."

"빵은 괜찮은가요? 혹시 문제가 있다면……."

"빵은 아주 훌륭합니다. 빵을 더 많이 받고 싶어요."

두 사람은 부엌 식탁에 몸을 기댄 채 서 있었고, 윌리엄이 자신의 계획을 설명했다. 매일 아침 정해진 시간에 빵 수백 개가 배달되었으면 좋겠다고.

프레드는 당황했다.

"내가 지불할 금액은 이 정도……." 윌리엄이 종이에 숫자를 적었다. 큰 액수였다. 프레드가 눈썹을 치켜올릴 정도로. "그렇게 되면 개당 가격은……." 윌리엄이 빵의 단가를 적었다.

제과점 주인이 모자를 벗고 머리를 긁적였다. "그렇게는 안 됩니다."

"안 된다고요?"

"단가가 문제가 아니에요. 지금 직원이 둘밖에 없고 이 정도 양을 만들어내려면 오븐이 두 대 더 있어야 하거든요."

"앉아보세요." 윌리엄이 고갯짓으로 상자 하나를 가리켰다. 공장 운영자와 제과점 주인은 머리를 맞대고 숫자들을 종이에 적었다. 과거에 어땠는지 몰라도 이제 두 사람은 노련한 사업가였다.

그들은 대량으로 주문하는 경우 밀가루 비용이 절감될 수 있다고 판단했고, 거기에 오븐 두 대를 새로 장만하는 데 드는 비용을 더했다. 제과점에 직원이 몇 명이나 더 필요한지. 그리고 그 비용은 얼마인지.

"우리 공장에는 일거리를 달라고 찾아오는 사람들을 도맡아 관리하는 사람들이 있어요. 제과점 일에 적합한 사람이 있으면 그쪽으로 보낼게요." 한 줄, 또 한 줄, 숫자 하나, 또 하나. 불가능한 거래가 성사되었다. 윌리엄이 대출해줄 새 오븐 장만 비용에서부터 초기 정착기간에 직원들을 감독하기 위해 일시적으로 프레드의 아버지가 제과점에 복귀하는 계획까지. 모든 애로사항이 해결되고, 장애물이 평평해졌다. 그리고 마지막으로 프레드가 기대할 수 있는 초과 이익은, "······일주일 뒤에는······" 연필이 움직였다. "······한 달 뒤에는······" 또 한 번 끄적. "그리고 일 년이면······" 마지막 과장스러운 움직임.

악수로 거래가 마무리되었을 때, 프레드는 다시 윌리엄과의 친분을 회복했다.

"찰스가 얼마 전에 휘팅포드에 다녀갔다면서?" 떠나기 전에 이야기나 나누어볼 생각으로 프레드가 운을 뗐다.

윌리엄이 고개를 끄덕였다.

"그리고 루크 일은······."

윌리엄은 짐 상자를 점검하면서 목록에서 무언가를 지우고 있었다.

"물레방아에서 네가 직접 루크를 끌어냈다면서?"

윌리엄이 애매하게 고개를 끄덕였다. 그의 눈빛은 다른 곳을 보고 있었고, 그의 말을 주의 깊게 듣지 않는 것이 분명했다. 내일 이

사한다니 바쁘겠지. 어떤 마음인지 알 것 같았다. 그도 역시 바쁜 사람이었다.

두 사람은 악수를 나누었고 프레드는 집으로 돌아갔다.

"윌 벨맨이 나한테 두 번째로 좋은 일을 해준 셈이네." 그가 저녁 늦게 지니에게 말했다.

"첫 번째는 뭔데?"

"그 친구가 날 부추기지 않았다면 감히 당신한테 말을 못 걸었을 거야. 난 여자들한테 말을 잘 못 걸거든. 기억할지 모르겠지만."

지니는 기억했다. 그녀가 강둑에서 부들 숲에 발가벗은 다리를 감추던 일을 떠올리는 동안, 그녀의 남편은 완벽한 새총이 돌멩이 하나를 완벽한 궤도에 올리고 검정 속에 보라색, 자수정색, 푸른색을 머금은 완벽한 검은 새를 맞추어 떨어뜨린 일을 떠올렸다.

"내일 공장 사택으로 이사한다더군." 그가 아내에게 말했다. "사촌인 찰스는 공장을 직접 운영할 생각이 없는 게 분명해." 저녁식사 시간에도 그 기억은 여전히 그의 머릿속에 남아 있었다. "그 친구가 잘해내리란 걸 난 항상 알고 있었어. 윌 벨맨, 그 친구라면."

조그만 동네 제과점에서 오븐 두 대를 새로 주문했다면 소문이 나지 않을 리가 없었다. 소문이 퍼졌다. 윌리엄이 공장 일꾼들에게 아침을 제공할 예정이라고 했다. 낙농업자가 우유도 배달할 거라고 했다. 경쟁자들은 비웃었다. 그 친구 머리가 어떻게 된 거 아니야?

윌리엄은 위험을 감수하고 있었고, 스스로도 그 사실을 알고 있었다. 공장 노동자들에게 빵 한 덩이와 우유 한 잔을 제공하는 것으로 질병과 결석을 얼마나 줄일 수 있을 것인가? 얼마나 많은 가족이 스트라우드로 떠나는 대신 벨맨에 남아 있을까?

효과가 있으리라는 확실한 보장은 없었지만, 인생에서 확실한
게 무엇이 있던가. 이것은 확률의 문제였고, 벨맨의 계산에 따르면
그의 계획은 먹힐 가능성이 높았다. 과감하게 추진해야 했다.

결국 그는 자신이 빵과 우유의 영향력을 과소평가했음을 알게
되었다. 결근도 줄었고, 질병도 줄었고, 생산성은 향상되었다. 사람
을 채용하기도 점점 더 쉬워졌다. 벨맨의 공장에서 일하고 싶어하
는 사람들의 행렬은 점점 더 길어졌고, 그들이 거절한 사람들만 스
트라우드의 제안에 솔깃해했다.

문제가 해결되자 그는 동력을 키우는 데 집중할 수 있었다. 석탄
을 들여올 철로가 생기고 그의 계획대로 터너의 땅에 저수지를 만
들면 생산량을 두 배로 늘릴 수 있었다. 설계사가 월요일부터 작업
에 착수할 예정이었다.

22

필이 빨간 펠트 자루 하나를 끌고 와 테이블에 올려놓았고 폴은
장물을 들여오는 도둑처럼 또 한 자루를 어깨에 이고 왔다. 도라가
커다란 그릇을 들고 왔고 아이들의 어머니 로즈는 큰 물병을 들고
왔다. 식탁 위에 모든 것이 준비되자 필과 폴이 의자에 앉았다. 윌
리엄이 자루를 여민 매듭을 풀고 남자아이들이 자루를 한 개씩 가
져갔다.

"제자리에, 준비, 땅!"

자루에서 동전이 쏟아져 나오면서 요란하게 쨍그랑거렸고 아이
들은 목이 터져라 환호성을 질렀다. 혹시 남은 동전이 있는지 필이
자루 안쪽을 샅샅이 살펴보았지만 동전은 없었다. 폴은 그릇의 삼
분의 이 정도를 채운 동전을 바라보았다. "여기 진짜 시커먼 동전
이 있어요." 손가락으로 동전들을 뒤적이며 아이가 말했다.

이제 도라가 나설 차례였다. 도라는 자신에게 주어진 책임감을
의식하면서, 한 방울도 흘리지 않으려 애쓰며 커다란 용기를 기울
여 액체를 그릇에 부었다. 톡 쏘는 식초 냄새가 모두의 코를 깊이

자극했고, 냄새를 맡을 준비가 된 폴을 제외한 모두가 손으로 코를 틀어막았다.

"우리가 저어도 돼요?" 아이들이 물었다.

윌리엄이 로즈에게 눈짓했다. 윌리엄은 매주 열리는 이 행사에서만큼은 아이들에게 최대한 관대하고 싶었다.

"이제 밤낮으로 애들 손에서 식초 냄새가 나겠네." 로즈가 말했지만 그녀 역시 아이들이 행복해하는 모습을 보는 것이 남편에게 큰 기쁨이라는 것을 알았다. "좋아, 시작해."

남자아이 둘이 양손을 통에 집어넣고 크리스마스 케이크 주무르듯 식초와 동전을 주물렀다. 폴이 동전들이 잘 섞였다고 판단하자, 윌리엄은 그 그릇을 커다란 자물쇠가 달린 철제 상자에 넣었고 남자 아이들은 손을 세 번 씻었다.

아무리 비누로 손을 박박 씻어도 식초 냄새는 사라지지 않았다. 그들은 코끝이 싸해지는 식초 향을 맡으면서, 최고의 순간이 기다리고 있는 다음 날을 기약하며 잠자리에 들었다. 아침에 일어났을 때, 가족이 가장 먼저 의식한 것이 식초 향이었고 그들은 기대감에 부풀어 침대에서 내려왔다.

동생들보다 나이가 많아서 이 의식을 백 번 정도 치른 도라마저도, 새로 찍어낸 듯 깨끗해진 동전을 남겨두고 체 아래로 시커멓고 뿌연 액체가 흘러나오는 것을 바라보는 일은 좀처럼 싫증이 나지 않았다. 여러 번 물을 갈며 동전을 헹구어낸 다음 로즈가 폴과 필에게 동전을 말리고 분류하라고 했고, 도라에게 동전이 바닥으로 떨어지지 않는지 감독하게 했다.

오늘은 윌리엄이 딸을 곁으로 불렀다. "네가 지금 몇 살이지, 도라?"

"열 살요. 아빠 제 나이 아시잖아요."

"이것 참 기가 막힌 우연의 일치로구나! 오늘 오후에 아빠 일을 도와줄 사람이 필요한데, 적어도 열 살은 되어야 하거든."

도라는 설마 아빠가 그 일을 부탁하는 건 아닐 거라 생각했다. "직원들 임금 준비할 때 도움이 필요하세요?"

임금을 주는 날이 되면 어머니가 기꺼이 일을 도왔지만 임신 중이라 오후에는 휴식을 취해야 했다. 그래서 폴과 필의 원성에도 낮 시간에 집안일을 돕는 수지와 메그가 식탁을 거실에서 현관으로 끌어내자, 도라는 아버지 뒤에 앉아 아버지가 직원들의 이름과 임금을 장부에 기록하는 동안, 쟁반에 담긴 동전을 세도 좋다고 허락 받았다.

오후 내내, 도라는 동전을 셌다. 축융공들에겐 이만큼, 여자 방직 공들에겐 이만큼, 도라가 가장 좋아하는 재단사 햄린과 갬빈 씨에게는 이만큼. 일은 빠르게 진행되었고 많은 수다와 농담에 주의가 분산되었음에도 도라는 한 번도 실수하지 않았다. 마지막 임금을 준비하고 나서—벙어리 그레그가 마지막이었고 그는 당나귀 몫의 추가 임금을 받았다— 도라는 당황했다. 쟁반에 동전이 하나 남았기 때문이었다. 하나도 안 남아야 하는데. 도라가 미심쩍어하는 표정으로 아버지를 보았다.

"누굴 빠트렸지?" 그가 물었다.

"아무도요!" 도라가 대답했다. "그리고 일주일 임금을 1페니 받는 사람은 없잖아요."

윌리엄은 근심 어린 조그만 얼굴에 키스했다.

"돈을 센 꼬마 아가씨는 어쩌고? 일주일에 1페니는 받아야 하지 않을까?"

도라는 자기가 실수한 걸로 생각하게 만든 아버지를 책망했고, 윌리엄은 순순히 자신의 잘못을 시인했다. 자신이 유리한 입장이 되자 도라는 동전을 세척한 동료들에게도 돈을 달라고 협상을 벌였다. "재들이 다른 공장에 가서 돈을 세척하는 건 원치 않으시죠, 아버지?"

"원치 않고말고." 그는 동의할 수밖에 없었다.

"고 녀석 아주 세게 나오더라고." 나중에 로즈에게 그 얘기를 하며 윌리엄이 웃었다. 그는 발목을 찌른다는 아내의 신발 끈을 풀고 있었다.

"그럼 나는?" 그의 아내가 물었다. "난 얻는 게 뭐지? 내가 식초 용기를 옮겼잖아. 기억해?"

"당신도 1페니를 원해? 공장을 이런 식으로 운영하다간 얼마나 버틸 수 있을지 모르겠네." 그가 주머니에 손을 넣어 동전을 찾는 시늉을 했다.

"키스 한 번이면 돼." 그녀가 치아의 틈새를 드러내며 웃었다.

"그거라면 천 번도 해 줄 수 있어. 아주 저렴한 가격에!"

그가 그녀의 불룩한 배 위로 몸을 숙여 키스했다.

그러고 나서 다시 한번 키스했다.

"당신이 없었다면 어떻게 살았을까." 그날 밤 늦게 베개 위에 헝클어진 아내의 머리카락을 침착하게 풀면서 윌리엄이 웅얼거렸다.

"그러게." 졸린 목소리로 로즈가 동의했다. "당신 손 닦았어? 아직도 식초 냄새 나."

그들은 잠이 들었지만 오래 잘 수는 없었다.

로즈가 한밤중에 날카로운 비명을 지르며 잠에서 깨어났고, 몇 시간 뒤 아기가 태어났다. 꼬마 아가씨 루시였다.

23

훌륭한 그림이었다. 어쩌면 훌륭한 것 이상일 수도 있었다. 대상이 잘 표현되었다. 지성과 개성으로 반짝이는 검은 눈으로 관찰자를 바라보는 새, 그 배경으로 펼쳐진, 이탈리아임이 분명한 풍경. 그러나 찰스는 그 풍경을 보면서 윈드러시 강을 떠올렸다. 이 그림을 사야 하나?

그는 평상시의 행로에서 벗어나 있었다. 집이라고 부르던 공간이 견딜 수 없어져서 토리노로 나와 있었다. 그 집에서 그와 동거하던 그보다 젊은 화가는 일 년 반 전에 떠났다. "난 결혼해야 해요." 그가 말했다. "부모님 생각도 해야 하니까요. 나의 삶은 당신의 삶과는 달라요." 찰스는 소리 내어 울었다. 달리 무얼 기대했던가? 이번이 처음은 아니었다. 마지막도 아닐 것이다. 결국엔 모두가 결혼을 했다. 그러나 이번 고통은 지난번보다 컸다. 그는 이룰 수 없는 꿈을 꾸어왔다. 그 꿈의 상실을 견딜 수가 없었다.

그래서 그는 여행을 떠났고, 이곳 토리노에서, 어느 갤러리에서 한 점의 그림을 바라보면서 그가 머물 수 없었던 또 하나의 집을 떠올리고 있었다.

그 그림을 보니 어린 시절의 어느 날이 떠올랐다. 떼까마귀 한 마리가 있었다. 새총. 윌리엄을 생각하니, 그의 아늑한 행복, 그의 재능, 너무도 소박하고 자연스럽게 제자리를 찾아가는 그의 삶을 생각하니 곧바로 눈물이 차올랐다. 그는 사촌의 어린 딸 도라를 생각했다. 검정과 색깔들을 생각했다.

도라를 위해 떼까마귀 그림을 사야지.

그는 눈물을 닦고 갤러리의 주인에게로 돌아섰다.

그림을 호텔로 배달해주시겠습니까? 오늘 오후에요? **그라치에**[*].

몇 시간 뒤 호텔 안내원이 그림을 받았고 소년에게 손짓을 해서 영국 신사에게 가져다드리라고 했다. 노크를 해도 대답이 없자 소년은 시뇨르 벨맨이 외출한 모양이라고 생각하고 잠긴 문을 열었다. 찰스의 시신은 그렇게 발견되었다.

이탈리아에서 전갈이 왔다. 이상한 언어로 쓰인 이상한 편지였다. 윌리엄은 옥스퍼드에서 사람을 불러서 그 내용을 알려달라고 했다.

"하지만 아프다는 얘기도 못 들었는데……." 로즈가 항의하듯 말했다. "사고였나요? 무슨 병으로 죽었나요?"

편지를 통역해준 사람이 낮은 기침을 했다. "편지에 사인死因은 나와 있지 않습니다."

윌리엄이 이탈리아 사람에게 나가는 길을 안내했다.

*   이탈리아어로 '감사합니다'의 뜻.

"제 사촌이 스스로 목숨을 끊었나요?" 그가 낮은 목소리로 문가에 서서 물었다.

이방인은 입술을 축였다. "편지의 내용에 의하면 그런 결론에 도달할 여지는 있습니다."

아버지의 사망 이후 잠시 그들을 방문한 뒤로 찰스는 몇 차례 편지를 보내왔다. 로즈는 책상에 있던 편지들을 들고 와 몇 대목을 소리 내어 읽어주었다. 대단한 잡지는 아니지만 잡지에 자신의 글 몇 줄이 실렸다고 했다. 이탈리아에서도 유난히 아름다운 지역을 방문했다면서, 그곳의 산들을 상세하게 묘사하기도 했다. 파리 여행을 갔다가 프랑스 테이블을 하나 샀다고도 했는데, 세공은 최고로 훌륭하지만 그가 염두에 두었던 공간에는 잘 어울리지 않았다고도 했다.

윌리엄은 아내가 그 편지를 들고 있는 게 영 찜찜했다. 백지 위의 검은 잉크. 아내의 입술로 전해지는 죽은 자의 말. 아내에게 어떻게 설명해야 하나.

로즈가 짧고 날카로운 비명을 지르며 편지를 내려놓았다. "오, 윌리엄! 그러고 보니 그 사람, 당신보다 나이가 많지도 않아!"

그가 나보다 삼 주 먼저 태어났다고 윌리엄은 생각했다.

윌리엄은 로즈가 편지를 읽도록 두고 주판 앞으로 돌아갔다.

그로부터 이 주 뒤 두 번째 편지가 도착했다. 이번에는 영어로 쓴 편지였다. 편지는 이상한 어순으로 작성되었다. 바로크식 화려한 글씨체로 쓰인 법률적인 문장이어서 두 번을 읽어야 이해할 수 있었다. 요지는 명확했다.

부유한 자산가인 찰스는 호화로운 삶을 살지 않았다. 그는 와인과 담배를 적당히 즐겼다. 그림과 가구를 좋아했지만 작은 집을 임대해서 살았고 그 집을 적절하게 채우고 장식했다. 그 외의 지출은 검소했다.

찰스의 가구들은 '그림 그리는 친구'라는 사람에게 남겨졌다. 상당한 유산이었지만 그렇다고 해서 충격적일 정도는 아니었다.

돈, 공장, 그리고 공장 사택은 윌리엄에게 남겼다.

그림들은 도라에게 남겼다.

24

윌리엄의 머릿속 한 부분이 셈하고 있었다. 그가 원하건 원하지 않건 셈은 계속되었다. 멈출 수가 없었다. 그는 찰스보다 삼 주 어렸다. 정확히 이십일 일이었다. 그들이 찰스의 사망 소식을 전해 들은 것은 사건이 발생한 지 엿새 만이었다. 그렇다면 열흘하고 닷새가 남았다. 윌리엄은 바쁘게 지내려 애썼고, 일에 몰두함으로써 머릿속에서 쉬지 않고 움직이는 주판을 떨쳐버리려 했지만 소용없었다.

그는 날짜를 셈했고 마침내 그날이 왔다. **오늘부로 사촌이 죽은 바로 그 나이가 되었군.** 일요일이었기 때문에, 그의 마음을 가라앉혀주는 공장의 소음과 부산스러움에 파묻힐 수가 없었다. 그의 가슴속에서 무언가 불규칙하게 펄쩍펄쩍 뛰어다니면서 불안을 가중시켰다.

"로즈!"

공놀이를 하던 아이들이 멈추었다. 폴이 도라를 돌아보았다. 도

154

라는 이것이 놀랄 만한 상황인지 아닌지 알 것이다. 도라는 열 살이니까.

그 소리가 또다시 들려왔다. 이번에는 좀 더 큰 고함으로. "로즈!"

도라가 공을 놓았다. "루시 좀 돌봐줘." 도라가 남동생들에게 말했다.

폴과 필은 잠들어 있는 아기 옆에서 보초 자세를 취했고 도라는 잔디를 가로질러 집으로 뛰어갔다.

소리를 따라가던 도라는 아버지를 발견했다. 아버지는 서재 바닥에서 숨을 헐떡이며 고통스럽게 신음하고 있었다. 낯빛이 초처럼 창백했고, 온몸을 비틀며 떨고 있었다.

"엄마는 아직 안 오셨어요." 그녀가 조심스럽게 말했다. "레인 부인은 외출하셨고요."

"굴뚝!" 그의 목소리가 떨리고 있었다.

도라가 굴뚝을 쳐다보았다. 어젯밤에 피운 불의 잔해가 쇠살대 위에 죽은 불씨로 남아 있었다.

"들어봐!"

도라가 귀를 기울였다. 도라는 귀가 예민했다. 현관 앞 시계가 째깍거리는 소리가 들렸다. 멀리 강물 흐르는 소리. 그녀가 몸을 숙일 때 마룻바닥이 삐걱거리는 소리. 고개를 돌릴 때 귓가에서 머리카락이 찰랑거리며 움직이는 소리. 다급하게 들고 나는 아버지의 숨소리.

"아무 소리도 안 들려요." 도라가 말했지만 바로 그 순간 아버지가 소리쳤다. "지금!"

바로 그때 도라도 들었다. 그녀가 말을 하던 바로 그 순간, 자신의 목소리에 거의 묻혔지만, 여리지만 분명한, 소리라고 말하기에는 너무도 정적에 가까운 소리.

도라는 벽난로 위 선반 쪽으로 다가가 귀를 대보았다.

그녀의 아버지는 두려움에 휩싸인 채 숨을 헐떡였다. 도라가 손가락 하나를 윌리엄의 입술에 대고 조용히 시켰고, 그는 눈이 휘둥그레져서 딸을 쳐다보았다.

소리가 다시 들렸다. 이번에는 둔탁하게 부스럭대는 소리가 들렸고, 그와 함께 숯가루가 떨어지자 아버지의 몸에 전율이 관통했다.

"굴뚝에 새 한 마리가 끼어 있어요."

윌리엄이 도라를 보았다.

"그게 다예요."

윌리엄은 일어설 기력이 없었지만, 도라가 그를 일으켜 화실로 데려가 커다란 안락의자에 발을 올리고 앉게 했다. 도라가 담요를 가져와 둘러주었다. 그녀는 손으로 그의 이마를 짚고 머리칼을 넘겨주었다.

"됐어요." 그녀가 말했다. "이젠 괜찮아요."

도라는 서재로 가서 문을 닫은 다음 창문을 최대한 활짝 열었다. 기다리는 동안 주판을 가지고 놀다가 아버지의 노트의 할 일 목록에 '도라에게 1페니 줄 것'이라고 적어놓았다.

모래 같은 숯 검댕이 허공에 훅 흩날렸다. 겁에 질린 날갯짓, 퍽! 하고 천장에, 창문에, 벽에 부딪치는 소리. 날개가 일으킨 바람이 도라의 뺨을 스쳤고, 마치 기적처럼, 놀란 새가 열린 창문을 찾아 밖으로 날아갔다.

고운 석탄 가루가 서재 안에서 사뿐거리며 흩날렸다. 검댕의 싸한 냄새가 도라의 목 뒤와 혀 안쪽에 남았다.

저것 좀 봐! 얼마나 슬픈가! 얼마나 아름다운가! 새가 그림을 남겨놓았네. 흐릿한 깃털의 자국들이 벽에, 천장에, 자국을 남겼다. 창문 위에도 유령 같은 잿빛이 남아 있었다.

도라는 창문을 닫으려고 의자에 올라갔다. 그리고 얼굴을 바짝 대고 검댕의 흔적을 보았다. 깃털의 흔적이 너무도 섬세하고도 정확하게 남아 있었다. 중간의 깃대와 빼곡한 미늘. 그것은 깃털 펜으로 쓴 장식 글씨였다.

아버지는 보아선 안 되었다.

도라는 소매로 새의 흔적을 지웠다. 손목에 검은 자국이 남았다. 가엾은 짐승.

딱히 무얼 보려는 건 아니었지만, 도라는 잠시 하늘을 바라보았다. 아무것도 없었다.

그녀는 조금 더 보았다.

몇 주 뒤 도라는 어머니와 함께 앉아 그림들을 보고 있었다. 레인 부인의 딸, 메리도 함께 있었다. 메리는 그들이 결정하는 대로 그림들을 제각기 다른 방향으로 나르는 일을 거들었다. 소녀들이 보기에 어떤 그림들은 예뻤고, 어떤 그림들은 따분했다. 그들이 함께 짐 상자에서 또 한 점의 그림을 꺼내 삼베 천을 걷어냈다.

"아!" 도라가 소리쳤다. 그녀의 눈 앞에 반짝이는 검은색 떼까마귀 한 마리가 있었다.

"이 그림이 마음에 드니?" 딸의 취향에 놀라며 로즈가 물었다.

"새가 저를 보고 있어요!" 도라가 웃었다. "보이세요? 웃고 있는 것 같아요."

도라는 어머니와 메리가 볼 수 있도록 그림을 들었다. 로즈는 무의식적으로 새를 따라 고개를 비스듬히 기울이며 미소 지었다. "새가 웃고 있다는 걸 네가 어떻게 아는지 모르겠구나. 부리로 웃는 건 아닌데 말이야! 이 그림을 어디에 걸면 좋을까?"

도라의 표정이 바뀌었다. "아버진 새를 좋아하지 않아요."

"그래?"

그래서 도라는 삼베 천으로 그림을 도로 싸서 기다란 끈으로 묶었다. "제 침대 밑에 숨겨둘래요. 제가 자라서 어른이 되고 저만의 집을 갖게 될 때까지."

그 그림이 조금 이상하다고 생각했던 로즈는 군이 말리지 않았다.

25

공장은 순조롭게 돌아갔다. 아침식사는 그 가치를 증명했고, 생산성은 향상되었다. 새로 놓은 철로로 값싼 석탄을 들여올 수 있게 되면서 건조 작업은 날씨에 덜 구애받게 되었다. 석탄을 연료로 증기관을 통해 가열되는 벨맨의 새 건조실은 원단을 한층 더 부드럽게 했고, 덕분에 더 높은 가격을 받을 수 있었다. 터너로부터 매입한 땅에 구상 중인 저수지가 완공되면 생산량은 강물의 수위 변화에 덜 민감해질 것이다. 강수량이 부족해지면 가두어두었던 물을 방류해서 공정에 필요한 최대치의 수력을 공급할 수 있을 것이다. 그는 여러 단계에서 동력의 예측 불가능한 요인들을 줄여나갔고, 그로 인해 생산량을 예측하고 배송일을 보장함으로써 고객을 안심시켰고, 그래서 주문량이 늘어났고…… 그렇다. 바로 그가 바라던 바였다.

새로운 고객은 끊임없이 찾아왔다. 그는 낡고 시대에 뒤처진 기계들을 교체했고, 소면*기에 넣을 새롭고 품질 좋은 원모를 들여왔다. 그는 다른 공장주들에게 눈치 빠른 융자도 몇 차례 해주었다. 그들이 곤경에 처하면 그가 가장 먼저 그 사실을 알았다. 그는 벨맨 공장을 확장하려고 그들의 공장에 눈독을 들이고 있던 터였다.

그러던 어느 날 로즈의 부모님 농장에서 사고 소식이 들려왔다. 로즈 남동생의 아이를 태우고 있던 말이 갑자기 뒷발로 선 것이었다. 떨어진 아이는 멍이 좀 들었지만 크게 다치지 않았는데, 아이를 도우려고 달려갔던 장모가 말발굽에 채이고 말았다. 그녀는 의식을 잃고 침대에 누워 있었다.

로즈는 가서 어머니를 간호해도 되겠냐고 물었다.

레인 부인이 아이들을 대신 돌보기로 했고 로즈가 떠났다.

엿새 후 그녀가 윌리엄에게 전갈을 보냈다. 그녀의 어머니가 돌아가셨다.

윌리엄은 아침에 농장으로 달려가 로즈와 그녀의 동생들이 집에서 우는 동안 장인, 처남과 함께 장례식에서 자신의 역할을 했다.

윌리엄과 로즈는 다음 날 집으로 돌아가기로 하고 그날은 농장에서 자기로 했다. 로즈는 엿새 밤낮을 어머니를 간호했고 이틀을 애도했다. 그녀는 울 수 없었다. 눈물이 다 말라버렸기 때문이었다. 슬픔과 탈진으로 그녀에게 남은 유일한 위안은 자는 것과 사랑하는 남편의 곁에 있는 것뿐이었다. 그녀가 촛불을 끄고 그를 향해 돌아누웠다. 그는 마치 낯선 사람처럼, 그녀의 곁에 꼿꼿하고 긴장한 상태로 누워 있었다.

---

* 잡물이나 아주 짧은 섬유를 제거하고 섬유를 한 가닥씩 분리하여 가지런히 평행이 되게 하고, 이것을 모아서 섬유 다발로 만드는 공정.

"장례식에 어떤 남자가 왔는데……." 어둠 속에서 윌리엄이 말했다. "그 사람이 누군지 모르겠어."

로즈는 그가 대답을 기다리고 있다는 것을 느꼈다. "나중에 집으로 다시 왔던 사람들 중 한 명이야?"

"아니."

그렇다면 왜 그걸 니한테 묻는 거지? 여자한테 본 적도 없는 남자에 대해 묻는 이유가 뭐지? 남자들이 장례식에 여러 명 왔었는데. 왜 그 사람들한테 물어보지 않고? 그런 말을 입 밖에 내지는 않았다. "아마 남동생이 알 거야."

그녀의 목소리가 날카로웠다. 그녀는 곧바로 자신을 용서했다. 자신에게 너그럽고 싶었다. 분별 없는 질문을 던진 남편도 그녀 자신과 함께 용서했다.

그녀는 그의 위로를 기대하며 한 팔을 뻗었다. "어머님이 돌아가셨을 땐 어땠어?" 자신의 슬픔을 떠올려보면 아내를 위로해야 한다는 걸 깨닫게 될 수도…….

"그때도 그 남자가 있었어. 우리 어머니 장례식 때도."

그의 목소리에서 그녀가 알고 있는 어떤 느낌이 배어났다. 긴장이 감도는 냉혹한 목소리였다. 그녀의 심장이 오그라들었다. 오늘 밤은 그에게서 아무것도 기대할 수 없었다.

"검은 옷을 입고 있었어."

그녀가 어둠 속에서 얼굴을 찌푸렸다. "물론 검은 옷을 입었겠지, 윌리엄. 스무 명 남짓한 다른 사람들처럼."

로즈는 그에게서 팔을 거두었다. 그는 그녀의 손이 그의 가슴에 놓여 있는 것도, 그의 손을 그 위에 포개지 않은 것도, 돌아누워 그녀를 안아주지 않은 것도 의식하지 못하고 있었다.

그의 손이 그녀의 머리조차 쓰다듬게 할 수 없다면 그냥 잠이나 자야지. 잠이라도 자야지.

그녀가 등을 돌리고 머리를 베개에 고정했다.

"큰아버지의 장례식에도 왔었어."

로즈는 아무 말도 하지 않았다. 잠은 그리 멀리 있지 않았다.

"그럼 누군지 알아내기 어렵진 않겠네. 당신 어머니와 나의 어머니와 큰아버님을 아는 사람이 누가 있지? 그 세 사람을 다 아는 사람은 흔치 않을 텐데."

로즈의 눈꺼풀이 무거워졌다. 목과 어깨의 근육이 부드러워졌다. 턱에서 힘이 빠졌다······.

윌리엄이 안절부절못하고 꼼지락거렸다. 이불이 너무 올라갔다느니 너무 내려갔다느니. 너무 더워서 창문을 열어야겠다느니. 그러더니 이번에는 또 찬바람이 들어온다고 했다.

로즈가 한숨을 쉬었다. "어떻게 생겼는데, 그 사람?"

윌리엄이 그의 외모가 너무 눈에 띄었다면서도 몇 단어로 설명하기 힘들다고 말하는 것을 로즈는 어렴풋이 들었다.

로즈 생각에 윌리엄이 그가 어떻게 생겼는지 모르는 것 같았다. "당신보다 커? 아니면 작아?" 로즈가 힘없이 물었다. "수염이 있어? 얼굴이 희어? 아니면 검어?"

정보가 거의 없었다. 키는 윌리엄과 비슷했다. 면도를 했는지 수염을 길렀는지, 당연히 기억해야 옳았겠지만, 어쩐 일인지 그는 기억할 수 없었다. 그러나 그는 검었다. 그것만은 의심의 여지가 없었다.

잠이 들 수도 있겠다고 그녀는 생각했다. 제발 그가 입을 다물고 잠 좀 자게 내버려두었으면!

윌리엄은 문제가 있으면 해결책을 찾아야 직성이 풀리는 사람이라는 것을 로즈는 알고 있었다. 그러나 그의 묘사는 너무도 모호했다. 누구에게든 해당될 수 있는 얘기였다. 그리고 그녀의 어머니는 죽었고 그녀가 원하는 것은 오직 자는 것뿐이었다.

"내 생각엔 잭 삼촌인 것 같아."

"그 사람이 어떻게 생겼는데? 나한테 설명해봐."

"당신 정도 키. 검은 머리. 나이가 들어서는 턱수염을 길렀어. 지금은 확실히 모르겠어."

"잭 삼촌이 큰아버지를 어떻게 알지?"

"젊었을 때 휘팅포드에 살았거든."

"아! 그럼 우리 어머니도 알았겠네!"

"그럴 확률이 높아."

그는 한결 편안해진 것 같았다. 남편은 한 번 더 침대에서 뒤척였다. 다짐하는 듯한 단 한 번의 마지막 뒤척임이었다. 드디어! 이제 자려나 보네, 로즈는 생각했다.

그리고 그는 잠들었다.

로즈는 밤이 그녀에게도 똑같은 위안을 주기를 기다렸다. 하지만 그렇지 않았다. 그녀의 어머니는 죽었고 자신은 남편이자 낯선 남자와 낯선 침대에 누워 있었다. 잠이 들기엔 너무 피곤했다. 그리고 울기에는 너무 마음이 아팠다.

26

어느 날, 아침식사를 하다가 로즈가 우편물을 열어보며 얼굴을 찌푸렸다.

"나쁜 일이야?"

"삼촌이 돌아가셨대."

윌리엄의 스푼이 포리지* 속에서 멈추었다. "어떤 삼촌?"

"잭 삼촌."

윌리엄은 가슴속에서 번지는 만족감을 굳이 분석하지 않았다. "장례식이 언제야?"

"목요일. 하지만 꼭 가야 할 것 같진 않아. 저수지 때문에 당신 엄청 바쁘잖아. 어렸을 때 본 이후로 삼촌을 본 적이 없거든. 다들 별로 심각하게 생각하지 않을걸."

윌리엄이 포리지를 삼켰다. "한나절 비워서 가볼 순 있어."

살아 있음의 우월함을 만끽하기 위해 윌리엄은 장례식을 찾아

---

* 귀리에 우유나 물을 부어 걸쭉하게 죽처럼 끓인 음식.

다니는 편이었다. 얘기 한번 나누어본 적 없는 사람에 대한 윌리엄의 반감은 이제 그의 죽음으로 인해 사그라졌다. 그는 장례식과 어울리지 않는 가벼운 마음으로 마차를 몰고 어퍼 위치우드 교회에 갔다.

교회에서 누군가 그를 기다리고 있는 것 같았다. 검은 옷을 입은 남자였다. 윌리엄은 깜짝 놀랐다. 그의 시선이 윌리엄 쪽을 향하고 있었고 장례식에는 어울리지 않게 재미있어하는 눈빛이었다. 그는 윌리엄이 당혹스러워하는 모습을 즐기는 것 같았다. 마치 윌리엄의 실수를 알고 있고 그것으로 그를 놀려주려고 기다렸던 것처럼.

그가 인사를 나누려는 듯 다가오자 윌리엄은 겁에 질렸다. 바로 그 순간 윌리엄은 남자가 입을 벌리고, **기다리고 있었는데 때마침 오셨군요!**—그의 표정에 온통 그렇게 쓰여 있었다—라고 말할 거라고 생각하는데, 때마침 다른 조문객들이 도착했다. 검은 옷 입은 남자는 뒤로 물러서며 그들에게 길을 비켜주었고, 어쩌다 보니 그들이 지나갈 때 휩쓸려가게 되었다. 그는 윌리엄을 보며 경쾌한 몸짓을 하고 고개를 돌렸다. **뭐 서두를 거 있나요! 다음에 봅시다!** 하고 말하는 것 같았다.

사람들이 그의 몸짓을 보았다면, 순전히 호의와 친근감에서 우러난 것이었다고 말했을 것이다.

윌리엄은 몹시 화가 났다.

&

이 이야기보다 훨씬 더 오래된 이야기가 있다. 그 이야기 속에서 두 마리의 큰까마귀 — 큰까마귀는 떼까마귀의 덩치 큰 사촌이다 — 는 위대한 북방의 신의 친구이자 고문이었다. 한 마리는 '후긴'이라 불렸는데 그 시절 그 지역에서는 '생각'을 뜻하는 말이었고, 또 한 마리는 '무닌'이라 불렸는데 '기억'을 뜻하는 말이었다. 그들은 여러 세상의 경계가 만나는 마법의 물푸레나무에서 살았다. 그 나뭇가지에서 그들은 서로 다른 세계 사이를 한가로이 넘나들며 오딘*을 위해 정보를 수집했다. 다른 짐승들은 그 경계를 건널 수 없었지만 생각과 기억은 마음대로 날아갈 수 있었고 웃으면서 돌아왔다.

생각과 기억은 많은 자손을 거느렸고, 자손들 모두 위대한 지성을 지녔기 때문에 상당한 지식을 축적하여 물려줄 수 있었다.

윌리엄 벨맨의 참나무에 살았던 떼까마귀들은 생각과 기억의 후손이었다. 그날 떨어진 떼까마귀는 그들의 너무도 훌륭한 후손 중 하나였다.

* 북유럽신화에 등장하는 신으로, 지식과 문화, 군사를 관장하는 최고신.

윌리엄 벨맨이 열 살하고도 나흘이 되었을 때 떼까마귀들은 자신들의 슬픔을 기리기 위해 그들이 해야 하는 일을 했다. 그리고 그 위험한 곳에서 떠났다. 그들은 다시는 돌아오지 않았다.

그 나무는 여전히 그 자리에 있다. 지금도 그곳에 가면 나무를 볼 수 있다. 그렇다. 바로 지금, 당신의 시간에서. 그러나 그 가지에서 떼까마귀는 한 마리도 볼 수 없을 것이다. 그들은 지금도 그 사건을 기억하고 있다. 떼까마귀들은 생각과 기억으로 이루어져 있다. 그들은 모든 것을 알고 아무것도 잊지 않는다.

큰까마귀 이야기가 나왔으니 말인데, 큰까마귀의 집합명사는 **불친절**이다. 그것은 생각과 기억에게는 다소 당혹스러운 일이 아닐 수 없다.

27

"훌륭하네요!"

벨맨과 공사 감독관과 토목 설계사는 나란히 서서 끌어온 물이 저수지를 채우는 광경을 지켜보았다. 물이 들어오자 새로운 방향에 놀란 물이 철썩거리며 물거품을 일으켰다. 그 반대편 끝의 물은 한결 잔잔하고 고요하고 고분고분했다. 그야말로 장관이었다. 가뭄에 대비하여 수천 갤런의 물을 저장해둠으로써 강의 수위에 상관없이 공장의 생산성을 유지할 수 있게 되었다. 이로써 우연, 위험, 불확실성에 맞서는 수익이 보장되었다.

공장에서 한 소년이 숨이 턱에 차서 달려왔다.

"좀 기다려야 할 거야." 벨맨이 말했다. "지금 여기 일이 바빠서."

이십 분 뒤 소년이 미안한 표정으로 돌아왔다. "벨맨 부인이 지금 당장 오시래요. 꼭 모셔오라고 했어요."

벨맨은 얼굴을 찌푸렸다. 그는 이 세상의 그 무엇보다도 여기서 이 광경을 지켜보기를 원했다. 이것은 그가 오래도록 품어왔던 꿈이었다. 물레방아 목수를 처음 만났던 바로 그날, 물레바퀴가 돌아가는 것을 바라보며 그는 자신이 할 일이 무엇인지 깨달았다. 그리고 지금, 그 꿈이 여기 있었다!

하지만 로즈가 그를 찾는다니. 오늘이 어떤 날인지 알고 있는 로즈가 괜히 그를 불렀을 리는 없었다.

집 안으로 들어서는 순간, 역한 탄내가 코끝을 찔렀고 그는 얼굴을 찌푸렸다. 냄새의 진원지를 알아보기도 전에, 너무도 낯선 모습의 로즈가 계단을 뛰어 내려왔다. 머리카락이 핀에서 빠져나와 어지럽게 흩날렸고, 얼굴에 긴장이 감돌고 창백했다.

"당신 이제야 왔네!" 이상한 로즈가 이상한 목소리로 말했다. "루시가 열이 나."

"의사 부르러 보냈어?"

"의사가 방금 다녀갔어. 격리시켜야 한대." 로즈가 분개하며 말했다. "다른 사람들이 가까이 못 가게 막아야 한대." 지금까지는 애써 마음을 다잡고 있었지만 갑자기 그녀의 눈에 눈물이 차올랐다. "오, 윌리엄! 우리가 루시의 머리카락을 잘라서 불태웠어."

역한 냄새는 바로 그 냄새였다.

로즈가 분한 듯 소매로 눈물을 닦아냈고 그가 아내를 짧게 위로했다. "다시 자라날 거야. 루시는 어디 있어?"

그 자신도 아이 곁에 가까이 다가가선 안 된다는 말을 듣자 벨맨은 아이 방 창문 높이로 사다리를 놓고 올라갔다. 방 안에는 로즈가 다른 아이들을 돌볼 수 있도록 루시를 간호하겠다고 자청한 레인 부인이 침상에 몸을 숙이고 있었다.

그가 손톱으로 유리창을 두드리자 레인 부인이 돌아보았다.

침대에 누워 있는 아이는 그가 아는 루시가 아니었다. 그녀의 창
백한 두상은 충격적이었고, 갑자기 야윈 것 같았지만, 그건 불가능
했다. 그는 바로 어제 아이를 보았다. 세상 속 기쁨을 누리려는 마
음이 여전했던 아이는 아버지를 보고 반가워했지만, 그가 들어올
수 없다는 사실을 깨닫는 순간 두통이 되살아났고, 얼굴을 일그러
뜨리고 울기 시작했다.

크게 운다는 건 좋은 일이었다. 그와 로즈는 튼튼한 심장과 커다
란 폐를 지닌 건강한 아이들을 낳았다. 루시는 이겨낼 것이다. 힘
내라, 루시!

그는 사다리를 한 칸 내려서면서, 애처로운 아이의 얼굴에서 애
써 눈을 거두고는, 땅으로 내려왔다.

로즈가 몸을 떨었다. "애가 저렇게 아파하는데 도저히 안 되겠
어. 애한테 가봐야겠어."

"의사가 말한 대로 해야지. 루시는 강한 아이야. 레인 부인은 훌
륭한 간호사고. 다 괜찮아질 거야."

"정말 그럴까?"

그는 로즈의 손을 잡고 불안한 떨림이 잦아들 때까지, 침착하고
고요한 눈빛으로 그녀를 보았다.

"응." 그녀가 한숨을 쉬고 엷게 미소 지었다. "괜찮고말고."

샌더슨 박사가 그날 저녁 다시 왔다. 그는 환자를 살펴보고 레인
부인과 이야기를 나누었다. 그런 다음 거실로 와서 윌리엄과 로즈
를 만났다.

"할 수 있는 일은 다 했습니다. 유감스럽게도 더 이상 할 일이 없
네요. 하지만 기도가 남아 있지요."

로즈는 의사의 말을 다 듣지 않고 아이에게 달려갔다.

월리엄은 기가 막혔다. 샌더슨이 훌륭한 의사라고 생각했건만. 샌더슨은 휘팅포드의 의사 중 가장 평판이 좋았다. 그는 곧바로 다른 의사를 부르려고 사람을 보냈지만 편지만 되돌아왔다. 시내에 열병 환자가 너무 많아서 밤새도록 바쁠 거라고, 내일 아침이나 되어야 루시를 진찰할 수 있다는 내용이었다.

월리엄이 편지를 읽고 있는데 가정부의 딸이 들어왔다. 눈물을 삼키려 애쓰고 있지만, 울고 있었던 것이 분명했다. "벨맨 부인께서 시간이 얼마 안 남은 것 같대요. 이제 기도할 시간이래요."

그가 짧게 고개를 끄덕이고 함께 환자의 방으로 들어갔다. "왜 수지와 메그가 와서 얘기하지 않고?"

"떠났어요. 열병이 무섭대요."

방에 들어선 순간 윌리엄이 레인 부인을 추궁하기 시작했다. 이렇게는 해봤는지, 저렇게는 해봤는지, 얼마나 자주 얼마나 오랫동안 해봤는지……. "부인이 뭘 잘못했다는 게 아닙니다." 그가 설명했다. "오히려 필요한 모든 것을 잘해주셨을 거라고 믿습니다. 지금까지 어떤 치료를 했는지 알고 싶은 것뿐이에요."

그의 질문들은 복잡했고 레인 부인은 그 질문에 답해야 한다는 부담을 느끼면서 죽어가는 아이를 돌보았다.

"윌리엄." 로즈가 낮게 웅얼거리며 그를 책망했지만, 효력이 없자 "**윌리엄!**" 하고 소리쳤다.

그가 놀라 아내를 보았다.

"지금 우리가 할 수 있는 건 아이가 편안히 떠날 수 있게 돕는 것뿐이야. 레인 부인의 주의를 분산시키지 말고 나와 함께 무릎을 꿇어. 아이의 영원한 삶을 위해서 기도하자."

월리엄은 아내가 이토록 권위적으로 말하는 것을 들은 적이 없었다. 그는 아이 곁에 무릎을 꿇고 양손을 맞잡은 다음 로즈의 기도에 동참했다.

그리고 기도하는 동안 지켜보았다. 루시는 이제 그의 루시가 아니었다. 열이 그녀의 살을 녹였다. 남은 것이라고는 경련에 시달려 눈이 퀭해진, 앙상하고 창백한 생명체뿐이었다. 루시는 그들이 곁에 있다는 것조차 알지 못했다. 월리엄은 세세한 것 하나하나까지 관찰했다.

아내도 아이에게서 눈을 떼지 않는 것을 그는 보았다. 그러나 아내의 시선에는 그저 보는 것 이상의 무언가가 담겨 있었다. 로즈는 눈을 깜빡이지 않았고, 그녀의 눈빛에는 보는 것을 초월한 어떤 힘이 있었다. 월리엄은 아내의 흔들림 없는 강렬한 눈빛 속에서 무슨 일이 일어나고 있음을 알았지만 그게 무엇인지는 알 수 없었다.

아이가 죽었다.

월리엄은 넋이 나간 상태로 일어나 밖으로 나갔다. 그는 화실에서 서성거렸다. 견딜 수 없는 초조함이 엄습해왔다. 뭔가 할 일이 있을 것만 같은 기분을 떨쳐버릴 수가 없었다. 그는 계속 생각했다. 루시가 떠났고, 가서 그 아이를 데려와야 한다고. 어쩌면 아직 멀리 못 갔을지도 모른다. 이제 겨우 한 시간밖에 안 되었다. 당장 안장을 올려야 했다. 그는 마구간으로 달려가고 싶은 본능을 백 번째로 억눌렀고, 그 본능이 백 번째로 되살아났다. 마구간 생각이 잦아들자 이번에는 이런 생각이 들었다. 루시는 고장이 났다. 그녀의 무언가가 망가졌고 그걸 고쳐야 했다. 전문가를 동원했지만, 소용 없었다. 그 일은 그가 해야만 했다. 내가 언제 실패한 적이 있던가? 내 연장들이 어디 있지? 내가 곧 그 아이를 멀쩡하게, 건강하게 만들어야지.

아이는 죽었다고 자신에게 말하고 또 말했지만, 그의 뇌가 자꾸만 우겼다. 불가능한 일은 없다고. 돌이킬 수 없는 일은 없다고. 고장 난 물건들은 수리할 수 있었다. 만약 밤새도록 태양이 빛나게 할 방법이 있다면, 윌리엄 벨맨이 그 방법을 찾을 것이다.

그는 서성이고 또 서성이면서 해결책을 찾으려 애썼다. 아무것도 찾지 못했지만 아침이 되도록 멈출 수 없었고, 아침이 되자 또 다른 문제가 발생했다. 필과 폴이 아프기 시작한 것이다.

이제는 그도 쓸모가 있었다.

윌리엄은 의사들을 만나려고 옥스퍼드까지 달려갔다. 그리고 질산칼륨과 붕사와 소금과 암모니아 아세테이트와 질산은을 들고 집으로 돌아왔다. 그는 포장지를 풀어 낙타털로 만든 솔을 꺼냈다. 그에게 레몬 오일과 감 오일이 있었다. 모든 것에 정향 냄새가 나게 만드는 끈끈한 향유가 있었다. 그는 로즈와 레인 부인에게 재료의 혼합과 측정과 도포에 관해 지시했다.

"머리를 완전히 밀어요." 그가 지시했다. "아기 머리를 제대로 밀지 않았던 거였어요. 머리를 높여서, 먼저 레몬 오일에 적신 실크로 감싸주고. 발에 정향 머릿기름을 바르고 나서 따뜻한 물에 적신 천으로 감싸주고. 거머리*는 안 돼요. 출혈이 있어선 안 돼요. 사흘 동안 보리차하고 미음만 먹여요. 사흘 뒤에는 고기죽하고 닭고기만 먹이고 닭고기는 유리병에 밀봉했다가 끓여야 해요. 방광이 여섯 시간마다 열려야 하고 장은 스물네 시간마다 열려야 해요. 매일 저녁 질산은을 목 궤양에 브러시로……."

---

* 거머리가 신체 국소부위의 피를 빨게 하는 과정을 통하여 치료하는 요법.

그는 모든 것을 기록했다. 그는 송아지 가죽 노트에 목록과 시간표를 작성했다. 소변과 대변이 배출될 때마다 전부 다 확인했다. 병실에서 일어나는 모든 일을 하나도 빠짐없이 노트에 기록했다.

처음에 아이들은 자신들의 병에 당황했다. 아이들은 고통의 벽 저편에서 아버지를 바라보면서, 그들을 가르는 벽에 손을 뻗어 걷어내기만 하면 되는데도, 노트에 기록만 하며 서 있는 아버지의 모습에 어리둥절해했다. 아이들은 고통에 몸부림쳤고, 오그라들었고, 괴로워했다.

윌리엄은 반복되는 양상이 있는지, 차도의 징후가 있는지 기록을 꼼꼼히 살폈다. 그는 조심스럽게 시간과 투여량을 조절했다. 이제 좀 효과가 있나? 아직 판단하기엔 너무 이른가?

환자의 방에 있지 않을 땐 집 안의 모든 방을 돌아다녔다. 루시가 썼던 물건들이 뭐가 있을까? 어떤 장난감을 가지고 놀았나? 루시가 어떤 담요를 사용했나? 루시가 어떤 베개를 벴나?

"태워버려!"

그들은 정원에 꺼지지 않는 커다란 모닥불을 지폈다. 태워버릴 물건이 항상 떠올랐기 때문이었다. 사내아이들의 옷가지들. 책들. 매트리스들. 그가 아이들을 끌어안고 키스할 때 무슨 옷을 입었지? 태워버려! 로즈는 무슨 옷을 입고 있었지? 그는 집 안의 모든 방을 샅샅이 훑었고, 모든 장과 서랍을 확인했다. 이 인형과 이 모자와 이 리본. "태워버려! 전부 다!"

사내아이들의 침대 밑에서 그는 상자들을 꺼냈다. 책들과 장난감들과 공들 밑에, 한 소년의 삶에 속했던 애정 어린 잡동사니들 밑에, 새총이 있었다. 그는 그것을 들고 침실 창가로 달려가 충격에 휩싸인 채 불을 피우고 있던 정원사에게 소리쳤다.

"태워버려!"

그는 몸을 떨면서 양손으로 창틀을 짚고 숨을 골랐다. 다시 숨을 쉴 수 있게 되자 환자 방으로 돌아가 송아지 가죽 노트를 들었다.

먼저 관찰해야 했다. 관찰해야 이해할 수 있었다. 이해해야 나서서 해결할 수 있었다. 질병은 다른 모든 것들처럼 원리에 따라 진행되는 것이다. 주의 깊게 관찰하면 원리를 파악할 수 있게 마련이다. 단지 시간문제일 뿐.

윌리엄이 루시를 묻으러 갔다. 의식은 짧게 치러졌고 그럴 수밖에 없었다. 묻어야 할 시신이 너무도 많았다. 검은 옷의 낯선 남자가 동정 어린 인사를 건넸지만, 윌리엄은 거의 의식조차 하지 못했다. 집으로 돌아갔더니 아이들이 불과 몇 분 간격으로 죽어 있었다.

아이들의 침대맡에서, 지나치게 밝은 눈으로, 목이 벌겋게 달아오른 채로, 로즈가 그를 보았다.

"여보." 윌리엄이 아내를 보았다. "당신 지금 아파."

"그럼 가위 가져와."

그녀가 머리카락을 풀었다. 그리고 가죽 가위집에서 가위를 꺼내 머리카락을 잘랐다. 그녀는 머리카락을 불길에 던지고 잠자리에 들었다.

다음 날 윌리엄은 로즈를 레인 부인에게 맡겨두고 아들들의 장례식에 참석했다. 이상한 장례식이었다. 너무 많은 사람이 죽었다. 장례식은 폴과 필립의 장례식일 뿐 아니라 윌리엄이 알고 지내거나 듣고 지냈던 사람들을 위한 장례식이었다. 조문객은 거의 없었다. 모두가 아프거나, 아픈 사람을 돌보고 있거나, 감염을 두려워했다. 일어서거나 앉아 있거나 기도하는 사람들은 서로 떨어져서 제각기 애도를 표했다. 성가대도 없었고 노래 부를 기분도 아니었기 때문에 노래는 없었다. 검은색 크레이프* 장사로 누군가는 떼돈을 벌겠다고, 윌리엄은 씁쓸하게 생각했다.

윌리엄은 복잡한 계산에 심취했다. 애도의 단위는 무엇인가? 슬픔을 어떻게 세고, 무게 달고, 평가할 수 있을까? 과거에 그는 행운을 누렸다. 그것만큼은 기꺼이 인정할 수 있었다. 그는 미처 알지 못했지만, 행운에는 대가가 따르는 법이고, 그는 지금 대가를 치르고 있었다. 이제 어딘가에서 공정한 정의의 신이 이 정도면 꽤 공평해졌다고 판단하고, 다시 행운을 보내기 시작하겠지. 암울한 계산이 그의 마음속 주판알을 튕겼다. 루시를 잃고, 두 아들도 잃었다. 도합 세 명이었다. 아직은 아내와 딸이 남아 있었다. 그들은 지킬 수 있을 거라고 기대해도 크게 무리는 아닌 것 같았다. 육십 대 사십. 그 정도면 상대에게 너그러운 거래가 아닌가. 육십 대 사십. 거절하기엔 너무 좋은 조건이었다. 숫자가 주는 위안이 있었다.

묘지에서, 윌리엄은 검은 옷의 남자를 만난 것이 놀랍지 않았다. 이상할 정도로 겹겹이 휘감은 장례식 복장에도 그는 누군가와 사별한 사람처럼 보이지 않았다. 집에 있는 아내가 고통을 겪고 있을 것 같지 않았다. 죽어가는 아이의 침대맡에서 며칠을 보낸 사람의 초췌함이 없었다. 그렇다면 그는 왜 왔을까? 윌리엄 때문이었을까? 남자는 그를 잘 아는 사람의 친근한 눈빛으로 윌리엄과 눈을 맞추었다. 그의 확신에 맞설 기력이 없었던 윌리엄으로서는 감당하기 힘든 일이었다. 윌리엄이 그에게 고개인사를 했다. 그는 슬픈 배려의 눈빛으로 그의 인사에 답했다.

---

* 작은 주름이나 선이 두드러져 있어 표면이 오돌토돌한, 얇고 가벼운 직물.

육십 대 사십?

상대를 파악하라. 그것이 성공적인 협상의 비결이다. 협상이 실패로 끝난다면? 윌리엄은 갑자기 발을 디딘 땅이 불안정하게 느껴졌다.

한 가지에 실패하면 다른 것을 시도하라. 길은 항상 있게 마련이다.

그는 심호흡을 했다. 마음을 추슬렀다.

그는 병상으로 돌아갔다. 로즈의 머리를 차가운 헝겊으로 감싸는 일로, 질산은을 바르고 미음을 떠먹이는 일로, 발을 씻길 물을 데우는 일로, 알로에와 소금과 당밀을 섞는 일로……. 그는 이 병을 파악해가고 있었다. 관찰. 이해. 조처. 그는 어떻게든 방법을 찾을 것이다.

윌리엄은 그 기간 동안 잠자리에 들지 않았고 제대로 잠을 자지 않았다. 그러나 때로는 로즈의 침대맡에서, 경련의 사이사이, 의자에 앉은 채로 잠깐씩 졸았다. 그러한 비몽사몽의 시간 중에 무슨 일인가가 일어났고, 그는 무슨 일인가 싶어 주위를 두리번거렸다. 환자의 방은 모든 것이 그대로였다. 특별히 달라진 게 없었다.

그 순간, 그는 깨달았다. 매캐한 냄새는 복도에서 풍겨왔다. 집 안 어딘가에서 누군가가 머리를 태우고 있었다.

그는 벌떡 일어나 도라에게 달려갔다. 도라는 흰 잠옷 차림으로, 자신의 침대 옆 불길 옆에 서 있었다. 작고 깔끔한 불길이었다. 직접 지핀 것이 분명했다. 도라는 길고 검은 머리카락을 칼로 자른 뒤 머리채를 불길에 던져 넣는 중이었다.

"저 때문에 깨셨어요?" 도라가 말했다. "냄새가 너무 역해요. 제

방에 누울까요? 아니면 동생들 방이 더 편할까요? 모두 거기서 간호를 했으니까요."

그가 도라에게서 가위를 받았다. 그녀의 예쁜 얼굴이 이상해 보였다. 머리카락을 한쪽만 잘라냈고, 목 근처가 벌겋게 달아올랐다. "자를 필요 없다." 그가 말했다. "자른다고 달라지는 것 같지가 않아."

"아. 하지만 벌써 자르기 시작한걸요. 다 잘라버릴래요."

그가 도라의 머리카락을 잘라주었다. 머리채를 불길에 던져 넣고는 딸의 창백한 두상을 바라보며 흐느꼈다. 그는 도라의 뒤에서 옆으로, 그리고 다시 앞으로 움직였고, 도라의 눈빛은 침착했다. 그녀가 그에게 미소 지었다. 작고 미안해하는 듯한 미소였다.

28

로즈의 장례식 날, 그 낯선 남자의 출현은 윌리엄의 정신 상태에 아무런 도움이 되지 않았다. 그가 교회를 향해 걸어갈 때 남자가 정중하게 물러서자 윌리엄은 짜증이 치밀었고, 나중에 무덤가에서도 그와 마주쳤다. 그는 여름날 오후에 소풍 나온 사람처럼 흡족한 표정으로 주위를 둘러보고 있었다.

목사가 아내의 영원한 안식을 위해 기도할 때, 그의 모습이 보이지 않았다. 잘됐다 싶었는데, 윌리엄이 관을 덮을 흙의 첫 삽을 받을 때 다시 그의 모습이 보였다. 놀랍게도 무덤 맞은편 네드의 곁으로 은근슬쩍 다가서는 게 아닌가. 뻔뻔하기도 하지! 그는 그곳에 서서, 마치 이 모든 것이 그의 여흥을 위해 마련된 공연이라는 듯, 이 광경을 찬찬히 지켜보고 있었다. 이것은 모독이었다!

윌리엄은 그에게 다가가 결판을 내고 싶었지만, 오늘은 그럴 수 없었다. 그는 무시하기로 작정했다. 그러나 마치 윌리엄의 생각을 읽기라도 한 듯, 남자가 그를 똑바로 응시했다. 심지어는 그동안 잘 지냈냐고 묻듯 고개를 까딱하더니, 나중에 얘기 좀 하자는 듯 울타리 문 쪽으로 고갯짓했다. 윌리엄은 삽을 들고 구덩이에 흙을 뿌릴 준비가 되었지만, 그 흙을 검은 옷의 남자의 비열하게 온화한 상판에 뿌려주고 싶은 마음이 굴뚝같았다. 그러나 남자가 살짝 비켜서며 시야에서 벗어났고, 네드만이 놀란 표정을 짓고 있었다.

윌리엄은 흙을 구덩이에 뿌린 다음 서둘러 자리를 떴다.

그걸로 끝이었다. 그는 아내를 묻었다. 자식 셋을 묻었다. 이제 그가 할 일은 집으로 돌아가서 네 번째 아이이자 마지막 아이가 죽는 것을 돕는 일뿐이었다.

"아무도 못 알아봐요." 병실 문 앞에서 레인 부인이 그에게 말했다.

죽어가는 일에 관해서라면 그에게 놀라운 일이란 없었다. 모든 것이 전과 똑같았다. 그가 말을 걸어도 아이는 그를 못 알아보는 것 같았다. 레인 부인은 차가운 수건을 도라의 이마에 수시로 얹어주었다. 이제 아이가 들을 수도 없는 애정 어린 말은 중얼거리지 않았다. 매분이 손을 뻗어왔고 그는 자신을 스쳐가는 텅 빈 매초를 세었다. 레인 부인이 기도했다. 그는 아멘을 웅얼거렸다.

두 사람 다 초기에 그들을 힘들게 했던 희망으로 괴로워하지 않았다. 내면에는 아직도 저항하는 습성이 남아 있었지만 그것마저도 한결 약화되었다. 아버지로서의 그의 잔재는 자식을 잃어야 하는 상황에 여전히 분노했지만 그는 그것을 유리창에 부딪치는 파리의 분노를 느끼는 텅 빈 대저택의 심정으로 느꼈다. 죽음이 그를 옭아맸다. 그는 노예로 전락하여 느릿느릿 움직였다.

도라로 말하자면, 그가 침대에 누워 있는 아이를 알아보지 못하는 것은 지극히 당연했다. 잘린 머리카락, 뾰족한 코 양쪽으로 앙상하게 늘어진 창백한 피부, 퀭한 눈. 침대에 누워 있는 아이는 이

주 전 분홍빛 뺨의 곱슬머리 아이와는 딴판이었다. 아이의 두 눈은 허옇게 뒤집혔고, 호흡은 거칠고 고통스러웠다. 아이의 절반 이상이 이미 다른 세계로 넘어가 있었다.

벨맨은 준비가 되었다. 그는 이 질병의 모든 단계를 꿰고 있었고, 모든 순간이 다음에 닥칠 순간을 말해주었다. 일 분 또 일 분, 한 시간 또 한 시간. 석회 바닥에 두 발을 딛고, 이렇게 서서, 자식이 죽어가는 것을 지켜보았었다. 그는 이 과정을 너무도 잘 알아서, 추락의 매 단계를 예견했다. 이제 숨을 헉 들이켜겠지, 생각하면 빈사상태의 도라가 숨을 헉 들이켰다. 이제 곧 큰 발작이 오겠지, 생각하면 큰 발작이 시작되었다. 죽음이 그를 얼마나 잘 훈련시켰는지 그가 죽음 대신 이 일을 관장할 수도 있을 것 같았다. 그는 모든 동작, 모든 박자, 모든 아르페지오*, 모든 멜로디의 카덴차**를 꿰고 있었다.

도라의 상태를 보니 마지막까지는 아직 갈 길이 멀었다. 열 시간. 혹은 열두 시간.

"잠을 좀 주무시지 그러세요?" 레인 부인이 말했다. "지쳐 보여요."

그는 방을 나와 침실로 갔다. 로즈의 옷이 침대맡에 있었다. 죽기 위해 벗어놓은 그 자리에 그대로 있었다. 두툼한 소재로 만들어진 옷이라 그녀가 사라졌는데도 불룩한 가슴의 형태가 유지되고 있었다. 그의 손이 닿는 순간 옷이 허물어지면서 로즈의 가슴이 마지막 숨을 내쉬었다. 그는 돌아섰다. 여기서는 잠을 잘 수 없었다.

---

*   화음의 각 음을 동시에 연주하는 것이 아니라 연속적으로 차례로 연주하는 주법.
** 엔딩 부분에 사용되는 무반주 독주.

도저히 잘 수 없었다.

그는 레드 라이언으로 향했다.

팔이 그를 반겼다. 그녀는 지나간 날이건 새로운 날이건 일절 소식을 묻지 않고 사과술을 따라주었다. 그는 조용히 앉아 한 잔 또한 잔 마셨다. 기계적으로, 아무 기대 없이 마셨다. 사과술은 그의 슬픔의 날카로운 세부사항을 흐릿하게 만들었지만 그 적막감에 대한 두려움에는 흠집을 내지 못했다.

술에 취한 어느 순간, 윌리엄은 예전에 미처 깨닫지 못했던 많은 것들을 깨닫게 되었다. 이 세계, 이 우주, 그리고 만약 존재한다면 신까지도, 인류와는 대립관계에 놓여 있었다. 새롭게 드러난 이러한 관점에서 보면, 과거의 행복은 잔인한 장난이었다. 자신이 운이 좋다고 믿게 만들어놓으면 나락으로 끌어내리기가 한결 쉬울 테니까. 그는 자신의 본질적인 미천함을, 운명을 통제하려 했던 허영심을 깨달았다. 방직공장 주인 윌리엄 벨맨은 사실 아무것도 아니었다. 긴 세월, 그는 자신의 힘을 믿었고, 마음만 먹으면 하루 만에 그를 짓밟을 수 있는 거대한 경쟁자의 존재를 깨닫지 못했다. 그의 노력과 재능으로 일구어낸, 견고하다 믿었던 성공과 행복은 민들레 홀씨만큼이나 연약한 것으로 판명되었다. 정체불명의 경쟁자가 숨을 한 번 훅 내쉬자 홀씨는 사라져버렸다. 지금껏 왜 그걸 몰랐던가? 모든 걸 알았던 그였는데? 무엇이 그토록 오랜 세월 동안 그를 무지 속에 살게 했던가?

그는 술을 마셨다. 새로운 주제에 대한 그의 명료한 깨달음이 놀라웠지만 그의 머리는 점점 더 아래로 아래로 내려가다가 마침내 테이블 위의 팔에 기대었고 결국 그는 코를 골기 시작했다.

팔이 그를 흔들어 깨웠다. 그녀가 그를 일으켜 문으로 안내했다. "집에 가야지, 윌리엄 벨맨. 좋은 곳은 아니지만 유일한 곳이잖아. 어서 가."

밖은 어두웠다. 추운지는 알 수 없었다. 알코올이 그의 몸을 분리시켜서 인공적인 온기로 채웠기 때문이었다. 그는 비틀거리며 어둠 속을 걸었다. 어디로 가는지는 알지 못했지만 한 발짝 한 발짝 앞으로 내디뎠다. 가만히 서 있으면 고통이 그를 더 무겁게 짓누를 것 같았다. 성인이 된 이후 그는 줄곧 목적이 있는 삶을 살았다. 그의 모든 순간은 마음속의 어떤 목표에 적극적으로 소모되었다. 이제 그는 그의 목표가 무엇인지 알고 싶었다. 집에서 그가 할 일은 없었다. 할 수 있는 일은 전부 다 했다. 그는 불필요한 존재였다. 공장에서도 그를 찾지 않았다. 그의 암울한 기분이 일꾼들에게 그림자를 드리웠다. 그들은 그를 두려워했다. 그의 가족에게 일어난 일들 때문이었다. 그렇다면 이젠 어디로?

벨맨의 머리 일부는 자동적으로 문제를 해결하기 위해 움직였다. 그게 그저 습관인지, 자기 훈련인지, 아니면 타고난 성격일 뿐인지 그는 알 수 없었다. 그의 머리는 너무도 효율적으로 작동해서 굳이 실행할 필요조차 없었다. 그가 원하는 순간 이미 작동하고 있었다. 얼마나 빨리 작동하는지 그가 문제를 인식하기도 전에 해결책이 떠올랐다. 마치 시계처럼 그의 머리 안쪽에서 규칙적으로 째깍거리며 돌아갔고, 그동안 그의 머리 앞부분은 즉각적이고, 표면적이고, 일상적인 일들을 처리했다. 오늘 저녁, 그의 머릿속 바로 그 엔진이 막강한 적을 상대할 몇 가지 선택지를 훑어보고 있었다.

첫 번째 선택. 타협하라. 이만큼은 당신이, 이만큼은 내가, 그래서 양측 모두 어느 정도 가질 수 있도록……. 그는 그 방법을 시도

했지만 통하지 않았다. 두 번째 선택. 팔아치운다. 하지만 이것은 도라의 문제였다. 따라서 심지어 상대가, 비록 지금까지는 파괴하고 약탈만 했지만 이제 와서 기꺼이 구매할 의사가 있다 해도 팔수가 없었다. 그렇다면 파는 것은 안 되고. 세 번째 선택. 숨는다. 몸을 낮추고 찌그러져 있으면서 상대가 나를 너무 하찮다고 생각해주기를 바라는 것이다. 그러나 너무 늦었다. 그는 이미 상대의 사정권에 있었다. 그렇다면 뭐가 남는가? 네 번째 선택. 협조하라. 하지만 어떻게 그럴 수 있단 말인가? 불가능한 일이었다. 그렇다면 다시 첫 번째 선택으로 돌아가서, 타협하라. 하지만 그건 이미 해보았고…….

머릿속 기계가 돌아가고 또 돌아갔다. 내놓는 제안들이 절박해졌다. 그 친구의 제품 구매를 거부해야지! 가격을 후려쳐서 업계에서 퇴출시키겠어! 불량배를 고용해서 그의 땅에 불을 지르고, 그의 심복들을 빼내오고, 그의 조잡한 제품에 대한 악랄한 소문을 퍼뜨리고! 그러나 그의 경쟁자를 고려할 때 너무 황당한 발상이었다. 그의 생각들이 거칠어질수록 그런 자신의 모습이 낯설게 느껴졌다. 자신이 그렇게 악랄하고 절박한 수단을 동원할 수 있는 사람인 줄은 몰랐다. 이제 그는 예전의 그가 아니었다. 머리의 작동을 멈추기에는 너무 피곤했고, 어차피 그 기능을 끄는 방법도 알지 못했다. 지금까지는 그럴 필요가 없었다.

머릿속에 이것을 지닌 채로, 풀 수 없는 문제를 풀려고 지칠 줄 모르고 애쓰는 이것을 지닌 채로, 어떻게 살아야 하나?

타협하거나, 팔거나, 숨거나, 협조하거나.

이것이 그를 미치게 만들고 말 것이다. 이미 그를 미치게 만들고 있었다.

왜 그의 두뇌는 그가 더 할 수 있는 일이 없으며 패배했다는 사실을 깨닫지 못할까?

그리고 지금, 갑자기, 그는 이곳에 왔다. 어린 시절 그가 자라던 집 근처. 들판은 어두웠지만 오두막은 어둠의 사각형으로 윤곽을 드러냈고 늙은 참나무는 가지들을 하늘로 검게 뻗었다. 그는 나무 쪽으로 걸음을 옮기기 시작했다.

이것이 그의 새 프로젝트였다. 어떻게 하면 머리의 스위치를 끌 수 있을까?

그는 나무로 다가가 그 아래에 섰다. 이곳이 그가 있어야 할 자리였다. 두뇌가 명료해지고 매끄럽게 돌아갔다.

나뭇가지는 적당히 단단하고 적당히 높았다. 반대편에서 나무 위로 올라가 그 가지 쪽으로 가서 거기 앉아 마음의 준비를 하고, 준비가 되면 뛰어내려 곤두박질하리라. 끝을 향해. 그는 눈으로 나뭇가지를 찬찬히 살펴보면서 자신의 계획에 허점이 없는지 점검해보고 약간의 수정을 가하고…… 완벽해!

이젠 밧줄만 있으면 되는데. 어디에 있는지도 알고 있었다. 관을 구덩이에 내릴 때 밧줄로 묶어서 내리는 것을 보았다. 최근에 장례식이 너무도 많았기 때문에―매일 두세 차례였다― 사람들은 밧줄을 치우지 않고 지하 납골당으로 내려가는 계단 고리에 걸어두었다. 그가 보아서 알고 있었다. 도난의 위험은 없었다. 시신을 무덤으로 내리는 데 쓰던 밧줄을 가져갈 도둑은 없었다.

벨맨은 교회로 발을 옮겼다. 달성 가능한 목표가 생겼군! 벌써 기분이 나아졌다.

은빛 달이 밝히는 하늘은 칠흑처럼 검지는 않았고, 그 하늘을 배경으로 서 있는 주목나무들은 검었다. 그는 천천히 걸었고, 길에서 벗어나 바닥이 고르지 않은 풀밭으로 들어서면서 비틀거렸다. 밧줄을 찾아서 다시 공동묘지의 울타리 문으로 향하는데 로즈의 새 무덤이 시야에 들어왔다.

그의 발걸음이 느려졌고, 그러다가 멈추었다.

그는 혼자가 아니었다. 저만치에서 검은 옷의 남자가 오래된 묘비에 기대어 서 있었다. 그는 하릴없이, 하늘에 검게 그어진 수목한계선을 바라보고 있었다.

바람이 있었는지 몰라도, 지금은 잠잠했다. 공기가 움직이지 않고 그 자리에 정지해 있었다.

남자는 오랫동안 기다리고 있었던 것 같지만 서두르는 기색이 없었다. 시간이라면 얼마든지 있는 사람 같았다.

윌리엄을 돌아보는 그의 시선에서 따스한 호기심이 배어났다.

"오늘 오후 일은 미안합니다." 그의 목소리는 평범하고 상냥했다. "제가 좀 더 잘 처신할 수도 있었다는 거, 인정합니다."

"당신은 대체 누구죠?" 윌리엄이 물었다.

"친구." 그는 자신의 말에 윌리엄이 어떻게 반응하는지 보려고 윌리엄을 유심히 보았다.

"친구? 우린 정식으로 인사를 나눈 적이 없어요."

남자가 고개를 한쪽으로 비스듬히 기울이고 생각해보았다. "사실입니다. 하지만 저의 의도는 온순합니다. 그저 얘기나 좀 나누어보고 싶었거든요."

윌리엄은 어깨에 걸친 밧줄을 고쳐 매고 돌아서서 걷기 시작했다.

"얘기를 좀 하면 기분이 나아지지 않을까요?"

"그러니까 그게 그렇게 된 거였군요! 지금 내가 여기서 당신과 얘기를 나누면, 내일 아침 이 묘지에서 나의 시신이 발견되는 거예요. 그런 건가요?"

낯선 남자의 눈이 윌리엄이 들고 있는 밧줄에 잠시 멈추었다. 그러다가 그의 다정하고도 아이러니한 눈빛이 윌리엄에게 향했다.

그는 알고 있다고, 윌리엄은 생각했다.

그러나 검은 옷의 남자는 말도 안 된다고 손사래를 치는 몸짓을 했다.

"아뇨, 아뇨, 아뇨. 날 완전 잘못 보았군요. 난 당신을 도우러 왔어요. 혹은 날 도와달라고 당신에게 부탁하러 왔든가. 그 둘은 결국 같은 거니까요. 그걸 좀 내려놓으시죠." 그가 밧줄을 가리켰다. "그리고 좀 앉으세요."

윌리엄은 밧줄을 던져놓고 검은 옷 남자의 맞은편, 로즈의 무덤가에 털썩 앉았다.

"이걸 보세요, 벨맨 씨," 남자가 망토를 두른 팔로 묘지 전체를 휙 둘렀다. "뭐가 보이는지 말해보세요."

"뭐가 보이냐고요?"

그들 앞에는 무덤들이 있었다. 오래된 무덤에는 동상과 비석들, 천사들, 십자가들, 단지들이 있었다. 새 무덤은 여전히 붉은 흙을 드러냈다. 로즈의 무덤가에서 꽃들이 하얗게 빛났다. 새로운 무덤들은 빈 상태로 내일 혹은 그다음 날을 기다리고 있었다. 그중 하나가 도라의 것이 될 것이다.

윌리엄의 가슴속에서 술기운에 힘입은 분노의 불길이 솟았다. "뭐가 보이냐고요? 뭐가 보이는지 말씀드리죠. 제 아내가 보여요. 저의 세 자식들이 보이고요. 그들이 죽은 게 보입니다. 저기 저 무덤, 싸늘하게 비어 있는 무덤이 나의 마지막 남은 아이를 기다리고 있는 게 보여요. 불행과 고통과 절망이 보여요. 내가 했던 모든 일들과 내가 할 모든 일들의 허망함이 보여요. 지금 이 순간 이곳에서 나 자신을 버리고 끝장내버려야 할 모든 이유가 보여요! 영원히 말입니다!"

윌리엄이 무덤에 엎드렸다. 그는 몸을 웅크리고 머리를 잡아 뜯었다. 얼굴을 너무도 심하게 일그러뜨려서 살갗이 뼈에서 떨어져 나올 것만 같았다. 그는 고통이 그를 휩쓸어가기를, 그래서 어딘가에 내팽개쳐주기를 기다렸지만 그런 일은 일어나지 않았다. 고통은 여전히 그 자리에 변함없이, 끝도 없이, 견딜 수 없는 상태로 버티고 있었고, 바로 이곳에 있었다. 그는 탈출을 갈망했지만 그에게서 탈출한 것은 오직 입술 사이로 빠져나온 비명, 감정의 분출, 울부짖음, 포효뿐이었다. 그것이 그의 머릿속에 반가운 진동을 일으켰다.

머릿속 울림이 잦아들었다. 아마 지금쯤은 갔겠지. 아니면 처음부터 아예 없었는지도? 이제 그만 일어나서 그가 하려던 일을 해치워도 되려나? 벨맨이 고개를 들었다.

그는 여전히 그곳에 있었다. 뒷짐을 지고, 가슴을 펴고, 꼿꼿하게 서서.

그는 윌리엄을 내려다보았다. "좋습니다! 좋아요!" 그가 격려하듯 말했다.

윌리엄이 끙끙거리는 소리를 냈다. 지금 내가 미친 사람하고 얘기하는 건가?

"아직은 좀 일러요." 그가 깍지를 풀었다가, 이내 생각을 고치고 다시 깍지를 끼었다. "난 모든 걸 다른 각도로 봅니다."

"그러시겠지요!" 고함을 지른 탓에 윌리엄의 목소리가 약해졌다.

"그래요. 내가 여기서 보기에, 지금 내 앞에 있는 것은," 유난히 값비싼 외국 담배를 빨듯 심호흡을 하더니 안도의 한숨을 내쉬었다. "하나의 기회입니다."

윌리엄이 그를 보았다. 이 친구는 제정신이 아니었다. 그 순간 그의 머릿속에서 종이 울렸다.

뭐였더라?

협상하라, 팔아라, 숨어라, 협조하라.

협조하라.

그는 도라를 생각했다.

그가 고개를 끄덕였다. "그렇게 합시다."

29

차가운 아침 바람이 코끝으로 들어왔다. 정지. 시큼한 술 냄새가 밴 좀 더 따스한 바람이 그의 입에서 새어나왔다.

깨어나고 있는 건가? 깨어나는 것 같은 기분이었다. 그렇다면 잠이 들었던 모양이었다.

나사로*처럼 서서히 그의 정신이 돌아왔다. 머리가 욱신거렸다. 폐가 밤새 격전을 치렀는지 가슴에 멍이 든 것 같았다. 그는 차갑고 딱딱한 바닥에 누워 있었고 축축하고 거친 무언가가 그의 뺨을 긁었다. 그가 한쪽 눈을 떴다. 아! 그는 교회 묘지에 있었다. 묘석을 침대 삼고 밧줄을 베개 삼아. 새 무덤이 가까이에 있었다. 로즈의 무덤이었다.

그는 생각하기 위해 눈을 감았다. 아내의 장례식이 있었다. 그리고 레드 라이언에 갔다. 술을 너무 많이 마셨다. 그리고 그다음엔? 깃털 끝 같은 무언가가 그의 의식을 간질였고…….

---

* 성경에 등장하는 인물. 죽은 지 나흘 만에 예수가 부활시켰다.

……이내 사라졌다.

그때 너무도 선명하고도 다급한 생각이 그의 정신을 파고들었다.

도라!

다급한 마음에 그가 어설프게 몸을 일으켜 두 발로 섰다.

집에 가야 해.

뒤에 있던 밧줄에 눈길 한번 주지 않고 그는 집으로 향했다. 그의 머릿속은 온통 아이와 그 아이의 생명을 지키기 위해 해야 하는 일들로 가득했다. 왜냐하면, 그 아이는 살 수 있으니까. 이제는 장담할 수 있었다. 도라는 살 것이다! 그리고, 비록 미처 생각하지 못했지만, 그 자신도 살 것이다.

벨맨이 방으로 들어섰고, 레인 부인은 그의 뺨에 난 밧줄 자국에 대해서도, 그에게서 풍기는 술과 무덤 냄새에 대해서도 말하지 않고 문을 열고 서둘러 그를 안으로 들였다. 이런 상황에 처한 남자라면 무슨 짓을 해도 용서받을 수 있었다.

마지막 증세 같았다. 도라는 거세게 경련하고 있었다. 이번에는 벨맨이 움찔하지도 머리카락을 움켜잡지도 않았다. 그의 눈빛이 구원을 찾아 절망적으로 방 안을 서성거리지도 않았다. 그는 표정의 변화 없이, 묘석처럼 가만히 서 있었다.

얕은 숨을 쉬는 고요한 시간이 시작되었다. 레인 부인은 소녀의 양손을 가슴에 포갠 뒤 침대맡에 앉아 주기도문을 외기 시작했다.

벨맨도 같이 기도했다. 그의 목소리는 안정적이고 흔들림이 없었다.

그가 기도를 마치자 꺼지지 않은 생명의 징후가 그녀의 입술에서 맴돌았다. 살짝 당황한 레인 부인이 다시 기도를 시작했다. "하늘에 계신 아버지……."

아멘을 한 뒤에도 아이는 여전히 숨을 쉬고 있었다.

레인 부인의 얼굴에 엷은 당혹감이 서렸다. 그녀는 어쩔 줄을 몰라 벨맨을 보았고 그의 평화로운 표정을 보고 놀랐다.

"보이세요, 벨맨 씨? 호흡이 한결 편안해졌지요?" 그녀가 물었다.

"그렇군요."

그들은 몸을 숙이고 창백한 얼굴을 들여다보았다. 레인 부인이 엄지로 도라의 한쪽 눈꺼풀을 살짝 젖혀보고는 아이의 양손을 풀어주고 자신의 손으로 도라의 손을 녹이기 시작했다. "자비로우신 하나님." 그녀가 시작했지만, 너무 놀란 나머지 더는 말을 잇지 못했다.

도라의 숨결은 여전히 가냘팠지만 점점 더 규칙적으로 변했다. 조금씩, 조금씩 손이 녹고 창백한 기미도 서서히 가셨다. 레인 부인은 아이의 영혼을 돌보는 일을 멈추고 아이의 육체로 돌아갔다. 고비를 넘기고 한 시간 남짓 지났을 때 도라가 움직였다. 깨어나진 않았지만 의식불명 상태라기보다는 수면 상태인 것 같았다.

벨맨은 움직이지 않았다. 그는 레인 부인을 보지도 듣지도 못하는 것 같았다. 그는 자신의 딸에게 시선을 고정했지만 딸을 보고 있는 건지조차 확실치 않았다.

샌더슨이 방문해서 기적이라며 놀라 고개를 저은 뒤에야 벨맨은 마침내 자신에게 휴식을 허락했다. 그는 로즈의 옷을 바닥에 던져놓고 옷을 입은 채 곧바로 깊은 잠에 빠져들었다.

어젯밤. 어둠 속에서 제대로 보이지도 않았던 남자와 무덤 위에서 나눈 악수. 혹은 악수와 비슷한 행위. 오늘. 죽음의 문턱에서 돌아온 그의 딸.

윌리엄 벨맨의 사고가 해체되었다가 다시 생성되는 것을 비춘 가장 여린 빛조차도 그의 잠 속으로 스며들지 않았다.

무언가가 끝났다. 무언가가 시작될 참이었다.

PART
BELLMAN & BLACK

2

소크라테스

모두의 마음에 온갖 종류의 새들로 꽉 찬 새장이 있다고 가정해보자꾸나.
어떤 새들은 다른 새들과 떨어져 큰 무리를 이루고 있고,
어떤 새들은 작은 무리를 이루고 있고, 어떤 새는 혼자 있는데
제각기 다른 방향으로 날아다니고 있지.

테아테투스

그렇다고 치지요. 그런데요?

1

열한 시 오 분 전, 벨맨이 딸의 방에 들어갔고 레인 부인은 방에서 나가려고 일어섰다.

"징으로 할까요?" 그녀가 물었다.

"좋을 대로 하세요."

레인 부인은 아래층으로 내려가서 부엌에 있는 메리에게 갔다.

"오늘은 뭐로 할까요, 어머니?"

"네가 하고 싶은 걸로."

"부엌 창문에 있는 권총을 쓰면 안 될까요?"

어머니가 얼굴을 찌푸렸다. "메리, 이건 재미있자고 하는 일이 아니야. 최근에 우리가 뭘 했더라? 어제는 냄비, 화요일에는 징. 월요일엔 뭐였지?"

"피아노?"

"벨맨 씨가 매일 물건을 바꾸기를 기대하진 않을 거야. 효과만 있다면 디저트 접시라도 아래층으로 던져보겠다만…… 세상에, 시간이 됐어!"

그들은 거실로 달려가 그랜드피아노의 뚜껑을 열었다. 레인 부인은 서글픈 헛수고라는 듯 피아노 앞에 앉았고 그녀의 딸은 신이 나서 곁에 앉았다. 그들이 네 개의 손을 들었고 시계를 보았고 열한 시를 알리는 종이 울리는 순간 동시에 열 개의 손가락으로 건반을 세게 쳤다.

"됐어요!" 메리가 만족스러운 듯이 소리쳤다. "이 소리를 못 들으면 아무 소리도 못 들을 거예요!"

위층에서 벨맨은 시계를 들고 도라의 곁에 서서, 음악적이지 않은 피아노 소리가 집 안에 울려 퍼지며 진동을 일으키는 순간 도라의 표정을 살폈다.

그는 노트에 한 단어를 적었다. **무반응.**

"인내심을 가지세요." 벨맨이 노트를 펼쳐 매일 치른 테스트 결과를 보여주자 샌더슨이 말했다. 도라의 숨소리는 얕고 느리고 지속적이었다. 맥박은 약하고 느리고 지속적이었다. 아무것도 보지 못했고, 듣지 못했고, 깊은 잠에 빠진 것 같았고, 어쩌다 눈을 떠도 갓 태어난 아기 고양이만큼만 보았다. 머리카락은 다시 자라지 않았고, 레인 부인과 메리는 날마다 하얀 뺨에 떨어진 속눈썹을 털어냈다. 중간지대에 갇힌 상태로 도라는 죽지도 않았고, 그렇다고 살지도 않았다.

"죽음 문턱까지 갔었잖아요." 샌더슨이 말했다. "그나마 이 상태가 안정적이니 그것만으로도 감사해야죠."

벨맨은 이미 자기 몫의 기적을 체험했다. 또 한 번의 기적을 기대하는 것은 무리였다. 열병이 이 동네와 벨맨의 가족을 휩쓸었고, 도라에게 심장 한 박동 거리만큼 가까이 왔지만, 아이의 목숨을 앗

아가려는 찰나, 물러섰다. 이 재앙의 여파 속에서 벨맨은 왜 자신의 형 집행이 유예되었는지 묻지 않았다. 단지 멍한 상태로 그 일을 생각할 뿐이었다.

벨맨은 모든 시간을 딸의 침대맡에서 보냈고 공장으로 돌아가지 않았다. 이레가 지난 뒤 어린 소년이 편지를 들고 그의 문을 두드렸다. 공장은 무탈하게 잘 돌아가고 있습니다, 하지만 회계사가 벨맨 씨를 찾아와 직접 보고를 하는 게 좋을까요?

그날 저녁, 메리가 네드를 서재로 안내했다. 크레이스도 함께 왔다. 방 안이 싸늘했다. 메리가 지펴놓은 불은 한 달 동안 비어 있던 방의 한기를 아직 떨쳐내지 못했다. 크레이스는 공장 사택에 들어와본 적이 없었고, 네드도 아주 가끔 왔을 뿐이었다. 두 사람은 말 없이 서서, 호기심과 연민을 품고, 마룻널과 처마돌림띠와 모서리와 그 외의 하찮은 것들을 보고 있었다. 얼마나 마음을 졸이며 기다렸는지 마침내 문이 열리고 벨맨이 모습을 드러내자 놀라서 펄쩍 뛰었다. 어쩌면 놀라는 것도 당연했다. 벨맨이 달라졌기 때문이었다. 그러나 그 변화는 외적인 것이 아니었다. 그들의 눈이 찬찬히 그를 살폈고, 그의 시선은 한때는 무언가가 있었지만 이제는 아무것도 없는 지점으로 향했다.

그들은 의례적인 말로 조의를 표했다. 그들의 표정이 나머지 말들을 대신할 거라고 네드는 생각했다. 그들이 표현한 연민은 그들이 느끼는 감정의 가장 작은 일부일 뿐이었다. 마을 사람들 모두가 고통을 겪었지만 벨맨처럼 극심한 고통을 겪은 사람은 드물었다. 이곳 공장 사택에서 일어난 일에 대해 무슨 말씀을 드려야 할지……. 그러나 벨맨은 그를 보지 못하는 것 같았고 그의 말도 거의 듣지 않는 것 같았다. 네드는 자신과 똑같이 당황한 크레이스를 보았다.

"앉으세요." 벨맨이 말하며 애매하게 손짓했고 두 사람이 앉았다. 그는 마치 자신이 앉으려는 듯 책상 앞 의자를 돌려놓았지만 앉지는 않았다. 앉는 것을 잊었나? 기다려야 하나? 아니면 지금 시작해야 하나?

잠시 침묵이 흐른 뒤 네드가 헛기침을 했다. "지난달 실적을 보고할까요?"

벨맨이 손을 들어 수염을 깎지 않은 그의 턱으로 가져가서 짧은 수염을 문질렀다. 그들은 그것을 시작하라는 신호로 받아들였다. 마을에 불어닥친 끔찍한 사건들이 공장 고용주들에게도 영향을 미쳤다. 엄청난 사건들이 일어났음에도 주문량의 반 이상이 계획대로 소화되었다. 그 나머지 주문건에 대해서는 상인들과의 관계가 워낙 돈독해서 거의 모든 납품일을 조정할 수 있었다. 취소 건은 거의 없었다. 상황은 생각만큼 나쁘지 않다.

벨맨은 의자에 힘없이 늘어져 있었지만 그가 듣고 있다는 징후는 없었다.

네드가 크레이스를 보며 한쪽 눈을 치켜떴고 크레이스가 설명을 이어갔다. "기술적인 문제와 제품공정에 관한 문제로는……." 그가 그동안 발생했던 몇 가지 애로사항을 설명한 뒤, 자신이 어떤 조처를 취했는지 왜 그런 조처를 취했는지 설명했다.

벨맨은 무릎 위에 맞잡은 자신의 손을 보았다.

"저희가 전부 다 기록해두었으니 원하시면 언제든 보실 수……."

네드가 보고서를 내밀었지만 벨맨이 받을 기미가 보이지 않자 자리에서 일어나 책상 위에 두었다. 이 이상한 만남을 끝내고 싶은 마음에 크레이스도 함께 일어섰다.

"도라는 좀 어떤가요?" 네드가 물었다. 상사이지만 친구이기도 한 벨맨에게 마지막으로 한 번 더 손을 뻗어보려는 그의 노력이었다. "건강은 좀 나아졌나요?"

그 순간 벨맨과 눈이 마주쳤다. 그 질문이 그의 내면의 어두운 무언가를 휘저었지만 대답은 하지 않았다.

크레이스는 네드와 함께 일주일에 두 번 찾아와 상황을 보고하겠다고 제안했다. 벨맨이 멍하니 고개를 끄덕였고, 그들은 자리를 떴다.

공장으로 돌아가는 길에 두 남자는 그들이 보고 온 비극과 그들 자신의 슬픔을 생각했다. 두 사람은 다섯 달 전 크레이스의 결혼을 축하했던 레드 라이언을 지났고, 그의 아내를 묻은 교회도 지났다. 두 사람 모두 각자의 생각에 잠겨 있었고, 다른 한 명이 무얼 생각하는지도 잘 알고 있었다. 공장 정문이 시야에 들어오고 두 사람만의 시간이 끝날 무렵, 네드가 말했다. "벨맨 씨는 자네한테 조의를 표하지 않았어."

크레이스가 어깨를 으쓱했다. "어차피 조의를 표해봐야 별 도움도 안 되는걸 뭐. 자네한테도 하지 않았잖아."

"우리 어머니는 나이가 많았어. 가실 때가 된 거지. 어머니도 알고 나도 알았어." 네드는 벨맨을 대신해서 사과할 수 없었지만 크레이스는 할 수 있었다. 그래서 그렇게 했다. "상심이 클 거야."

크레이스의 걸음은 달라지지 않았고 그는 고개를 들지 않았다. "우리 모두 상심이 커, 네드." 그가 무뚝뚝하게 말했다. 그러고는, 자기가 한 말에 박힌 가시를 빼내기 위해 입술을 비죽거리며 덧붙였다. "이봐. 상심해도 되는 사람은 따로 있다고. 우린 집세를 내야 하잖아."

벨맨의 나날은 자식을 돌보는 일에 바쳐졌다. 침대맡에는 연고와 오일과 약과 수많은 목록들이 놓였다. 맥박, 호흡의 길이, 체온. 도라의 아버지는 안색을 살피는 일에 한층 더 민감해졌다. 그는 지평선을 바라보며 뭍의 첫 징후를 찾는 선원처럼 딸의 낯빛이 놀아오는지 주의 깊게 지켜보았다. 도라가 너무 더워하는가? 너무 추워하는가? 바람이 드는 자리에 누운 건 아닌가? 그는 창문을 열었다가 닫았고, 담요를 더 가져오라고 했고, 그 담요를 도로 개어놓았다. 수면용 겉옷과 장갑과 토시를 끼워주었다가 별다른 효과가 없자 도로 치웠다. 하루 종일 레인 부인과 메리가 곁에서 도왔고, 그도 자기 몫의 일을 했다. 밤에는 혼자 아이 곁에 남아 간호했다.

자정에 마지막으로 심박과 체온을 확인한 뒤, 벨맨은 도라의 방 한구석에 놓인 팔걸이의자에 축 늘어져 졸다가 깊은 무의식상태로 빠져들었다. 밤이 깊어지자, 완전한 암흑이 물러나고 그는 어느 이름 모를 잿빛 바닷가, 잠과 깨어남 사이의 공간에 내동댕이쳐졌다. 그곳에서 이상하고 허황된 생각들이 머릿속에 떠올랐고, 그는 어둠 속에서 노트와 연필을 향해 손을 뻗어 미래를 위한 빈 페이지에 넘쳐나는 단어들을 끄적거렸다. 이 글이 말이 되는 것인가? 해가 뜨면 이 글을 읽을 수 있을까? 그런 질문들은 그의 머릿속에 없었다. 그것은 다른 세계의 일들이었다. 멀고 그와 상관없는 낯선 세계. 그러다가 조류가 바뀌었다. 이미 반수면 상태였던 그는 노트를 치우고 망각 속으로 휩쓸려갔다. 아침에 눈을 떴을 때, 그것은 곧바로 그의 숫자들, 오늘 수행해야 할 테스트들에 밀려났고, 그 모든 것의 이면에 꿈을 꾸었다는 생각만이 어렴풋이 자리 잡고 있었다. 그리고 무덤에서 보낸 하룻밤에 대한 아주 흐릿한, 너무도 흐릿해서 그의 주의를 벗어나버린 기억도 있었다.

몇 주에 걸쳐 벨맨은 숫자들 속에서 규칙을 찾으려 애썼다. 겉으로 드러나진 않지만 회복의 기미를 간절히 찾고 싶었다. 그러나 그의 회계사적 치밀함은 아버지로서의 바람보다 한 수 위였다. 지금할 수 있는 최선의 말은 평균치가 안정적이라는 것 정도였다. 그러던 어느 화요일, 변화가 찾아왔다. 도라의 상태가 갑자기 호전된것이다. 도라의 손이, 벨맨이 만졌을 때 밀랍 같은 느낌이 덜해졌고 좀 더 사람의 피부 같았다. 메리도 동의했다. 레인 부인은 신중을 기했지만, 창백한 기미가 조금 가셨다는 데에는 동의했다.
　다음 날 도라가 눈을 떴고, 처음으로 아버지를 알아보는 것이 분명했다.
　"보세요." 샌더슨에게 노트를 내밀며 벨맨이 말했다. "맥박이 더 강하고 더 규칙적이에요. 호흡도 깊어졌고요. 미음도 더 많이 넘겨요. 이제 좀 더 영양가 있는 음식을 먹여야 하지 않을까요? 도라가 제 쪽으로 시선을 돌렸어요."
　의사도 변화가 있다는 사실을 부정할 수 없었다. 호전이었다. 아이에게는 의식이 있었다. 그런데도 환자를 볼 때마다 그는 여전히 착잡한 심정이었다. 창백함, 수척함, 근육의 소실, 침묵, 탈모, 그리고 소리와 접촉, 인간의 음성에 대한 무반응……. 그녀는 온갖 증상의 백과사전이었고 도라 한 명만으로 책을 쓸 수도 있었으며, 대학에 전시되어야 마땅해 보였다. 그 모든 걱정거리에도 아이의 아버지는 자신의 수치들을 보고 기뻐했다. 가정부는 솔빗으로 아이의 두개골에 난 분홍색 반점들을 가릴 수 없는 것을 가장 안타까워했다. 의사가 보기에는, 비록 대놓고 말하진 못했지만, 아이의 외모는 그들이 걱정할 문제 축에도 들지 않았다. 열병은 아이의 피부를 망가뜨리고 대머리로 만드는 것에서 그치지 않았다. 의사는 열병이 아이의 머릿속을 재로 만들었을까 봐 두려웠다.

열병은 마을을 한 차례 휩쓸고 잦아들었다.

모두 누군가를 잃었다. 누군가는 모두를 잃었다.

사람들은 기억했다. 울고 애도했다. 그 와중에도 리크*와 대황이 잘 자란 것을 기뻐했고 이웃의 사촌이 쓴 챙 모자를 부러워했으며, 일요일이면 부엌에서 돼지고기 굽는 냄새를 풍겼다. 산등성이 위 느릅나무 가지 사이에 걸린 창백한 달의 아름다움을 음미하는 사람들도 있었다. 험담을 하며 쾌감을 느끼는 사람들도 있었다.

마을 사람 모두가 알고 있던 사람이라, 벨맨과 그의 비극은 험담의 소재가 되었다. 메리의 혀는 아무 사심 없이 궁금해하는 사람 모두에게 이야기를 들려주었다. 이웃들, 고용인들, 거래업체 모두가 그 이야기에 자신의 몫을 더했다. 도라 벨맨은 해골이 되었다. 살아 있는 게 아니라 죽은 것에 가까운 상태로 침대에 누워 있다. 장님이고, 귀머거리고, 벙어리이다. 몸은 살아 있지만 영혼은 이미 떠났다. 제정신이 아니다.

환자의 침대를 높여서 환자가 창밖을 내다볼 있도록 침대의 높이를 조절하러 갔던 소목장이는 도라 벨맨이 침대에 앉아 있었지만 그녀의 검은 머리카락이 솜뭉치가 되었고 그나마도 얼마 남아 있지 않다고 전했다.

---

* 큰 부추같이 생긴 채소.

"그 아이가 여자아이란 걸 아무도 모를걸. 허수아비 아니면 아이들을 겁주려고 만든 인형 같더라니까."

제정신이 아닌가?

아니. 소목장이는 그렇게 생각하지 않았다. 그 아이를 돌보고 있는 아이도 그렇지 않다고 했다.

사람들은 벨맨에 대해서도 수군거렸다. 그의 찌푸린 얼굴과 우울한 눈빛, 예전의 활기를 잃은 모습. 시내에서 마주쳐도 그는 고개를 숙이고 있었으며 예전처럼 편안하고 자연스럽게 고개인사를 하지 않았고 모자를 들어 보이지도 않았다.

벨맨 가족들의 묘는 아무도 돌보지 않았으며, 벨맨은 요즘 교회에도 나가지 않았다.

"딸한테 정신이 팔려서 그렇겠지." 사람들이 말했고, 벨맨의 태만은 당분간 용서되었다.

"공장에는 아직도 안 나가나?" 사람들이 궁금해했다.

아직 안 나간다지 뭐야.

레드 라이언에도 안 갔대.

"가엾은 허수아비 앞에서 마음을 졸이는 것 말곤 아무것도 안 하는 게로군." 마을 사람들이 결론지었다. 사람들은 그의 슬픔을 동정했다. 그의 헌신을 존경했다. 그럼에도 그는 방직공장의 벨맨 씨였다. 그렇다면 그가 있을 곳은 공장이 아닌가? 이 상태로 계속 갈 수는 없었다. 그렇지 않은가?

2

도라의 머리카락은 다시 자라지 않았고 속눈썹은 돌아오지 않았다. 그러나 살이 오르면서 뼈의 윤곽이 부드러워졌고 매일 조금씩 빰의 혈색을 되찾았다. 호흡이 깊어졌다. 맥박은 강해졌다. 어느 순간 그녀의 눈이 의식과 함께 움직이고 있음이 분명해졌고, 그러던 어느 날, 메리는 꿀물을 달라는 거친 노인의 목소리를 들었다. 도라였다. 메리는 도라에게 키스한 뒤 있는 힘을 다해 벨맨 씨를 불렀다.

"돌아왔구나!"

벨맨이 흐느꼈다.

석 달 동안 벨맨은 오직 딸만을 생각했다. 지난 3월, 벨맨은 도라를 살리기 위해 자신의 삶의 고삐를 놓았다. 이제 도라는 위험에서 벗어났고 건강이 안정기로 접어들었으니 그가 세상으로 돌아갈 시간이었다.

메리는 서재 창문을 닦은 다음 열어서 오랫동안 사용하지 않은 서재를 환기시켰다. 카펫을 밖으로 가져가 두드려서 털고 왁스로 가구들을 닦았다. 벽난로 앞 놋쇠 철망에 광을 내고 팔걸이의자에 놓인 쿠션들을 두드려 풍성하게 하고 잉크통을 다시 채웠다.

열 시가 되자 벨맨이 의자에 앉았다. 그는 시큼한 묵은 한숨을 내쉬고 4월의 신선한 공기를 들이마셨다. 그는 텅 빈 책상을 흐뭇하게 손끝으로 어루만졌다. 그가 깨워주기를 기다리는 수많은 날들이 기다리고 있었다. 미래가 있었다. 오직 그의 손길만이 그 나날을 살아나게 할 것이다.

그는 주머니에서 가죽 노트를 꺼냈다. 체온과 시간과 맥박의 목록을 넘겼다. 이제 그것들은 끝났다. 그는 어제의 죽은 페이지를 오늘과 내일의 페이지를 구분할 때 쓰는 고리끈에 끼웠다.

이 페이지들은 어쩐다? 빠르게 휘갈긴, 거친 낙서들, 갈겨 쓴 글씨들, 아랫줄이 윗줄에 포개지며, 위로 혹은 아래로 내려가는 글씨의 줄들……. 아, 그렇지. 기억이 났다. 아이를 위해 불침번을 서는 아버지는 어둠의 시간을 흘려보내기 위해 무언가 해야 했다. 단상들, 그뿐이었다. 한밤중에 초조한 마음이 가지고 노는 장난감…….

단어 하나가 그의 주의를 끌었다. 그가 유심히 페이지를 보았다.

점점 더 깊이 빠져들며 열중하는 그의 모습을 지나가던 사람이 보았다면 아마도 반쯤 잊고 있었던 노트를 읽는 게 생각보다 재미있는 모양이라고 생각했을 것이다. 그는 천천히 페이지를 넘겼고 한 글자도 놓치지 않으려 애쓰며 한밤중에 쓴 글을 찬찬히 읽었다. 한두 번은 앞서 읽은 내용으로 되돌아갔다. 그는 여기저기 짧은 주석을 달았다.

사람이 생각하지 않는 것들은 의식적인 관심에서 멀어진 동안 내면에 잠복해 있다. 그 발상은 다행히도 윌리엄의 인간적인 고통과 상관없이 저절로 뿌리를 내렸고, 그에게서 양분을 흡수했으며, 자신도 모르는 사이 그의 피를 먹고 자랐다. 이제 그는 낮 시간의 의식을 기꺼이 쏟아부을 준비가 되었고, 악령은 깨어날 채비를 했다.

그 글을 다 읽고 난 뒤 그는 짧은 순간 허공을 바라보며 생각을 정리한 다음, 페이지를 넘겨서 주저 없이, 유려하게, 한 시간에 걸쳐 글을 썼다. 목표, 일정, 목록 비용, 계획 내용, 시간표, 목록, 장애 요인, 전략. 그가 마지막 단어를 쓰고 펜을 내려놓았고, 잉크가 마르도록 노트를 허공에 흔들었다. 동전 한 닢을 꺼내려고 주머니에 손을 넣었다가 황금 거위를 꺼낸 사람처럼 미소 지었다.

이 얼마나 보석 같은 생각인가! 그가 외쳤다. 이 얼마나 찬란한 기회인가!

그 단어가 마음속에 울림을 만들었다. 무덤의 거친 흙내를 풍겼다. 검은 옷의 남자를 찾아 제대로 된 계약서를 작성해야 했다. 협상을 깐깐하게 하진 않을 것이다. 그건 옳지 않았다. 너무도 훌륭한 아이디어였고, 그가 너무도 관대하게 제안했기 때문에 계약 조건을 놓고 깐깐하게 구는 것은 무례한 일이었다. 그가 원하는 것을 파악하고, 몇 가지 형식적으로 따져보겠지만—어쨌든 사업은 사업이고, 그 점은 명시해야 했다— 속으로는 그가 원하는 것을 줄 생각이었다. 그는 아량을 베풀 수 있었고, 아량을 베풀고도 남을 만큼 여유로웠다.

그를 찾는 문제가 남아 있었다. 한두 가지 장애물이 있었다. 정확히 기억할 수 없지만, 대화 도중 남자가 자기 이름이 블랙이라고 말한 것 같았다. 그러나 그의 외모는 너무도 눈에 띄었다. 그렇지 않은가? 어느 날 여유가 생기면 잠깐 자리에 앉아 생각해봐야지.

그의 얼굴이 어렵지 않게 떠오를 것이다. 그러면 그때 수소문을 해 볼 것이다. 전에도 블랙에 대해 알아보려 애쓴 적이 있었지만, 이번에는 얘기가 달랐다. 그때의 접근 방식은 체계적이지 못했다. 엉뚱한 사람들에게 묻고 다닌 것이 분명했다. 그렇다면, 실패하는 게 당연했다. 그가 작정하고 제대로만 한다면 상황을 바로잡을 수 있을 것이다. 그가 작정하고 제대로 했을 때, 모든 일이 그랬으니까.

적절한 때를 기다려야 했다.

벨맨은 노트에 글을 덧붙이려고 펜을 들었지만 펜 끝이 말랐다. 종이와 잉크통 사이에서 그의 펜이 어정쩡하게 맴돌았다. 지금 놓치고 있는 게 뭔가? 그가 고려해야 할 다른 문제들이 있는가? 그는 십 초 동안, 십오 초 동안 생각했다. 생각들이 미지의 영역으로 접어들고 있었다. 그는 얼굴을 찌푸렸다. 다른 사람에게서 너무도 자주 보았던 표정이었다. 사람들은 자기 의심 속에서 길을 잃었다. 가슴속에 강한 목표 의식을 지니면 성공은 손 닿는 거리에 있는데도, 사람들은 망설이고 생각하고 작은 일에 초조해했다. 그리고 그들이 길을 잃고 헤매는 동안 일은 틀어져버렸다. 전체를 파악하는 것이 필수적이다. 적절한 때가 되면 세부적인 문제들은 저절로 해결되기 마련이었다.

벨맨은 그의 노트에 **블랙을 찾을 것**이라고 쓰지 않았다. 그럴 필요가 없었다. 그건 잊어버릴 수 있는 일이 아니다.

벨맨은 새로운 모험에 대한 기대감에 차서 양손을 문질렀고 엄청난 식욕을 느끼며 점심식사를 기다렸다.

"우리가 아주 큰 소란을 피웠는데 들렸어?" 단둘이 있을 때 메리가 도라에게 물었다. "피아노하고 징하고 냄비?"

도라는 고개를 저었다. "내가 들은 소리는 떼까마귀 소리뿐이었

어. 아주 오랫동안 들었어. 그러다가 깨어났어." 그녀가 잠시 생각
에 잠겼다. "아버지한텐 말하지 마."

3

5월 초의 어느 화요일, 윌리엄 벨맨은 공장으로 돌아갔다. 기계의 리듬 속에서 모든 것이 순조롭게 돌아가고 있었다. 당혹스러운 일도 있었다. 사람들이 그가 변했다고 생각한다는 것을 그들의 표정으로 알 수 있었다. 하긴, 그도 자신이 변했다고 생각했다. 그는 크레이스와 함께 공장을 한 바퀴 돌면서 연장자들에게 고개인사와 악수를 했고, 수많은 정보를 들었으며, 짧고 사려 깊은 질문들을 했다. 그는 일찍 퇴근했다.

수요일은 네드와 함께 사무실에서 하루를 보냈다. 주문, 송장, 회계. 모든 일이 순조로웠다. 그는 일찍 퇴근했다.

목요일에 그는 공장의 작업 공정을 체계적이고 철저하게 검토했고, 그가 없어도 공장이 잘 돌아가리라는 사실을 확인했다. 그는 메리를 통해 전갈을 보냈고, 십오 분 뒤 네드와 크레이스가 서재에 들어와 그의 앞에 섰다. 그는 두 사람에게 자신이 원하는 바를 설명했고 그들은 그것이 지난 몇 주 동안 그들이 해온 일이라고 말했다. 윌리엄 벨맨은 그들에게 어느 대목에서 그의 도움이 필요하냐고 물었다. 그들이 한두 가지를 언급했고 그가 한두 가지를 덧붙이자 그들이 고개를 끄덕였다. 그것 외에는 그들이 충분히 처리할 수 있다고 했다.

"좋습니다." 그가 고개를 끄덕였다.

대체 무슨 일이지? 네드와 크레이스는 궁금했다. 벨맨이 모든 시련을 이겨내고 무사히 돌아왔다 싶었는데, 또다시 자리를 비울 모양이었다.

"이 상태로 얼마나 오래 지속해야 할까요?" 네드가 물었다. "한두 달 이상 걸리는 일이라면, 젊은 친구 한 명을 훈련시켜서 제 일을 분담하게 하는 건 어떨까요?"

"그래야죠." 윌리엄이 말했다. "이 상태로 계속 갈 겁니다."

곧바로 이해하기에 새로운 미래는 너무 방대했다.

애써 평정을 유지하며 크레이스가 물었다. "하지만 그렇게 되면 공장은 누가 운영하죠?" 그러나 벨맨이 "두 분요" 하고 대답하는 순간 바로 평정을 잃었다.

네드는 어이가 없었다. 벨맨 없이 공장을 운영한다고? 그와 크레이스가 운영한다고? 그게 가당키나 한가! 그가 놀라서 숨을 헉 들이켰지만, 숨이 그의 몸 안에 들어오는 순간, 그는 자신이 팽창하는 것을 느꼈다. 그게 과연 가당치 않은 일인가? 그 생각을 한 사람은 벨맨이었고, 벨맨이 그렇게 생각했다면…….

네드가 숨을 내쉬었다.

가능한 일이었다.

일주일 동안 윌리엄은 공장에서 무척 바빴다. 그는 사무실에 있었고 달라질 미래와 달라진 임금에 대해 얘기를 나누기 위해 십장들과 사무직원들을 불렀다. 벨맨은 이 인터뷰를 네드와 크레이스가 책임지고 진행해야 한다고 주장했다. 그는 단지 감독만 하면서, 새로운 관리자들의 질문을 받거나 필요할 경우 의견을 내려고 그 자리에 있을 뿐이었다. 처음에 두 사람은 뒷전으로 물러나 그가 주도권을 잡기를 원했지만, 곧바로 그의 의도를 알아차렸다. 그들은 인터뷰했고, 의논했고, 판단했고, 그다음엔 윌리엄을 보았다. 그가 할 일은 고개를 한번 끄덕여주는 것뿐이었다. 그들도 벨맨만큼 이 일을 잘 알았다.

그로부터 몇 주에 걸쳐 벨맨은 공장에 머무는 시간을 서서히 줄였다. 인수인계 기간에는 그저 자리를 지키는 것만으로도 그들에게 확신을 주기에 충분했다. 벨맨에게 이미 분명했던 사실들이 모두에게 분명해졌다. 공장의 체계, 일정, 습관 속에 벨맨의 손길이 남아 있었다. 모든 톱니와 스프링의 무게를 재고 닦고 균형을 잡는 시계공처럼 이제 그는 매일 태엽을 감는 일을 다른 사람에게 넘길 수 있었다. 그가 공장에 머물러야 할 이유는 없었다. 그는 조금씩 공장 일에서 손을 뗐다.

열병이 마을을 떠난 뒤 여섯 달 만에 공장은 저절로 돌아갔다.

집 안의 모든 것이 잠잠해지면, 촛불이 꺼지고 층계참에서 마지막 발걸음이 삐걱거리는 소리를 내면, 도라는 몸을 일으켜 침대에 앉아서 베개들을 친구들처럼 주위에 늘어놓았다.

하루의 소란이 끝났다. 메리와 그녀의 어머니는 잠이 들었다. 마침내 그녀의 체온을 재거나, 식욕이 있는지 묻거나, 체중을 재거나 혹은 그 외의 다른 것들을 재거나, 아니면 그녀의 건강을 유심히 살피는 사람이 없었다. 이제야 편안히 기억을 떠올릴 수 있었다.

방 안의 어둠을 바라보면서, 그녀는 과거를 불러냈다. 그녀가 잃었던 삶에서 기억해낸 장면들의 소리, 색상, 움직임들이 어둠 속에서 저절로 재생되었고, 연습을 거듭할수록 더욱 선명해졌다. 힘들지 않았다. 현재에서 벗어나는 것, 지나간 시간과 조우하는 것은.

그녀는 늘 시작하던 곳에서 시작했다. 목요일 저녁, 빨간 펠트 자루를 들고 돌아온 아버지와 기뻐하던 남동생들. 그릇으로 쏟아붓는 동전들을 보고 또 들었고, 주전자의 무게를 느꼈으며, 동전 위로 쏟아지던 식초의 냄새를 맡았다. 아무리 씻어도 밤새도록 필의 손에 남아 있던 식초 냄새.

동전들부터 시작된 수많은 장면들은, 모두 실제로 그 일이 일어났던 순간만큼이나 밝고 생생했다. 하루 그리고 또 하루 그리고 또 하루. 그녀가 살았던 삶의 나날과 나날을, 그녀는 너무도 새롭고 열정적으로 기억하고 있어서 마치 실제 삶만큼이나 진실되고 사실적이었다. 그녀의 눈은 얼굴들과 표정들에 머물렀고, 다시 어머니의 사랑스러운 모습을 보았으며, 남동생들을 웃게 만들었고, 여동생의 달콤하고도 퀴퀴한 아기 냄새를 맡았다. 기억의 밤들은, 비록 찰나에 지나갔지만 너무도 생생했다. 길고 따분한 것은 현재였다.

커튼을 통해 스며드는, 밝아오는 하늘이 그녀를 몽상에서 끌어냈다. 그녀는 다시 누워 눈을 감았다. 머지않아 메리가 차를 가지고 들어왔다. 메리는 고개를 비스듬히 기울이며 그녀를 관찰했다.

"흠." 메리가 대수롭지 않게 말했다. "푹 잔 것 같지가 않네."

"커튼 좀 젖혀줄 수 있어?" 도라가 부탁했다. "떼까마귀들이 곧 올 거야."

&

떼까마귀는 식성이 까다롭지 않다. 그들은 곤충, 포유류(죽은 짐승이 최고다), 도토리, 갑각류, 과일, 달걀을 좋아한다. 특별히 선호하는 게 있다면, 지렁이와 굼벵이이다. 그러나 사실 떼까마귀는 자기가 찾거나 훔치는 거의 모든 것을 기꺼이 포식한다.

가엾은 푸른 박새는 체온을 너무 빨리 잃어서 깨어 있는 모든 시간을 먹이를 찾는 데 소모한다. 바다오리도 마찬가지로, 물 밖에서는 날개가 너무 쓸모가 없어서 날 수 있는 에너지를 축적하려면 하루 종일 먹을 궁리만 해야 한다. 이와 대조적으로 떼까마귀는, 영장靈長으로서 하루에 한두 시간 정도면 필요한 양을 다 먹을 수 있고 나머지 시간에는 여가를 즐긴다.

여가 시간에 떼까마귀가 무얼 하느냐고?

1. 농담을 하고 수다를 떤다.
2. 간편하게 쓰고 버리는 도구를 설계한다.
3. 외국어를 배운다. 떼까마귀는 인간의 목소리, 벌목꾼의 기중기 소

리, 깨진 유리가 부서지는 소리를 흉내 낼 수 있다. 정말 신나게 놀고 싶을 땐 직접 휘파람을 불어서 당신의 개를 부를 수도 있다.

4. 시와 철학을 즐긴다.

5. 떼까마귀는 떼까마귀 역사의 전문가다.

6. 당신보다 지질학에 대해 더 많이 알고 있다. 그러나 선조들로부터 수대에 걸쳐 전해져오는 지식이므로 그것을 그저 가족의 일화라고 부른다.

7. 신화, 마법, 마술에 일가견이 있다.

8. 의식儀式에 대한 남다른 열정을 갖고 있다.

결국, 이 세상의 곡식 창고 열쇠를 가진 덕분에, 떼까마귀는 생각할 시간, 기억할 수 있는 지적 능력, 그리고 웃을 수 있는 지혜를 갖게 되었다.

라틴어로 떼까마귀는 **코로우스 푸루길레구스**라 불리는데, '식량을 모으는 자'라는 뜻이다. 왜냐하면 필요한 영양소를 놀랍도록 효율적으로 섭취하기 때문이다.

4

옥스퍼드셔 전원 마을의 커다란 저택에서 크리치로라는 이름의 부유한 바느질도구 판매상이 등받이가 높은 팔걸이의자를 불가에 놓고 앉아 은제 봉투칼로 편지를 열었다. 따스한 불가와 은으로 만든 봉투칼은 태어날 때 그에게 주어진 운명은 아니었고, 그래서 그런 것들을 통해 그가 얻는 기쁨은 여느 백작이나 왕자보다 컸다.

편지는 그가 명성으로 익히 알고 있는 윌리엄 벨맨으로부터 온 것이었다. 긴 편지는 아니었다. 시작하는 인사에서 바로 요점으로 넘어갔다. 그가 알고 있는 바와 일치했다. 대단한 야심가인 윌리엄 벨맨은 목표에 따라 움직였고 결코 시간을 낭비하는 법이 없었다.

"당신, 윌리엄 벨맨에 대해 아는 거 있어?" 그가 아내에게 물었다.

"그 휘팅포드의 직물 판매상?" 그녀는 고개를 기울였다. "열병 때문에 자식을 잃었다지 아마? 아내를 잃었다던가…… 그 사람이 원하는 게 뭔데?"

"돈."

"돈이라면 많이 벌지 않았나? 더구나, 우리 그 사람 만난 적도 없잖아."

"다른 사람들의 거실에서 어슬렁거리면서 수다나 떠는 것보다 일을 더 좋아하는 사람이라면 투자를 못할 이유가 없지. 오히려 그 반대야."

크리치로의 호기심이 발동했다. 그는 벨맨을 집으로 초대하는 편지를 썼다.

바로 그 장작불 옆에서, 스물네 시간 뒤, 윌리엄 벨맨이 자신의 구상을 바느질도구 판매상에게 설명했다. 아이디어, 비용(건물, 제품, 인건비, 물류비), 소요기간, 제품 범위, 수요, 공급망.

"모든 게 탄탄하군요." 바느질도구 판매상이 말했다. "수익은 요?" 벨맨이 그에게 숫자표가 그려진 종이 한 장을 내밀었다. "처음 삼 년간입니다."

사실 벨맨은 개인적으로 종이에 적힌 액수보다 훨씬 높은 기대치를 갖고 있었다. 그 기대치도 그가 보기에는 안정적인 수치였다. 그러나 벨맨은 노련한 사업가였고 예리한 투자가라면 지나치게 거창한 전망을 달가워하지 않는다는 것을 알고 있었다. 덜 야심차고 덜 매혹적일지라도, 달성할 수 있는 무언가를 약속하는 편이 안전했다. 그래서 그는 숫자를 적게 불렀다.

크리치로는 종이를 가까이 당기고 읽어보았다. 그는 벨맨을 향해 빠르게 한쪽 눈썹을 올렸다. "이 수익을 장담하십니까?"

"현명한 사업가라면 아무것도 장담할 수 없겠지요. 예상 수익은 단지 추측일 뿐입니다. 보수적인 예상 수익은 보수적인 추측일 뿐이고요. 하지만 죽음은 유행을 타지 않습니다."

남자가 손으로 입을 문지르고 다시 종이를 보았다. 윌리엄 벨맨

같은 사람의 추측이라면 분명히 그만한 가치가 있을 것이다.

"얼마나 필요하신가요?"

벨맨이 숫자를 말했다. "제가 자금의 사분의 일을 조달할 겁니다. 세 사람이 더 필요해요."

"누구를 만나보셨습니까?"

윌리엄은 그가 만나기로 약속한 사람들의 이름을 댔다. 크리치로가 고개를 끄덕였다. 그가 아는 사람들이었고 믿을 만한 사람들이었다.

"구상이 마음에 듭니다. 생각할 시간을 좀 주시죠."

"내일까지면 될까요?"

"시간을 허비하지 않으시는군요. 내일이면 될 것 같습니다."

윌리엄은 숫자들이 적힌 종이를 들고 자리를 떴다. 남자는 불가의 의자에 앉아 불꽃을 바라보았다.

죽음은 유행을 타지 않는다고, 그는 생각했다.

같은 대화가 두 번 더 반복되었다. 그들은 윌리엄에게 브랜디나 위스키를 권했고, 윌리엄은 타오르는 불가에 앉아 자신의 생각을 말했고, 숫자가 적힌 종이를 내밀었다. 어떤 만남도 한 시간을 넘기지 않았다.

윌리엄은 그들이 오래 기다리진 않을 거라고 생각하며 집으로 돌아갔고, 그 생각은 옳았다.

바느질도구 판매상들 중 누구도 단일 사업에 그렇게 막대한 자금을 투자해본 적이 없었다. 그들 중 누구도 그렇게 빨리 마음을 정해본 적도, 그렇게 엄청난 확신을 가져본 적도 없었다. 윌리엄 벨맨이 투자금의 사분의 일을 투자한다고? 그렇다면, 그렇다면, 그렇다면.

불가의 세 사람은 제각기 또 한 잔의 브랜디 혹은 위스키를 따라 세 개의 의자에 기대어 세 개의 미소를 지었다. 그들은 부자였고 이제 더 부자가 될 참이었다.

아침이 되자 윌리엄은 세 통의 편지를 받았다. 좋습니다, 좋습니다, 좋습니다.

잘됐군.

그는 미래를 볼 수 있었다. 그 일을 이루어낼 수 있었다. 그는 작업에 착수했다.

5

　먼저 부지를 확보해야 했다. 결코 간단한 문제가 아니었다. 그다음에는 거기서 생계를 꾸려가는 소매상들을 내보낼 변호사들이 필요했다. 그동안 건축가와 설계사가 설계도 작업에 착수했다.

　"5층 건물로 하고." 벨맨이 그들에게 말했다. "설계의 핵심은 빛이 되어야 합니다. 지붕 한복판에 하늘로 향한 팔각형의 유리창을 내고, 건물 전체가 가운데가 뚫려 있어서, 빛이 창문을 통해서는 물론이고 천장에서도 들어와서 매장 한복판을 비추도록 해야 해요."

　"흠." 건축가가 턱수염을 문질렀다. "그건 다시 말해……."

　"아트리움*이죠." 윌리엄이 말했다. "제가 설명한 게 바로 그겁니다. 그렇게 하지 않으면 재봉사들이 어떻게 바느질을 하겠습니까? 그렇게 하지 않으면 우리 고객들이 11월 4일 오후 네 시에 검은색 장갑의 검은색 장식을 어떻게 자세히 볼 수 있겠습니까?"

---

* 고대 로마 건축 방식. 보통 지붕이 없지만 지붕이 있는 경우 한가운데에 창을 내고 바닥에 빗물을 받는 연못을 둔다.

건축가가 시안을 제시했다. 아트리움은 아니었다. "그런 건물은 실용적이지 않아요." 그가 설득했다. "여름엔 너무 더울 거예요. 관리 비용을 생각해보세요! 그리고 그게 과연, 안전할까요?"

윌리엄은 자신의 송아지 가죽 노트에 아트리움을 직접 스케치해서, 그 페이지를 찢어 내밀었다. "버밍엄의 챈스로 가서 평판 유리를 구해보세요. 그리고 설치기사는……." 또 한 번 노트에 끄적기리고 그 페이지를 찢었다. "이 사람들을 고용해야 합니다. 그 사람들은 리지 앤드 퍼로 방식*에 대해 잘 알아요. 유리 천장을 위로 올려서 여름에 더운 공기를 배출하는 공법이 있어요. 시공법을 잘 모르신다면, 지붕 전체를 팩스턴의 측근 한 명에게 하청을 주겠습니다."

벨맨의 바람을 실현하기 위해 건축가가 새로운 안을 제시했다.

공사를 감독할 사람이 필요했다. 벨맨의 건축가가 적임자를 알고 있다고 했다.

"저하고 같이 가시죠. 당장 그 사람을 만나보세요."

그의 사무실은 여느 응접실처럼 안락했다. 그는 통통하고 활달했으며, 조끼의 단추들은 반짝였고, 자신감 넘치는 손으로 벨맨과 악수했다. 벨맨은 악수하면서 얼굴을 찌푸리지 않으려 애썼다. 남자의 깨끗한 손톱과, 비누로 닦고 향수를 뿌린 보드라운 피부 때문이었다. 벨맨은 그와 십 분 정도 앉아 있다가 일어섰다.

"저 사람은 아닙니다." 그가 말했다. "일꾼들에게 명령할 수 있는 목소리가 아니에요. 응접실 불가에 앉아서 지시해서는 일이 제대로 돌아갈 수가 없어요. 현장에서 직접 관리해야 합니다."

---

* 이랑ridge과 고랑furrow을 연상시키는 M자를 이어붙인 것 같은 톱니모양의 지붕으로, 영국의 원예가이자 건축가 조지프 팩스턴이 처음 선보였다.

"죄송한 말씀이지만," 건축가가 말했다. "벤슨은 노련한 중간관리자들을 거느리고 있고 경험이 풍부한 사람입니다. 벨맨 씨에겐 재능이나 경험 측면에서 수준이 맞는 사람이 필요해요. 건축 일의 부담을 덜어주면서, 나머지 일은 전적으로 벨맨 씨에게 일임할 사람 말입니다."

벨맨은 고개를 저었다. 그것은 그의 방식이 아니었다.

보다 젊은 사람이 필요하다고, 그는 생각했다. 굳은살이 박인 사람. 일꾼들과 친근한 사람. 그는 수소문을 하다가 폭스라는 이름의 남자를 알게 되었다.

두 사람은 시끄러운 공사현장에서 모퉁이를 돌면 나오는 조그만 공원에서 만났다. 그는 두툼한 부츠를 신었고, 손톱 밑에 때가 끼어 있었으며, 일꾼들과 얘기할 때는 그들 중 한 명 같았다. 폭스는 젊은 시절 벨맨을 연상시켰다. 큰 사업에 굶주린, 재능 있는 남자. 벨맨은 자신의 계획을 간결하게 설명했다. 손이 보드랍고 통통한 남자가 부른 액수보다 훨씬 더 적은 액수를 불렀지만, 젊은 남자는 길고 수익성 좋은 계약만 원하는 것이 아니라 그보다 훨씬 값진 것을 원했다. 바로 명성이었다.

"밤낮 없이 일하겠습니다." 그가 약속했고 벨맨은 그를 믿었다. 이 사업은 폭스의 사업이 되리라는 것을 두 사람 다 알고 있었다. 그들은 흡족하게 악수를 나누었다.

벨맨과 폭스는 석공, 시공업자, 목수들을 함께 찾아갔다. 폭스는 그들의 언어로 대화를 나누었다. "저의 아버지가 엑서터에서 건축 일을 하셨어요." 벨맨은 그를 지켜보았고 그의 말에 귀를 기울였다. 그러다가 벨맨이 질문들을 던졌고, 폭스는 자재, 원가, 운송 비용에 대한 벨맨의 질문을 잠자코 들었다. 그는 벨맨이 항상 주머니에 넣고 다니는 노트에 무언가를 적고, 결론을 도출하고, 채석공이나 원목 상인들에게 보낼 편지의 초안을 작성하는 모습을 지켜보았다. 때로는 소매상의 물망에 오른 사람의 빈약한 지식에 실망하여 고개를 저으면서 돌아서기도 했다. 그럴 때면 폭스는 "아, 하지만 그 사람 밑에서 일하는 사람 중에 아주 괜찮은 친구가 있더라고요. 그 친구 일하는 거 보셨어요? 참 잘하던데요. 그런 친구가 있으면 아주 큰 도움이 될 텐데……"라고 말하기도 했다.

"그 친구를 빼내세요." 벨맨이 지시했고, 폭스는 견습공 도둑질에 착수했다.

벨맨의 사업체는 돌을 쌓아 지어 올리는 건축물인 것은 물론이고, 수많은 전문용어로 가득한 수많은 서류로 안전하고 빈틈없이 세워야 하는 법인이기도 했다. 벨맨은 변호사들의 사무실에서 긴 시간을 보내며 미로처럼 복잡한 계약서들의 퍼즐을 맞추어나갔다. 그는 상식적인 질문을 들고 모임에 참석했고, 상식적이지 않은 지성으로 그의 질문에 대한 답변을 들었다. 그가 내리는 지시는 단호했으며, 변호사들의 언어로 틀을 갖추어나갔다. 소유권, 책임소재, 자격요건의 측면에서 그가 일말의 의구심을 품었을지언정, 변호사들에겐 전혀 그렇게 보이지 않았고, 모두가 벨맨의 단호함과 명민함에 감명받았다.

이 사업의 세 번째 측면은 재정적인 문제였다. 웨스트민스터 앤드 시티 은행의 웅장한 홀은 인상적인 공간이었다. 산의 절반 크기에 해당되는 이탈리아 대리석을 석판으로 잘라 바닥과 벽을 만들었고, 망치질하고 끌로 갈아 기둥으로 맞추었기 때문에, 고급스럽고 견고하며 위압적이었다. 이곳에 들어서는 사람들은 하나같이 속으로 전율했다. 고귀한 숙녀들은 자신들의 잔고를 물을 때 여학생처럼 목소리가 떨렸고, 예금 인출을 요구하는 남작들은 과장스럽게 거만한 태도를 취했다. 심지어는 애꿎은 교구목사까지도 초조한 기침이 나오는 것을 억누르곤 했다. 이곳 어딘가에서 제복 입은 수십 명의 직원들이 마치 천사들처럼 그들의 거래내역을 펼쳐놓고, 모든 고객들의 지혜로운 절약과 금전적 경솔함을 검은 동판에 기입하고, 기니, 실링, 펜스로 이루어지는 모든 거래를, 심판의 그날까지 일일이 기록하고 있다는 사실을 의식하지 않기란 어려웠다. 아니, 웨스트민스터 앤드 시티의 웅장한 홀은 결코 편안한 장소가 아니었다. 잔고가 오점 없이 깨끗한 것과 상관없이, 가장 검소한 자의 영혼까지도 주눅 들게 만드는 곳이었다.

윌리엄 벨맨은 도무지 주눅이 들 줄 모르는 사람이었다. 그는 아무 생각 없이 웨스트민스터의 여느 웅장한 성당에 들어가 제대에서 편안히 쉬는 한 마리 벌처럼, 한 번에 계단을 세 칸씩 올라가서 홀에 들어섰다. 이 은행의 고위 관리자인 앤슨 씨가 벨맨이 들어설 때 때마침 홀을 지나고 있었고, 건물의 웅장함에 대한 그의 무심함을 알아차렸다. 엄청난 에너지와 힘을 지닌, 강한 인상의 가무잡잡한 남자는 평범한 고객이라면 일정을 잡고 만났을 안내 직원을 그냥 지나쳤고, 오히려 홀 안에 있는 모든 사람들을 관찰하듯 보고 있었다. 그의 시선이 마침내 앤슨 씨에게 안착하자, 그가 앞으로 나서며 자신을 소개하고 자신이 원하는 바를 몇 마디로 설명했다. "절 도와줄 분이신가요?"

앤슨은 이러한 허물없는 태도에 익숙하지 않았지만 벨맨의 태도와 몸가짐의 무언가가 시간을 할애할 만한 가치가 있다고 말하고 있었고, 그렇게 할애한 시간은 다시, 그의 이야기를 좀 더 들어볼 가치가 있겠다고 그를 설득하기에 이르렀다.

개인 사무실에서 벨맨은 자신의 계획을 설명했다. 벨맨이 원하는 대출금은 거액이었다. 상점 신축을 위해 자본금을 끌어왔지만, 상점에 물건을 채우려면 대출금이 필요했다. 앤슨은 벨맨이 마련했다는 금액을 생각해보았다.

"그러니까 대출이 필요하고 상점 계좌도 여기 개설할 계획이신가요? 개인 계좌도요?"

"두 개요."

"두 개의 개인 계좌 말씀이신가요? 둘 다 본인 명의로?"

벨맨이 설명 없이 고개를 끄덕였다.

이례적인 일이었지만, 행정적으로나 법적으로나 문제될 건 없었다. 앤슨은 총매출액으로 제시된 금액을 보았다. 지나치게 낙관적인 숫자이긴 했지만 벨맨이 목표 금액의 반만 달성한다고 해도 대출금을 상환하고도 남았다. 전망은 장밋빛이었다. 오늘 당장 대출을 승인하지 않을 이유가 없었고, 오늘 여기서 원하는 대답을 듣지 못하면 벨맨이 이 금액과 사업 계획을 들고 다른 은행으로 갈 것 같았다.

"도와드릴 수 있어서 기쁩니다." 그가 말하며 손을 내밀었다. 벨맨은 그의 손을 힘주어 잡고 흔든 다음 악수가 끝나자마자 돌아서서 떠날 채비를 했다.

앤슨은 벨맨을 입구까지 배웅했다. 두 사람은 다시 악수를 했다. 앤슨은 자신의 새로운 고객이 들어올 때와 똑같이 자신감 넘치고 결의에 찬 걸음걸이로, 머리 위의 거대한 반원형 천장에도 기죽지 않고, 주위를 둘러싼 광활한 대리석에도 아랑곳하지 않고, 대리석 바닥을 가로지르는 모습을 지켜보았다. 별난 사람일세. 그는 생각했다. 저 사람에게 은행이란 그저 자신의 돈을 두는 장소일 뿐이었다. 돈이 빗물이라면 웨스트민스터 앤드 시티는 빗물받이 통에 불과하고, 설령 대리석으로 만들었어도 대리석 통에 다름 아니었다.

오늘 아침에 놓고 온 서류를 찾으러 동료의 사무실로 가는 복도로 들어서며 앤슨은 자축했다. 만약 벨맨의 사업이 그의 예상대로만 굴러가준다면 오늘은 그의 삶에서 최고의 거래를 한 날이 될 것이다. 그것도 사십오 분이 채 안 되는 시간에.

6

비 내리는 2월의 어느 날, 벨맨은 구름이 잔뜩 낀 하늘 아래 공사 현장을 점검하고 있었다. 어제의 허접한 건물들은 바닥에 허물어졌고, 거대한 구덩이를 만들기 위해 백 자루의 삽이 런던의 흙을 파냈다. 오늘은 삽이 보이지 않았다. 이런 날씨에는 공사가 불가능했다. 구덩이 바닥에 몇 센티미터 높이로 빗물이 고여 있었고 새 빗방울이 너무도 무겁고 지속적으로 떨어져서 끊임없이 물방울이 튀어오르고 날아다녔다. 빗물은 벨맨의 머리카락을 번들거리게 했고 외투를 알아볼 수 없을 정도로 어두운 빛깔로 물들였다. 신발 이음새로 물이 스며들었다. 비를 피할 은신처가 있는 사람과 짐승은 모두 그곳으로 돌아갔고 벨맨 홀로 사색에 잠겼다. 비에도 아랑곳없이, 약간 관심이 있다는 듯, 남자와 공사현장을 보고 있는 지붕 위의 외로운 떼까마귀 한 마리 외에는.

음울한 분위기를 자아내는 날씨였지만 벨맨에게는 그렇지 않았다. 다른 남자라면, 보다 시적이거나 공상하기 좋아하는 남자라면, 대지의 표면을 거칠게 도려낸 흔적에서 천 명을 묻을 수 있는 거대한 무덤을 보았겠지만, 벨맨의 눈은 다른 것을 보고 있었다. 그가 보고 있는 것은 미래였다. 그는 구덩이가 아닌 궁전을 보았다. 장례용품을 파는 런던의 거대한 새 엠포리엄.

그는 이곳에 지어질 건물에 대해 누구보다도 잘 알고 있었다. 이 건물은 그의 자식이기 때문이었다. 축축한 허공이 그의 눈앞에서 5층 높이에 너비는 그 두 배인 거대한 덩어리로 뭉쳐졌다. 대칭을 이룬 창문들의 반듯한 행렬이 빗물로 인해 더욱 반짝였고, 그 사이에서 안개는 코린트식 기둥머리로 장식된 벽기둥으로 바뀌었다. 벨맨의 눈은 허공 속에서 돌림띠와 코벨*과 상인방**과 중간문설주를 만들어냈고, 실제로 존재하는 건물을 바라볼 때의 세심함으로 세부적인 곳까지 보았다. 그의 시선은 바닥에서 천장까지 거울로 마감한 어두운 은빛 외관을 훑다가 정면 한복판의 웅장한 출입문에서 멈추었다. 계단 몇 칸, 청동 발판, 양쪽으로 여닫는 참나무 문, 세공을 넣은 노커. 문이 열리면 출입구는 한 사람이 다른 사람의 어깨에 올라서서 들어갈 수 있을 정도로 높다. 이 문 위로 벽에서 돌출된 플랫폼이 있다. 이 출입구의 포치는 지붕이 있는 베란다 궂은 날씨를 피하는 장소, 멈추어 서서 우산을 터는 장소, 혹은 긴장하고 망설이는 사람이 들어오기 전에 잠시 마음을 가다듬는 장소가 될 것이다.

벨맨의 시선이 플랫폼으로 향하며 가늘어졌다. 플랫폼 위에는 커다란 휘장을 달 예정이었다. 공들여 세공하고 고급스럽게 금박을 입힌 휘장. 그 휘장은 상점의 이름이 될 것이다. 그는 그곳을 유

---

*   벽에서 돌출된 석재 목재 혹은 철제 받침대로 무게를 지탱하기 위한 일종의 지지대.
**   문틀이나 창틀의 일부로 문이나 창문을 가로지르게 되어 있는 가로대.

심히 쳐다보며 상점의 이름을 알아내려 했지만, 지상 육 미터 높이의 그 지점, 이 사업의 핵심은 안개 낀 흐릿한 허공 이상의 무언가가 되기를 거부하고 있었다.

상점의 이름을 무어라고 지어야 하나?

벨맨은 알 수 없었다.

그 문제를 소홀히 여긴 것은 아니었다. 그것과는 거리가 멀었다. 크리치로를 비롯한 다른 바느질도구 판매상들과 사업 초기에 이 문제를 의논했지만, 그들 중 누구도 휘장에 자기 이름을 넣으려 하지 않았다. 딸들을 집안은 좋지만 가난한 신사들과 결혼시키는 데 성공한 그들은 손녀딸들을 보다 고귀한 신분의 남자와 결혼시키려 준비하고 있었다. 그들의 소망을 이루기 위해서는, 소매업으로 축적한 부의 출처를 숨길 필요가 있었다. 노동에서 멀어질수록 금의 순도가 높아진다는 것은 누구나 아는 사실이었다. 사람의 부는, 마치 땅에서 샘물이 솟듯 그의 고귀한 성품에서 자연스럽게 저절로 솟아난 것이라는 인상을 주어야 했다.

"아뇨." 그들이 말했다. "상점 이름은 벨맨이라고 지읍시다."

왜 망설이느냐고? 벨맨은 상점에 자신의 이름을 붙이는 것에 조금도 거리낌이 없었다. 도라의 성대한 결혼식은 생각조차 해본 적이 없었다. 겸손함 때문에 망설이는 것도 아니었다. 상점의 이름과 관련하여 무언가 해결되지 않은 부분이 있었고, 빗물이 모든 부산한 움직임들을 걷어내고 오직 안개만 남겨둔 오늘 같은 날은 그 문제를 해결하기에 더없이 좋은 날이었다.

상점의 신기루 앞에 서 있는 동안 벨맨의 생각들은 검은 옷의 남자에게 흘러갔다.

그가 블랙 문제를 그토록 오랫동안 방치해두었다니 놀랍지 않은가? 벨맨은 일 년 가까이 이 사업에 매달려왔다. 그는 이 사업을 하나의 개념에서 경제적 현실로 발전시켰고, 법적인 실체로 키워냈다. 법적인 절차는 길고도 세심한 협상이 요구되는 문제였고 그렇게 몇 달이 흘렀다. 부지를 매입하는 일도 순조롭지 않았다. 건축가들은 고집을 부리며 그가 원하는 바를 이해하기를 거부했고, 결국 그가 직접 시안을 그리기에 이르렀다. 하청업체를 정했고, 더 많은 협상, 더 많은 계약이 이어졌고…… 그는 매일 밤을 촛불 옆에서 지새우며 다른 사람들이 해결하지 못하는 문제를 해결하려 애썼다. 그동안 블랙에 대해서는 너무 깊이 너무 자주 생각하지 않았다. 어찌 보면 당연하지 않은가? 벨맨의 일정 노트는 빼곡했다. 아침부터 밤까지, 다가올 며칠과 몇 주가 빽빽하게 채워져 있었다. 그는 회의에서 회의로, 결정에서 결정으로, 숨 돌릴 틈 없이 움직였다. 그는 항상 누군가와 함께, 테이블에 노트를 올려놓고 식사했다. 작은 사항들은 이를 닦거나 옷을 입으면서 해결하려고 따로 남겨두었다. 목욕 시간은 물에서 수증기가 피어오르는 동안 까다로운 문제와 단둘이 있을 기회였다.

  잘게 쪼개고, 표로 만들고, 계산하는 것으로 깔끔한 해결책을 낼 수 없는 문제들이 발생하면, 벨맨은 그것들을 '시간낭비'로 분류했다. 내가 할 일이 있는 문제와 내가 할 일이 없는 문제를 구분할 줄 아는 것이야말로 성공의 첫 번째 열쇠이다. 너무도 많은 사람들이, 그들의 힘으로 어찌할 수 없는 문제를 걱정하느라 시간을 낭비한다는 것을 그는 알고 있었다. 그 에너지를 그들이 영향력을 행사할 수 있는 문제에 집중한다면, 삶이 얼마나 달라질지 생각해보라. 그는 성과를 장담할 수 있는 일에 집중하는 것을 선호했다. 벨맨의 하루를 이루는 매 순간은 어떤 식으로든 이득을 얻는 쪽으로 적극적으로 소모되었고, 지난 몇 달 동안 블랙을 생각함으로써 그가 얻는 이득이 분명치 않았기 때문에 그는 블랙을 '이득 없음' 항목으로 분류했다. 그렇게 블랙은 그곳에 머물고 있었다.

이제 블랙의 아이디어가 실현될 참이었다. 날씨가 개는 대로, 공사가 재개될 것이다. 당연히 블랙의 문제는 보다 다급한 사안으로 부각되었다. 블랙과의 기억이 너무도 흐릿하다는 사실이 그를 불편하게 했다. 사업상의 관계에서는 분명함이 전부이거늘. 블랙은 그에게 무엇을 기대했던가? 그는 블랙에게 무엇을 기대했던가? 빚을 진 것 같은 낯선 기분이 들었고 그 기분을 떨쳐낼 수가 없었다. 이 대단한 기회를 처음 인식한 사람은 블랙이었고, 그는 그 기회를 벨맨과 나누고 싶어했다. 그가 적절한 보상을 받는 것은 중요한 문제였다. 두 사람은 무얼 합의했던가?

그는 눈을 감고 생각해보았다.

"비율······." 그가 중얼거렸다. "책임 분담······ 배당금······."

그는 과거의 메아리를, 그들이 나누었을 법한 대화의 단편을, 그들이 합의했을 법한 거래를 들으려고 귀를 기울였다. 아무것도 들리지 않았다.

그렇다면 방법은 한 가지밖에 없었다. 그는 블랙의 존재를 간과하지 않았음을 분명히 할 것이다. 그가 어디에 있건, 이것은 블랙으로 하여금 모습을 드러내고 자기 몫을 주장하라는 하나의 초대가 될 것이다. 물론 법정에서 가려내야 할 상황이 발생하진 않겠지만, 그런 극단적인 상황이 발생할 리 없겠지만, 그것은 당연히 블랙의 몫이어야 할 사업의 한 부분을 벨맨이 자기 몫이라고 우길 의도가 없음을 분명히 하는 하나의 증거가 될 것이다.

그는 이 상점의 이름을 '벨맨&블랙'이라고 지을 것이다.

눈을 뜨고 엠포리엄의 흐릿한 신기루를 바라보면서, 그는 상점 출입구 위의 플랫폼이 돌출된 부분을 찾았고, 그의 상상력이 그 위에 커다란 두 개의 B를 그렸다.

바로 이거야!

"어이!" 커다란 고함 소리가 벨맨의 공상 속을 파고들었다. 자신의 마음속에서 표류하던 벨맨이 정신을 차리기까지 긴 시간이 걸렸다. 그는 현실에서 멀리 떠나 있었고, 그의 눈앞에 서 있던 네 층의 돌과 유리는 빗물에 녹아버렸다. 파헤쳐진 커다란 구덩이 앞에 선 자신의 모습을 깨닫고 벨맨은 살짝 당황했다. 구덩이에서 괴물이 기어나오는 순간, 벨맨은 뒷걸음질했고 하마터면 비명을 지를 뻔했다.

"이것 좀 보세요!" 괴물이 소리쳤다. 자신이 살아 있는 생명체이자 사람임을 드러내면서. 그가 일어서더니 벨맨에게 돌멩이처럼 보이는 것을 내밀었다. 그의 목소리는 세련되었고, 고등교육을 받은 것 같았지만, 그의 외모와 행동은 여간 이상한 게 아니었다. 벨맨은 혹시 미친 사람이 아닐까 생각했다. 그러나 남자가 허리를 펴고 바로 서는 순간, 그리고 거칠지 않은, 열정으로 반짝이는 그의 눈빛을 본 순간 조금 안심이 되었다. 그는 남자가 들고 있는 물건을 보았다.

"돌멩이네요."

"아! 바로 그게 틀렸다는 거예요!"

남자가 돌멩이에 묻은 진흙을 닦아냈다. "연장 자국 보이죠? 사람이 낸 자국이에요."

윌리엄이 돌멩이의 줄무늬라고 생각했던 것이 다시 보니 긁힌 자국이었다.

"그런데요?"

"그렇게 무늬를 새긴 게 아닙니다. 이 돌멩이는 이미 무언가를 연상시키는 형상을 하고 있었어요. 그리고 이 자국은 단지 그걸 강조하기 위한 것이죠. 여기 이 옹이진 부분이 꼭 눈처럼 보이지 않나요?"

남자가 이야기를 시작했다. 그는 얼마 전에 이집트에 다녀왔고, 자신은 소위 '과거를 파내는' 일을 하는 고고학자이며, 런던의 집에 몇 달째 머물고 있다고 했다. 그는 이집트로 돌아갈 예정이었다. "그런데 이 공사 현장을 보았을 때, 무슨 발굴 현장 같아서 한번 들여다보지 않을 수 없었어요. 그동안은 주위에 항상 사람들이 들끓었는데, 오늘은 비 덕분에 저에게 기회가 생겼지요."

"비 덕을 보는 사람이 있다니 다행이네요. 공사 기간은 하루하루가 저에겐 비용이거든요. 그 돌멩이가 어떤 가치가 있는 건가요?"

"가치요?"

"돈으로요. 박물관에서 값을 쳐줄까요? 아니면 수집가가?"

"박물관요? 전혀요! 여긴 런던입니다, 이집트가 아니고! 이집트의 과거는 값이 나가는데 런던의 과거는 왜 값이 나가지 않는지 그 이유는 저도 몰라요. 하지만 그게 현실입니다."

"저는 그 이유를 쉽게 설명할 수 있습니다. 런던에서는 미래가 더 중요하기 때문이죠."

"그렇다면 선생님의 이 공사 현장은 미래에 무엇이 될 예정인가요?"

"벨맨&블랙요. 장례용품을 파는 엠포리엄."

"블랙 씨 되시나요?"

벨맨은 가슴이 철렁했다. "전 벨맨입니다."

"그렇다면, 벨맨 씨, 장례용품이라면 제대로 만드셔야 합니다. 죽음은 우리 모두에게 찾아오니까요. 그게 곧 미래죠, 안 그런가요? 나의 미래. 당신의 미래. 모두의 미래."

젊은 남자의 시선이 빗줄기와 함께 찬란하게 회전하고 강하하며, 장차 엠포리엄이 생겨날 허공을 가르는 떼까마귀의 곡선비행을 좇았다.

"예전에는 죽은 자를 석조 제단에 올려놓고 떼까마귀들이 뼈를 바르도록 방치했지요. 그거 아셨어요? 아주 오래전. 우리의 십자가들과 첨탑들과 성경책들이 생겨나기 이전. 그리고 이 모든 것들……." 그가 크고 모호한 동작으로, 구덩이, 리젠트 스트리트, 런던, 그리고 또 어디인지 모를 곳으로 손을 휘저으며 말을 이었다. "이 모든 것들이 생기기 전에. 어쩌면 저기 저 떼까마귀의 옛 조상이……." 까마귀가 급강하하며 퍼덕거렸고, 금방이라도 구덩이 바닥으로 굴러 떨어질 것 같은 돌멩이 위에 정확성을 기하며 내려앉았다. "고대 저의 조상을 먹었을지도 몰라요. 어쩌면 선생님의 조상일 수도 있고요." 쏟아지는 빗속에서 그는 역겨워하는 벨맨의 표정을 흘긋 보았다. "모든 시대마다 그 시대의 방식이란 게 있지 않습니까? 다음 시대가 또 어떨지 누가 알겠어요? 듣기로는, 이탈리아에서는 시체를 불에 태운다고 하더군요." 그가 고개를 저으며 벨맨에게 미소 지었다. "그만 가봐야겠습니다. 아버지가 제가 어디 갔는지 궁금해하겠어요."

그가 떠났다.

벨맨은 방금 웬 얼간이를 만난 것인가? 벨맨이 들었다고 생각한 말을 그가 실제로 했던가? 도무지 믿기 힘든 일이었다. 진흙 구덩이에서 나와 떼까마귀에 관한 헛소리를 지껄이다니……. 별 희한

한 사람이 다 있군.

벨맨의 외투 어깨 부분이 비에 흠뻑 젖었다. 빗물이 그의 외투, 재킷, 셔츠, 속옷의 섬유까지 올올이 파고들었다. 살갗이 축축했다.

벨맨은 돌멩이를 손 안에서 뒤집어보았다. 이게 그 친구가 말한 눈인가? 돌멩이에 둥글게 파인 부분이 있었고, 그 중심에 반짝이는 점이 한 개 박혀 있었다. 그를 쳐다보는 작은 눈 같았다. 그는 호기심을 느끼며 돌멩이에 남아 있는 진흙을 털어냈다. 이게 긁어서 낸 자국이고…… 깃털인가? 그렇군, 그럼 이게 날개이고…… 그리고 뒤집어보니 날개가 하나 더 있었다. 여전히 내리는 비가 돌의 무지갯빛을 만들었다. 그가 돌멩이를 들고 있는 동안, 검정 속에서 얼핏 스치는 자주색, 물총새의 파란색, 그리고 초록색.

끔찍해라!

윌리엄은 몸서리를 치면서 돌멩이를 구덩이 속에 던졌다. 돌멩이가 허공에서 곡선을 그렸다. 아주 오래전 무언가를 연상시키는 우아한 포물선이었다.

돌멩이가 떨어지면서 새 한 마리를 놀라게 했다. 마치 검은 헝겊처럼 새가 젖은 허공으로 날아올랐다. 힘찬 첫 날갯짓으로 발송실을 지나고 1층의 우산들을 지나고 두 번째 날갯짓으로 2층의 외투들과 모자들을 지나고 사무실을 지나고 재봉사들의 작업실을 지나 높이 날아올라 아트리움의 유리 천장을 관통하여 건물 밖으로 날아갔다.

벨맨은 속이 메슥거리는 것을 느끼며, 온기와 일이 그리워 그곳에서 돌아섰다.

"벨맨&블랙." 그날 밤, 메이페어에 위치한 그의 클럽, 러셀스에서 벨맨이 발표했다. 바느질도구 판매상들과의 정기모임 자리였다.

"훌륭합니다!" 크리치로가 말했다. "회사 이름에 두 소유자 이름이 들어가는 것도 나쁘지 않지요. 견실한 느낌을 주니까요. 안정적인 느낌도요. 대표가 한 명인 것보다 두 명인 게 낫잖아요."

또 다른 바느질도구 판매상이 고개를 끄덕였다. "이름을 잘 지으셨네요. 장례용품을 살 때 사람들이 가장 먼저 무얼 떠올리겠습니까? 검은색이잖아요. 그 생각을 하는 순간 이미 우리 회사 이름을 반은 떠올린 셈이죠!"

세 번째 상인이 미소 지었다. "아주 적절한 이름이네요, 안 그런가요? 음악적이에요. 마치 함께 할 운명인 두 개의 이름 같아요. 전전적으로 찬성입니다. 여러분." 그가 술잔을 들었다. "벨맨&블랙의 성공을 위하여!"

벨맨이 술잔을 들고 한 모금 마셨지만 잔을 비울 정도로 오래 머물진 않았다. 발이 축축했고, 그에겐 할 일이 있었다.

7

상점이 완공되기까지는 열다섯 달이 소요될 예정이었다. 공사 기간은 열두 달이고 제품을 채우는 데 석 달이 걸렸다. 벨맨은 폭스가 일하는 모습을 충분히 보았고 몇 주 정도 그에게 공사를 맡겨도 되리라고 생각했다. 좋은 일이었다. 그건 곧 벨맨이 다른 일을 처리할 수 있다는 뜻이었으니까.

벨맨은 그 자신의 공장을 확장했지만, 그런 대규모의 공장조차도 벨맨&블랙에서 필요로 하는 원단을 모두 소화하기엔 역부족이었다. 그래서 그는 덜컹거리는 마차를 타고 혹은 말에 올라 수백 마일을 돌아다녔다.

스코틀랜드에서는 석탄의 검은색을 담은 트위드와 캐시미어를 검수했다. 포츠머스와 사우샘프턴의 부둣가에서는 외국 실크가 담긴 상자를 열고 손가락 사이로 매끄러운 감촉을 느껴보았고, 무게, 늘어짐, 투명도를 판단하기 위해 흔들어보았다. 그는 가장 평평하고 가장 빛 투과율이 좋은 크레이프를 찾기 위해 스피탈필즈까지, 거기서 더 멀리 노리치까지 갔다. 웨일스, 랭커셔, 요크셔의 공장들을 방문했고, 전국을 누비며 지칠 줄 모르고, 능직과 패러매터*와 상복용 실크와 메리노와 울 바레주**, 그레나딘***, 배러시아****를 찾아 다녔다.

"당신의 검정을 보여주세요." 도착하자마자 그는 그렇게 말했다. 벨맨은 항상 검정부터 보았다. 검정은 눈과 마음에서 스쳐가는 잔상들을 지웠고, 시각적 감각을 본래의 상태로 정화했다. 그의 눈은 예리했고, 한 원단에서는 초록 기운을, 다른 원단에서는 파란 기질을, 또 다른 원단에서는 자줏빛 색조를 감지해냈다. 상업적인 관점에서 보면 걱정할 일은 아니었다. 모든 피부색에 어울리는 검정도 있어야 하고, 금발에 어울리는 검정, 적갈색 머리에 어울리는 검정도 있어야 하고, 빨간 머리에게도 그들만의 검정이 있어야 했다. 때로는 그가 진정한 검정이라고 정의 내린 검정을 발견하기도 했다. 그런 검정은 구하기 어려웠다. 대부분의 사람들은 그 차이를 알지 못했지만 벨맨은 잠시 그 심오함에 취해 있다가 생산할 수 있는 양 전체를 주문했다.

검정이 만족스러운 경우, 그는 의류상을 찾아가 반상복半喪服 혹은 간편 상복 기간에 어떤 제품들을 납품할 수 있는지 알아보았다. 방문하는 곳마다 정식 상복으로 시작해서 반상복의 가장 짙은 회색에서 가장 엷은 회색을 거쳐 마지막으로 간편 상복의 연보라색과 연암갈색으로 빠져나왔다.

벨맨은 갈수록 색이 낯설어졌다. 공장에서 공장으로 이동할 때

---

* 세로에 면사綿絲, 가로에 소모사梳毛絲를 능직으로 한 가벼운 직물.

** 가벼운 모직물의 일종.

*** 실의 꼬임 방법의 명칭이자 직물의 명칭.

**** 양모 또는 견을 섞어 짠 고급 옷감.

마차 창밖으로 내다본 풀밭의 대범한 초록색이 거의 외설스럽게 느껴졌고, 여름날의 파란 하늘은 천박하게 느껴졌다. 반면, 흐린 11월의 풍경에서는 깊이를 알 수 없는 엄숙함과 다정함을 느꼈고, 밤하늘로 말하자면, 비록 그와 비슷한 색상을 찾기 위해 온 세상을 샅샅이 뒤지고 다녔음에도, 그 어떤 섬유로도 범접할 수 없는 아름다움을 보았다.

벨맨은 레인 부인 앞으로 자세한 지시사항과 함께 수많은 직물 견본을 소포로 보냈다. "이 열두 장의 사각형 견본을 반으로 잘라서 반은 남쪽으로 난 창문에 걸어놓고 나머지 반은 닫힌 서랍 속에 넣어주세요. 한 달 뒤에 두 개를 다시 합쳐서 빛이 바랜 정도를 확인해볼 겁니다." "반은 빨아서 말려서 다림질을 오십 번 하세요. 나머지 반과 비교해볼 거예요." 레인 부인은 투덜거리면서 불만의 편지를 썼다. 내가 할 일 없는 사람인 줄로 아시냐, 도라를 돌보는 일과 집안일은 어떻게 다 하라는 거냐. 그래서 벨맨은 여자아이를 한 명 고용했다. 헝겊을 나무판에 대고 비누로 최대한 세게 문지르고, 헝겊이 마르는 순간 그 과정을 다시 한번 반복하는 일을 재미있어 하는 아이였다.

북부에 늙은 염색공이 한 명 있는데 그가 만드는 검정은 타의 추종을 불허하는 것으로 명성이 자자했다. 그는 곧 은퇴할 나이였지만 자신의 비법을 전수할 아들이 없었다. 벨맨은 검정을 만드는 비법을 알려주는 대가로 엄청난 보상을 하겠다고 제안했다. 염색공은 그러겠다고 했지만 막상 비법을 전수받기 위해 벨맨이 찾아오자 평생을 지켜온 과묵함을 떨쳐내지 못하고 말을 아꼈다.

기억을 되살려주기 위해 벨맨이 그에게 지갑을 보여주었지만, 노인은 고개를 저었다.

"이제 와서 돈이 다 무슨 소용이 있겠습니까, 안 그런가요? 난 늙었고, 그 돈을 쓸 시간도 없어요."

괜한 헛수고를 했군! 그 순간 벨맨에게 한 가지 생각이 떠올랐다. "그럼 장례식은 어떻겠습니까. 말 여섯 필, 노새 두 마리, 그리고 무덤 위에 천사."

노인은 벨맨이 원하는 것 전부를 알려주었다. "**해마톡실럼캠피치아넘**, 혹은 블러드우드로 알려진 나무가 있습니다. 그 나무는 어디서나 살 수 있지만, 제 경험에 의하면, 가장 좋은 원목은 멕시코 상인이 파는 건데⋯⋯."

벨맨은 그길로 말을 타고 남부 해안으로 달려가서 남아메리카로 가는 배의 선장을 만났다.

"유카탄 반도에 상인이 있습니다." 그가 설명했다. "그 사람이 파는 블러드우드를 전부 다 사고 싶습니다. 저 말고 다른 사람에게 납품해서는 안 됩니다. 선장님이 그 원목을 운반해주십시오. 다른 사람이 파는 블러드우드와 섞여선 안 됩니다." 그가 종이에 쓴 숫자들을 가리켰다. "이 금액을 드리겠습니다. 이건 그 상인에게 지불할 금액이고요."

선장이 종이를 보았다. "그 친구 부자가 되겠군요."

"우리 모두 부자가 될 겁니다."

원단과 블러드우드가 다가 아니었다. 휘트비에서 벨맨은 젊은 남자들이 위태로운 이판암 절벽 위 밧줄에 매달려서 검은색 줄을 따라 내려가는 광경을 보았다. 그들은 파도에 몸을 맡긴 채 흑옥을 추출하기 위해 망치질을 하고 손으로 두드렸다. 벨맨은 바닷가에서 다시 시내로 가서, 세공가들을 만났고, 그들 중 최고를 선택했으며, 그들에게 조수와 견습공을 둘 것을 지시한 다음, 반지, 브로치, 로켓, 목걸이, 귀걸이, 머리핀을 주문했다. 구슬은 천 개 단위로 주문했다. 수수한 것, 각진 것, 무늬를 새긴 것, 광을 낸 것, 드레스와 모자와 소매와 가방에 꿰매어 빛을 반사하고 반짝이고 어둡게 빛날 갖가지 모양과 크기의 구슬들이었다. 정식 상복 기간에는 화려하지 않은 검정이어야 하겠지만, 그 기간이 지나면 검정이라고 해서 다른 색상들처럼 화려하지 말란 법이 있겠는가?

수주와 수개월에 걸쳐, 벨맨은 다양한 직업의 세계에 대해 알게 되었다. 모자 만드는 사람의 스튜디오가 있었고, 구두장이의 아틀리에가 있었고, 우산 만드는 사람의 천장 낮은 작업장이 있었다. 그는 런던 전역의 제본업자들을 만나 다양한 단계의 검은색과 회색의 가죽과 리넨 표지의 책들과 수첩들의 가격을 협상했다. 유족들이 후손을 위해 떠난 사람의 마지막 나날들, 경건한 말들, 영적 체험들을 기록하기 위한 것이었다. 그는 계단을 올라가 습기 없는 방으로 들어섰고 그곳에는 다양한 무게와 질감과 크기의 종이들이 그의 검수를 기다리고 있었다. 모두 검은 선이 둘러져 있었고 선의 굵기는 일 센티미터에서부터 영 점 일 센티미터까지 다양했다. 그는 단일 주문으로는 그 업체가 받아본 가장 많은 수량을 주문했다. 수많은 과부들과 아이들이, 아직은 유족이 되지 않았지만, 곧 다가올 죽음을 친지들에게 알리기 위한 것이었다. 코를 찌르는 기름과 잉크 냄새 속에서 그는 인쇄기의 기계장치를 만져보며 손가락을 더럽혔다. "생산성은 어떤가요?" 그는 궁금했다. "유지, 관리는 어떻게 하죠?" 결국 요지는 이것이었다. 이 부고장을 런던 내에 네 시간 이내에 배달할 수 있는가? 원하는 대답을 듣자, 그는 인쇄를 요청했다.

"일곱 달을 기다려야 한다고요? 너무 길군요."

그는 제조업체에 뇌물을 주고 새치기를 했다.

물론, 관 문제도 있었다. 벨맨은 소목장이의 대장간 수십 곳을 찾아가 손끝으로 완성품을 쓸어보았다. 참나무 재고는 얼마나 있는지? 느릅나무는? 마호가니는? 원목을 어디서 건조하는지? 얼마나 오래? 창고에서는 나뭇결을 쓸어보았고, 옹이나 뒤틀림, 그 외에도 다른 결함이 없는지 살펴보았다. 런던 인근 백 마일 내에서 가장 훌륭한 소목장이를 찾았을 때 계약을 체결했다. "최고 가격을 쳐드릴 테니, 다른 사람한테는 팔지 마세요. 절대로. 명심하세요."

벨맨은 카탈로그로 관심을 돌렸다. 미술 학교로 가서 카탈로그를 그려줄 사람을 구한다는 광고를 냈더니 젊은 미술학도들이 포트폴리오를 들고 그의 사무실을 찾아왔다. 그는 고대 유적지들, 발가벗은 젖가슴에 팔이 없는 전형적인 석고상들, 건축 조형물들을 그린 스케치들을 훑어보았다. 그는 좁은 지면에 많은 정보를 정확하고도 분명하게 전달할 방법을 찾고 있었다. 그다음에는 누가 신속하고 정확하게 일하느냐의 문제였다.

벨맨은 그런 사람 셋을 고용했다. 학생들은 저녁과 일요일 오후 시간을 이용하여 다양한 스타일의 관과 장례용품 이백여 가지를 상세히 그렸다. 관은 안쪽에 납을 대거나 아무것도 대지 않거나 금속을 댈 것이고, 청동이나 은으로 손잡이와 장식쇠를 만들되 무늬 없이, 혹은 다양한 수준의 장식을 넣어서 만들 것이며, 실크 혹은 벨벳 혹은 공단 중 선택하여, 수를 놓아서 혹은 장식 없이 안감을 댈 것이며, 관 뚜껑에 백합 혹은 담쟁이덩굴 혹은 영원의 뱀을 새긴 명패를 달 것이다.

기다란 손가락을 지니고 신비로운 미소를 머금은 두 명의 나이 지긋한 자매가 장례용품 그림에 덧붙일 상세한 설명을 썼다. 카탈로그의 한 지면은 세심한 수정과 보완을 거친 디자인에 할애되었는데, 어린아이에게 맞게 제작된 관이었다. 나이 지긋한 자매는 놀라운 솜씨를 보여주었고, 완성본을 배달할 때 그들이 지어 보인 미소는 더 수수께끼 같았다. 벨맨은 모든 그림들과 글씨들을 가장 품질 좋은 종이에 인쇄한 다음 제본했다. 카탈로그는 죽음이 만든 걸작이었고 그 자체로 경건하고도 아름다웠다.

가격표는 별지에 인쇄해서 뒤표지에 달린 사분의 일 크기 주머니에 넣었다. 마치 뒤늦게 생각난 것처럼.

때로 벨맨은 스스로가 놀라웠다.

다른 곳에선 잘 수 있잖아! 그가 생각하면서 다시 한번 뒤척이며 이불을 다시 고쳐 덮었다.

사실이었다. 장거리 여행길에서 길가의 아무 여관이나 들어가 거친 짚으로 만든 침대에 지친 몸을 눕히면 마치 실크 방석에 앉은 개처럼 순식간에 잠들었다. 그가 런던에 매입한 집에 있을 때면 거리에서 술을 마시고 떠드는 사람들은 전혀 거슬리지 않았다. 곳곳이 팬 돌길을 달리는 마차 안에서도 그는 눈을 감고 꾸벅꾸벅 졸면서 과로한 뇌를 쉴 수 있었다.

오직 휘팅포드에서, 그 자신의 침대에서만 잠을 이루지 못했다.

그는 왼쪽으로 누워 자는 습관이 있었다. 예전에 그렇게 잘 때면 로즈가 뒤에 있었다. 그는 한밤중에 그녀의 숨소리를 듣곤 했다. 때로는 온기를 찾아 그녀가 바짝 다가왔고, 그녀의 손길이 그의 잠을 살짝 흐트려놓곤 했다. 이제 그녀는 죽었고 등에는 그녀의 부재만이 생생했다.

그는 오른쪽으로 누워 자거나 등을 대고 자려고 애썼다. 침대의

반대편에서 자려고도 해보았다. 그 침대를 다른 방으로 옮겨놓고
새 침대를 들여보았다. 방을 바꾸어도 보았다. 다 소용 없었다. 침
대가 그의 등을 손가락으로 쓸어내렸고, 이불이 그를 끌어안았고,
모든 외풍은 그녀의 한숨이었다.

소용이 없었다. 그는 일어나 창문으로 다가가 밖을 내다보았다.
하늘은 어두웠지만 한 조각 달이 교회 첨탑을 한층 더 부각시켰다.
교회 묘지에서 주목나무의 검은 형상들이 주위를 빙 두르고, 새로
판 무덤들이 주인을 기다리고 있던, 블랙과 이야기를 나누던 그날
밤처럼. 그 무덤 중 하나는 도라의 것이 될 뻔했다.

도로와 철로로 이 나라 곳곳을 누비고, 하루는 런던에, 그다음
날은 수백 마일에 떨어진 곳에 있다 보니 그의 생각들을 세심하게
배열할 수 있었지만, 휘팅포드에서는 달을 찌르는 첨탑 때문에, 그
가 떼어놓으려 했던 생각들이 서로를 찾는 경향이 있었다.

그는 블랙과 거래를 했고, 그래서 도라는 살아남았다.

그 두 가지 사건이 연관된 것일 수도 있다는 생각이 벨맨을 힘들
게 했다. 도라가 회복되었을 때 그는 극심한 스트레스 상태였고 당
시 그의 두뇌 활동이 이성적인 것이었다고 말하기는 어려웠다. 그
점은 알고 있었다. 그 이후 그가 느꼈던 안도감은 그에게 생각해볼
빌미를 주지 않았다. 그 뒤로는 벨맨&블랙에 대해서만 생각했다.

이런 밤이면, 예전에 생각했어야 했던 것들이 떠올라 그를 괴롭
혔다. 그는 블랙과 거래를 했고, 그의 딸은 죽음의 문턱에서 돌아
왔다. 이제 그와 죽음은 업무상의 관계가 되었고, 그는 그러한 관
계상의 이점 때문에 자신이 어떤 이득을 얻었다고 생각하고 싶었
다. 한밤중에는, 자식의 생존이야말로 그중 한 가지라고 그의 이성
이 그에게 일깨워주었다. 그러나 그는 도라의 병약한 모습, 지팡이

에 의지한 채 이 방 저 방 절뚝거리며 다니는 모습, 창백한 두상을 가리기 위해 면사포를 쓴 모습을 보아야 했고, 죽음이 물러난 것이 아니라 단지 때를 기다리고 있다는 의심이 들었다.

그것은 어떤 거래였던가? 합의한 내용을 기억하려고 여러 차례 애써보았다. 그런데, 그게 가능한 일일까? 어쩌면 그가 기억하지 못하는 것은 그들이 어떤 합의도 하지 않았기 때문일까? 기회가 그저 주어진 것이었고, 호재가 따라주었고, 합의한 것은 아무것도 없었을 수도 있을까? 어쩌면 그 호재는 어느 때고 사라질 수도 있을 것이다. 기회는 아무 예고 없이 물러날 수도 있다. 계약이 없으니 계약 조건을 맞추려면 무얼 해야 하는지도 알 수 없었고…….

벨맨은 창문에서 고개를 돌려 커튼을 내렸다. 달이 그의 집을 들여다보고, 그가 소중히 여기는 것들을 가리키면서 그의 보물이 어디 있는지 들추는 것을 그는 좋아하지 않았다. 자식에 대한 그의 사랑을 감추는 편이 나았다. 떠벌리는 것보다는 어둠으로 휘감는 편이 나았다. 둥지에서 멀리 떨어진 곳으로 약탈자를 유인하여 둥지를 지키는 새처럼, 그는 거리를 두는 것으로 딸을 지킬 것이다. 벨맨&블랙이 성공할수록, 아이는 더 안전해질 것이다.

8

벨맨은 공사 현장을 살피는 일을 소홀히 하지 않았다. 북부, 남부, 동부, 서부로 돌아다니는 틈틈이 런던으로 돌아와 엠포리엄의 진척 상황을 확인했다.

공사 현장에서 가까운 곳에 사무실을 마련해놓고 밑바닥에서부터 차근차근 돌을 쌓아 상점이 올라가는 것을 지켜보았다. 그는 이 사무실에서 간부급 직원들을 면접했다. 그의 오른팔이 되어줄 버니라는 이름의 훌륭한 친구도 찾았다. 버니는 벨맨이 거부했던 건축 감독관과 똑같이 보드랍고 흰 손을 갖고 있었다. 머릿속으로 셈할 때, 그의 통통한 손가락은 빠르게 발레를 하고 손가락을 튕기며 매혹적인 마술 공연을 펼쳤고, 그러다가 답이 나오면 양손을 문지르고 그 답을 깐깐하게 종이에 적었다. 숫자를 담당하는 사람에게 결벽증은 문제가 되지 않았다. 벨맨은 그에게 일을 주었고, 아직은 할 일이 별로 없는데도 미리부터 임금을 지불하고 있었다.

오늘 그는 폭스를 만날 예정이었다. 런던에 머무는 동안, 그는 향후 해야 할 일들, 일정 문제, 애로사항을 점검하기 위해 그를 자주 만났다. 오늘의 주요 사안은 문이었다.

회의가 시작되기 직전, 벨맨은 폭스가 현장에서 나오는 것을 보았다. 폭스는 벨맨을 모방한 열정적인 걸음으로 사무실 쪽으로 걸어오고 있었지만, 정작 그 자신은 의식하지 못했다.

"들어오게! 잘되고 있나? 5월 15일까진 완공이 되겠나?"

벨맨은 항상 이런 식으로 대화를 시작했다.

"5월 15일까진 완공됩니다. 제 말 믿으세요. 오크 출입문 디자인은 데킨 씨가 진행하고 있어요. 가장 뛰어난 친구한테 맡기겠답니다. 옆문과 뒷문도 그의 팀에서 진행하고 있습니다."

벨맨이 고개를 끄덕였다. "오늘은 상점 내부의 문들에 대해 지시하겠네. 이 엠포리엄을 하나의 극장으로 생각해주면 좋겠어. 고객들이 무대 뒤에서 벌어지는 일에 주의가 분산되어선 안 돼. 복도에 코르크 마감재를 대는 문제는 염두에 두고 있지?"

"그건 지금 창고에 있어요. 문 안쪽도 코르크로 마감해야 하는지요? 그건 아직 결정을 못했습니다."

"모직 천을 대는 것보다 그편이 더 조용할 거야. 그렇게 해주게. 하지만 소음보다 더 중요한 문제가 있네. 상점의 제품들은 최대한 눈에 띄지 않게 채워져야 해. 직원들은 매장을 최대한 조심스럽게 드나들어야 하고. 직원용 통로에서 매장으로 이어지는 문은 문처럼 보여선 안 돼. 육안으로 보았을 때는 패널 마감재처럼 보여야 해. 상점 내부의 모든 문은 가장자리를 세공 속에 숨겨서 벽이 끊어지지 않은 것처럼 보이게 해주게."

"손잡이는요?"

벨맨이 고개를 저었다. "양쪽에 둥근 누름쇠를 달아서 누르면 열리게 해. 직원들이 소리 없이 눈에 띄지 않고 드나들어야 하니까."

폭스가 고개를 끄덕이며 벨맨의 것과 같은 곳에서 구입한 송아지 가죽 노트에 지시사항을 받아 적었다. 그가 쓰고 있는 연필은 벨맨이 준 것이었다.

"그렇게 하겠습니다."

"5월 15일까지 완공된다고 확신할 수 있겠나?"

폭스가 미소를 지었다. "원하시면 5월 14일에 완공할 수도 있습니다."

벨맨이 그를 보았다. "할 수 있겠나?"

폭스는 무심코 던진 말이었다. 단지 농담일 뿐이었다. 벨맨에게 유머 감각이 없다는 사실을 잊고 있었다. 그러나 젊은 야심가이자 도전을 즐기는 그는 "물론입니다"라고 대답하지 않을 수 없었다.

점심식사 후 그들은 사륜마차를 타고 반시간 정도를 달려서 어느 안뜰에 도착했고, 삼나무와 소나무 향이 풍기고 아기의 머리에서 자른 머리카락처럼 곱실거리는 대팻밥이 깔려 있는 방으로 들어섰다. 벽에 달린 선반에 둥근 끌과 정들이 세심하게 진열되어 있었다. 뼈처럼 흰 머리카락을 바짝 자른 목조공은 몸을 숙이고 자신의 일에 완전히 집중하고 있었다.

"런던에서 최고예요." 폭스가 낮은 목소리로 말했다. 남자가 고개를 들고 그들을 맞이하자 이번에는 좀 더 큰 소리로 말했다. "지오프로이스 씨, 이분이 벨맨 씨입니다. 일이 잘 진행되고 있는지 보러 오셨어요."

지오프로이스 씨가 끌을 제자리에 놓았다.

"큰 거 두 개는 끝났어요." 그는 작업실 안쪽으로 들어오라고 손짓했고 그곳 벽에 완성품 두 개가 벽에 기대어져 있었다. 사람 키보다 큰 두 개의 B는 쌍둥이처럼 똑같았다.

벨맨과 폭스는 B의 곡선을 손끝으로 어루만지며 세공의 매끄러움, 글씨체의 우아함, 이음새의 정밀함을 감상했다.

"간판에 붙이면 이음새는 거의 보이지 않아요." 지오프로이스 씨가 벨맨에게 말했다. "그리고 이걸 보세요." 나무로 깎은 담쟁이 덩굴 잎사귀들과 백합들이 길게 늘어져 있었다. "이것들도 서로 끼워 맞추면 화환이 될 거예요."

벨맨은 더할 나위 없이 만족했다. 훌륭한 세공이었고, 위엄 있었으며, 은을 입히면 더 강렬할 것이다. 화환도 기막히게 아름다울 것이다.

"거의 끝난 것 같은데…… 이제 할 일이 뭐가 남았지요?"

"**앤드**and."

"**끝**end?" 벨맨은 당황했다.

"앤드. 앰퍼샌드*라고 부르는 걸로 알고 있습니다. 이리 와서 보시죠."

두 사람은 작업장 안쪽으로 들어갔다. 지오프로이스 씨가 작업 중인 나무토막이 죔쇠로 고정되어 있었다. 가장자리와 아랫부분은 대충만 다듬어놓았고, 연필로 옅게 표시해놓은 나무토막은, 위쪽에서부터 얼추 형상이 드러나고 있었다. 목조공이 끌 하나를 골라 나무에 대었다. 그는 높이를 맞추려고 단상에 올라 무게중심을 한쪽 발에 싣고 세심하게 힘을 조절하며 끌 쪽으로 몸을 숙였다. 그의 동작은 팔에서 나오는 것이 아니라 온몸에서 나오는 것 같았다. 마치 버터처럼 대팻밥이 밀려나왔다. 그는 조금씩 수정해가며 같은 동작을 반복했고, 마침내 곡선이 모습을 드러냈다.

---

* and를 뜻하는 부호 &의 명칭.

앰퍼샌드. 상업적인 관계를 보여주는 부호. B와 B를 묶는 글자. 그 연결. 그 유대.

문득 예기치 못한 의심의 실마리가 벨맨의 생각을 파고들었다. 그는 고개를 비스듬히 하고 다시 보았다. 저게 과연 옳은가?

"자네가 보기엔 혹시 저게 너무……."

폭스는 놀란 표정을 지었다. "너무?"

지오프로이스 씨가 대패질을 멈추었고 그와 폭스 둘 다 벨맨을 보았다.

왜 이런 걸까? 벨맨은 가슴이 조이고 입안이 바짝 말랐다. 너무 더운가?

자신의 상사가 말을 하지 않자, 폭스가 나섰다. "이게 마음에 안 드시면 다시 할 수 있어요. 어디 보자……." 그는 디자인 원본을 갖고 있었다. 그는 접혀 있던 원본을 펼쳐서 평평하게 놓았다. 그는 목조공에게 주었던 스케치와 치수를 비교해보았다. "전부 다 원안 그대로인데요. 앰퍼샌드와 글자와 높이도 맞추어졌고…… 물론 실제로 보면, 비율이 안 맞는 것처럼 보이지만…… 아직 미완성이라 다소 딱딱한 느낌이 들지만 완성되면 그런 느낌이 훨씬 줄어들 겁니다. 더구나 도금을 하면 조금 더 느낌이 가벼워질 거고요. 그렇게 되면 좀 덜…… 나무 같을 거예요."

"그렇겠지. 덜…… 맞아."

불확실성의 순간이었다. 지오프로이스 씨가 폭스를 보았고, 폭스는 벨맨을 보았고, 벨맨은 오크 목재에서 모습을 드러내는 앰퍼샌드를 보았다.

완성되면 덜 딱딱해 보일 것이다. 도금하면 더 밝아 보일 것이다. 벨맨은 옷깃을 세우고 불편하게 침을 삼켰다.

"물론, 마음에 안 드시면 다시 할 수 있습니다. 어쩌면 기존의 것을 어느 정도 활용할 수도……."

"아닙니다. 이대로 해주세요. 괜찮습니다."

그들이 몸을 돌려 그곳을 나섰다.

"다음 주 중반까지는 완성될까요?" 폭스가 지오프로이스 씨에게 물었다.

지오프로이스 씨는 고개를 끄덕였고 그들이 돌아설 때 무어라 말했지만 벨맨은 알아듣지 못했다.

"술집으로." 벨맨이 마부에게 지시했다.

"나무 가루 때문이에요." 폭스가 동의했다. "그것 때문에 목이 무척 건조해져요. 지오프로이스 씨가 한 얘기 못 들으셨죠?"

"뭐라고 했지? 못 들었네."

"안녕히 가십시오, 블랙 씨, 라고 했어요. 우습지 않습니까? 이런 일이 자꾸만 일어나네요."

술집에서 술을 마시고 리젠트 스트리트로 돌아가는 내내 폭스는 벨맨이 그답지 않게 조용하다고 생각했다. 그는 골치 아픈 문제를 놓고 고민하는 것처럼 보였다. 다른 데 정신이 팔려 있거나 우유부단하거나 당황하는 모습은 그답지 않았다. 특유의 단호함과 에너지는 온데간데없었다. 그가 짓는 표정은 벨맨의 표정이라고는 믿기지 않을 정도였다. 무슨 일일까? 두려움? 분노? 절망?

"괜찮으세요?" 그가 불안해하며 물었다.

벨맨은 대답하지 않았다. 두 눈은 허공에 고정되어 있었고, 어딜 보아도 정신이 딴 데 팔려 있는 사람 같았다. 그래서 벨맨이 갑자기 입을 열었을 때 폭스는 흠칫 놀랐다.

"우연히 그 친구와 이야기를 나누게 되었다네. 몇 년 전 일이야.

난 그자를 잘 알지도 못했고, 정식으로 인사를 나눈 적도 없었어. 그자가 바로 나를 이 일에 뛰어들게 한 장본인이야. 장례용품 사업. 말하자면 하나의 기회를 보았던 거지."

폭스가 벨맨에게 시선을 고정하고 물었다. "그런데요?"

벨맨이 얼굴을 찌푸리며 머리를 긁적였다. "몇 가지 의문점이 있어서 말이야. 그렇지 않은가? 만약 그 사람이 나타나서 나한테……."

"자기 몫을 달라고 하면?"

"이를테면 그런 거지."

폭스가 생각해보았다. 그는 변호사가 아니지만, 한때 계약서깨나 써본 사람이었다. "그저 대화만 나누었다고요? 사업 얘기를 한 게 아니고요?"

"아니! 절대 그런 게 아니었어! 우리가 만난 것 자체가 우연이었거든."

"기한이나 조건 같은 것들도 제시하지 않았고요? 서명하라고도 안 하고요?"

벨맨이 고개를 저었다.

"상황이 그렇다면, 이 일에 지분이 전혀 없는 거 아닌가요?"

"자넨 그렇게 생각하나?"

"그럼요! 아이디어를 내는 것과 그 아이디어를 실행하는 건 별개이니까요. 그 뒤로 그분이 사장님을 위해 무슨 일을 했는데요?"

"아무것도. 만난 적도 없어."

"그렇다면 더더욱 그렇죠. 법정에서 변호사가 비웃을 겁니다. 그게 사장님 아이디어가 아니었다고 누가 말할 수 있겠어요? 사장님은 이미 사업에 뛰어들었어요. 계약을 했고, 투자를 했어요. 이 일에 수많은 시간을 쏟아부은 사람은 바로 사장님이에요."

벨맨이 얼굴을 찌푸렸다. "하지만 그렇다고 해도 이게 그 사람의 아이디어였다면……."

"아이디어! 아이디어라면 저도 하루에 백 가지는 떠올려요. 하지만 시간을 투자해서 그걸 실행하지 않으면, 아무 의미도 없어요." 그때 그에게 떠오른 생각이 있었다. "혹시 그 대화를 들은 증인이 있나요?"

"아무도 없었고 우리 둘뿐이었어."

"그럼 이제 그만 신경 끄세요. 만약 그자가 동냥그릇을 들고 나타나면, 하는 짓을 좀 보고, 대충 식사나 대접하고 위스키 한 병을 쥐여서 보내거나 따끔하게 한마디 해서 보내세요. 법정에서 사장님과 싸우고 싶어한다면, 그러라고 하세요. 그런 대화를 나눈 적 없다고 잡아떼셔도 누가 뭐라고 하겠어요?"

벨맨은 완전히 안심하지는 못하는 눈치였다. "하지만 내가 자네한테는 말하지 않았나."

폭스가 윙크했다. "지난 십 분 동안 하신 말씀은 한마디도 못 들었는데요."

다시 리젠트 스트리트로 돌아와서, 마차가 느려지고 공사 현장의 소음을 향해 문이 열리자 벨맨은 깨어났다. 그는 평상시의 활기를 회복하고 힘차게 박수를 쳤다.

"자. 오늘은 소목장이가 몇 명이나 왔지? 스무 명? 어디, 마호가니 상태가 어떤지 좀 볼까?"

흠. 폭스는 생각했다. 이제 그 일은 잊었나 보군. 다음 일로 넘어갔어.

9

그날 밤, 새벽 세 시, & 기호가 밧줄처럼 벨맨의 목을 휘감더니 단단히 당기며 숨통을 조여왔다. 런던의 침실에서 눈을 떴을 때 그는 숨을 헐떡였고 금방이라도 죽을 것처럼 심장이 뛰었다.

따끔하게 한마디 해서 보내세요…… 그런 대화를 나눈 적이 없다고…… 세상에 맙소사, 그가 실제로 그런 생각을 스스로에게 허락했던가? 만약 블랙이 그 대화를 엿들었다면? 벨맨이 동업자 관계를 청산하려 한다는 것을 그가 알게 된다면?

대체 벨맨은 그와 어떤 관계로 맺어진 것인가? 블랙은 그의 편이 확실한가? 그렇지 않다면 블랙은 자신의 아이디어를 공유할 다른 사람을 선택할 수도 있었을까? 두 사람에겐 분명 통하는 면이 있었다. 그것만큼은 확신할 수 있었다. 벨맨은 적극적인 파트너였다. 세상 속으로 뛰어든 것도 그였고, 편지를 쓰고, 회의를 하고, 건축업자들을 섭외하고, 기간을 협의하고, 청구서 대금을 지불한 사람도 그였다. 앞으로 재봉사들과 판매 여직원을 섭외하고, 점원을 채용하고, 체계를 구축하고, 바느질도구 판매상들을 만나고, 이 사업의 일상적인 경영을 책임질 사람도 그였다.

블랙은 뭐랄까, 블랙은 그런 일을 하나도 하지 않았다. 그 점에 있어서는 폭스의 말이 옳았다. 그는 돈을 투자하지 않았다. 그는 벨맨이 나서서 일을 진행하는 것에 불만이 없는 것 같았다. 객관적으로 생각해보면, 이 사업에서의 블랙의 역할을 파악하기가 쉽지 않다는 것을 벨맨 자신도 인정했다. 단지 이것이 처음부터 그의 아이디어였다는 점, 그리고 너무도 훌륭한 아이디어였다는 점을 제외하면. 바느질도구 판매상들은 그와 동업하기를 주저하지 않았다. 거액을 대출받으려고 은행을 설득할 필요도 없었다.

그는 얼굴을 찌푸렸다. 그날 밤 교회 묘지에서의 기억은 좀처럼 선명하게 떠오르지 않았지만, 그럼에도 블랙이 위스키 한 병으로 쫓아버릴 수 있는 사람이 아니라는 것만은 또렷하게 기억하고 있었다. 단지 그 광경을 떠올리는 것만으로도, 저에게 아주 큰 도움을 주셨습니다! 자, 이 위스키 한 병을 감사의 표시로 받아주세요! 하고 말하는 것을 상상하는 것만으로도, 벨맨은 마음이 불편해졌다. 법정에서 블랙의 권리를 부정하는 것에 관해서는…… 그는 블랙의 눈이 보이는 것만 같았다. 피고석에 서서 벨맨의 말이 사실이 아님을 증명하는 눈빛으로 그를 보고 있는 블랙의 눈. 그 눈은 시간과 공간을 초월하여 그가 잠든 방의 벽을 뚫고 들어와 벨맨이 두려움에 휩싸인 채 매트리스 위에서 꼼짝 못하게 밀어붙였다. 블랙은 다정하고 유쾌한 사람이었지만, 그러면서도 한편으로는 힘이 세지 않았던가? 심지어 위협적이지 않았던가?

하지만 블랙이 원하는 것이 대체 무엇인가?

벨맨은 침대에서 내려왔다. 오늘 밤, 여기서, 지금 당장, 계약서를 작성할 것이다. 언제 블랙이 나타나건—그는 분명히 나타날 것이다— 서랍을 열고 서류를 꺼내 그에게 말할 것이다. "그간 어디 있었나, 블랙, 이 친구. 지금이라도 계약서를 쓰는 게 좋겠지? 이 계약서가 얼마나 오래 자넬 기다렸는지 모른다네. 내가 자넬 부자로 만들었어." 그러면 문제없겠지.

그는 잠옷 바람으로 일어나 앉아서 쓰기 시작했다. 상당히 표준적인 계약서였고, 그가 계약이 무엇인지 알 정도로 계약서깨나 써보았다는 건 하늘도 알았다. 비율을 쓸 자리는 나중에 계산을 좀 해보고 써넣을 수 있도록 일단 남겨두었지만, 중요한 것은 기간과 조건을 분명하게 명시하는 것이었다.

그런데 어찌된 영문인지, 몇 줄을 쓰고 나니, 하나도 만족스럽지가 않았다. 막상 글로 써놓고 보니 어딘가 부적절한 것 같았고, 요점에서 벗어난 것 같았다. 계약서가 응당 갖고 있어야 할 분명함이 없었다.

변호사를 불러서 검토해달라고 해야 하나……

변호사 앞에 이 문제를 드러낼 생각을 하니 내키지가 않았다. 이 일이 일어난 과정은, 기이한 것이 사실이었다.

이 상황 전체가 기이했다. 폭스에게 이 일을 설명할 때에도 몇 가지는 모호하게, 설명하지 않은 상태로 남겨두었다. 그러나 변호사에게는 그런 방식이 통하지 않을 것이다. 이 일은 상당히—벨맨은 눈살을 찌푸렸다— 기이하게 보일 것이다.

그는 자신이 써놓은 것을 처음부터 끝까지 읽어보았고 종이를 잘게 찢어 쓰레기통에 버렸다. 더 잘 쓸 방법이 있을 것이다. 내일 해야지. 정신이 맑을 때.

10

　장장 열두 달이 넘도록 하루에 인부 백 명을 동원한 거대한 괴물
의 준공현장은 항상 분주했다. 하나씩 돌을 쌓아가면서 건물의 골
격이 지상에서 우뚝 솟아올랐다. 유리공들이 거대한 유리판을 조
심스럽게 들고 다니며 뚫려 있는 괴물의 안구를 채웠다. 건물의 골
격을 따라 이 사업의 생명의 원천, 즉 돈을 나르는 동맥들이 설계
되었다. 현금통은 어느 판매대에서건 벽감에 넣을 수 있었다. 벽감
문이 닫히는 순간, 공기압수송관을 통해 현금통이 건물 심장부에
있는 회계사의 사무실로 신속하게 옮겨지고, 그곳에서 계산원이
지불액에 대한 영수증을 발행하고, 영수증은 같은 방식으로 고객
에게 전달된다. 그동안 상점 직원들은 고객에게 연민과 위로의 말
을 건넬 수 있다. 현금을 다루면서는 자연스럽게 할 수 없는 일이
라고, 벨맨은 생각했다. 두 번째 혈관은 이 모든 것을 환히 밝혀줄
가스를 수송하기 위한 것이었다. 골격들과 동맥들 위에는, 그것들
을 가리기 위해, 소목장이들이 마호가니 돈을패널을 얇게 붙여놓
았다.

벨맨은 이 모든 것을 보았다. 흡족했다.

마침내 점포 설계업자들이 오는 날이 되었다. 그들이 할 일은 이 괴물에 상점의 느낌을 가미하는 것이었다. 영업장에는 카운터와 선반, 찬장, 서랍, 진열장, 진열대를, 2층에는 책상과 파일 캐비닛을, 3층에는 재봉사들의 작업대를, 다락방에는 재봉사들을 위한 작은 침실들을, 지하에는 발송을 위한 선반과 작업대, 접대 공간과 들어오는 물품들을 받고 저장하는 공간, 그에 따른 사무실을 들였다.

같은 날 건물 밖도 부산스러웠다. 장관을 구경하는 행인들이 작은 무리를 이루고 서 있었다. 모두의 시선이 정문 위의 플랫폼으로 쏠렸다. 마치 대단한 조각이나 기념비가 베일을 벗기 직전인 듯 주위는 기대감으로 가득했다. 특별히 놀라운 일이 기다리는 것도 아니었다. 상점 창문에 이미 벨맨&블랙이라는 명패가 있기 때문이었다.

18피트(5.5미터) 상공, 세 남자가 플랫폼 위에 서 있었다. 한 명이 바닥에 있는 동료에게 "위로! 위로! 위로! 천천히! 이쪽으로! 천천히!"라고 소리치고, 천으로 포장되고 끈으로 묶여 실제 모양은 추측만 가능한 묵직한 물건이 끌어올려졌다. 그 물건은 줄에 안정적으로 매달려 있었다. 매달려 있는 높이와 바로 옆에 있는 유리창에도 아랑곳 않고 그 물건이 밧줄 끝에서 천천히 흔들렸다. 아래쪽에서는 사람들이 도르래를 조종하고, 위쪽에서는 팔을 뻗어서 그 무게를 받치며 플랫폼 위로 올리기 위해 방향을 맞추었다. 천으로 감싼 또 하나의 형체가 공중으로 올라갔고, 그다음엔 세 번째 물건이 올라갔다. 그다음에는 플랫폼 위가 부산스러워졌다. 밧줄을 풀고, 천을 벗겨내고, 포장지를 제거했다.

벨맨은 목을 길게 빼고 쳐다보았다. 마음을 가라앉힐 무언가가 필요해서 외투에 내려앉은 지푸라기를 털었다.

이번에는 그의 곁에 서 있던 서 있던 폭스가 소리를 질렀다. "왼쪽! 다시! 멈춰!"

폭스가 그를 쿡 찔렀다. "어떠세요? 이 정도면 되겠죠?"

벨맨이 위를 보았다. 간판의 크기와 비교되어 왜소해 보이는 일꾼들이 그가 제대로 볼 수 있도록 옆으로 물러섰고, 드디어 간판이 모습을 드러냈다. 그의 이름 첫 자와 블랙의 이름 첫 자가, 꾸불꾸불한 앰퍼샌드 수갑으로 연결되어 있었다. 간판의 은이 햇살에 반짝였고 사람들이 박수를 쳤다.

더 밝을 거라고, 덜 딱딱해 보일 거라고, 그들은 말했다.

이번에는 마음의 준비가 되어 있었다.

"됐어." 그가 폭스에게 짧게 말했다. "좋아."

사람들 중 몇 명이 상점에서 시선을 거두고 그를 보았다.

"벨맨 씨네요, 저기 저분." 누군가가 말하는 소리가 들렸다. "벨맨 씨 본인이에요."

또 다른 목소리가 들려왔다. "그럼 블랙 씨는요? 그분은 어디 계시죠?"

벨맨은 플랫폼 위에 있는 일꾼들을 향해 감사의 손짓을 한 뒤 입구 쪽으로 서둘러 걸었다.

"화환 위치는 안 보시려고요?" 폭스가 그의 뒤를 쫓아왔다. 플랫폼 안쪽에서 상자 몇 개가 설치를 기다리고 있었다. 벨맨은 오늘 아침 그 상자들을 확인했다. 상자들은 은색 백합 한 다발과 금박을 입힌 담쟁이덩굴 잎사귀 장식들로 가득 차 있었다.

"자네가 봐주게. 난 작업이 끝나면 와서 볼 테니."

그러나 그날은 바쁜 날이었고 그는 시간을 내지 못했다. 벨맨은 동시에 여러 곳에 있을 수는 없었다. 그런 건 중요하지 않았다. 그의 직원들은 자신들이 할 일을 알고 있었고, 폭스가 현장에 있었다. 어쨌든, 언제나 내일은 있는 법이었다.

11

인부들이 사다리에서 중심을 잡으며 가스등을 달았다. 그들은 사람들의 귀에 대한 일말의 연민도 없이 망치로 못을 때려박았다. 아귀가 안 맞는 창문 틈으로 빗물이 새어든 자리에는 사포질을 하고 페인트를 새로 칠했다. 지하실에 있던 매트리스들을 꼭대기 층까지 끌고 가서 재봉사들이 잘 곳을 마련했다. 계단에 웅크리고 앉아 양탄자 누름쇠의 고정 장치를 설치할 위치를 표시했다. 연장과 사람과 물건들이 사방에 널려 있었고, 필요할 때 자기 끌이 어디 있는지 아는 사람이 아무도 없었다. 폭스는 동시에 모든 곳에 나타나, 고개를 끄덕이고, 점검하고, 할 일들을 지워나갔다.

벨맨&블랙의 성대한 개업식이 이 주 앞으로 다가왔다. 그날이 오기 전에 할 일이 천 가지는 되었고 모든 것이 동시에 이루어지고 있었다.

이러한 혼란으로도 모자라서, 상점 안에는 아가씨들도 있었다. 오늘은 재봉사 면접을 보는 날이었다. 상점 옆문으로 도착한 그들은, 망치질하고, 두드리고, 재고, 나르고, 고함 지르고, 욕이 난무하는 홀 안으로 들어섰다. 페인트와 광택제 냄새가 진동했다. 여자들은 톱밥과 페인트가 묻지 않도록 조심스럽게 치맛자락을 들고 걸었다. 여자들이 가는 길에 수많은 장애물이 놓여 있었다. 말아놓은 카펫, 널빤지, 문틀. 그러나 남자들은 얼마든지 아가씨들의 허리를 잡아주고 안아서 건너주었다. 매트리스를 운반하는 남자들이 여자들에게 차례로 윙크했지만—사랑스러운 아가씨, 당신한테 가장 폭신한 매트리스를 드릴게요!— 대부분의 여자들은 일자리를 구하는 데 골몰한 나머지 그들의 추파에 응하지 않았다.

다른 아가씨들처럼 예쁘고 날씬한 한 아가씨가, 창백한 얼굴로 머뭇거리고 있었다. 소음과 활기찬 분위기가 고통스럽게 느껴지는지 그녀가 움찔거렸다. 수많은 인부들 틈을 헤치고 들어가야 한다는 사실을 깨닫고 그냥 돌아서려는 순간, 아버지 같은 마음이 들었던 마음씨 따뜻한 소목장이가 말을 건넸다.

"이쪽이에요, 아가씨. 저 문으로 들어가시면 돼요."

그녀는 남자에게 고맙다고 말했지만 속으로는 그의 친절이 유감스러웠다. 이제 어쩔 수 없이 들어가야 했기 때문이었다.

"잡아먹기야 하겠어요?" 남자가 그녀에게 말했고 그녀는 유령 같은 미소를 지으며 고맙다고 말했다.

이 모든 분주함과 추파들의 한복판에 벨맨이 있었다. 검은 슈트 차림의 어두운 남자가 매장 안을 거닐고, 그가 움직이면 둥글게 그를 둘러싼 무리도 함께 움직였다. 그의 오라의 범위 안에 있는 사람들은 진지하게 일했고, 수다와 장난은 없었다. 심지어 여자들조차도 그의 근처에 오면 분위기가 달라지는 것을 감지했다. 여자들은 그를 보지 않을 수 없었고 그들의 눈에는 감탄과 놀라움이 깃들었다.

그가 1층을 가로질러 홀연히 사라지자—그는 마호가니 벽을 통과했다. 혹은 통과한 것처럼 보였다— 창백한 아가씨가 자신을 도와준 남자를 돌아보았다.

"저분이 블랙 씨인가요?"

"벨맨 씨예요. 블랙 씨는 구경도 못 했어요."

여자는 면접 장소인 사무실 공간으로 향했다. 하급 사원들의 공동 사무실이 면접 대기실로 지정되었다. 사무실에 아직 책상은 없었다. 대기 장소에는 남자들이 없었고 입술을 꼭 다문 여자가 새로 오는 사람에게 이름을 묻고 그 이름을 목록에서 확인했다. 재봉사들은 자세를 가다듬었다. 민첩한 손가락이 모자 밑으로 머리카락을 집어넣었다. 이것은 중대한 일이었다. 벨맨&블랙에서는 높은 임금을 제시하고 있었다.

얼마 후 사무실 한쪽 끝에 달린 문이 열렸고, 너무도 깔끔하게 머리를 정돈한 중년의 여자가 모습을 드러내는 순간 소곤거림이 일제히 멈추었다.

그녀는 짙은 검은색의 티없이 깔끔한 옷차림이었고 단정함 외에는 그 어떤 치장도 하지 않았다. 재봉사들은 자신에게도 그런 단정함이 요구된다는 사실을 바로 이해했다.

그녀의 동료가 명단을 넘겼고 그녀가 첫 번째 이름을 불렀다. 여자들 중 한 명이 손을 들었다.

"들어오시겠어요?"

그들 뒤로 문이 닫혔고, 면접이 시작되었다.

벨맨은 직원용 계단을 이용하여 2층으로 올라갔다. 복도에서 새로 칠한 페인트 냄새가 났고 그는 옷이 벽에 닿지 않도록 주의했다. 매장의 다른 부분들과 마찬가지로 이곳도 아직 마무리가 되지 않았다. 그의 책상을 들여놓았고 이미 사용하고 있지만, 아직은 제자리를 찾지 못하고 있었다. 문구용품 상자들이 한쪽 구석에 쌓여 있었고, 커다란 코르크 게시판이 벽에 기대어 있었다. 벽에 걸 그림으로 보이는, 종이로 포장된 직사각형 모양의 물건들은 끈으로 묶어 '취급주의'라고 써놓았다.

어제 저녁 급하게 창문에 덧문을 설치했다. 벨맨은 덧문을 사분의 삼 정도 닫아놓았다. 어둑어둑한 상태에서 그는 게시판을 삼십 센티미터쯤 옆으로 옮겼다. 그는 그 뒤의 마호가니 패널 벽을 더듬어서 그림 거는 고리의 위치를 확인하고 앞으로 당겼다. 마호가니 벽 한 칸이 수월하게 떨어졌다.

벨맨은 조그만 구멍에 눈을 댔다. 뛰어난 수석 재봉사인 챌크래프트 씨의 옆모습과 면접에 임한 재봉사의 얼굴이 거의 정면으로 보이도록 면접용 책상이 배열되어 있었다.

"전에 어디서 일하셨나요?" 챌크래프트 씨가 물었다. "거기 얼마나 계셨죠? 어떤 작업물을 보여주실 수 있죠?"

면접이 진행되는 동안 벨맨은 주머니에서 노트를 꺼내 기록을 했다. '1번 지망생'이라고 썼다. 그녀의 대답을 듣고 태도와 표정을 관찰했다. 업무 적합성에는 7점을 주었다. 세 번째 항목, 기술적 능력은 공란으로 남겨두었다. 챌크래프트 씨가 판단할 것이다. 네 번째 항목은 잠시 생각해보아야 했다. 그가 기입할 숫자는 보다 파악하기 어려운 자질을 반영하기 위한 것이었다. 재봉사들이 항상 사람들 눈에 띄지 않고 위층에서만 일하는 것은 아니었다. 때로는 고객의 집에 가서, 그들의 치수를 재고 그 자리에서 옷을 만들어 며칠 내에 가족 전체와 하인들에게 상복을 입혀야 했다. 회사를 대표하여 초상이 난 집으로 들어가려면, 적어도 몇 명은 그가 이미 벨맨&블랙의 자질이라고 생각해둔 특별한 무언가를 지니고 있어야 했다. 누구나 슬픔으로 들썩이는 가슴에 줄자를 대고 치수를 잴 수 있는 것은 아니었다. 비탄에 잠긴 부인들에게 크레이프를 대고 핀을 꽂으려면 섬세하고 눈에 띄지 않게 움직일 수 있어야 했다. 딱히 정의내리기 힘든 자질이었지만 벨맨은 자신이 보는 순간 알아차릴 거라 생각했다. 챌크래프트 씨는 바로 이 결정적인 자질을 증명할 수 있는 개인적인 질문을 하라는 지시를 받았다. 그것이 바로 마지막 항목의 내용이었고 1번 지망생은 그 자질을 갖고 있지 않았다. 그는 0점을 주었다.

벨맨은 점수를 매기는 데 있어 신속했으며 주저하지 않았다. 한 명 또 한 명, 그는 각 항목에 점수를 매겼다. 면접자를 바라보며 귀를 기울이는 동안 한편으로는 다른 문제들을 생각했다. 고가의 물건을 파손하여 폭스가 현장에서 해고한 유리업자가 동료의 연장을 훔쳐 달아나는 것으로 복수를 했다. 어쩌면 그 사람이 하는 변명일 수도 있었다. 그들이 배송 책임자로 채용한 사람은 아직도 나타나지 않았다. 뭐가 문제인가? 공사가 어느 정도 정리되어가니, 이젠 사람들이…….

면접실의 무언가가 그의 시선을 끌었다.

9번 지망생이 얘기를 하고 있었다.

"……너무 갑작스러운 일이었어요. 전혀 예상을 못하고 있었죠. 아무 문제가 없었는데…… 그러다가 갑자기…….."

마치 애원하는 듯한 몸짓으로, 그녀가 한 손을 들었다. 마치 누군가를 부르는 것처럼, 혹은 그녀의 손이 닿지 않는 곳으로 떠나가는 무언가를 잡으려는 것처럼. 관찰 구멍에 대해서는 알 리가 없는데도, 그녀의 손이 정확히 그의 방향으로 향했고, 벨맨은 그녀가 자신에게 손을 뻗는 것 같은 느낌이 들었다. 그녀의 표정에 그리움이 적나라하게 드러났다. 떠나버린 그 사람이 언제든 다시 그녀에게 돌아올지도 모른다는 듯. 그녀의 손끝이 허공을 움켜쥐었다. 잠시 침묵이 흘렀다. 그녀가 손을 거두어 무릎 위에 올려놓고 눈을 감았고, 다시 눈을 떴을 때 그녀의 서글픈 시선은 자신의 상실을 체념하고 받아들였다.

영리한 챌크래프트 씨는 그녀에게 조의를 표하기 위해 완벽하게 계산된 시간 동안 잠자코 있다가 그녀에게 물었다. "작업물 좀 볼 수 있을까요?"

두 여자가 9번 지망생이 들고 온 작업물 위로 머리를 맞대었다.

벨맨은 기록을 하면서 연장을 훔쳤을 수도 있는 인부와 이야기를 나누어보기로 결심했다. 인부들이 술을 마시려고 연장을 팔고 도둑맞았다고 우기기도 한다는 얘기를 들어서 알고 있었다. 벨맨 앞에서는 거짓말로 우길 수 없을 것이다. 그가 다시 관찰 구멍에 눈을 대보니 10번 지망생이 앉아 있었다.

처음 열두 번의 면접이 끝나자 벨맨은 미리 약속한 대로 연결문을 통해 면접실로 들어갔다. 그는 챌크래프트 씨와 의논을 했고 두 사람의 생각이 비슷하다는 것을 알았다. 두 사람은 면접한 여자들을 차례로 훑었다. 어떤 여자들은 바로 탈락시켰다. 챌크래프트 씨는 굵은 선으로 그들 이름에 줄을 그었다. 다른 여자들이 바로 후보에 올랐다. "합격?" 그가 물었다. "합격." 그녀가 대답했다. 최종 명단에 큼직한 체크 표시가 쳐지면서 합격자가 결정되었다. 때로는 토론이 이어졌다. 챌크래프트 씨는 작업물을 보았지만 그는 보지 않았다. 두 사람은 신중히 생각했고, 평가했고, 비교했고, 대조했으며, 0.5초 내로 이름이 지워지거나 체크 표시가 되었다.

"9번." 챌크래프트 씨가 선언했다. "전 대체로 5점을 주었어요. 벨맨&블랙 같은 큰 회사에서 일한 경력이 없어서요."

벨맨도 그녀에게 5점을 주었다.

"작업물은요?"

"아주 깔끔해요. 그런데 우리가 원하는 속도로 일을 할 수 있는지는……."

챌크래프트 씨의 펜이 허공을 맴돌며, 그녀의 이름을 지울 준비를 했다.

벨맨은 그녀에게 상을 당한 집에 갈 자격을 부여하는 보기 드문 자질에 대한 점수를 매기지 않았음을 깨달았다. 적절한 연민을 표현할 수 있는 사람. 이제 막 사별한 사람에게 존재 자체만으로도 위로가 되는 사람. 적어도 고통을 주지 않는 사람. 벨맨은 그런 여자의 모습을 그려보았다. 뚱뚱한 여자여야 할까? 갈색 곱슬머리 여자여야 할까?

그는 반쯤 들었던 손, 고통, 그리고 스스로를 위로할 줄 아는 능력을 떠올렸다.

"이 사람을 한번 써봅시다." 그가 말했다.

명석한 챌크래프트 씨는 놀란 기색을 내비치지 않았다. 벨맨이 그녀의 상사였다. 그녀의 연필이 오른쪽 페이지로 움직여 체크했다.

12

폭스 탓이었다. 그는 15일에 완공되기를 바랐지만, 도전하고 싶은 마음을 억누를 수 없었던 폭스는 14일에 완공을 하고 말았다. 그래서 결국 쓸데없이, 오늘 하루가 비었다.

벨맨은 심기가 불편했다. 깨어나기 전부터 그랬다. 그는 거울 앞에 서서, 면도솔에 비누를 묻히고는 얼굴에 시커멓게 돋아난 검은 점들을 보았다. 흰 눈 한 움큼을 턱에 바르고 면도칼을 들었다. 대체 뭐가 문제인가?

준비는 끝났다. 벨맨&블랙은 내일 직원들을 맞이할 준비가 되었다. 거대한 엠포리엄 공사 총책임자로서 벨맨의 역할은 끝났고 기업 경영자로서의 삶은 아직 시작되지 않았다. 그의 삶은 두 개의 삶 사이에 놓여 있었고 이런 중간지대에 걸쳐 있는 상태가 그는 영 불편했다. 오늘이 내일이었으면. 여덟 시 정각이 되기 전에 옆문이 열리고 직원들과 판매 여직원들과 부서장들과 재봉사들과 수리공들과 도어맨과 마부들과 짐꾼들과 현장 관리자들과 배달원들이 밀려들 것이다. 그는 내일 이 모든 일들의 중심에 있을 것이고, 하루 종일 질문에 답하고, 상점의 생명을 유지하기 위해 보이지 않는 난관들을 타개할 것이다. 그는 완전히 몰입할 것이다. 그러나 그것은 내일의 일이다.

문제는 오늘이었다.

오늘 그에게는 해결할 난관이 없었다. 모든 것이 반듯하고 준비되고 정돈되었다. 마룻널에는 못질을 했고, 모든 자물쇠에 기름을 쳤고, 모든 유니폼을 다림질했다.

폭스에게는 문제될 것이 없었다. 그는 오늘 무얼 하려나? 보나마나 일이 끝난 것을 축하하겠지. 친구들과 함께 있을 것이다. 어쩌면 가족들과 함께 있을 수도. 벨맨은 폭스에게 가족이 있을 거라고 확신했다.

벨맨은 거울 속 자신과 눈을 맞추었고 자신을 바라보는 눈빛에서 불편한 무언가를 보았다. 그는 얼른 시선을 거두었다.

잊은 게 있나? 그를 괴롭히는 불안감에는 그런 종류의 무게와 밀도가 있었다. 그러나 그는 결코 잘 잊어버리는 사람은 아니었다.

코 옆의 하얀 거품에서 진홍색 꽃이 피어났다. 조그만 점을 잘못 건드렸군, 젠장.

벨맨은 아침식사를 했다. 불필요한 편지들을 썼다.

도라가 잠깐 런던에 와 있었지만 깨우고 싶진 않았다. 어제 이곳으로 오느라 피곤할 것이다.

그는 노트를 뒤적였다. 최근 몇 주간의 모든 목록들의 모든 항목에 체크되어 있었다. 벨맨은 안도했지만 여전히 불안했다. 오늘은 책상 앞에 앉아 있을 수 있는 날이 아니었다.

도라가 일어났다는 얘기를 듣고 벨맨이 화실로 올라갔다. "내가 그동안 내가 너무 바빴구나. 미안하다."

"아버진 제가 태어난 이후 항상 바쁘셨어요. 이젠 저도 익숙해졌어요."

"앞으로도 당분간은 바쁠 거야. 그 어느 때보다도."

"당연히 그러시겠죠."

그녀는 망원경으로 맞은편 나무 꼭대기를 바라보고 있었다. 이렇게 앉아서 딸과 이야기를 나누어도 좋을 것 같았지만, 딸에게 무슨 얘기를 해야 할지 알 수 없었다. 죽음의 사업으로 너무 바쁘게 지내느라 평범한 대화를 나누는 법을 잊었다.

봄은 어느덧 여름으로 향하고 있었지만 점심식사를 하러 가는 길에 본 하늘에는 구름이 끼어 있었다. 그는 신문을 읽었다. 여가! 사람들은 그걸 왜 그렇게 좋아하는가? 여가는 그의 심기를 불편하게 할 뿐이었다.

다섯 시가 되자 더 버틸 수가 없었다. 그는 벨맨&블랙으로 가서 묵직한 열쇠를 자물쇠에 넣고 돌렸다. 자물쇠 안에서 매끄럽게 돌아가는 열쇠가 그의 짜증을 조금 누그러뜨렸다. 육중한 문이 무겁게 돌아가며 열렸고, 벨맨은 지나가는 행인들의 호기심 어린 시선을 느끼며 안으로 들어갔다.

모든 것이 고요했다. 모든 것이 숨죽이고 있었다. 가려진 1층 창문들은 이른 황혼을 드리웠다. 벨맨은 위에서 빛이 들어오는 아트리움의 중앙으로 향했다. 이 건물에 백 번도 더 들어와 둘러보고 토론하고 서명하고 문제를 해결하고 논란을 해결했다. 언제나 소음과 목소리, 장비들이 있었다. 이곳에서 그는 늘 목적이 있었고, 그래서 상점은 부분적으로만 의식되었다. 그러나 오늘, 이곳에 홀로 정적 속에 있자니 그의 왕국이 한눈에 들어왔다.

그는 계단을 내려갔다. 난간의 매끄러움은 이미 확인했고, 카펫

이 샘플과 같은지도 확인했다. 오늘 밤에는 이런 세세한 것들에서 기쁨을 느끼고 이 모든 것이 그가 의도한 바와 얼마나 정확하게 일치하는지에 감탄하기만 하면 되었다. 벨맨은 자신의 여정을 계속했다. 수시로 만족스럽게 고개를 끄덕였다. 여기는 보석 진열장, 여기는 장갑을 넣는 서랍장, 벌거벗은 흉상 마네킹에는 곧 망사와 칼라, 어깨걸이가 걸쳐질 것이고, 여기는 원단을 비교해볼 수 있는 벽걸이 선반들, 여긴 현금을 보관하는 벽감이 딸린 계산대, 서랍 안에는 주문을 받는 장부…… 여긴 우산, 여기는 신발……. 모든 것이 완벽하게 준비되었고 그래서 무언가를 잊은 기분이 드는 것이 더욱 이상했다.

다시 한 층 위로. 이제 일반인에게 노출된 공간을 떠났다. 이제 마호가니 패널벽은 없었다. 높은 천장과 거대한 창문도 없었다. 이곳은 무대 뒤편이었다. 종이와 잉크와 돈의 구역. 이곳에 있는 방 하나가 공기압수송관의 심장부였다. 방마다 책상이 하나씩 있었고, 책상마다 잉크와 빈 영수증과 압지가 있었다.

챌크래프트 씨가 재봉사들을 면접할 때만 해도 거의 비어 있던 직원용 사무실에는 이제 책상들이 줄 맞추어 놓여 있었다. 그가 그 중 한 책상에 앉았다. 그의 눈이 패널 벽의 관찰 구멍 자리로 향했다. 아무것도 보이지 않았다.

그는 재봉사의 자리에 앉아, 그녀가 했던 것처럼 보이지 않는 지점을 향해 손을 뻗어보았고, 그의 손가락을, 그의 팔을 유심히 보았다. 잡으려고 손을 뻗었지만…… 무엇을? 손가락에 아무것도 걸리지 않았다. 그의 손이 허탈하게 무릎에 내려앉았다. 그는 당혹감에 고개를 저으며 같은 동작을 반복했다. 마치 그것이 그가 미처 파악하지 못한 기계의 원리라는 듯이. 몇 번의 시도 끝에 그는 고개를 저으며 사무실을 나섰다.

그의 사무실이 오직 그만을 기다리고 있었다. 필요 이상으로 넓은 공간이었다. 건축가에 의하면, 강렬한 인상을 심어주기 위해서라고 했다. 벨맨은 어깨를 으쓱했다. 그는 강렬한 인상을 심어주기 위해 사무실의 면적에 의존한 적이 없었고, 그 자신 역시 사무실의 크기에 강렬한 인상을 받아본 적이 없었다. 사무실을 분할하면 어떨까. 그는 사무실에서 곁방을 들여다보았다. 그의 비서가 일을 하며 벨맨을 찾아온 사람들을 통제하는 곳이었다. 사무 공간의 마지막 방은 오직 금고만을 보유하고 있었고, 금고가 공간의 삼분의 일을 차지했다. 금고의 크기 역시 벨맨에게 강렬한 인상을 심어주지 않았다. 비어 있을 때는 그럴 수 없었다. 그는 암호를 입력하고 금고 문을 열었다가, 다시 닫았다.

다시 한 층 위로 올라갔고, 일반인에게 공개된 장소에서 점점 더 멀어졌다. 벨맨&블랙의 은밀한 영역으로 점점 더 깊숙이. 세 번째 층은 재봉사들의 작업 공간이었다. 건축가는 이렇게 전망이 좋은 층을 왜 재봉사들에게 주느냐며 말렸지만 벨맨이 고집을 부렸다. 옷을 만드는 여자들이 바느질을 하려면 마지막 햇살 한 자락까지 써야 했다. 고도가 높아질수록 돈을 더 벌 수 있었다. "나한텐 2층 구석자리만 있으면 돼요." 벨맨이 그에게 말했다. "가스등 아래서도 돈은 얼마든지 셀 수 있으니까요."

벨맨은 재봉사들의 작업 공간이 마음에 들었다. 그는 여섯 달 전 챌크래프트 씨에게 고급 여성복에 대해 꼬치꼬치 묻던 기억을 떠올리며 미소 지었다. 그녀는 재봉사들이 일하는 모습을 보여주었다. 그는 바늘, 골무, 가위, 실을 직접 다루어보았다. 바늘에 실을 꿰는 법을 배웠고—그가 예상했던 것보다 백만 배는 더 힘들었다― 자투리 천에 몇 땀 꿰매어보기도 했다. 처음엔 창가에서, 그 다음엔 어두운 곳에서. 영리한 챌크래프트 씨는 놀라움을 감출 수 없었다.

"직접 해보지 않고서 재봉사들에게 뭐가 필요한지 어떻게 알겠어요, 챌크래프트 씨?" 그가 물었다. "재봉사들에게 가장 큰 창문들을 내어줄 생각입니다. 해가 저물기 시작하면 검정 원단은 꿰매기 힘들어지니까요. 일어서서 돌아다닐 시간과 공간도 마련해줄 생각이에요. 그러면 오랜 시간 몸을 숙이고 있어서 목이 욱신거릴 때 실이 떨어지고 바늘을 잃어버린 척하지 않아도 되겠지요. 그렇게 해야 벨맨&블랙에서 일하고 싶을 거예요. 무엇이 일을 수월하게 하고 무엇이 힘들게 하는지 우리가 이해하니까요. 그러면 낭비되는 시간도 줄고 바늘도 덜 잃어버리겠죠."

벨맨은 재봉사 중 한 명을 떠올려보았다. 그녀가 9번 지망생이라는 사실을 딱히 의식하진 않았다. 그리고 그녀가 내일 재봉사의 작업실에 처음으로 도착해 모든 것이 빈틈없이, 실용적으로 갖추어져 있는 것을 보고 감탄하는 상상을 했다. 넉넉하게 빛이 드는 긴 작업대에는 경사진 나무 칸막이가 개인 재봉 공간을 구분하고 있었다. 작업대마다 고리에 가위들과 바늘과 실과 골무를 두는 선반들이 있었고 장식용 수술과 리본을 보관하는 서랍이 있었다.

좋아. 그가 고개를 끄덕이며 미소 지었다.

그가 몇 달 동안 마음속에 품어온 것들이 너무도 정확하게 실현된 것을 보고 있자니 마음이 편안해졌다. 오직 그의 상상 속에서만 존재하던 것들이 이제 실체를 갖게 되었다. 이것이 바로 그가 잘 잊어버리는 사람이 아니라는 증거였다. 그는 거기서 위안을 얻으려 했다. 불편한 기분을 뒤로 밀어두려 했다.

또 한 층 위로. 빛의 우물을 중심으로 재봉사의 침실들이 배열되어 있었다. 그는 아무 방이나 들어가보았다. 모든 방이 똑같았다. 처마 밑으로 경사진 벽에 조그만 창문이 나 있는 좁은 방이었다. 얇은 매트리스가 깔린 침대는 벽에 붙여두었다. 문에 달린 고리에 검은 드레스를 걸어놓게 되어 있었다. 서랍장 하나. 주전자 한 개와 그릇 한 장. 이 정도면 넉넉한 크기인가?

그는 방 안에 있는 재봉사를 그려보았다. 고분고분한 마리오네트처럼, 9번 지망생이 세면대 앞에서 세수를 하고 있었다. 그녀가 머리카락을 고정한 핀을 풀었다. 갈색 곱슬머리였던가? 어쨌든 지금은 갈색 곱슬머리이다. 그녀가 침대에 걸터앉아 신발을 벗더니, 침대에 드러누웠다.

좋아, 이 정도면 괜찮겠어. 그가 판단했다.

9번 지망생은 그가 일어나라고 하거나 옷을 벗으라고 하거나 검은 드레스를 벗어 문 뒤의 고리에 걸어두라고 하는지 보려고 기다리는 듯, 계속 침대에 누워 있었다. 그녀가 그의 얼굴을 유심히 보았다. 그녀는 검은 드레스 속에 매혹적인 몸매를 갖고 있었다. 어쩌면 그의 마음이 불어넣은 생각일 수도 있지만. 그녀의 눈이 애틋하게 그를 바라보았다. 그녀가 입술을 벌렸다. 마치 무슨 말을 하려는 듯…… 그를 유혹하려는 듯…….

그러다가 느닷없이 태도를 바꾸더니, 그를 향해 한 손을 애절하게 뻗었다. 마치 잃어버린 무언가를 잡으려는 듯, 영원히 닿을 수 없는 무언가를 잡으려는 듯. 그녀의 눈에 눈물이 고였고 예쁜 얼굴이 슬픔으로 일그러졌다.

벨맨은 뒤로 물러나 9번 지망생의 방문을 닫았다. 4층 층계참에 있는, 눈에 띄지 않는 문을 열고 나가면 마지막 계단이 나왔다. 거친 나무 계단은 오직 두 가지만 있는 공간으로 가파르게 이어졌다. 바로 돔의 유리 천장을 올리는 유압식 레버와 보수를 위해 지붕으로 올라가는 해치 문이었다. 벨맨은 계단을 올라가 맹꽁이자물쇠를 열고 해치 문을 밀었다. 지붕에 올라서는 순간 뒤로 젖힌 그의 얼굴에 빗방울이 흩뿌려졌다. 지붕 한복판에는 팔각형 모양의 커다란 판유리가 있었다. 그는 팔각형의 가장자리에 웅크리고 앉아 리지 앤드 퍼로 방식으로 깔끔하게 연결된 유리를 감상했다. 멋지게 완성되었다. 제아무리 빗줄기가 오랫동안 두드려도 물이 새지 않을 것이다. 유리 밑으로는 세로로 수십 미터의 수직 낙하공간이 펼쳐져 있었지만, 어둠 속에서 그의 아트리움은 투명하지 않았고, 오히려 사물을 반사했다. 저 밑의 깊이는 보이지 않았고 오직 황혼의 하늘을 거울처럼 비추는 빗방울만 보였다.

벨맨은 일어섰고 돌아서서 비를 보았다. 그리고 그 뒤로, 구름 사이로 모습을 드러내기 시작하는 별들을 보았다. 그는 흡족한 한숨을 들이쉬었다가 내쉬었다.

폭스는, 화창한 날이면 동쪽으로는 그리니치, 서쪽으로는 리치먼드까지 보인다고 말했다. 벨맨은 클러큰웰과 켄싱턴까지만 볼 수 있었다. 그는 눈을 찌푸리며 유심히 보았다. 그리고 시계를 꺼내보았다. 벌써 여덟 시라니! 어쩐지. 시간이 언제 이렇게 흘렀지? 그래도 북쪽으로는 솟아오른 프림로즈 힐이, 남쪽으로는 새로 지은 국회의사당 건물의 윤곽이 보였다. 그 뒤로도 도시가 죽 뻗어 있다는 것을 그는 알고 있었다.

런던은 얼마나 광활한가. 런던의 주택과 상업과 인구는 얼마나 규모가 큰가. 이 도시의 살아 있는 영혼 중, 적어도 그의 눈에 보이는 영혼 중, 언젠가 벨맨&블랙에서 제공하는 제품과 서비스를 필요로 하지 않을 영혼은 없었다. 그는 먼 곳을 보며, 천천히, 모든 방향으로 돌았다. 어두워지는 하늘에서 새들이 급강하며 자맥질했고, 그들 밑으로는 웅장하거나 소박하거나 빈곤한 주택들의 거리가 펼쳐져 있었다. 저 집들 중 어느 집에서, 이를테면 리치먼드의 어느 집에서, 지금 이 순간 누군가가 재채기를 하고 있을 것이다. 메이페어에서 누군가가 몸을 떨고 있을 것이다. 스피탈필즈에서 상한 굴이 누군가의 목을 넘어가고, 블룸즈버리에서 누군가가 술을 한 잔 더 마시면서 그 한 잔이 마시지 말았어야 하는 한 잔임을 증명할 것이고……. 아, 끝이 없었다. 그러나 그들은 걱정 없었다. 그들이 오늘 아프고 내일 죽는다 해도, 목요일이면 벨맨&블랙이 문을 열 테니까. 이것은 실패할 수 없는 사업이었다.

바로 윌리엄 벨맨이 이 위대한 동력을 창조했다. 이것은 그의 사업이었고, 내일이면 그의 직원들이 이 사업의 스토브에 넣는 석탄이 되고, 물레바퀴를 돌리는 물이 되어서, 고객이 밀려들기 시작할 것이다. 그러면 그의 기계가 그들에게서 돈을 뽑아내고, 잔돈을 거슬러주고, 그들의 돈이 나간 자리가 위로로 채워지는 동안, 그들의 주머니는 가벼워지고 마음도 가벼워질 것이다. 그가 해냈다. 이것은 그의 엠포리엄이었고, 그 이름은 바로 벨맨&…….

그의 손이 떨렸다. 무언가 잊은 게 있었다. 지금보다 더 확신이 든 적은 없었다! 그의 배 속에서 깃털이 팔랑거리고, 가슴속에서 소용돌이가 일었다. 어쩌면 기억이 날 것도…….

빗줄기가 그의 등을 더 세게 때렸다. 어깨에서 축축한 한기가 느껴질 무렵, 그의 머릿속에 하나의 장면이 떠올랐다. 저 아래, 건물 맞은편, 일 년 전 그가 빗속에서 서 있었던 그 자리. 그는 공기와 물로 건물을 지었었다.

그때 돌멩이가 하나 있었는데?

새? 보라색과 초록색과 파란색으로 반짝이던?

묻혔다! 이 엠포리엄의 토대에!

그때 건물의 토대에서 떼까마귀 한 마리가 날아올랐고, 비에 젖은 날개로 상점의 각층을 가로질렀다. 그는 보았다, 바로 그날……

그의 발밑의 건물이 갑자기 안개처럼 실체가 없는 것 같았다. 문득 오직 비와 공기에만 의지한 채 허공에 매달려 있는 것 같은 기분이 들었다.

런던이 그의 주위로 빙글빙글 돌았다. 도시가 거울처럼 깨어져 산산이 부서지며 유리 파편이 흩날릴 때, 지붕선이 비뚤어지면서 지붕 자체가 그와 함께 무너져내릴 때, 그 숨막히는 몰락 속에서 벨맨은 양손으로 머리를 감쌌다. 그는 건물 모서리가 두렵고, 유리 파편이 두려워 절망적으로 무릎을 꿇었다. 건물이 심하게 기울자 잡을 것이 절실했던 그의 손이 지붕의 평평한 납 위에서 미끄러졌다. 눈을 꼭 감았지만 도움이 되지 않았다. 거대한 붕괴가 다가오고 있었다. 위도 없고 아래도 없고, 오직 추락만이 있었다. 추락하면서 그는 토했고, 온 세상이 그의 주위로 미친 듯이 빙글빙글 돌았다. 그는 추락하고 또 추락했고, 그 추락에는 끝이 없었다.

하늘이 검었다.

여전히 비가 내리고 있었다.

벨맨은 훌쩍이는 소리를 들었고, 그것이 자신이 내는 소리임을 깨달았다.

한 마리 새가 있었고, 고대의 검은 새가 그의 엠포리엄 토대 속에 묻혔다.

버티고 있던 손가락이 욱신거렸고, 그는 소리 내어 울었다.

어느 순간, 벨맨은 이런 식으로는 안 된다는 것을 깨달았다. 그는 아팠다. 그는 물러나야 했다. 바느질도구 판매상들에게 가서 새로운 경영자를 찾으라고 말해야 했다.

그는 조심스럽게 한 손을 움직여보았다. 한 발도. 그는 지붕을 기어 해치 문으로 갔다. 몸을 떨고 흐느끼며 나무 계단을 내려오는 동안, 그는 밀려드는 열기와 한기에 압도당했다. 재봉사들의 방에 있는 침대가 절실했지만, 그보다 먼저 자신의 사퇴 소식을 전해야 했다. 계단에서 암흑의 벽이 다시 그를 공격했고, 또다시 현기증을 일으켰다. 그는 여러 차례 주저앉고 쓰러지고 난간을 붙잡으며 겨우 다시 일어서서 걸었다. 평지를 걷는 것도 산에서 내려오는 것만큼이나 고역이었다. 문을 열고 리젠트 스트리트로 나설 때 그의 모습을 누군가 보았다면, 그가 조금 전에 들어갔던 그 사람임을 알아보지 못했을 것이다.

13

한밤중에도 리젠트 스트리트에는 사람들이 있었다. 그들은 일찌 감치 일을 나가는 사람들이거나, 긴 밤을 보내고 집으로 돌아오는 사람들이거나, 아니면 일도 집도 없어서 밤이나 낮이나 휴식이 없 는 사람들이었다. 행인들은 벨맨을 후자로 보았다. 그는 모자도 없 이, 흠뻑 젖은 채로, 시큼한 냄새를 풍기면서, 마치 발아래 닿는 보 도를 믿을 수 없다는 듯 걷고 있었고, 수시로 걸음을 멈추고 벽에 기대어 눈을 감았다. 사람들은 걸음을 재촉하며 그를 지나쳤고, 멀 찌감치 돌아갔으며, 그와 눈이 마주치는 것을 피했다.

벨맨은 한 시간 가까이 그가 알지 못하는 도시를 비틀거리며 걸 었다. 지나가는 사람들이 그를 곁눈질한다는 것을 알고 있었다. 불 규칙한 호흡과 흠뻑 젖은 옷 때문에 그의 모습이 괴상망측할 것이 뻔했고 심지어 공포스럽게 보이겠지만, 그것이 달라진 그의 모습 이었다. 그는 부끄럽지 않았다. 조금도! 왜냐하면 이제 그는 일대 전환점에 서 있었기 때문이다. 한때 그는 모든 것을 가진 사람이었 다. 모든 것과 그 이상을 가진 사람이었다! 그런데 이제 그 모든 것을 내던질 참이었다!

그동안 그토록 힘겹게 일구어낸 모든 것으로부터 도망치고 싶은 것은 왜일까? 이유를 정확히 말할 수는 없었다. 그러나 그는 그렇게 하기로 결심을 굳혔고, 그렇게 할 것이고, 그 이유는, 비록 명확하지 않을지언정 너무도 강력했다.

모퉁이를 도는 순간, 마차에서 내리는 낯익은 모습. 블랙이었다.

벨맨이 멈추어 섰다.

그는 조금도 놀라지 않았다. 희한한 순간 나타나는 것이 블랙의 특징이었다. 평상시에는 거리를 두고 있다가, 벨맨에게 위기가 닥치면 블랙이 나타났다. 이상한 일이지만, 블랙은 그런 사람이었다.

지금 말하지 못할 게 뭔가? 오늘이 다른 날과 다를 것도 없었다. 엠포리엄과 그에 따른 모든 부담을 떨쳐버릴 생각을 하니, 깊은 안도감이 밀려들었다.

블랙은 골목길로 들어섰고 벨맨이 그의 뒤를 쫓았다. 블랙은 이상할 정도로 빠르게 걸을 수 있는 것 같았고, 벨맨도 엄청난 속도로 뒤따라갔다. 골목들과 통로들의 미로 속에서 몇 번인가 그를 놓쳤다고 생각했지만, 매번 그의 모습을 다시 찾았다. 모퉁이로 사라지는 외투 끝자락이라든가, 어둠 속에 반쯤 가려진, 경쾌하게 기울어진 모자라든가.

무진 애를 썼음에도 벨맨은 그와의 거리를 좁힐 수 없는 것 같았다. 블랙은 항상 벨맨의 손이 닿지 않는 거리에 있었다. 그런 식으로 십여 분을 쫓다가 벨맨은 의심하기 시작했다. 그가 본 사람이 과연 블랙이 맞는가? 지금쯤은 당연히 따라잡았어야 하는 게 아닌가?

텅 빈 거리를 바라보면서, 벨맨은 땀을 닦으려고 손수건을 꺼냈다. 문득 자신이 어디에 있는지 모르겠다는 생각이 들었다. 골목은 좁고 거칠어 보였고 어느새 더 어두워져 있었다. 양쪽으로 들어선 집들마다 어두운 문이 달려 있었는데 그중 어떤 것은 반쯤 열려 있었고 그 문 뒤에 어떤 괴한이 숨어 있을지 상상하기란 어렵지 않았다. 어둠 속에서 하릴없이 서성거리는 사람들의 눈에 그가 과연 어떻게 보일까. 낯선 동네임이 분명한 이곳에서 숨을 헐떡이며 떨고 있는 중년의 남자. 길을 잃거나 어두운 골목으로 잘못 들어선 그와 비슷한 사람들은 머리에 달걀만 한 혹이 생기고 지갑과 신발을 빼앗긴 채 발견되곤 했다. 혹은 그보다 더 나쁜 상태로. 그런데 블랙은? 그는 종적을 감추었다.

최악의 상황을 각오하면서, 벨맨은 한숨을 내쉬고는 한 발 또 한 발 내디디며 다음 모퉁이를 돌았다. 그리고 놀랍게도 거기 블랙이 있었다. 그런 옆모습을 어떻게 놓칠 수 있을까! 그는 소녀 혹은 젊은 여자로 보이는 누군가와 이야기를 나누고 있었다.

"블랙!"

남자는 그의 말을 듣지 못하는 것 같았다.

"블랙! 이봐요!"

그리고 다음 순간 블랙은 사라졌고 여자는 길을 따라 그의 방향으로 오고 있었다. 블랙은 아마 바로 뒤에 있던 문으로 들어간 모양이었다.

블랙에게 집적거리더니 다음은 내 차례인가 보군! 벨맨이 생각하며 그녀를 밀쳐낼 준비를 했다. 그러나 두 사람이 가까워졌는데도 그녀는 그에게 말을 걸지 않았고, 심지어 그를 보지도 않았다. 통로가 너무 좁아서 서로 피하기 위해 비켜서야 할 정도로 가까이 다가섰는데도. 그러다가 그녀가 잠깐 그와 눈을 맞추었고 그녀의 얼굴에 놀라움이 스쳤다.

그녀는 재봉사였다. 9번 지망생.

벨맨은 몸을 추스르려고, 그의 얼굴에 단단히 자리 잡은 절망을 반듯하게 펴보려 애썼다.

"블랙!" 그 자신의 목소리였다. "나 저 사람 알아요!" 하지만 그의 목소리는 멀리서 혹은 한참 뒤에 들려오는 것 같았다. 그는 자신이 비틀거리고 있음을 느꼈다.

젊은 여자가 그를 보았다. "벨맨 씨?"

그는 어떻게 설명해야 할지 알 수 없었다. 그의 마음속 무언가가 풀려버린 것 같은 기분을, 작지만 근원적인 무언가가 연결되었던 자리에서 떨어져나간 것 같은 기분을, 그것을 찾기 전에는 다시 예전으로 돌아갈 수 없을 것 같은 기분을 어떻게 설명해야 할지.

그는 말하려 했지만, 도무지 말할 수 없었고, 쓰러지지 않기 위해 그녀의 어깨에 손을 짚었다.

그의 가죽장갑과 그녀의 모직 재킷에도 그는 그 접촉을 의식했고, 자신에게서 그녀에게로 이동하는 무게를 느꼈다. 한순간 그녀가 그를 지탱했고, 두 사람이 중심을 잃고 흔들리는 위태로운 순간이 이어졌고, 그러다가 침몰하는, 무너져내리는 순간이 이어졌고, 그러다가 피할 수 없을 정도로 다급하게, 그의 발밑의 판석, 그가 기대었던 어깨, 그 자신의 뼈가 용해되는 것 같았고, 그 뒤로는 오직 암흑뿐이었다.

정신을 차려보니 그는 천장이 낮은 방의 딱 하나뿐인 의자에 앉아 있었다. 쇠살대에는 불도, 장작도 없었다. 액체 한 잔이 눈앞에 보였고 그는 그것을 마셨다. 꿀물.

"그 남자. 블랙⋯⋯." 그가 입을 열었다.

"누구를 말씀하시는 건지. 누굴 찾으세요?"

"블랙." 그가 얼굴을 찌푸렸다. 어떻게 설명해야 하나. 그의 사업 파트너? 낯선 사람? 친구?

"블랙? 벨맨&블랙의 블랙 씨요?" 그녀는 당혹스러운 표정으로 초조하게 그를 쳐다보았다. "그 사람이 여기 있다고요?"

"그 사람을 봤어요. 당신한테 말을 걸던데요."

그녀는 고개를 저으려다가, 상사의 말에 반박해서는 안 될 것 같아서 잠자코 있었다.

"거기 있었어요." 그가 우겼다. "방금 전, 거리에……."

뾰족한 하얀 치아가 그녀의 입술을 깨물었고 그녀의 눈빛이 확신 없이 그를 향했다.

한 차례 전율이 벨맨을 덮쳤다.

"외투가 젖었어요." 그녀가 웅얼거렸다. "추우시죠. 대로로 모셔다드릴게요. 거기 가면 마차가……."

그가 고개를 끄덕인 뒤 일어섰고, 그러자 주위가 빙글빙글 돌아서 다시 의자에 털썩 주저앉고 말았다.

"아무래도 안 되겠어요.." 그녀가 중얼거렸다. "여기서 주무세요."

그녀가 비에 젖은 외투를 그의 팔에서 벗겨낸 뒤 벽에 달린 문을 열었다. 침대가 벽장 속에 감추어져 있었다. 그는 털썩 주저앉았고 그의 얼굴이 잠시 그녀의 가슴에 닿았다가 베개에 닿았다. 그는 바로 잠들었다.

한 시간 뒤 그는 잠에서 깨어났다. 방 안에 서서히 빛이 들고 있었다. 몸을 눕힌 침대가 딱딱했다. 그는 발을 바닥에 내려놓았고 바닥은 단단하게 느껴졌다. 몇 걸음 걸어보았다. 벽이 물러서지도 기울지도 방향을 틀지도 않았다.

9번 지망생은 의자에서 자고 있었다. 그는 발끝으로 그녀의 곁을 지나갔다가 다시 돌아와 테이블 위에 동전을 몇 닢 놓아두었다. 그녀는 여전히 움직이지 않았다. 그녀의 살갗에 소금기가 있었다. 눈물 자국이었고, 눈물이 흐른 자리에 곱실거리는 갈색 머리카락이 젖어 있었다. 나가는 길에 벨맨은 아기의 요람을 지나쳤다. 요람은 비어 있었다.

방으로 돌아온 벨맨은 젖은 옷을 벗어 의자 뒤에 걸어놓았다. 옷이 마르려면 꽤 시간이 걸릴 것이다. 그의 느리고, 멍한 두뇌가 기계적으로 하나의 사실을 찾아내어 그에게 들이밀었다.

그에겐 여벌의 검은 슈트가 없었다.

그의 표정이 미소 혹은 찌푸림으로 변했다. 그는 검은 슈트 두 벌을 주문할 예정이었다. 바로 그걸 잊고 있었군! 어제 하루 종일 그를 괴롭힌 것은 바로 그것이었다.

정말 다행이야!

그의 폐에서 새어나온 울음은 아마도 웃음이었을 것이다.

벨맨은 더없이 흐뭇한 마음으로 침대에 누웠고 곧바로 깊은 잠에 빠져들었다.

그날 아침 두 번째로 잠에서 깨어난 벨맨은 침대 밖으로 뛰어나와 목욕 준비를 지시했다.

그는 어제 느낀 불안, 지붕에서 쓰러진 일, 블랙을 쫓아 런던 거리를 헤매던 일, 상점을 포기하기로 했던 일에 대해 굳이 생각하지 않았다. 단지 약간의 현기증이 있었고, 피로감을 느꼈던 것만 기억했다. 유난히 가벼워진 몸을 느끼며 그는 자신의 타고난 건강을 자축했다.

오늘 처리할 백한 가지 일들 사이에 짬을 내어 그는 새 슈트를 맞추기 위해 치수를 잴 것이다. 서른다섯 명의 재봉사가 대기하고 있는 곳에서라면 그런 것쯤은 일도 아니었다.

&

더운 여름날, 한 쌍의 떼까마귀가 따스한 상승기류를 타고 무심하고
도 가뿐하게 아주 높은 곳으로, 지상의 인간들이 보기에는 그저 창공의
검은 점이 될 때까지 날아오를 것이다. 그곳에서, 그들은 교묘하게 흐름
에서 미끄러져 나와, 마치 이카로스*처럼 지상을 향해 구르고 맴돌며 곤
두박질할 것이다. 그러다가 심장이 입안으로 들어가고 지상에서 죽음
의 순간을 불과 몇 초 앞두었을 때, 날개를 펼치고, 상승기류를 날개로
휘어잡아 산들바람에 몸을 싣고는 높이 날아오르고, 거기서 다시 처음
부터 반복할 것이다.

그 과정에는 목적이 없다. 그들은 그저 중력을 기만하고, 과시하고,
오직 즐거움만을 위해 그런 행동을 하며 인간인 척한다.

하늘의 웃음소리에 담긴 유쾌함으로 판단해보건대, 날 줄 모르는 척
하는 떼까마귀가 되는 것보다 더 신나는 일은 없다.

---

* 그리스 신화에 나오는, 다이달로스와 미노스의 여종 나우크라테의 아들. 하늘 높이 올라가지 말
라는 아버지의 경고를 잊은 채 높이 날다가 날개를 붙인 밀랍이 태양열에 녹아 에게 해에 떨어져
죽었다.

떼까마귀에게는 다양한 집합명사들이 있다. 어떤 지역에서는 떼까마귀 한 **의회**라고 부른다.

14

리젠트 스트리트에는 활기가 넘쳤다. 보모들은 세련된 검정 유모차에 그들이 돌보는 아이를 태우고 거리를 거닐었다. 젊은 여자들은 어머니가 하는 말을 들으면서 눈으로는 상점 진열장의 모자, 신발, 장갑을 열망하며 거리를 거닐었다. 다양한 연령대의 남자들이 이쪽저쪽 사방으로 바쁜 걸음을 재촉했고, 길을 건널 때면 마차들 사이로 질주했다. 호객꾼들이 물건 이름을 외치며, 전문가의 눈으로 행인들을 관찰했다. 어린아이들은 자기들보다 훌쩍 큰 어른들의 손에 매달려 있었지만 그런 아이들조차도 그 진열장을 바라보며 걸음을 늦추었다. 지팡이 크기의 막대 사탕도 있었고 담배 가게의 원숭이 모형은 진짜 연기를 내뿜으며 담배를 피웠다. 사람들은 느릿느릿 걷거나 어슬렁거리거나 성큼성큼 걸었고, 무심히, 혹은 초조하게 서로 섞이거나 서로를 피해갔다. 그들은 서두르거나 혹은 세상 시간을 다 가진 듯 느긋했다. 누군가가 대로에 들어서자 마차들이 방향을 틀었고, 마부들이 욕을 내뱉으며 경고의 고함을 질렀고……

오직 한 곳에만 숨죽인 정적이 감돌았다. 바로 새로운 상점 벨맨&블랙 앞이었다. 이곳에 다른 어떤 곳보다 사람들이 밀집해 있었다.

상점은 아직 개업 전이었지만, 전날 커튼 뒤에서 진열장이 꾸며졌고, 오늘 아침 여덟 시에 검은 장막이 벗겨지고 벨맨&블랙의 유혹적인 자태가 만천하에 공개되었다.

진열장마다 극장을 연상시키는 회색 실크 커튼이 드리워졌고 예술적인 정물이 진열되었다. 어떤 진열장에는 장갑과 부채가, 어떤 진열장에는 항아리와 천사가 있었다. 진열품 중에는 열두 개의 검은색 잉크병도 있었다. 흑옥 장식핀이 꽂힌 모자와 베일도 있었다. 사방이 섬유의 물결이었고, 상상할 수 있는 모든 종류의 원단과 모든 종류의 짜임이 있었다. 면과 리넨과 울과 실크. 배러시아와 소모사와 크레이프, 모든 것이 검은 화음에 나름의 음을 더했다. 사람들이 많이 들여다보는 어느 진열장에는 가상의 대령, 사랑하는 아내와 여동생, 그리고 아이들의 죽음을 기록한 비석과 명패가 전시되어 있었다. 그러나 가장 감탄을 자아내는 진열장은 아마도 가장 단순한 진열장일 것이다. 바로 흰색에서 검은색으로 변하는 띠로 만든 별모양의 색상표로, 엷은 회색을 띤 흰색에서부터 비둘기의 회색과 산비둘기의 회색과 프랑스 회색과 당나귀의 회색과 슬레이트의 회색과 석탄의 회색이 있었고 그 외에도 이름이 알려진 것보다 더 많은 단계의 회색으로 이루어져 있었다. 그 메시지는 누구나 이해할 수 있었다. 벨맨&블랙은 모든 단계의 슬픔에 당신과 함께합니다.

진열장 맨 앞, 정중앙, 유리 안쪽에는 검은 테가 둘러진 6인치×8인치(15.24센티미터×20.32센티미터) 크기로, 파티 초대장처럼 인쇄

된 흰색 카드가 놓여 있었다.

벨맨&블랙

5월 15일 목요일

오전 11시부터 저녁 7시까지

이제 겨우 아홉 시였다. 거리는 입을 헤벌리고 장례용품 진열장을 바라보는 사람들로 북적였다. 검은색과 회색이 전혀 칙칙하지 않게 예술적으로 구성되었고, 그 효과는 매혹적이었다. 새로 온 사람들은 먼저 온 사람들 모두가 쳐다보는 곳을 쳐다보았고, 그들과 똑같은 황홀경에 빠져들었다. 모두가 마법에 걸렸고, 대화는 속삭임으로 이루어졌으며, 진중한 누군가가 쉿 하는 순간 일제히 멈추었다. 죽음과 슬픔, 그리고 기억이 판매용으로 너무도 아름답게 전시되어서 가장 튼튼한 심장조차도 두근거렸고 머리는 생각에 잠겼다.

그것을 바라보면서 누구나 자신에게 이곳의 서비스가 필요하게 될 때를 떠올리지 않을 수 없었다. 그때가 얼마나 빨리 오려나? 그리고 누구에게 닥치려나? 그 질문의 대답을 짐작할 수 있는 사람들도 있었다. 그들은 그 일이 닥치기 전에 자신들의 선택을 생각해보고 비용을 계산했다.

벨맨&블랙의 진열장은 구경꾼들에게 그들이 가장 두려워하는 일을 일깨워주었고 어디에서 위로를 찾아야 하는지를 보여주었다. 비탄과 슬픔은 누구에게나 찾아오지만, 흑옥 장식핀으로 모자를 쓰고 사랑하는 사람과 작별할 수 있다면 그나마 약간은 위로가 될지도……

어떤 사람들은 지팡이에 조금 더 몸을 기대거나 그들을 괴롭혀

온 통증을 다시 한번 느꼈다. 그들은 비록 그들 자신이 벨맨&블랙의 직접적인 고객이 되지는 못할지언정 머지않아 이 상점의 성공에 기여하게 되리란 것을 알았다. 그들은 비석을 골라보고 자신의 이름을 새로 써보았다.

말발굽 소리가 들리자 정문 쪽으로 들어오는 마차에 길을 내어주느라 구경꾼들이 술렁였다. 역시나 훌륭한 마차였고, 한 가닥 호기심이 구경꾼들의 황홀한 불안을 깨뜨렸다. 제복 입은 마부가 마차에서 뛰어내려 문을 열었고 깔끔한 소매와 깃이 달린 회색 드레스를 입은 여자가 모습을 드러냈다. 두 사람은 두 번째 승객을 마차에서 내리느라 곤욕을 치렀다. 검은색 실크 드레스를 입고 조그맣게 웅크리고 있는 사람. 어린아이인가? 어린아이의 몸집이었지만, 늙은 여자처럼 몸이 굼뜨고 굽어 있었다. 베일이 얼마나 촘촘한지 혹시 장님인가 싶었지만, 그녀는 고개를 들어 가게의 이름이 적힌 은색 휘장을 보고 부축을 받으며 입구 쪽으로 힘겨운 발걸음을 한 발씩 내디뎠다.

수상한 두 사람을 위해 구경꾼들이 길을 터주었다. 두 여자 모두 자신들을 뒤쫓는 시선을 의식하지 못하는 것 같았고, 두 사람 다 한마디도 하지 않았다. 구경꾼들 모두 같은 생각을 하고 있었지만, 모두가 입을 다물고 다른 사람이 말해주기를 기다렸다.

그 말을 한 사람은 어린아이였다.

"아직 안 열었어요. 열한 시에 열잖아요, 보세요."

아이가 초대장을 가리켰다.

그러나 열쇠 돌아가는 소리가 들리더니 두 사람을 안으로 삼켜버릴 정도로만 상점 문이 열렸다.

다시 자물쇠가 돌아갔다.

사람들이 수군거리면서 당혹스러운 얼굴로 서로를 보았다.

조금 전에 말을 했던 어린 꼬마가 문틈에 얼굴을 대어보았지만 아무것도 보이지 않았다.

"열한 시." 꼬마가 반복했다. "초대장엔 그렇게 적혀 있다고요."

안에서는 사람들과 제품들의 열정적인 순환이 진행되고 있었다. 날렵한 발들이 소식을 전했고, 튼튼한 팔들이 짐을 날랐다. 깔끔한 사람들이 세고 기록했으며 민첩한 손들이 배열하고 진열했다. 상자들이 열렸고, 내용물들이 쏟아졌다. 그때부터 믿을 수 없을 정도로 빠른 속도로, 모든 제품들이 정돈되고 진열되었고, 상자는 마치 마법처럼 사라졌고, 똑같은 마법이 모든 부서에서 반복되었다.

사방으로 운반되는 수많은 검은색 제품들 속에서, 유난히 눈에 띄는 짐이 하나 있었다. 침착하고도 느리게, 사람들이 도라를 가마의자에 태워 상점 안 곳곳을 돌아다녔다. 벨맨은 도라에게 상점 전체를 보여줄 생각이었다. 그녀는 각 부서의 관리자들과 인사를 하고 악수를 했지만, 말은 하지 않았다. 다만 말로 표현했다면, **네, 저도 제가 이상하다는 거 알아요. 신경 쓰지 마세요,** 였을 것 같은 표정과 미소를 짓고 있을 뿐이었다.

가는 곳마다 그녀의 아버지가 짚어주고 싶은 부분이 있었다. 다양한 업무에 종사하는 직원들의 유니폼, 도착하는 제품, 상점의 설비, 세세한 것 하나하나가 그의 상상을 실현한 것이었고 그는 도라의 눈앞에 그 모든 것을 펼쳐 보였다. 이탈리아산 장갑, 중국산 실크, 휘트비의 흑옥, 파리의 칼라. 그녀는 감탄하고 칭찬하고 인정했다.

벨맨은 도라와 가마의자, 짐꾼들, 메리의 행렬을 이끌고 한 층한 층 올라갔다. 매장의 모든 부서들을 보여주고 나서, 사무실로 가서 사무직원, 계산원 들을 만났고 벨맨 자신의 사무실도 보여주었다. 그다음엔 재봉사들의 공간으로 올라갔다. 거기서도 도라는 자신을 곁눈질하는 시선들, 등 뒤에서 주고받는 눈빛들을 느꼈다. 거기서도 감탄해야 할 대목에서 감탄했고, 인정해야 할 대목에서 인정했다. **전 신경 쓰지 마세요.** 그녀를 보지 않을 수 없는 재봉사들에게 도라의 눈이 말했다. **당신의 곱슬머리와 팔다리와 몸속에 감추어진 굴곡에 감사하세요. 당신의 행운을 즐기세요.**

맨 위층으로 올라가는 계단은 가마의자가 들어가기에 폭이 너무 좁았다. 짐꾼들 중 한 명이 그녀를 안고 올라가야 하나? 그 결정이 반대에 부딪치자 그녀는 안도했다. 그러나 도라는 아직 벗어날 수 없었다. 안 되고말고! 왜냐하면 아직 지하층이 남았기 때문이었다. 그녀는 발송실, 구내식당, 그리고 상점 한편에 자리 잡은 주방을 보았다. 주방의 창문들은 좁은 굴 쪽으로 나 있었고 음식 냄새가 쇠창살을 통해 지상으로 빠져나가도록 했다.

"아직 끝이 아니야!" 벨맨이 소리쳤다.

상점 뒤쪽, 1층 물품 하역장 옆 널찍한 여닫이문을 열면 마차의 차고가 나왔다. 벨맨&블랙의 사륜마차는 으리으리했다. B&B라는 은색 문장이 문에 새겨진 우아한 검은색 마차였다. 근사한 검은 말 한 마리가 마구간에 묶여 있어서 지시가 떨어지는 순간 마부가 재봉사 둘을 태우고 수도의 팔 마일(12킬로미터) 반경 내 어디든 달려갈 수 있었다.

벨맨이 문을 열어 마차 내부를 보여주었다. 그는 마법사 같은 몸짓으로 마차의 좌석 밑 보관함을 열었다. 어둠 속에서 얼핏 비어 있는 것처럼 보였지만 그곳에, 현존하는 가장 검은 크레이프 원단이 들어 있었다. 얼마나 빛을 잘 흡수하는지 어둠 자체로 만든 것 같았다.

"자!" 그녀의 아버지가 과장스러운 동작으로 휴대용 상자 중 하나를 열며 소리쳤다. 상자의 내부는 백 개의 작은 칸으로 나뉘어져 있었고 칸마다 무언가가 들어 있었다. 가위들과 줄자들과 바늘들과 실들과 은색 골무.

"미니어처 벨맨&블랙이네요!" 그녀가 감탄했다.

"이틀이면 우리 출장 재봉사들이 기본적인 상복을 만들 수 있단다. 나흘이면 저녁에 입는 드레스와 슈트까지. 일주일이면 그 집 하인들에게까지 검은 옷을 입힐 수 있어. 아침에 군불을 지피는 어린 소녀까지 전부 다."

그녀는 할 말을 잃고 특유의 기운 없는 끄덕임으로 수긍했다.

"그보다 더 중요한 건, 런던 거리를 가로지를 때, 우리 마차가 아주 멋진 인상을 준다는 거야. 모두가 돌아보겠지. 마차가 거리를 달릴 때, 마차가 근사한 저택들 앞에 멈추어 설 때, 사람들 눈에 띌 거야. 아무개 백작이나 아무개 후작이 벨맨&블랙을 호출했다는 걸 모두 알게 되겠지. 백 번 천 번 광고하는 것보다 그런 방식으로 더 많은 주문이 들어올 거고. 자, 어떠냐?"

그는 기대감으로 긴장했고, 말은 조급해졌으며, 집착에 가까운 열정으로 그녀의 선고를 기다리고 있었다. 그의 눈이 반짝였고, 그의 창백한 피부도 반짝였다. 과묵하고 찌푸린 표정의 아버지는 온데간데없었다. 벨맨&블랙이 아버지를 단단히 휘어잡았다.

도라는 아버지의 피조물에 감탄했다. 그러면서도 걱정했다. 아름다웠지만 위압적이었고, 불편한 방식으로 아름다웠다. 신문에서 누군가가 이곳을 '성당'이라고 불렀다. 그 말이 어떤 의미인지 알 것 같았다. 그러나 그녀는 이 열정적인 부산스러움, 초조함과 다급함 이면의 무언가를 보았다. 가만히 때를 기다리는 것 같은 무언가를. 무얼 기다리고 있는 걸까? 얼핏 거대한 왕릉이 떠올랐지만 그녀는 그 생각을 밀어냈다.

도라의 시선이 다시 재봉사들의 가방으로 향했다. 그녀는 은색 골무를 꺼내 불빛에 비추어보았다. 심지어 골무에도 두 개의 B 마크가 새겨져 있었다.

"정말 놀랍네요. 하나도 소홀히 하지 않으셨네요, 아버지. 심지어 골무까지도!"

그들이 가마의자를 들어 도라를 다시 상점 1층으로 데리고 갔다. 벨맨이 앞장섰다. 그는 계속 도라에게 자신의 위대한 프로젝트에 대해 한 가지만 더, 또 한 가지만 더 얘기하고 싶어했다. 그녀는 건성으로 들었고, 혼자만의 상념에 빠져들었다가, 문득 한 가지 생각이 떠올랐다. 무심히 떠올린 생각이었지만 아버지의 말을 자를 정도로 궁금했다.

"아버지, 그러고 보니 저한테 한 번도 얘기를 안 해주셨네요. 블랙 씨가 누구예요?"

딸의 입에서 그 이름이 나오다니! 미리 생각해두었어야 했는데.

"아무도 아니야!" 눈이 휘둥그레져서, 한 박자 빠르다 싶게, 그가 말했다. "정말 아무도 아니란다."

열한 시까지 일 분이 남았다.

도어맨은 천국의 문지기처럼 서 있었다. 장례용품 엠포리엄에 고용되기 위해 태어난 사람이 있다면, 그가 바로 펜트워드였다. 기뻐할 줄 모르는 처진 입꼬리와 침울한 연민으로 가득한 눈. 그는 슬픔의 화신이었다. 덴트 씨와 헤이워드 씨는 흠잡을 데 없이 완벽한 회색 깃을 매만진 다음 카운터 뒤에 자리를 잡았다. 판매 여직원들은 질서 있게 허리를 펴고 손을 모은 채, 주일학교 어린이들처럼 얌전히 서 있었다. 위층에서는 모든 연필이 반듯하게 정돈되었고 모든 바늘이 제자리에 놓였다. 웃음, 기침, 그리고 꼼지락거리는 행동은 삼갔다. 어딜 가나 근엄하고 차분했다.

몸의 사분의 삼이 기둥에 가려진 채 난간 뒤에서 벨맨이 정문을 내려다보며 서 있었다. 시계 바늘이 열한 시를 가리키자 펜트워드가 문을 열었고, 그 자신의 심장보다 백배는 더 큰 심장이 그의 가슴속에서 살아났다. 바로 벨맨&블랙의 심장이었다.

그들이 왔다. 궁금해하며, 두려워하며, 갈망하며, 감탄하며, 경외하며, 경건한 체하며, 욕심을 부리며 사람들이 밀려들었다. 처음 들어오는 사람들은, 그것이 그들 자신의 의도인지 아닌지 몰라도, 뒤에 들어온 사람들에 밀려 상점 안으로 깊숙이 들어왔다. 규모와 아름다움에 압도당한 나머지 멍하니 우왕좌왕하는 사람들도 많았다. 애당초 보려고 했던 것은 시야에서 놓쳤다. 대부분은 구경이나 하러 들어온 것처럼 보이지 않으려고 나름대로 합당한 작은 이유들을 찾은 것일 뿐이었다. 그들도 어쩔 수가 없었다. 상점의 찬란한 아름다움을 본 순간 모두 수동적이고도 관능적인 황홀경에 빠졌다. 남녀노소 할 것 없이, 유족이건 아니건 상관없이, 모두가 구경하고 감탄하고 속삭였다.

잠시 후, 그런 경외심 속에서도, 다른 사람들보다 좀 더 강한 영혼을 지닌 사람이, 마침내 구매를 감행했다. 겨울 외투의 닳아빠진 소매에 댈 일 인치(2.54센티미터) 너비의 그로그램* 띠 일 야드.

---

*   비단 또는 인조견으로 이랑 무늬가 지게 짠 천.

벨맨&블랙에서 파는 가장 저렴한 물건은 아니었지만, 그럭저럭 괜찮은 가격이었다. 아무래도 상관없었다.

2층에서 소맷동을 잡아당기던 계산원은 동전이 담긴 첫 번째 현금통이 그의 벽감 앞에 멈추는 순간 놀라 뒤로 자빠질 뻔했다. 첫 번째 계산서를 발행하고, 거스름돈을 계산하고, 현금통을 다시 매장으로 돌려보내는 시스템을 가동할 때 그의 손은 떨렸다. 그러고는 곧바로 다음 계산!

이제 시작이었다!

현금통들이 날아다녔고, 그 안에서 동전들이 짤랑거렸고, 제품들이 재어지고 세어졌고, 물건들이 포장되고 리본으로 묶였고, 주문들이 우아한 필기체로 적혔고, 그리고, 아! 눈물이 흘렀고 위로의 말들이 오갔다.

벨맨&블랙은 삶과 돈과 죽음으로 북적였다.

성공이었다.

윌리엄 벨맨은 깊은 한숨을 내쉬었다. 그는 미소 짓지 않았다. 벨맨&블랙 매장에서? 있을 수 없는 일이었다! 그러나 그는 미소를 느꼈다. 그의 손가락은 자신감으로 찌릿찌릿했고 그의 발밑에 닿는 바닥은 견고했다.

그는 눈에 띄지 않게 자신의 은신처에서 벗어나 사람들 틈을 헤치고 패널 벽 속으로 녹아들었다.

그의 전용 사무실 한쪽 벽은 코르크로 마감되어 있었다. 그 벽에 커다란 종이가 고정되어 있었다. 지금 종이는 거의 비어 있고, 줄 두 개만 그어져 있었다. 가로줄 하나, 세로줄 하나가 왼쪽 하단에서 만났다. 가로줄에는 칸마다 달이 적혀 있고, 세로 줄에는 칸마다 파운드 단위로 숫자가 표시되어 있었다.

벨맨은 검은 노트에 초기에 끄적거린 것들을 떠올렸다. 총매출액의 계산, 이익의 예측. 임시로 대충 계산한 액수였지만 상당히 낙관적인 숫자였다. 그리고 약간 낮추어 잡은 액수가 있었다. 크리치로를 비롯하여 그가 투자를 유도한 사람에게 제시한 액수였다. 그 모든 것이 아주 오래전 일이었다. 오늘 그는 이 사업에 대해 훨씬 더 잘 알고 있었다. 영국에서, 그리고 런던에서, 그리고 여기서 두 길 건너에 있는 조그만 상점에서 검은 메리노가 일 년에 몇 미터 판매되는지도 알고 있었다. 관의 가격이 어떻게 책정되는지, 어떻게 같은 제품을 보다 저렴하게 만들 수 있는지도 알고 있었다. 그는 벨맨&블랙이 첫 달에 얼마나 벌어들일지 예측할 수 있었고 이제 그것은 사실에 바탕한 것이었다. 그것은 바로 그가 이 년 전에 계산한 것과 같은 금액이었고, 그는 그 사실을 자축했다.

이 도표에 매달 파란색으로 예상 수입을 표시하고, 결산이 끝나면 실제 수입을 검은색으로 기록할 계획이었다. 파란 펜을 들고 표시할 지점을 찾았다. 마지막 순간 그의 손이 살짝 올라갔고 그는 파란 점을 한 칸 높이 찍었다.

그의 손을 올린 것은 직감이었을까? 아니면 본능? 뭐라고 부르건 상관없었다. 벨맨은 그저 알았다.

15

도라의 기억의 밤은 시간이 흐를수록 수확이 줄었다. 수확을 거두는 날도 있었지만, 그 과정에서 얻었던 위안은 서서히 힘을 잃어 갔다. 부분적으로는, 그 추억들을 마르고 닳도록 사용했기 때문이라고, 도라는 스스로를 위로했다. 그들이 닦았던 동전들처럼 그 위안도 닳아 없어진 것이다.

다른 이유들도 있었다. 그녀는 변화하고 있었다. 소녀 시절 그녀를 기쁘게 했던 것들은 더 이상 그녀를 기쁘게 하지 않았다. 최근에는 어머니 생각을 할 때면, 새로운 대화를 갈망하게 되었다. 도라는 레인 부인과 어머니 이야기를 나누곤 했다. 비록 간접적인 것이긴 했지만, 부인의 기억들은 그녀 자신의 기억만큼이나 소중했다. 왜냐하면 그것은 성인의 기억이기 때문이었다.

그러다가 과거를 되새겨보는 일에 시간을 덜 들일 또 하나의 이유가 생겼다.

침대 밑에서 물건을 찾던 메리가 머리를 헝클어뜨린 채로 그림을 한 점 꺼냈다.

"이게 대체 뭐야?"

도라가 먼지를 털어냈다. "내 떼까마귀!"

정원에서 스케치를 하던 오후 시간은 그녀가 습관적으로 떠올리던 추억들 속에 들어 있지 않았다. 왜냐하면 그 추억 속에는 그녀의 어머니나 형제자매들이 없기 때문이었다. 그러므로 그 기억은 끊임없이 반복해서 재생하는 것으로 닳아지지 않았다. 그 기억은 신선하고 선명하게 되살아났다.

"아저씨가 연필을 쥐는 법을 가르쳐주셨어."

메리와 도라는 집 안의 벽장을 전부 뒤져서 낡은 스케치북을 찾아냈다. 그리고 오후 내내 나란히 앉아 스케치북을 넘겨보았다. 그림 하나가 그들을 멈칫하게 했다. 열이 나기 몇 주 전 도라는 처음으로 자화상을 제대로 그려보려고 시도했었다.

"내가 예전에 정말 이런 모습이었어?" 도라가 물었다.

"비슷해. 그건 부정할 수 없어. 하지만 이것보다 더 예뻤어."

도라의 생각은 달랐다. 초상화에는 자신감이 전혀 나타나 있지 않았다. 선도 뻣뻣했다. 그러나 눈은 그런대로 괜찮은 것 같았다. 그 눈 속에서만큼은 그녀의 모습을 알아볼 수 있었다.

"뭔가 골똘히 생각하는 것 같아."

"지금도 그래. 넌 항상 그랬어."

그날 밤 도라는 기억의 밤을 포기하고 거울 앞에 앉았다. 머리를 가린 레이스의 핀을 풀고 촛불의 불빛 속에 자신의 새로운 얼굴을 쳐다보았다. 그녀는 얼마나 허수아비 같은가. 이목구비는 마치 아기의 그것처럼 얼굴 아랫부분에 쏠려 있었다. 귀는 비죽 튀어나왔고 귀의 윗부분은 사라져버린 곱슬머리처럼 흉측하게 구불거렸다. 좁았던 이마는 사라진 머리카락 때문에 널찍해졌다. 그것을 나아졌다고 표현해야 할까. 속눈썹과 눈썹이 없어서 눈이 두드러졌지만, 누구도 매력적이라고 말하진 않을 것이다. 그래도 흥미로운 얼굴이긴 했다. 머리의 피부는 만지면 매끄러웠지만 그 아래의 두개골은 머리카락이 감추었던 풍경을 드러냈다. 그녀의 눈이 그 선들, 틈새와 움푹한 곳, 불룩한 곳, 두개골의 풍경 전체를 찬찬히 살폈다. 머리를 이쪽저쪽으로 돌려보았다. 파란 혈관이 한쪽 귀 위로 강물처럼 지나갔다. 그녀는 양손을 머리 뒤에 대고 뒤통수를 느껴보았다.

연필을 잡는 순간 엄청난 흥분이 엄습해왔다. 선을 몇 가닥 그려보다가 이내 포기하고 새로운 페이지에 시작했다가, 이번에도 포기했다. 실망할 때마다 곧바로 다시 시작했다. 그녀는 고개를 이쪽저쪽으로 돌려보고, 모양을 포착하고, 고개를 갸우뚱한 다음, 빠르게 스케치했다. 초를 새것으로 바꾸고 새벽이 되도록 두상, 골격, 코와 턱과 입술의 선, 연골 곡선, 콧구멍, 광대뼈, 관자놀이, 면과 각과 빛과 어둠을 그렸다. 마치 풍경을 그리듯, 마치 그녀가 살고 있는 행성의 골격처럼 그녀 자신과는 거리가 먼 무언가를 그리듯, 아무 감흥 없이 그림을 그렸다.

마침내 도라가 만족스러운 작품을 완성했다. 거친 그림이었고 그녀 자신의 모습처럼 흉측하고 괴기스러웠으며, 그녀가 보기엔, 다른 그 무엇보다도, 날개도 없고 피부는 종잇장처럼 얇으며 오직 뼈와 굶주림만 지니고 있는 갓 부화한 새를 닮았다.

마지막으로 연필을 움직여서, 그녀는 코의 선을 확장하여 조그만 부리를 만들어놓았다. 그리고 뿌듯해했다.

16

벨맨&블랙의 개업은 하나의 동력을 만들었고 벨맨은 그 동력에 편승했다. 그는 일주일 내내 하루에 열여덟 시간씩 일했지만 결코 지치지 않았다. 그의 일정은 열정적이었다. 그는 열 시, 두 시, 그리고 여섯 시에 지하부터 맨 위층의 작업실까지 순회했다. 어떤 이에 겐 귓속말을 해주고 어떤 이에겐 격려를 해주고 업무량이 벅찬 곳에서는 도움의 손길을 내밀기도 했다. 일간 회의들(그의 구매 담당 관리자들과 재무팀의 버니) 그리고 격주 회의들(발송팀의 에드먼즈, 운송팀의 스탈리브룩, 그리고 챌크래프트). 모두 백삼십칠 명이 벨맨&블랙에서 일했고, 벨맨은 그 달이 지나기 전에 그들 모두의 이름을 외웠다. 그의 오른팔 버니부터 구내식당을 위해 손을 깨끗이 닦는 몰리에 이르기까지. 9번 지망생의 이름은 리지였고, 벨맨은 그녀의 이름을 다른 이름들과 함께 기억해두었다. 그는 엄청난 에너지로 매 순간을 행동, 목적, 성취로 채웠다.

외부인과의 일정도 있었다. 웨스트민스터 앤드 시티 은행의 앤슨은 수시로 그를 만나고 싶어했다. 사업 얘기를 나누기 위해 오후에 찾아와 한 시간 정도를 머무는 변호사 혹은 바느질도구 판매상도 있었다. 그런 경우에 대비하여 벨맨은 단추가 깊숙이 박힌 가죽 팔걸이의자 한 쌍을 사서 사무실 벽난로 양쪽에 놓았다. 그는 그 의자의 안락함이 싫었다. 의자에 앉아 긴장이 풀린 사람들이 사업 얘기가 끝났는데도 느긋하게 담배 연기를 천장에 뿜어내며 이런저런 얘기를 나누고 싶어했기 때문이었다. 그는 정중하게 사양했다.

상점 문을 닫은 뒤나 일요일에는 서류 작업을 처리했다. 편지들, 보고서들, 거래장부들, 목록들. 그는 모든 일을 신속하고도 실수 없이 처리했고, 송아지 가죽 노트에 목록을 만들었으며, 일을 끝내는 순간 해당 항목에 반듯한 줄을 그었다. 노트를 한 번에 대여섯 권씩 주문했고 한 권을 다 쓰면 책상 맨 아래 서랍에 넣어두고 선반에서 새 노트를 꺼내어 바로 시작할 수 있도록 앞표지를 뒤로 젖혀 놓았다.

어떻게 그럴 수 있었냐고? 벨맨은 항상 시계만 보았다. 씻고, 입고, 아침식사를 하는 것이 보통 사람들에게는 한 시간이 걸리는 일이었지만 벨맨은 삼십오 분 내로 해치웠다. 아마도 벨맨&블랙의 경쟁자로 가장 근접하다 할 수 있는 포프 상점의 운영자는 매일 비서와 한 시간을 보냈지만, 벨맨은 십오 분 내로 그날의 사안을 훑었다. "좋은 아침입니다"와 "오늘은 어떠신가요?"라고 인사를 건네면서도 그 무의미한 시간 동안 그의 마음은 기록하고, 생각하고, 계획했다.

상점 문을 닫으면 벨맨은 마침내 서류작업에 착수하면서 시계를 보았다. 그가 달성해야 하는 업무량은 다른 사람이라면 반나절은 걸릴 일이었지만 그는 일을 시작하기 전에 시계를 보았고 일이 끝났을 때 다시 시계를 보면 겨우 삼십 분이 지나 있었다. 그의 이러한 능력을 아는 사람들은 신기해했다.

"결코 시간이 자네의 주인이 되게 해서는 안 돼." 버니가 물었을 때 벨맨이 대답했다. "뭐든 하고 싶으면 바로 시작해야 해. 시간은 항상 나게 마련이니까."

그러나 이 문제에 대한 그의 실제 생각은, 그 자신이 시간 측정학의 열쇠를 발견했거나 혹은 그런 열쇠를 갖고 태어난 사람이라는 것이었다. 그는 자신이 원할 때 시간의 상자를 열 수 있었고 시계추에 무게를 더할 수 있었으며 그 움직임을 늦출 수 있었다. 그는 시^時들을 분리하고 그 사이에서 낭비될 남은 분^分들을 자신의 것으로 만들 수 있었다.

예전에 공장에서 언젠가는 벨맨이 밤낮으로 태양이 빛나게 하는 방법을 알아낼지도 모른다고 말한 사람이 있었다. 엠포리엄에서 그를 아는 사람들은 그 말에 동의할 것이다. 그것은 사람들의 생각처럼 전혀 불가능한 일은 아니었다.

버니는 자신의 상사를 모방하려 애썼다. 그러나 그의 시계로는, 일 분은 그저 일 분일 뿐이었다. 거기서 단 일 초도 더 끌어낼 수 없었다.

다른 사람의 계산 착오나 작은 사고로 시간을 낭비하게 되면, 벨맨은 그 시간을 만회하기 위해 엄청난 노력을 쏟아부었다. 만약 필요하다면, 늦게까지 깨어 있으면서 하려고 작정했던 일을 끝내기 위해 잠을 축냈다. 그는 항상 승리자로 잠자리에 들었다. 때로 책상 앞에서 잠드는 것으로 보아 피곤한 게 분명한데도, 결코 피곤하다고 느끼지 않았다. 그런 일이 세 번째 혹은 네 번째로 일어났을 때, 그는 곧바로 행동을 취했다.

스코틀랜드에 있던 폭스는 편지를 받자마자 런던으로 돌아왔다.

폭스는 여전히 열정적인 악수와 여전히 간단한 인사를 받았다.

"건강하지? 좋아, 좋아." 폭스에게 대답할 시간조차 주지 않고, 에딘버러의 저택들이 얼마나 훌륭한지, 날씨가 얼마나 화창한지 말할 시간조차 주지 않고, 벨맨이 말을 이었다. 그들은 곧바로 당면한 과제로 들어갔다.

"공간을 분리해주게." 벨맨은 자신이 원하는 바를 정확히 알고 있었다. "여기까지. 여기다가 벽을 세워줘."

"가능합니다." 폭스가 얼굴을 찌푸렸다. "그렇게 되면 비좁아질 텐데, 비서의 사무실 공간을 좀 쓰면 돼요. 일이 좀 더 커지긴 하겠지만 훨씬 편안하실 거예요."

폭스는 자신이 문장과 문장 사이에 간격을 두지 않고 빠르게 말하고 있음을 의식했다. 과거의 방식이 곧바로 되살아났다. 장장 이 년 동안 매일을 벨맨의 속도로 살았다니!

벨맨의 고용인을 그만두었을 때 그는 바깥세상의 느린 속도에 감탄하며 이 주를 보냈다. 하루에도 스무 번씩, 서른 번씩, 첫 문장만 듣고도 이미 상대의 의중을 파악했는데도 그들이 그 말을 위해 할당해둔 엄청난 단어들과 시간들을 소모하며 마침내 그곳에 도달할 때까지 참고 기다려야 했다. 그가 깔끔한 몇 마디로 대답하면 사람들이 그를 다시 보았다. 그가 한 말의 의미는 그들에게 즉각적으로, 총알처럼 빠르게 전달되었다. 그의 폭발에 놀란 상대방은 그에게 다시 한번 말해달라고 부탁하곤 했다. 그러면 그는 인내심을 잃었고, 그런 일에는 결코 익숙해질 수 없다고 생각했다. 그러나 그는 생각보다 빨리 느린 속도에 적응하게 되었고 머지않아 그것을 좋아하게 되었다. 그는 말과 일과 생각 사이의 공간을 회복했고 그 공간은 놀랍게도 결실을 맺었다. 그는 젊은 여자를 만났다. 어쩌면 결혼할 수도 있을 것 같았다.

"공간?" 벨맨이 말하고 있었다. "무얼 위한 공간이지? 나한테 필요한 건, 벽에 붙인 침대 하나, 물건 몇 가지를 둘 선반 하나뿐이네."

"옷장은요?"

"문 뒤에 옷걸이 하나면 돼."

그는 고객들을 위해 하얀 치장벽토 주택에 만들었던 침실들을 떠올렸다. 웅장한 규모, 거대한 침대, 예술작품, 거울……

"그러면 널찍하지가 않을 텐데요. 사실 그 정도면……." 그는 벨맨이 가리켰던 공간을 거닐어보았다. "위층 재봉사들의 방하고 얼추 비슷한 크기예요."

폭스가 보기에는 벨맨이 아주 잠깐 멈칫한 것 같았다. 그러더니 그가 물었다. "언제쯤 되겠나?"

"그렇게 좁은 공간을 원하시는 거라면, 하루면 가능합니다."

"하룻밤 사이에?"

"안 될 것도 없죠."

"오늘 밤?"

그땐 어떻게 할 수 있었을까? 폭스는 스스로가 놀라웠다. 이 년 내내 이런 속도로 살았다니……. 그땐 이게 당연해 보였다. 성공하는 방식. 이름을 알리는 방식. 이제 수많은 일거리가 그를 기다리고 있었다. 몇 년, 혹은 평생 충분할 만큼. 벨맨&블랙이 가져다준 것이었다.

그가 미소 지었다. "해보겠습니다."

다음 날 벨맨이 출근했을 때 그의 사무실은 조금 좁아졌고 새로 생긴 벽 뒤에는 제혀쪽매 패널* 벽을 두른 재봉사의 침실이 있었고 좁은 침대 하나, 벽장 하나가 있었다. 그가 방 안으로 들어설 때 가슴속에서 어떤 감정이 솟아났지만 굳이 멈추어 서서 그 감정에 이름을 붙이지 않았다. 그에겐 할 일들이 있었다.

"들어오세요!" 벨맨은 쓰고 있던 편지에서 눈을 떼지 않고 소리쳤다.

"챌크래프트 씨가 절 보내셨어요." 주저하는 듯한 여자의 목소리. 익숙한 목소리였다.

그가 고개를 들었다. 그녀였다.

"슈트를 가져다드리라 해서……"

"리지, 맞지요?"

"네, 사장님. 어디 걸어놓을까요?" 그녀가 주위를 둘러보았지만 그의 사무실에는 슈트를 걸어둘 곳이 없었다.

그녀가 얼굴을 붉혔다. 뒷골목에서의 하룻밤을 생각하는 걸까? 너무도 놀라운 방식으로 두 사람이 만났고, 그가 그녀의 침대에서 잠들었다가 동이 트자마자 빠져나와서 시치미를 뗐던 그날 밤. 불과 삼 주 전 일이지만, 마치 아득히 먼 옛일인 양 완전히 잊고 있었다. 그런데 이제 와서 그날의 그 일이 방 안을 가득 채웠다.

"문 뒤를 봐요. 거기 고리가 있을 거예요."

벨맨의 방이 그녀 자신의 방과 너무도 똑같아서 놀랐을지언정 내색은 전혀 하지 않았다. 그녀의 뺨은 여전히 붉게 물들어 있었다. 그녀는 인사를 웅얼거리더니 들어왔을 때처럼 조용히 방에서

---

* 패널의 한쪽 측면에 홈을 파고 다른 쪽 측면에는 턱을 만들어서 끼워 맞출 수 있게 제조된 패널.

나갔다.

벨맨의 손이 다시 편지로 돌아갔고, 일 초 혹은 이 초 동안 쓰려던 말이 기억나지 않았다. 블랙 문제를 아직 해결하지 못했다. 다음에 만나면 그녀에게 블랙에 대해 다시 물어봐야지. 그는 다시 생각의 가닥을 잡고 펜을 종이에 댔다.

첫 달의 마지막 날이었다. 그와 버니는 그날의 수입을 두 번 세고, 동전을 같은 것끼리 모아서 쌓은 다음, 빨간 펠트 자루에 나누어 담았다. 1페니도 빼놓지 않고 세었다. 숫자가 나왔다. 버니가 퇴근한 뒤 벨맨은 금고에 돈을 넣고 잠근 다음, 혼자 미소 지으면서 펜을 검은 잉크에 담갔다. 그는 사 주 전 그래프에서 표시한 것보다 훨씬 더 위쪽에 실제 매출액을 표시하는 점을 찍었다. 젖은 잉크가 마치 빛나는 검은 눈처럼 그를 향해 반짝였고, 벨맨은 그것을 바라보며 흡족하게 웃었다.

그렇다면 다음 달은 어쩐다? 보통 소매업에서는 새로운 것에 대한 기대감 때문에 개업 첫 달의 매출이 인위적으로 상승한다고 했다. 짐작컨대 둘째 달의 매출은 첫 달보다는 줄어들 것이다. 그러나 장례용품에는 그들만의 법칙이 있었고, 통상적인 규칙이 적용되지 않았다. 사람들이 상복을 집에 마련해두고 기다리는 것을 꺼리는 것은 당연했다. 그것은 저승사자를 위해 앞문을 열어놓고, 들어오라고 손짓하고, 가족들을 차례로 소개하는 것이나 마찬가지이기 때문이었다. 개업일에 상점에 들어온 사람들 중에는 단순한 호기심 이상의 용건이 없었던 사람들이 있었지만, 그들은 구매를 하지 않았다. 첫 달의 매출은 순전히 실질적인 매출이었다. 그 숫자는 벨맨&블랙의 벽 너머에서 일어난 실제 죽음의 정확한 반영이라고 말할 수 있었다. 그렇다면 다음 달 목표액은 어떻게 잡아야 할까?

검은 잉크가 말랐다. 검은 잉크로부터 모든 정보를 끌어냈기 때문에, 검은 잉크는 이제 필요하지 않았다. 그는 깨끗한 펜을 파란 잉크에 담그고 다음 달 목표 매출액을 표시할 준비를 했다. 펜촉이 종이 가까이 다가가다가 조금 위로 올라가서, 그기 원하는 곳보다 조금 더 높은 곳에 점을 찍었다.

이번에도 또! 그가 잉크가 찍힌 곳을 보았다. 잉크가 그에게 윙크했다. 뭐, 못할 게 뭐가 있는가?

목표를 설정했으니 이제 반드시 이루어야 했다. 벨맨은 주머니에서 노트를 꺼내 펼쳤다. 에스파냐산 장갑이 팔리지 않고 있었다. 드루어를 만나 가격을 인하하고 이탈리아 제품을 재주문하는 문제를 의논해야 했다. 화약 색깔 벨벳이 왜 그렇게 잘 팔리는지도 파악해야 했고 그리고…….

그의 눈이 어제 적어놓은 할 일 목록에서 멈추었다.

도라!

그는 내일 휘팅포드에 가기로 되어 있었다. 한 달에 한 번 가겠다고 약속했다. 하룻밤을 묵는 일정이었다. 도라는 그에게 편지를 써서 어떤 붓을 사오라고 특별히 부탁했다. 옥스퍼드에서 구할 수 없는 것들이었다.

벨맨은 자신이 해야 하는 일들을 생각해보았다. 상점을 비우기에는 시기적으로 적절치 않았다. 비록 하룻밤일지라도. 편지를 쓰고 상황을 설명해야지. 내일 사람을 보내 붓을 사면 발송실에서 포장해줄 것이다. 그다음 며칠 내로 브로엄으로 가는 인편이 있을지 모를 일이었고, 만약 그렇지 않다면 사람을 시켜서 가져다주도록 조처할 것이다. 시간이 날 때 가서 좀 더 오래 머물러야지. 도라에게 편지 쓸 것. 그가 목록에 추가했다.

언젠가, 아주 오래전에, 그는 이런 노트를 펼쳐보았고, 그 속에서 어린아이의 글씨로 쓰인 '도라에게 키스할 것'을 보았다. 지금 도라가 이곳에 있어서 그의 키스를 받을 수 있으면 좋으련만.

그러나 다 시간낭비였다. 할 일이 이렇게 많지 않은가!

그는 대여섯 자루의 펜과 작업할 서류를 들고 책상에 앉았다. 여덟 시 이십 분 전이었다. 어디보자. 이 일을…… 아홉 시까지 끝낼 수 있으려나. 아니, 그렇게 긴 시간이 필요하지는 않을 것이다. 아홉시 십오 분 전까지. 그 정도면 충분했다.

그는 일을 시작했다.

상점 맨 위층의 아트리움 유리는 위로는 검은 하늘을 올려다보고 아래로는 상점 안의 우물을 내려다보았다. 어느 쪽을 보아도 현기증이 났고, 그래서 재봉사들은 저녁마다 조그만 스토브에 우유나 물을 데워 먹는 방으로 갈 때 위를 올려다보거나 아래를 내려다보지 않았다.

"블랙 씨가 누구야?" 릴리가 말했다. "아무도 본 사람이 없어?"

그녀는 앙상하게 말랐고, 온통 뼈밖에 안 남았지만 유독 눈에 띄었다. 신참자들 중에서도 가장 신참자이기 때문이었다. 물론 어떻게 보면 그들 모두가 신참자였지만, 릴리는 그중에서도 가장 신참자였고, 출근하지 않은 재봉사 대신 들어오게 되었다. 그녀의 출현은 의미가 있었다. 왜냐하면, 다른 사람들이 그녀는 알지 못하고 그들은 알고 있는 백한 가지를 그녀에게 알려주면서, 비로소 이곳에 정착했다는 기분이 들기 시작했기 때문이었다.

"블랙 씨를 봤냐고? 그게 무슨 소리야? 넌 블랙 씨를 못 봤다는 거야?" 그녀의 옆방에 묵고 있는 샐리가 놀리기 시작했다.

"한 번도."

샐리가 웃었다. "너 그분 봤잖아. 그것도 바로 오늘!"

릴리가 얼굴을 찌푸렸다. "난 못 봤는데."

"너하고 얘기하던데!"

릴리가 고개를 저었다. "그건 벨맨 씨였어."

"그분이 블랙 씨야." 몇 사람이 키득거렸지만 그 나머지는 샐리의 말에 동의하듯 진지하게 고개를 끄덕였다. 릴리는 누구 말이 맞는지 몰라 그들을 차례로 보았다.

그중 한 명이 몸을 숙였다. "벨맨 씨와 블랙 씨는 네가 소매에 넣어둔 두 개의 핀과도 같아."

"쌍둥이라고?" 릴리가 놀라워했다.

사실에 국한되지 않는 폭넓은 지식을 지녔다는 평판을 즐기는 연장자 수전이 고개를 저었다. "놀리면 못써. 릴리, 생각해봐. 쌍둥이라면 어떻게 성이 다를 수 있겠어? 형제들만 쌍둥이가 될 수 있는 거잖아. 블랙 씨는 그저 잠자는 동업자sleeping partner*일 뿐이야."

여자들이 불확실한 눈빛을 주고받았다. 잠자는 동업자? 그게 대체 뭐지?

수전이 혼자만 알고 있는 상황을 충분히 즐긴 뒤 그들에게 설명해 주었다. "그건, 그분이 이 상점에 자본을 투자했고, 일이 진행되도록 어느 정도 돈을 쓰긴 했지만, 운영은 벨맨 씨에게 맡기되, 나중에 자기 몫의 이익을 챙긴다는 뜻이야."

---

* 출자만 하고 경영에는 관여하지 않는 동업자.

"그렇구나." 릴리가 말했다. "세상에 별일이 다 있네."

문간에 기대어 서 있던 리지는 졸린 표정으로 대화를 듣고 있다가 방 밖의 유리천장을 보았다.

잠자는 동업자. 별 희한한 말도 다 있었다. 그녀의 머릿속에 하나의 이미지가 떠올랐다. 벨맨 씨와 블랙 씨가 그녀의 것처럼 좁은 침대에, 똑같은 수면모자를 쓰고 마치 두 개의 핀처럼 나란히 누워 있는 모습. 그 생각이 그녀를 미소 짓게 했다.

벨맨 씨를 처음 보았을 때 리지는 그가 블랙 씨라고 생각했다.

뒷골목에서 만났을 때 그가 블랙 씨 이야기를 했던 기억이 떠올랐다. 마치 그녀가 그를 안다는 듯이! 하지만 그때 그는 몸 상태가 좋지 않았고, 사람이 아프면 이상한 말을 하기도 한다.

유리천장 너머, 밤하늘 높이, 별 하나가 잠깐 사라졌다가 도로 나왔다. 아마 새 한 마리가 어둠 속에서 날아간 모양이었다.

17

편지가 어떤 내용일지 이미 알고 있었기 때문에 도라는 소포부터 열었다. 아버지는 너무 바빠서 집에 오지 않을 것이다.

붓은 그녀가 원했던 바로 그 제품이었다. 옥스퍼드 브로드스트리트의 화방에는 그녀가 원하는 것들이 거의 대부분 있었지만, 성근 대여섯 가닥의 염소 털이 달린 이런 최고급 붓은 구하기가 어려웠다. 두꺼운 붓으로는 날개를 섬세하게 표현할 수 없었다. 어떻게든 임시변통을 해보려고 애를 쓰긴 했다. 제과점 집 프레드의 아들 로브 암스트롱이 공장 아침식사로 빵을 배달해주었는데, 로브는 그녀가 아는 누구보다도 머리카락이 억세고 곧았다. 그는 당혹스러워하면서도 그녀의 실험에 쓸 머리카락을 한 움큼 뽑는 것에 동의했다. 머리카락 몇 올을 낡은 붓 끝에 붙이고 끈으로 감은 다음, 같은 길이로 자르고 나서 그림을 그려보았다. 결과는 황당했다. 인간의 머리카락은 색을 제대로 흡수하지 못했고, 유연하지 않았으며, 풀이나 끈으로는 잘 고정되지 않았다. 서서히 머리카락이 빠지더니 물감이나 물에 들어갔고 그중 한 올이 그림과 함께 말라버렸다. 도라는 그녀의 실험에 기여해준 것에 대한 감사의 표시로 로브에게 그 그림을 주었다. 개똥지빠귀 그림이었는데, 날개 말고는 그런대로 만족스러웠다. 로브는 자신의 머리카락을 숨기고 있는 날개를 손가락으로 쓸어보며 웃었다.

이제 새 붓이 생겼으니 더 잘 그릴 수 있었다. 그녀는 작업실로 가려고 일어섰다가 편지를 떠올렸다.

그녀는 편지를 읽었다.

예상대로였다. 아버지는 올 수 없었다.

실망했다고 말할 수는 없었다. 올 거라고 기대하지도 않았고, 할 얘기도 거의 없었다. 예전에, 어머니와 동생들이 모두 살아 있었을 때 집 안은 이야기로 가득 찼지만, 두 사람만 남은 뒤로는 아버지에게 할 얘기가 거의 없었고, 아버지도 그녀에게 할 얘기가 거의 없었다. 아버지 앞에서 도라는 자신의 생각을 말할 수 없었다. 아버지는 옛날 기억을 떠올리는 것을 좋아하지 않았고, 울적해하는 것을 못마땅해했다. 하고 싶은 일을 할 수도 없었다. 망원경과 그림을 한켠으로 치워놓아야 했고, 그런 일들이 그녀에게 가져다주는 기분전환과 위안도 같이 치워야 했다. 그 모든 것을 감안하면, 아버지가 오지 않는 것이 전혀 속상하지 않았고, 도라는 그 사실을 완벽하게 인정했다.

도라는 화구들을 챙기면서 몇 시간 동안 아무 생각 없이 그림 그리는 즐거움에 푹 빠질 생각에 설렜다. 그림은 사람을 그 자신으로부터 분리시킨다. 종이에 특정한 시각적인 효과를 재현해내는 데 열중하다 보면 도라는 비탄과 슬픔을 잊을 수 있었다. 기억하는 일도 그런대로 좋았고, 한때는 그것이 그녀가 하고 싶은 유일한 일이었다. 그러나 요즘에는, 차라리 잊는 것이 위안이었다. 슬픔을 잊고, 과거를 잊고, 잃어버린 것을 잊는 것……. 그렇게 하려면 몰두할 일이 필요했고 그림을 그리는 것이 그녀가 할 수 있는 일이었다.

아버지의 마음은 대체 언제 평온해질까? 아버지는 책 한 권 읽는 법이 없었다. 취미로는 읽지 않았다. 소설이나 시를 읽지 않았다. 아버지는 멋진 목소리를 갖고 있는데도 음악을 좋아하지 않았다. 아버지는 공상조차 하지 않는 걸까? 도라는 궁금했다. 제멋대로 마음을 서성이게 하고, 어느 순간 그 마음이 끌어낸 것을 보며 놀라워하는 일은 허락하지 않는 걸까?

아마도 아버지는 일을 통해 자신으로부터 벗어나 휴식을 취하는 모양이라고 생각했다. 만약 그렇다면, 아버지는 항상 일을 하고 있으니 항상 마음의 평화가 없다는 뜻일까?

그것은 끔찍한 생각이었고, 여느 젊은 여자라면 그런 생각을 회피했겠지만, 도라는 끔찍한 생각에 익숙했다. 어머니가 죽고 남동생들과 여동생이 죽고 예쁜 머리카락이 전부 다 빠지고 아무도 자신과 결혼하려 하지 않으면, 두려움은 그 위력을 상실하게 마련이었다. 도라는 항상 끔찍한 일들을 생각했고 그래서 그것에 대한 두려움을 잃었다. 그녀는 그것을 찬찬히 살펴보았고, 세심하게, 호기심어린 눈빛으로, 모든 각도에서 보았다. 그래프와 목록과 계산에 집착하면 사람이 감각을 잃는 것이 분명했다. 휴식과 우정과 삶의 신비에 대한 평화로운 명상 없이 한 가지 일에 지나치게 긴 시간을 몰입하면 방향감각을 잃을 수도 있었다. 사람이 너무 오랫동안 그렇게 살다 보면 자신의 정박지를 완전히 잃을 수도 있을까? 영원히 잃을 수도 있을까?

그럴 수도 있을 것 같았다. 그리고 그녀의 아버지는 완전히 잘못

된 길에 접어든 것 같았다.

도라의 슬픔의 목록은 이미 너무도 길었고, 이 새로운 슬픔이 추가된 것이 그다지 큰 부담으로 느껴지진 않았다.

도라는 자신이 아버지를 언제나처럼 친절하게 대하되 아무 기대도 없는 때가 오리란 걸 알았다. 그들의 관계는 더 표피적이고 더 단순해질 것이다. 실망할 일은 없을 것이다.

모든 것이 준비되었다. 도라는 망원경을 들고 창밖을 내다보았다. 바위종다리 한 마리가 나무에서 땅으로 내려앉았다. 메리가 못먹게 된 빵 부스러기를 그곳에 뿌려놓았다. 그녀의 손이 종이 위에서 빠르게 움직이면서 머리의 균형, 몸체, 다리의 각도를 포착했다. 그녀는 신속하게, 즐겁게, 집중해서 그렸다.

그림이 완성될 무렵 오후는 저물어가고 있었다. 머지않아 떼까마귀들이 지나갈 것이다.

도라는 떼까마귀들이 언제나처럼 다정하게 까악거리고 웃으며, 긴 실타래처럼 날아가기를 기다렸다. 그녀는 일어나 망원경으로 그들을 가까이 당겨서, 목적지를 향한 수월한 비행을 감상했다. 도라는 몸을 비틀며 그들의 항로를 쫓았다. 그들이 흐릿해졌다가, 회색 점들이 되고, 마침내 그녀의 시야를 벗어나 규정할 수 없는 백색 속으로 사라져버릴 때까지. 그 뒤에도 조금 더 보았다.

"너희는 어디로 가는 거니?" 그녀가 소리 내어 중얼거렸다.

도라는 화구를 챙겨 망원경과 함께 가방에 넣었다. 가방 끈을 몸에 걸치고 접는 의자를 한 팔에 들고, 다른 손으로 지팡이를 짚고 비틀거리며 잔디를 가로질러 집으로 향했다.

18

"제 아내가 말하길, 자기는 벨맨 씨보다 블랙 씨를 더 자주 본다는군요. 벨맨 씨가 과연 실존인물인지 의문이라면서 글쎄 제가 만들어낸 인물이라지 뭡니까."

벨맨은 바느질도구 판매상을 쳐다보았다. 크리치로였다. 그는 한 손에는 벨맨의 담배를, 다른 한 손에는 벨맨의 위스키 잔을 들고 있었다.

"제 아내가 농담으로 한 말입니다." 벨맨의 표정을 보고 그가 온화한 표정으로 설명했다.

벨맨이 외출을 자주 하지 않는 것은 사실이었다. 기회는 무수히 많았다. 매일같이 우편배달부가 이곳저곳에서 열리는 이런저런 파티와 디너와 큰 행사의 초대장을 들고 왔지만, 벨맨은 바쁜 사람이었다. 대화에 휘말리지 않고 매장을 하루 세 번 순회하는 것만으로도 피곤했다. 슬픔이 깃든 상냥한 태도로, 눈이 마주치는 것을 피하면서, 그는 자신이 보고 싶은 것을 보고 확인할 것을 확인했다. 상점 운영자답게 그는 한 명을 집어내지 않고 왼쪽 오른쪽을 보며 주위의 모든 사람들에게 조의를 표했다.

사교모임을 완전히 피하기는 어려웠다. 때로는 그것이 사업을 하는 유일한 방법일 때도 있었다. 비록 효율적인 방법은 아니었지만, 극장의 객석에서 거래를 성사시킨 적도 여러 번 있었다. 연극의 전반부에 그는 거의 집중할 수가 없었다. 대체로 격한 감정, 감정의 분출이 있었다. 그는 비탄에 잠긴 표정으로 관람하는 관객들을 지켜보았다. 막간의 휴식시간에 두 사람은 거래에 합의하고 악수를 했다. 후반부가 시작될 때, 벨맨은 양해를 구하고 자리를 떴다.

한 달에 한 번, 벨맨은 피카딜리의 클럽 러셀스에서 바느질도구 판매상들과 모임을 가졌다. 벨맨은 그들이 이미 모여서 두 번째 잔을 들 때쯤 도착했다. 그는 사업과 관련된 내용들을 보고했고, 그들은 질문을 하고 의견을 냈다. 그러다가 모두가 벨맨&블랙의 상황이 흡족하다 싶으면 대화는 보다 일반적인 얘기로 흘렀고 벨맨은 외투를 가져오라고 하고 자리를 뜰 채비를 했다.

"한 잔 더 안 하시고요?" 누군가 물었지만 사업 얘기가 끝나면 그는 첫 잔조차 비우지 않았다.

"할 일이 있어서요!" 그가 말했고 그들은 딱히 불만을 갖지 않았다. 불가에서 위스키 한 잔을 들고 질척대는 사람보다는 벨맨 같은 사람에게 자산을 맡기는 편이 나았으니까. 그들이 얻는 수익이 그 사실을 증명해주었다.

이러한 사업상의 출타가 벨맨이 어쩔 수 없이 참석하는 유일한 사교모임이었다. 그러나 그는 부유한 홀아비이고 미남인 데다 전성기를 누리고 있으니 여자들이 그에게 관심을 갖는 것은 지극히 당연했다. 그가 모든 초대를 거절한다는 사실조차도 여자들의 눈에 비친 그의 가치를 오히려 높였다. 그들에겐 남편감이 필요한 딸들과 어린 동생들이 있었고, 벨맨을 빨리 낚아채지 않으면 반상복을 입은 예쁜 과부가 그를 채갈지도 모를 일이었다.

바느질도구 판매상들은 그런 압력을 넣기에 다른 사람들보다 유리한 입장이었다.

"여자들이 어떤지 잘 아시겠지만" 크리치로가 얼굴을 찌푸리며 말했다. "가끔 좀 막무가내잖아요." 그는 벨맨의 의자에 앉아 있었고, 도무지 일어날 생각을 하지 않았다. 벨맨은, 비록 두 사람 모두에게 고역이긴 해도, 그가 벨맨이 수락하기 전에는 떠나지 않을 작정임을 알았다.

"대단한 모임은 아닙니다. 그저 가족들과 가까운 친구 몇 명이 모이는 자리예요. 열한 시에는 귀가하실 수 있을 겁니다."

벨맨은 워킹* 이야기로 이 주제에서 벗어나야겠다고 생각했다. 여왕의 주치의가 화장터를 세울 요량으로 그 마을에 땅을 사고 유력인사 몇 명을 끌어들여 화장을 홍보하기 위한 협회를 결성했다던데.

"그런 일은 일어나지 않아요." 바느질도구 판매상이 말했다. "제 말 믿으셔도 됩니다. 우리가 불에 타서 재가 된다면 하나님이 우리를 어떻게 심판대에 세울 수 있겠나. 그게 사람들의 생각이에요. 벌레에 먹히고 뼈가 가루가 되면 하나님이 어떻게 심판대에 세울지는 생각하지 않지요. 그건 그냥 그렇다고 치는 거죠. 제 말 믿으세요, 벨맨 씨. 묘지 몇 군데가 포화상태가 되었다고 해서 영국 사람들의 머릿속에 시체를 태우자는 생각이 들진 않을 겁니다. 영국

---

* 런던 남서부 서리 지역의 마을.

은 이교도의 나라가 아니니까요."

그러나 벨맨의 전략은 효과가 없었다. 바느질도구 판매상이 일어서서, 손을 손잡이에 올려놓고는 다시 돌아섰다.

"에밀리에게 벨맨 씨가 참석하실 거라고 일러두겠습니다." 그가 말했다. 마치 그의 초대를 벨맨이 받아들였다는 듯이. 벨맨이 항의하기도 전에 크리치로가 떠났고 손을 쓰기에는 이미 너무 늦어버렸다.

파티에서—조촐한 가족 모임이라는 약속에도 불구하고 실제로는 파티였다— 벨맨은 주위에 펼쳐진 온갖 색깔에 기겁을 했다. 짙은 노란색 홀에서부터 식당의 에메랄드색 커튼까지, 안주인의 사파이어빛 드레스부터 식탁의 빨간 유리까지, 색깔에 눈이 아렸다. 그는 십 분도 채 안 되어 두통을 느꼈다. 그런데도 그는 상냥했다. 한때는 너무도 자연스럽게 할 수 있었던 일에 지금은 노력이 필요하게 되었지만, 그는 여전히 호감을 주는 방법을 알고 있었다. 음식들이 우아했고 공을 들였으며 쉴 새 없이 나와서 보는 순간 바로 식욕이 떨어졌지만, 그는 미소를 지었고, 그의 주위에서 오가는 대화에 귀를 기울였다. 말을 해야 할 때면 항상 적절한 말을 했다. 그는 백 가지 작은 방식으로 호감을 주었고 사람들이 알아차릴 정도로 말을 삼갔다.

"제게 스무 살 된 딸이 하나 있습니다." 그가 말했고, 자신에게 결혼시킬 딸도 있지만 아들도 있다는 사실을 의식한 부인들이 도라를 무도회, 다과회, 연극에 초대하자 품위 있게 고개를 저었다. "런던 생활을 견딜 만큼 체력이 좋지 않아요. 시골에서 조용히 살고 있습니다."

"궁금한 게 있는데요, 벨맨 씨. 이게 바로 우리가 그토록 당신을 만나보고 싶어한 이유이고, 이 미스터리의 대답을 런던 사람 모두가 궁금해하는데요. 미스터리의 블랙 씨는 대체 어떤 분인가요?"

테이블에 앉은 젊은 여자가 그에게 미소 지었다. 분홍색 입술에 흰 치아, 짓궂은 즐거움으로 반짝이는 푸른 눈. 색조가 다르긴 했지만 도라를 연상시켰다. 예전의 도라. 벨맨은 그의 딸이 이 아가씨의 또래일 거라는 사실을 충격과 함께 깨달았다. 웃고 있는 젊은 여자. 마침내 남편감을 찾아서 기뻐하며 옥수수꽃 빛깔의 파란 실크 드레스를 입고 친구들과 함께 즐거워하는 여자.

"맞아요." 방 안의 다른 사람들도 동참했다. "블랙이 대체 누구죠? 우리 모두 궁금해하고 있어요!"

미소를 띤 모두의 얼굴이 기대감에 들떠 그를 보았다.

"블랙요? 블랙은 단지 벨맨하고 같이 불렀을 때 괜찮게 들리는 단어일 뿐입니다."

마치 벨맨이 아주 재치 있고 우아한 말을 했다는 듯 여자들이 즐거워했다.

"단어일 뿐이라니!" 크리치로 부인이 소리쳤다. "마침내 알게 되어서 기쁘네요!"

"단지 첫 자가 같은 단어였군!" 테이블 맨 끝에 있던 누군가가 소리쳤다.

"두운일 뿐이었어!"

"시였던 거야!"

그들이 웃었다. 벨맨도 웃었다. 화제가 바뀌었다.

저녁이 저물어갈 무렵, 머리를 빗으면서, 크리치로 부인은 저녁

식사가 성공적이었음을 인정하지 않을 수 없었다. 이것은 아마도 우정의 시작일 것이다. 그녀는 벨맨이 그들의 집에 항시 찾아오는 손님이 되기를 원했다. 그의 아내를 찾는 데 도움이 되고 싶었고, 그 아내가 그녀와 관계가 있거나 적어도 도움을 줄 수 있는 사람이길 원했고…… 그날 저녁은 분명 일종의 서막이었지만, 막상 그가 떠날 때, '머지않아 다시 볼 수 있겠지요, 벨맨 씨?'라고 물어보려 했는데, 한마디도 나오지 않았다. 그리고 그의 표정을 본 순간 그 말을 하지 않기를 잘했다는 생각이 들었다.

"그 사람 아직도 애도 중이야?" 그녀가 남편에게 물었다. "왠지 물으면 안 될 것 같았어."

"나도 몰라."

"아내가 죽은 지 사 년이 된 건가?"

"아마 그 정도 됐을걸."

"혹시 다른 가족을 애도하는 건가?"

"내가 볼 때마다 항상 검은 옷을 입고 있었어. 벨맨&블랙에서도 그 옷을 입어. 그 사람은 늘 상점에 있거나 상점에 가는 길이거나 상점에서 나오는 길이라, 다른 때는 어떤지 볼 기회가 없었어."

그녀가 머리를 땋았다. "우리가 상점 이름 가지고 장난칠 때 별로 안 좋아하는 것 같더라. 안 그래?"

그녀는 코웃음 이상의 대답을 듣지 못했다.

크리치로 부인은 마침내 벨맨을 붙잡은 것에 대해 경쟁자들로부터 칭찬을 들었지만, 그녀의 승리는 덧없는 것이었다. 그녀는 그날 참석하지 못한 사람들을 위해 그녀의 파티에 관해 백 번은 보고했다. 그가 어떤 말을 했고, 어떤 행동을 했으며, 무얼 먹었는지.

"매력 있더라고." 그녀는 이렇게 반복해서 말하고 있었다.

그에 대해 얘기하면 할수록, 유령이나 키마이라*, 꿈속의 인물에 대해 설명하는 것 같은 기분이 들었다. 그는 분명 사람의 형상을 하고 사람의 무게와 단단함을 지니고 있었지만, 부아가 치밀 정도로 공허한 면이 있었다. 그의 실체는 어딘가 다른 곳에 있는 것 같다는 느낌을 떨쳐버릴 수가 없었다.

"혹시…… 여자가 있는 건 아닐까?" 그녀의 친구 중 한 명이 자신의 생각을 과감하게 입 밖으로 냈다.

정말 그런가? 숨겨둔 연인이 벨맨의 심장의 열쇠를 쥐고 있는 걸까? 결혼할 수 없는 여자와 격정적인 불륜에 휘말린 걸까? 그의 마음은 이미 누군가를 향하고 있는데, 그 혼자만의 사랑인 건가? 런던의 모든 사람들과 함께 그녀는 궁금해했다. 죽은 벨맨 부인이 아직도 남편의 마음속에 살아 있어서 새로운 사람을 거부하는 걸까?

바느질도구 판매상의 부인은 이런 이론들을 생각해보았고, 그녀의 직관이 그녀가 기억하고 있는 그의 몸짓, 말, 혹은 표정을 떠올려주고 그것을 밝혀주기를, 그래서 그의 심장의 열쇠를 내어주기를 바랐다. 그녀의 직관은 말이 없었다.

벨맨의 직원들도 궁금해했다. 재봉사들은 챌크래프트 씨의 귀에 들어가지 않도록 소곤거리면서 그들의 고용주와 그의 여자들에 관해 갈수록 황당한 얘기들을 지어냈다. 상점의 여자 판매 직원들은 구내식당에서 양고기 스튜를 앞에 놓고 그의 매력을 해부했다. 물

---

* 사자의 머리에 염소의 몸통, 뱀의 꼬리를 단 그리스 신화 속 괴물.

건을 사면서 일부러 시간을 끌며 상점 운영자를 찾았다는 과부의 소문도 돌았다. 벨맨이 매일 매장을 방문하기 전에 남자아이를 하나 상점으로 보내 정찰시키고, 만약 그녀가 상점에 있으면 그녀가 갈 때까지 기다린다는 소문도 있었다. 그 외에도 많은 얘기들이 오갔고 대부분 한심한 얘기였다. 그의 외모가 남자답고 훈훈하다는 점에는 모두가 동의했다. 그의 짙은 눈썹과 강렬한 눈빛에 여자들이 로맨틱한 관심을 갖는 것도 이해할 만했다. 그러나 좀 더 밝은 남자를 원하는 여자들도 있었고, 약간의 미소와 약간의 웃음이 여자에게 중요하다는 점에는 모두 동의했다. 여자들이 연애 상대로 어떤 남자를 선호하건 상관없이 대낮에 그를 실제로 보게 되면 그에게 추파를 던진다는 건 말도 안 되는 일처럼 느껴졌고, 로맨스의 환상은 증발해버렸다.

9번 지망생은 어땠느냐고? 리지는 드레스를 벗어서 문 뒤의 고리에 걸어놓을 때 벨맨 씨의 고리를 생각했고, 잠자리에 들 때면 그의 사무실 벽에 붙여놓은 침대에 눕는 벨맨 씨를 생각했다. 그녀에겐 예전에 살던 동네에 그가 나타났던 밤을 망각 속에 묻어두고픈 자기 나름의 이유들이 있었다. 벨맨은 그날 밤의 일을 기억하고 있다는 어떤 암시도 주지 않았다. 그 돈을 들고 아기를 의사에게 데려가기엔 너무 늦었고 설령 데려갔다 해도 너무 늦었겠지만, 그가 놓고 간 돈이 아니었다면 그녀 자신도 그 일이 꿈이었다고 생각했을 것이다. 그는 그런 일이 없었던 것처럼 행동했고 그녀는 그래서 다행이다 싶었다. 재봉사들은 툭하면 서로 놀리기 일쑤였고 그녀는 관심을 끌고 싶지 않았다. 그 외에는 벨맨 씨에게 특별한 감정을 품고 있진 않았다. 한밤중의 상념들은 그녀를 다른 곳으로 데려갔다. 그녀를 버린 젊은 남자, 그리고 그녀가 떠나보낸 아기. 때로는 행복한 기억들이 찾아왔고 때로는 그렇지 않았다. 둘 다 그녀를 울게 만들었다. 그러나 오래가진 않았다. 그녀의 일은 고되었고 잠에 빠져드는 것을 멈출 수가 없었다.

19

평일의 끝은 정해진 패턴을 따랐다. 위층 재봉사들은 해가 떠 있는 한 계속 일했다. 여름에는 일하는 시간이 길어졌고, 겨울에는 짧아졌다. 상점은 정확히 일곱 시에 문을 닫았다. 고객들이 깊은 슬픔에 잠겨 있고 시간 감각을 잃은 상태라 결코 쉬운 일이 아니었다. 철저하고 세심한 관리가 필요했다. 여섯 시 반 이후부터 고객들을 위로하는 점원들—조의를 섬세하게 표현하고 공감의 표정을 짓도록 고용된 여자들—이 서서히 매장에서 빠져나갔고 판매에 능한 사람들이 일을 맡았다. 일곱 시 십오 분 전이 되면, 겉으로 드러날 정도로 태도를 바꾸지는 않으면서, 판매 직원들이 우유부단한 고객들 앞에 명확한 선택을 공손하게 제시했다. 일곱 시 오 분 전까지 여전히 슬픔 속에 망설이는 경우에는 헤이우드 씨가 직접 중재에 나섰다.

"천천히 보세요, 부인." 그가 말했다. "현명한 결정이 성급한 결정보다는 나은 법이니까요." 그는 섬세한 손가락의 움직임으로, 우리가 여기서 한 시간을 더 보낸들, 언젠가 우리 모두에게 찾아올 영원과 견주어보면 아무것도 아님을 암시했다. 헤이우드는 누구도 독촉하지 않았고 그들이 결정을 내릴 때까지 기다려주었지만 일 분에서 칠 분 정도면 항상 결정이 내려졌고 대체로 더 비싼 제품으로 결정되었다.

일곱 시 정각이 되면 펜트워스가 마지막 고객을 내보냈다. 그는 가장 진심 어린 표정으로 조의를 표하며 근엄하게 문을 닫고 큼직한 열쇠를 자물쇠에 꽂았다.

고객들을 위로하고 동정하던 점원들은 마침내 고객들이 모두 떠난 것에 안도하며 한숨을 푹 내쉬었다. 그들은 욱신거리는 발을 문질렀고, 피로감에 눈을 감았으며, 양손을 허리에 올린 다음 하루 종일 뺀고 집어들고 나르느라 고생한 허리를 죽 펴보았다. 말은 여전히 조심해야 했다. 웃음과 수다 금지의 규칙은 퇴근 이후에도 상점에서 반경 오백 미터 내에 있는 한 계속 지켜야 했다. 따라서 사적인 대화는 오직 눈빛이나 속삭임으로 매장 관리자들의 귀에 들어가지 않는 범위 내에서만 이루어졌다. 어떤 경우에든 휴식의 순간은 아주 잠깐 동안만 지속되었다. 왜냐하면 곧바로 하루 중 가장 바쁜 시간이 시작되기 때문이었다.

감추어진 벽장에서 빗자루와 왁스 광택제와 쓰레받기가 나왔고 한바탕 청소가 시작되었다. 카운터에 광을 내고 원단 기둥과 리본 감개를 반듯하게 세우고, 계단을 쓸고, 마룻바닥을 문지르고, 거울과 창문을 닦고…… 여자들이 검사를 받을 준비가 되고 옆문으로 나가려고 줄을 설 때까지 청소는 계속되었다. "머리카락 한 올도 흐트러지지 않도록." 그들은 그 말을 듣고 또 들었다. 그래서 그들은 차례로 거울 앞에 서서 서로의 흘러내린 머리카락을 핀으로 고정해주었다. 매장이 완벽하게 정돈되고 그들 자신도 완벽하게 정돈되면 옆문이 열리고 그들이 밖으로 나갔다.

발걸음을 세면서 하나 둘 셋. 그렇게 벨맨&블랙에서 오백 미터 떨어진 곳(서쪽으로는 리젠트 스트리트의 담배 가게였고 동쪽으로는 리젠트 스트리트의 조그마한 레스토랑, 옥스퍼드 스트리트로 치면 방향에 따라 마침 혹은 그린웨이)에 이르러서야 그들은 비로소 다시 살아났다. 하루 종일 억눌렀던 열기와 안도감과 기쁨이 분출되었고, 웃다가 입이 일그러지는 것이 허용되었고, 아침 아홉 시부터 공손하게 접고 있던 손을 움직이거나 감정을 표현하는 것이 용인되었다. 천사처럼 마음이 따뜻한 수잔나의 고객 중 누구도, 창고의 남자가 했다는 저속한 얘기를 옮기며 몸을 구부리고 흐느끼다시피 하며 웃는 그녀를 알아보지 못했을 것이다. 근무 중일 때는 천국의 문지기처럼 침울한 펜트워드조차도 킹 윌리엄에서 아들들을 만날 때면 평범하고 쾌활한 남자로 돌변했다. 일을 마치고 집으로 돌아가는 길, 이 얼마나 즐거운 길인가!

하지만 윌리엄 벨맨은 집으로 가지 않았다. 벨맨&블랙 개업 첫해에 집에서 거의 시간을 보내지 않았기 때문에 결국엔 그 집을 세놓기로 했다. 이웃에 있던 집이 매물로 나왔을 때 그는 그 집을 사서 그것도 세놓았다. 이제 그에게는 런던에만 집이 네 채 있지만, 그는 줄곧 상점 내 그의 사무실 뒤, 제혀쪽매 패널 벽 방의 비좁은 침대에서 자고 무쇠 욕조에 물을 채워서 씻는 것을 선호했다. 집으로 가는 것보다 그 편이 덜 번거로웠다. 그곳이 그의 집이었다.

오늘 밤 그는 글로체스터의 레이놀즈와의 계약을 검토해보고 싶었다. 그자가 유통시키지 않은 벨맨의 원단으로 이득을 취하고 있는 것 같은 낌새가 있었다. 몇 분 동안 흑옥 판매량을 정독한다면 시간을 유용하게 보내는 셈이 될 것이다. 다음 주에 휘트비로 직원을 보낼 예정이라, 디자인별로 매출이 어떤지 파악해두는 것도 나쁘지 않을 것이다. 그는 반 시간 정도를 기분 좋게 그런 일들과 또 그와 비슷한 일들에 사용했고, 내일 하느니 오늘 해치울 수 있는 간단한 일을 떠올렸고, 그러다 보니……

시계를 본 순간 그는 익숙한 놀라움과 함께 아홉 시가 넘었음을 깨달았다.

밤이면, 벨맨&블랙은 그 나름의 매력이 있었다. 그것은 잠들어 있는 거대한 야수였다. 이렇게 의자에 기대어 앉아 있으면 맥박을 느낄 수 있었고, 비록 그 맥박이 자신의 혈관 속 맥박임을 알면서도 마치 벨맨&블랙의 맥박인 것만 같았다. 벨맨&블랙은 그 자신의 몸의 연장 같았다. 그의 손으로 주문에 서명했고 그의 창고는 제품들로 가득 차 있었다. 그의 목소리로 무언가를 명령하면 명령대로 이루어졌다. 그는 공방과 작업실과 제품공장과 원단공장을 그의 팔다리를 관장하듯 관장했다. 그가 이 회사의 심장이자 두뇌였다. 회사는 그의 것이었다. 그리고 그는 회사의 것이었다.

그는 유혹에 굴복하고, 램프를 밝힌 뒤 상점의 어둠 속으로 걸음을 내디뎠다. 그의 피조물은 휴면 상태였지만, 그는 마치 잠자는 육체 속의 꿈속 자아처럼 그 속에 살고 있었다. 그는 카운터에서 카운터로 옮겨가며, 서랍을 열고 주문서를 뒤적여보았다. 재고를 확인했고, 여기 있는 마네킹의 위치를 바로잡았고, 저기 있는 선반을 정돈했다. 발송실의 동굴 같은 어둠 속에서 그의 램프가 텅 비어 있는 기다란 테이블들을 비추었다. 그는 내일의 작업을 위해 완벽한 상태로 기다리고 있는 갈색 종이와 끈과 이름표를 흐뭇하게 어루만졌다. 소포 하나가 아직 발송되지 않았다. 그는 눈살을 찌푸리며 주소를 노트에 적었다. 내일 조처를 취해야지.

위층으로 올라가 직원들의 책상을 훑어보면서 마치 숙제를 검사하는 선생님처럼 그날의 계산을 뚫어지게 들여다보고, 잉크 얼룩과 손글씨도 유심히 보았다. 다시 위층으로 올라가 재봉사들의 작업실에 들어가서는 가위들의 숫자를 세었고, 손전등을 비추어 출고를 기다리는 옷의 바느질 상태를 보았고, 새로 온 재봉사가 꿰맨 옷단 일 인치에 바늘땀이 몇 땀 들어갔는지도 세어보았다.

그의 야간 순회를 방해하는 소리가 있었다.

목소리. 위층의 재봉사들이 노래를 부르고 있었다.

벨맨은 노래를 들으며 미소 지었다.

그가 램프로 손목시계를 비추었다. 거의 열한 시가 다 되었다. 어느 카페 가수의 노래를 들으러 나갔다가 방금 돌아온 모양이었다.

그는 노래를 들으려고 귀를 기울였다. 사랑스러운 목소리들이 그에게 다정한 선율을 들려주었지만 가사는 잘 들리지 않았다. 아주 옛날 노래인 것 같은데. 어쩌면 아는 노래인 것 같기도⋯⋯.

어떻게 하더라?

얼핏 기억이 나는 것도 같은데⋯⋯ **퐁퐁 솟는 샘물**⋯⋯ 맞나? 라라, 리리, 그리고 ⋯⋯**행복한 시간들**, 어쩌고저쩌고, **날 부르는 목소리**⋯⋯.

여자들이 부르는 노래였다. 남자들은 테이블을 주먹으로 내리치며 다 같이 커다란 함성처럼 부를 수 있는 씩씩한 노래들을 좋아했다. 술집의 밤은 인기 있는 곡으로 시작되었고 밤이 깊어질수록 외설적인 노래로 흘렀다. 그러나 때로 기나긴 밤은 나이에 상관없이, 술 마시는 남자들이 욕정을 넘어선 감상에 젖게 만들기도 했다. 그럴 때면 술자리가 끝날 무렵 거칠고 불안정한 목소리로, 남자들이 이런 노래를 불렀다. 애정과 그리움이 담긴 노래였다. 한때는 그도 이 노래를 알았다. 그러나 굳이 아는 척할 필요가 있을까. 지금은 가사를 알지 못했다. 그러나 순회를 하는 동안 그는 콧노래를 불렀다. 여자들은 노래가 끝나자 처음부터 다시 부르기 시작했고 그는 계속 작업실에서 어슬렁거렸다. 그들의 침대가 그의 머리 조금 위에 있었다. 그는 문득 놀라움과 함께 기억해냈다. 아주 오래전에 그가 노래를 썩 잘 불렀다는 것을.

노래가 끝났다. 작게 소곤거리는 소리가 들리더니, 이내 잠잠해졌다.

작업실의 모든 것이 그대로였다. 벨맨은 챌크래프트 씨에게 축하한다는 메모를 남겼고 그렇게 그의 순회는 끝났다.

노래는, 다시 들려오지 않을 것이 분명했다.

그가 바라는 것은…….

그는 무엇을 바랐던가?

알 수 없었다. 침대 외에는.

세수를 하고 옷을 벗으면서, 벨맨은 다시 그 노래를 흥얼거렸다. 그는 침대에 올라갔고, 촛불을 껐고, 제혀쪽매 패널에 등을 대었다. 깨어 있음과 잠 사이의 짧은 순간, 그는 보드라운 팔이 그의 목을 감아주고 여자의 숨결이 그의 목 밑에 느껴지기를 갈망했다. 리지의 얼굴이 그 상념들의 가장자리에 있었다. 그 뒤로는 어둠이 그를 삼켰다.

퐁퐁 솟는 샘물과 행복한 시간은 벨맨의 뇌에 적절한 자리를 만들었고 그곳에서 영구적인 진지를 구축했다. 무언가에 깊이 집중하거나 만족감을 느끼거나 피곤할 때 그 노래 몇 소절이 그의 입술

사이로 흘러나왔고 그 사이를 그는 "라라"와 "리리" 혹은 그가 만들어낸 다른 단어들로 채웠다. 그 뒤로 이어진 몇 달 동안 그 노래는 그의 고독한 시간에 아무것도 요구하지 않는 유쾌한 벗이 되어주었다. 한 번인가 두 번 그는 가수로 사는 또 하나의 삶을 상상했다. 마치 무대인 양, 1층의 매장에 서서 노래를 불렀고, 그의 목소리가 텅 빈 상점 극장 안에 울려 퍼졌다. 머리 없는 마네킹과 상반신 모형들이 홀린 듯 집중하여 그의 노래를 들었지만 마지막 소절이 잦아들어도 박수는 치지 않았다.

그 뒤로 이어진 어둠 속에서 그는 자신의 목소리가 얼마나 멀리까지 닿았는지 궁금했다. 혹시 그가 두 층 위의 재봉사들을 깨웠을까? 그는 한밤의 성가대를 상상하는 일을 스스로에게 허락했다. 그와 그의 재봉사들이 다 함께 노래를 부르는 상상이었다. 그러나 말도 안 되는 일이라고 중얼거리며 이내 그 생각을 접었다.

20

홀번의 좁은 뒷골목, 홀번의 춥고 우중충한 침실에서, 어느 여관 주인이 침대에서 돌아누워보니 밤새 아내가 죽어 있었다. 이웃들이 울음소리를 듣고 달려와 잿빛이 된 남자의 얼굴과 멍한 표정으로 그를 둘러싼 여덟 명의 아이들을 보았다. "어떻게 해야 하죠?" 그가 이웃 남자의 아내에게 물었다. "벨맨&블랙으로 가세요." 여자가 그에게 대답했다. "그 사람들이 다 알아서 해줄 거예요."

리치먼드의 어느 부모가 낙마 사고가 났다는 소식을 들었고 몇 분 뒤 아들의 주검이 집으로 실려왔다. 그들은 함께 울고 기도했지만, 처음 몇 분 동안 그들 두 사람의 이성은 다르게 반응했다. 아버지의 이성은 충격으로 마비되었다. 그는 아무것도 듣지도, 보지도 못했다. 집안의 질서를 잡기 위해 잠시 주의를 분산시킬 기회는 아내에게 주어졌다. 누군가는 정찬 모임을 취소해야 한다고, 그녀는 생각했다. 말이 발견되었는지도 알아봐야 했다. 그러나 그 두 가지 일을 처리하기 전에, 고통이 완전히 그녀를 장악하기 전에, 그녀는 잉크와 편지지를 찾았다. "벨맨&블랙에 전갈을 보내야 할 것 같아."

클래팜의 젊은 과부가 옷장을 열고 그 안에 걸려 있는 크레이프 드레스들을 쓸어보았다. 남편이 죽은 지 오늘로 이 년이 되었다. 좋은 남자였는데. 미남이었지. 이 년……. 그러나 어떤 밤에는 마치 어제 일 같았다. 그러나 이제 검은색은 그만 보아도 아쉽지 않을 것 같았다. 회색은 점잖았다. 우아했다. 회색 중에 그녀의 눈동자 색과 같은 파란 빛깔을 띠어서 밝은 머리색을 돋보이게 해주는 색상이 있던데. 아마 벨맨&블랙에는 있을 것이다.

강한 자나 약한 자, 부유한 자나 가난한 자, 죽음 앞에서는 모두가 평등했다. 모두가 눈물을 찍어내며 벨맨&블랙을 떠올렸다. 벨맨의 사무실 뒤 조그만 방에 있는 금고는 점점 더 그득해졌고 웨스트민스터 앤드 시티의 계좌들은 점점 더 풍성해졌다. 바느질도구 판매상들은 딸들과 손녀들을 결혼시켰고, 결혼식의 하객들은 유족들의 헤픈 슬픔 덕분에 마음껏 먹고 마셨다. 모두 만족했다.

벨맨은 자신의 상태에 만족했다. 수요에 맞추어 직원들을 더 고용했기 때문에 그의 임금 계산서는 매달 불어났다. 주방에서는 영업하는 직원들에게 연료를 공급하기 위해 점점 더 많은 점심식사를 준비했다. 앞문으로 빠져나간 제품들을 보충하기 위해 뒷문으로 들어오는 배송의 흐름이 끊이지 않았다. 성공을 가늠할 수 있는 방법은 너무도 많았다. 고객이 주문한 제품을 포장하기 위한 끈과 갈색 포장지에서부터 양팔 가득 물건을 높이 쌓아 들고 고객들 틈에서 위층 아래층으로 뛰느라 신발 밑창이 닳는 짐꾼들의 신발 수선비에 이르기까지. 그 모든 것이 매달 마지막 날, 벨맨이 월간 실적 보고를 읽고, 월 매출액을 확인하고, 그 달의 실제 매출을 그래프에 찍을 때 정리되었다. 지난 몇 년간 그래프는 꾸준히 상승했다. 처음 시작할 때 그가 송아지 가죽 노트에 기록했던 예측들, 그리고 바느질도구 판매상들 앞에서 지나치게 자신만만해 보이지 않으려고 자제했던 그 예측들은…… 자, 보라! 수익은 그가 예상했던 것보다 무려 일곱 배가 많았다! 일곱 배라니!

벨맨은 허허 웃었다. 기뻐할 이유들이 넘쳐났다.

그는 블랙을 잊지 않았다. 블랙 때문에 불안했던 시간들을 기억하고 있었다. 그러나 더는 불안하지 않았다. 비록 두 사람의 합의가 기이하긴 했어도, 그 합의는 성공적이었다. 블랙의 돈이 두 번째 계좌에 쌓이고 있었고, 그가 원하면 언제든 내어줄 수 있었다. 더구나 그 액수가 얼마인가! 블랙은 벨맨&블랙의 성공을 알고 있는지. 멀리서 지켜보면서 자신의 두둑한 밑천을 흐뭇해하며 때를 기다리고 있을까? 어쩌면 진열장을 살펴보면서 이 앞을 지나간 적도 있을까? 평범한 고객인 척하면서 매장을 둘러보았을까?

벨맨은 판매 여직원 한 명이 블랙의 정체를 알지 못한 채 그의 곁에 서서 시중을 드는 상상을 해보았다.

그러나 어쩐지 블랙은 그러지 않았을 거라는 생각이 들었다. 블랙은 멀리 있을 확률이 높았다. 아마도 여행을 하면서. 유럽 혹은 아메리카에 있을지도 모를 일이었다. 그 친구가 어떤 삶을 살고 있는지 누가 알겠는가? 어쩌면 용감한 모험을 하고 있는지도, 지구 반대편의 오지를 탐험하고 있을지도……. 놀랄 일도 아니었다. 블랙은 한계를 받아들이는 사람이 아니니까. 만약 그런 상황이라면, 여행을 마치고 항구로 돌아와 다음 날 런던 거리를 걷다가 자신이 몇 년 전에 씨를 뿌렸던 아이디어가 거대한 엠포리엄으로 자랐음을 깨닫는 순간 무척 놀랄 것이다. 벨맨의 이름을 대면서 그는 얼마나 큰 기쁨을 느낄 것인가.

그날은 얼마나 특별한 날이 될 것인가! 벨맨은 간절한 열망으로 그날이 오기를 기다렸다. 어느 날 노크 소리가 들리고, 버니가 "손님이 오셨습니다"라고 말할 것이고, 그 손님은 바로 블랙일 것이다.

오래전에 잃었던 친구를 다시 만난 것처럼 두 사람은 서로 얼싸 안을 것이다. 블랙의 팔이 그를 끌어안는 것을, 그의 손이 등을 다독이는 것을 느낄 것이다. 그들은 곧바로 서로 편안해질 것이다, 마치 형제처럼! 아무리 중요한 일이 있어도 그 일을 미루어두고 버니에게 이 감동의 순간을 사진으로 찍어두라고 해야지! "아무도 방해하지 마! 크리치로가 와도!" 그렇게 두 사람은 최고의 브랜디를 들고 불가에 나란히 앉을 것이고, 블랙은 별의별 이야기를 다 들려줄 것이다. 그가 그동안 어디 있었는지, 무얼 하고 있었는지. 벨맨을 혼란스럽게 했던 모든 것이 비로소 분명해질 것이다. "자네 그동안 이런 게 무척 궁금했겠지!" 담배에 불을 붙이며 블랙이 말할 것이고 벨맨은 그에게 대답할 것이다. "조만간 올 거라 생각했어, 친구. 난 결코 의심하지 않았어!"

벨맨은 자신의 친구에게 사업에 대한 모든 것, 오늘날의 성공을 위해 그가 했던 모든 일을 털어놓을 것이고 블랙은 그 모든 것을 인정할 것이다. "자네가 적임자란 걸 알았다네, 벨맨, 나의 친구." 그렇다. 벨맨은 그래프를 가리키고, 장부를 넘기고, 그를 위해 개설해둔 은행 계좌의 잔고를 보여줄 것이다. 그 순간은 얼마나 뿌듯할 것인가.

엄청난 부를 축적한 두 남자가, 불가에 나란히 앉아 사업 얘기를 하고—맞아, 바로 이런 걸 생각했던 거야!— 어느 순간 그들의 대화는 사업에서 벗어나 그 이상으로 흘러가고, 그들은 보다 고매한 문제들, 철학적인 질문과 우주에 대해 얘기를 나누고…… 벨맨으로서는 알지 못하는 삶의 단면들, 사전의 페이지들을 넘어선 것들이 있을 것이고, 블랙은 그런 일들에 대해 상당히 많이 알고 있을 것이다. 그는 분명 특별한 영향력을 지닌 인물일 것이다. 그와의 동업은, 벨맨과 그의 딸의 입장에서는 재정적인 측면을 초월한 일종의 방어막을 제공해주었다. 그에게 하고 싶은 질문이 백 가지도 넘었고, 블랙은 침착하게, 단순하지만 많은 의미를 내포한 단어들로 대답할 것이고, 벨맨은 그의 얘기를 들으면서 놀랍고 신비로운 일들, 꿈조차 꾸어보지 않은 일들, 가장 소중한 것들에 대해 배울 것이다.

이 얼마나 멋진 대화인가! 그들의 대화가 끝날 무렵 하늘에 달이 높이 떠 있고 별들도 보일 것이다. 두 명의 위대한 사업가가 이 사무실에 앉아 세상의 미스터리를 논하는 동안 런던 시민 모두가 잠들어 있겠지……. 동지애…… 그리고 이해. 소중히 간직할 우정. 블랙을 다시 만나기를 벨맨은 얼마나 손꼽아 기다리고 있는가.

언젠가는 그날이 올 것이다. 그날은 전적으로 블랙의 손에 달려 있고, 아무리 간절히 원한다 해도 벨맨이 할 수 있는 일은 아무것도 없었다.

그때까지 그에겐 벨맨&블랙이 있었다. 할 일들이 있었다. 감성 따위는 은행에 돈을 넣어주지 않는다.

벨맨은 공상에서 생각을 거두고 다시 계산으로 돌아갔다. 세심한 덧셈과 뺄셈과 곱셈에 몰두하는 동안, 블랙 같은 사람을 친구로 곁에 두어서 얼마나 좋은 점이 많은지 새삼 깨닫고 마음이 든든해졌다.

&

떼까마귀에게는 침략자가 거의 없다. 떼까마귀는 체구가 너무 크고, 너무 강하고, 너무 조직적인 데다, 무엇보다도 고작 부엉이나 독수리 따위의 별식이 되기에는 너무 영리하다. 그러나 인간들은 때때로 위협이 될 수 있다. 새총을 들고 있는 남자아이들만 해당되는 얘긴 아니다.

영국의 어머니들이 아기를 무릎 위에 앉히고 어르면서 불러주는, 오래된 짤막한 노래가 있다.

6펜스*의 노래를 부르자, 호밀로 가득 찬 주머니,
네 마리 하고도 스무 마리의 검은 새를 파이에 넣어서 굽네.
파이를 자르면 새들이 노래를 시작하지.
왕에게 올릴 만한 근사한 요리가 아닌가?

문제의 검은 새는 떼까마귀이다. 스물네 마리의 떼까마귀를 넣은 파

* 1971년까지 사용된 영국의 은화. 가장 작은 단위의 동전.

338

이라면 엄청 커다란 파이라고 생각하겠지만, 그것은 사실과 다르다. 다 자란 까마귀 고기는 맛이 씁쓸하다. 사람들이 좋아할 만한 맛이 아니다. 당신이 지나치게 까다로운 사람이 아니라면, 유일하게 먹을 만한 까마귀 고기는 나뭇가지에 앉아 있는 나뭇가지아기뿐이다. 날지는 못하고 둥지 밖 나뭇가지에 앉아 그들의 것이 될 세상을 며칠이고 바라보는 새끼 까마귀 말이다. 6월의 날지 못하는 새들은 유일하게 먹을 만한 종류이고, 한 마리라고 해봐야 고작 손톱만 한 가슴살 두 점이 사냥과 털을 뽑는 과정을 보상해줄 뿐이다. 따라서 동요 속의 왕이야말로 그 훌륭한 파이를 먹을 자격이 있다. 왕은 총을 든 사냥터지기들과 그 요리를 만들어줄 흰 앞치마를 두른 요리사들을 거느리고 있기 때문이다.

사실이 그렇다고 해도, 굶주림은 엄청난 동기가 되었고 당신의 조상들은 먹어야 했다. 그것이 바로 곤궁했던 시절, 활과 화살을 참나무에 겨누어 나뭇가지아기들을 쏘아 떨어뜨리는 인내심 많은 사람들이 있었던 이유이다.

떼까마귀 파이를 먹는다는 발상에 어쩌면 당신은 콧방귀를 뀔지도 모른다. 그러나 떼까마귀는 당신을 먹는다는 발상에 콧방귀를 뀌지 않을 것이다. 도로변이나 전쟁터나 조수가 밀려난 곳에서, 만약 기회가 주어진다면, 그는 기꺼이 당신의 살점에 신이 나서 부리를 박고 그 부리를 붉게 물들일 것이다. 교회와 십자가와 관이 생기기 전에는 뼈만 남기고 시신을 깨끗하게 처리하기 위해 돌 제단 위에 시신을 올려놓는 풍습이 있었다.

여기서 얻은 결론. 오래전, 떼까마귀가 당신의 조상의 살을 먹었고, 오래전 당신의 조상이 떼까마귀 파이를 먹었다. 사람은 떼까마귀를 먹고 떼까마귀는 사람을 먹는다. 몸이 섞인다. 이러한 상호 섭취로 인간의 살점이 지닌 단백질은 푸른빛을 띤 검은 날개가 되고, 떼까마귀 고기의 단백질은 인간의 피부가 된다.

떼까마귀와 인류 사이에는 사촌의 친밀함이 존재한다. 타의 추종을 불허하는 망각 능력을 지닌 인간들은 이러한 종의 친밀성을 깨닫고 놀란다. 보다 나은 기억력을 지닌 떼까마귀들은 자신들이 날 줄 알고 깃털 달린 당신의 동족이라는 것을 너무도 잘 알고 있다.

떼까마귀를 칭하는 집합명사는 무수히 많다. 어떤 지역에서는 떼까마귀 한 **건물**이라고 부른다.

21

벨맨&블랙은 벨맨의 비즈니스 왕국의 핵심이지만 그렇다고 유일한 사업은 아니었다. 우선, 그는 여전히 벨맨 방직공장을 소유하고 있었다. 그는 매주 휘팅포드에서 보내온 네드의 보고서를 받고 있었고, 열두 페이지에서 열다섯 페이지에 달하는 답장을 통해 지시하고 조언하고 질문했다. 두 번째 방직공장도 있었다. 반년 전 공장주가 파산했을 때 벨맨이 좋은 값에 인수한 공장이었다. 공장주는 단 한 명의 큰 고객에게 너무 크게 의존하는 실수를 범했고 바로 그 고객이 대금을 제때 지불하지 못했다. 초보적인 실수였다. 오래전에 해당 공장주에게 좋은 조건으로 자금을 빌려주었던 벨맨은 그의 재정적 위기를 가장 먼저 알았고 그 점을 이용했다. 그는 네드의 오른팔을 견습공들과 함께 그 공장으로 파견했다. 누구도 그 변화를 좋아하지 않았지만, 초기 혼란기를 견디고 나니 모든 것이 안정되었고 두 번째 방직공장은 이미 수익을 내고 있었다.

벨맨은 런던의 가장 좋은 동네에 열두 채의 저택을 보유하고 있었고 보유하는 것에 그치지 않고 세를 놓아 큰 이윤을 남기고 있었다. 그러나 저절로 돌아가는 건 아니었다. 그는 세입자를 찾았고, 임대료를 징수했으며, 지붕을 수리했고…… 그의 일을 대신해주는 사람들이 있었지만 그래도 벨맨은 벨맨이었기 때문에 그의 이름으로 진행되는 일들에 대해 알고 싶어했다.

벨맨은 투자에 대해서도 관심을 기울이고 있었다. 많은 젊은 사업가들이 장례용품 생산 분야의 혁신을 위해 벨맨에게 자본을 요청했고 또 받았다. 자본금과 함께 철저한 조사가 이루어졌다. 사업 구상에 한 치라도 오류가 있으면, 벨맨은 그것을 찾아냈다. 그는 자신의 사업과 거리가 먼 분야까지도 통달했고, 성공과 실패에 영향을 미치는 근본적이고 공통적인 요인들을 간파했으며, 각 사업의 세부 영역을 평가했고, 그의 돈이 해당 사업의 길잡이 역할을 할 거라는 기대 없이는 투자하지 않았다. 그는 살짝 건드릴 뿐이었지만 그가 건드리는 순간 모든 것이 달라졌다. 웨스트민스터 앤드 시티 은행은 그의 손길을 하나의 전조로 여겼다. 벨맨이 투자하면 그 투자의 안정성이 확실해졌고, 그의 돈이 가는 곳에는 벨맨의 사업 감각과 감시의 눈도 따라갔다. 그가 투자하는 곳에는 은행도 자본을 움직였으며, 그와 나란히 투자했고, 그 수익으로 이득을 보았다.

그러던 어느 날 저녁, 벨맨은 그동안 가슴 깊이 품고 있던 야망에 대해 의논하기 위해 은행 직원과 바느질도구 판매상들을 만났다. 바스, 요크, 그리고 맨체스터에 새로운 상점을 열어 벨맨&블랙을 확장하는 방안은 이미 꽤 오래전부터 구상하고 있었다. 건물 부지도 확보했고, 바느질도구 판매상과 은행은 이미 그 부지를 매입하고 시공사를 선정할 자금도 확보해놓았다. 전국적인 사업 확장에 박차를 가하기 위해 벨맨이 생각해낸 것은 벨맨&블랙이라는 이름을 장례용품업계의 소매업자에게 빌려주고—다른 네 명에게는 그렇게 들렸다— 그들에게 벨맨&블랙의 공급망을 통해 제품을 제공하고 그 대가로 이윤의 일부를 떼어오자는 것이었다. 그들이 보기에는 황당한 발상이었다.

"하지만 자기 상호를 내걸고 일하던 소매업자들이 왜 그런 일을 하겠습니까?" 바느질도구 판매상 중 한 명이 당황해하며 물었다.

"맨체스터의 상점에서 이탈리아산 장갑 6호의 재고가 부족하다는 걸 우리가 어떻게 알죠?" 또 한 명이 물었다.

벨맨은 모든 질문의 답을 알고 있었다. 걸림돌을 만날 때마다 그가 해결책을 제시했다. 의심이 들 때마다 그가 확신을 제공했다. 그들의 지식의 공백에 그가 견고한 사실과 숫자를 주입했다. 그는 모든 각도에서 상황을 철저히 꿰뚫어보았고 너무도 명확한 미래상을 갖고 설명했기 때문에 기이한 발상은 차츰 너무도 분명하게 타당한 것이 되어서 결국에는 지금껏 아무도 그런 생각을 하지 못한 것이 의아할 정도였다.

"대체 그 많은 일을 언제 다 하세요?" 웨이터가 새 음료를 내오는 동안 앤슨이 물었다. "비결이 뭡니까?"

벨맨은 어깨를 으쓱했다. "바쁜 사람보다 침대에 누워 있는 사람에게 시간이 더 빨리 가는 법이지요. 할 일이 많을수록 그 일을 할 시간도 더 생겨납니다. 아주 오래전에 그 사실을 깨달았어요."

그들은 브랜디 잔을 들어 한 모금 마신 다음 하던 얘기를 계속했다. 그들의 의견이 '예스' 쪽으로 모아지는 것 같았다. 한낱 은행 직원일 뿐인 앤슨에게는 결정권이 없었지만 그의 의견도 경청되고 존중되었다. "톰슨과 화장 홍보는 어떻게 받아들여야 할까요?" 그가 물었다. "묘지에 대한 그의 생각은 옳아요. 묘지는 비위생적이고 조처를 취하긴 해야 할 거예요. 이렇듯 변화가 일고 있는데, 지금이 과연 급속한 확장을 감행할 때일까요?"

사람들 틈에서 즉각적인 반발이 튀어나왔다.

"그건 불경스러운 일입니다!"

"그렇고말고요. 영국인들은 결코 용납하지 않을 거예요!"

"자기가 여왕의 주치의이고 사람들이 특별 대우를 해주니까 그런 소릴 하는 거예요. 말 같지도 않은 소립니다."

그 문제를 사업과 연관시킨 사람은 벨맨뿐이었다. "제가 보기엔 방법이야 어떻든 장례식은 장례식입니다. 예식을 치르려는 욕구는 변하지 않아요. 관은 큰 부분이지만, 대부분 나무로 제작되고, 나무는 상대적으로 저렴합니다. 더구나 땅에 묻힐 거라면 사람들이 기꺼이 지불할 금액에도 당연히 제약이 따르겠지요. 하지만 유골함이라면 집에 보관하고 싶어할 수도 있고, 그렇다면 온갖 값비싼 재질로 만들 수도 있겠지요. 심지어 은이나 금으로 만들 수도 있고 보기 좋은 마감재와 예술적인 장식들도 허용되겠지요. 설령 톰슨이 성공한다 해도, 저는 우리 사업의 안위를 걱정할 이유가 없다고 봅니다. 저는 그것을 두려워할 일이라기보다는 오히려 하나의 기회로 보고 싶군요."

"웨일스에서 이 문제가 어떻게 결론이 날지 기다리기보다는 확장 계획을 바로 밀어붙일 생각이신가요?"

"제 자식의 시체를 산기슭에서 불태우는 드루이드교* 의사 같으니라고!" 테이블에 둘러앉은 사람들이 경멸스럽다는 듯 고개를 저

* 성직자 드루이드가 창시한 켈트족의 한 종교로, 점술을 주로 하고 영혼불멸·윤회·전생을 설법하며, 죽음의 신을 세계의 주재자로 믿는다.

344

으며 입술을 안으로 말았다.

"사악한 행동입니다. 그자는 이교도예요."

"결국 다른 사람이 아닌 자기 자신만 곤경에 처하겠지요. 오히려 딱한 사람이라고 봐야 합니다."

"미친 사람이라고 보십니까?"

바느질도구 판매상들이 그 문제를 놓고 열띤 토론을 벌였고, 그런 식으로 여론을 조성했다.

"한 가지 장점은 있을 수도 있겠지요." 크리치로가 말했다. "그 문제를 기독교 판사에게 맡기면 법의 심판이 내려질 거고, 그렇게 되면 톰슨의 협회도 끝장나겠지요."

다른 사람들은 점잖게 고개를 끄덕였다.

"그렇게 되면 좋겠네요." 앤슨이 말했다.

"그럼 이대로 진행하는 겁니까?" 벨맨이 그들에게 질문을 던졌지만 그것은 질문이라기보다는 선언이었다.

바느질도구 판매상들이 고개를 끄덕였다. 그들은 합의에 도달했고, 벨맨이 일어섰고 잠시 후 자리를 떴다.

"다시 일하러 갔나 보네요." 바느질도구 판매상 한 명이 앤슨에게 말했다. "헌신적인 사람이에요. 진짜 존경받아야 해요."

그날 저녁 집으로 돌아가는 길에 앤슨은 그들이 나눈 대화를 되짚어보았다. 그 사람을 존경해야 한다고? 그렇기도 하고 아니기도 했다. 벨맨의 사업가적 본능과 재정적인 능력에 관해서라면 존경해 마지않았지만 그런 외곬 성향이 반드시 좋은지에 대해서는 의문이 들었다.

앤슨은 자신이 열심히 일하는 사람이라고 생각했다. 그는 열 시부터 네 시까지, 월요일부터 금요일까지 은행에서 일했고, 저녁에는 클럽에서 고객들의 비위를 맞추며 사업을 논했고, 주말에는 필요하면 서류 업무를 처리했다. 그러나 대부분의 날에는, 하루에 몇 시간은, 그 자신의 삶을 살 자유를 누렸다.

앤슨은 아이들과 함께 있는 시간을 무척 좋아했다. 첫 번째 결혼을 통해 얻은 성인이 된 자식들, 그리고 두 번째 결혼으로 얻은 어린 자식들 모두. 그는 토요일 아침 정원을 산책하는 시간을 무척 소중히 여겼다. 더구나 훌륭한 책을 벗 삼아 삼십여 분을 보내지 못하면 왠지 모를 박탈감을 느꼈다. 여자도 있었다. 그가 진심으로 사랑하고 엄청난 인내심과 친절로 대하는 아내가 있었고, 그 외에도 한두 명이 더 있었다. 생기 넘치고 조심스럽고 살가운 아가씨들이었다. 그렇다, 그는 늘 여자들을 좋아했다. 이 모든 것들이 바로 인생의 묘미라고 그는 생각했다. 그것이 바로 그가 일하는 이유였다. 그가 번 돈을 쓸 때면, 수국을 사고 딸을 위한 피아노를 사고 예쁜 아가씨들의 장신구들을 살 때면, 그런 것들이야말로 그가 은행에서 보낸 시간의 정당한 이유인 것 같았고 노동으로 시작된 하루라는 주기의 자연스러운 마무리 같았다. 벨맨의 삶에는 그와 같은 의미를 지닌 것이 무엇이 있는지 도무지 알 수가 없었다.

딸이 하나 있다고 했지만 그 딸과 많은 시간을 보내는 것 같지도 않았다. 그의 딸은 런던에 있지 않았고 벨맨은 스물네 시간 이상 상점을 비우는 일이 없었다. 여자가 있는 것 같지도 않았다. 상점 맨 위층에는 수많은 술탄을 만족시키고도 남을 정도로 많은 여자들이 있었지만, 크리치로 부인의 여성적 직감보다 더 예리한 그의 직감이 벨맨이 그들을 건드리지 않았다고 말했다. 미식가도 아니었고 술을 좋아하는 것 같지도 않았다. 그가 사무실에 보관해둔 술병들은 앤슨이 알기로는 사업상 만나는 손님들을 위해서만 열렸다. 벨맨이 그의 집을 방문하는 경우에는, 다급한 상황이 발생했을 때 한두 번 왔을 뿐이었지만, 차 한 잔이나 브랜디 한 잔을 무심히 받았고 그나마도 남기는 경우가 많았다. 그에겐 취미도 없었다. 명성에 걸맞는 집조차 없었다. 그는 그저 일할 뿐이었고 거의 피로를 느끼지 않는 것 같았다. 휴식, 재충전, 위로, 친구도 필요로 하지 않았다. 참으로 대단한 사람이었다. 하지만 그게 과연 자연스러운 일인가?

우리는 벨맨과 같은 재료로 만들어지지 않았다고 앤슨은 생각했다. 그러나 그럼에도 벨맨 역시 사람이었다. 사람이라면 그런 식으로 얼마나 버틸 수 있겠는가?

22

벨맨의 조끼 주머니 안쪽, 시계에 눌리는 부분에 구멍이 뚫리면서 천이 늘어졌다. "재봉사를 보내서 하나 더 만들도록 해줘요." 그가 챌크래프트 씨에게 말했고 그녀가 리지를 보냈다.

벨맨은 조끼를 벗어 의자에 걸쳐놓았다.

"영국 메리노로 만든 거죠?" 리지가 물었다. "입을 때 보드랍긴 하지만 에스파냐산보다 내구성이 떨어져요."

"같은 실로 만든 거예요. 실을 짠 곳이 어디냐에 따라 달라지지요."

그가 치수를 재기 위해 셔츠 차림으로 일어섰다. 리지가 벨트에 달린 주머니에서 줄자를 꺼냈고, 벨맨은 배꼽에서 허리, 쇄골에서 어깨, 가슴둘레, 허리둘레를 재는 그녀의 가벼운 손길을 느꼈다. 치수를 잰 후에는 기록을 하려고 잠깐 멀어졌다. 그렇게 멀어졌다가 다시 다가오기를 한 번, 두 번, 세 번 했고, 그동안 그를, 그의 얼굴을 한번도 보지 않았다. 벨맨도 그녀를 보지 않았다. 곁눈질로 본 것 외에는.

그가 노래를 부르는 것도 아니었고 콧노래를 흥얼거리는 것도
아니었다. 그저 어떤 음정을 숨으로 내쉰 것뿐이었는데, 아마도 그
과정에서 그의 가슴이 젖혀졌는지 그녀의 손가락이 어깨를 누르며
그를 진정시켰다. 그리고 그녀의 목소리가 들렸다.

　"위층에서들 얘기하기를, 블랙 씨의 유령이 상점에 출몰한대요."

　"왜 그런 말들을 하지요?"

　"그 사람이 노래하는 걸 들었대요."

　"아."

　"그런데 노래 가사를 다 알지 못하는 게 분명하대요."

　"그래요?"

　"팔 아프세요? 괜찮으세요? 그럼 이 칼리코 원단으로 맞추어볼
게요. 사장님이 전에 쓰셨던 건데 치수가 달라지지 않았어요."

　그녀가 칼리코 원단 몇 조각을 솜씨 좋게 책상 위에서 핀으로 이
은 다음 그의 뒤로 다가와서 등의 평평한 부분에 대고 눌렀다. 그
녀의 경쾌한 목소리가 그의 귓속에 흘러들었다. 겨우 들릴 만한 속
삭임으로.

　"여전히 천사의 별들이 반짝이고,
　여전히 물결치며 강이 흘러도,
　천사의 목소리는 고요하네.
　아주 오래전 들었던 그 목소리,
　들어라! 낮게 속삭이는 메아리,
　아주 오래전 그 소리!"

　이 얼마나 슬픈 노래인가! 벨맨은 생각했다. 그 노래가 슬픈 노

래였다는 것을 그는 깨닫지 못했다. 만약 알았다면 그 노래를 부르지 않았을 것이다. 그러나 리지의 달콤한 목소리로 듣자니 슬픔조차 매혹적이었다. 그녀가 노래를 계속하자 벨맨은 기뻤다.

"여전히 숲은 어둡고도 외롭고
여전히 샘물은 퐁퐁 솟아도
아름다운 지난날이여
다 어디로 사라졌는가?
들어라, 슬픈 메아리가 말하네.
모두 사라졌노라!"

그 노래를 들으며 벨맨은 가슴속에서 어떤 감정이 이는 것을 느꼈다. 너무 오랫동안 억눌러온 무언가가 분출되려는 듯한 기분, 너무 오랫동안 꽉 움켜쥐고 있었던 짐을 마침내 내려놓는 기분……. 이게 대체 무슨 일인가?

리지가 그의 앞에 섰다. 수줍어서인지 창피해서인지 그녀는 그와 눈을 맞추지 않고 잠자코 있었다. 조끼의 앞부분에 해당되는 칼리코 옷본을 그의 한쪽 가슴에 대고 어깨에 핀으로 고정한 다음 나머지와 이었다.

"노래 계속해봐요. 부탁해요." 자신의 목소리가 퉁명스럽게 들렸다.

그녀의 뺨이 더욱 붉어졌다. 그녀는 너무도 가까이에 있었고 그는 입술이 열렸다 닫힐 때의 촉촉한 부분까지 볼 수 있었다.

"여전히 밤의 새는 투덜대는데

(정말이지, 그녀의 노래는 고통스러웠다)
내 행복한 시간들의 환영들이여
불러도 불러도 부질없겠지?
들어라, 메아리가 또다시 외치네.
다 부질없어라!"

그녀가 조끼 옷본의 나머지 반을 그의 몸에 대었고, 그녀의 목소리가 갈라져 한두 마디를 놓쳤을 때 벨맨은 자신이 그 노래의 가사를 알고 있음을 깨달았다. 아주 오래전 레드 라이언에서 술 취한 사람들에게 배웠던, 거의 대부분을 잊어버린 그 노래가 과거로부터 되살아났다. 잊고 있었던 단어가 차례로 그의 입에서, 정확히 필요한 순간에 새어나왔다. 옆방에 있는 버니를 의식하면서 그는 최대한 숨을 죽이고 노래를 웅얼거렸다.

"멈추어라, 메아리, 슬픈 메아리여!
한때 나는 그대의 목소리를 사랑했건만
이제 나의 마음은 병들고 지쳐
지난날이여, 긴 작별을 고하리.
들어라, 슬프고 지친 메아리여,
작별을 외쳐라, 작별을!"

리지가 핀 꽃는 작업을 마쳤다. 리지는 그가 노래 부르는 모습을 지켜보고 있었다. 벨맨이 그녀를 보았을 때, 리지는 양손을 가슴에 모으고 있었다. 그의 두 손으로 그녀의 두 손을 잡는 것은 세상에서 가장 쉬운 일일 것이다.

블랙에 대해 물어봐야 한다고, 그는 생각했다. 그걸 물어봐야겠다고. 아, 그러고 보니 꽤 오랫동안 그렇게 생각하고 있었다.

"전에 만났을 때 말이에요." 그가 말했다. "상점 개업 하루 전날." 그의 행로가 그의 의도와 상관없이 엉뚱한 길로 샜다. "아가씨 방에 아기 요람이 하나 있던데요."

벨맨은 움찔하며 놀라는 그녀의 모습을 지켜보았다. "저에게 딸이 있었어요. 그 아이 이름은 세라였어요. 그 아이는……."

리지가 말을 멈추고 침을 꿀꺽 삼켰다. 그녀의 눈에 눈물이 차올랐다. 힘겹게 갇힌 눈물이 파르르 떨렸다. 눈물 한 방울이 흘러 뺨에서 반짝였고, 또 한 방울이 흘렀다. 그녀의 얼굴은 슬픔으로 빛났고, 그와 동시에 그녀는 미소를 지었다. 벨맨은 완전히 넋을 잃었다. 그녀가 무슨 말을 하려 했는지 몰라도 그 말은 필요치 않았다. 그녀의 얼굴이 기쁨과 슬픔의 기억으로 환하게 빛났고 그는 그 모습에 매혹되었다. 그때 그녀가 그에게 보낸 눈빛은 하나의 선물이었고, 아름답고도 두려웠으며, 그는 그 눈빛을 받아들이고 싶었다.

그의 마음속에 무언가가 가득 차올랐다. 그는 자신의 입술에 경련이 이는 것을 느꼈다. 지금 울 수 있다면 얼마나 달콤한 위로가 될까. 그의 마음을 대변해주는 노래가 있고 함께 울어줄 여자가 있는 지금……. 그의 눈이 욱신거렸고 눈두덩이의 압력이 커졌고, 그의 시야가 찬란한 눈부심으로 깨어지려는 순간, 창가에서 무언가 움직였다. 어쩌면 그 혼자의 생각인지도.

"저게 뭐지요?" 그가 물었다.

"뭐가요?"

"창가에. 새, 맞지요?"

"전 못 봤는데요."

놀라움의 순간, 그의 손이 그녀의 손을 잡았다.

한때는 여자에게 키스할 줄 아는 윌리엄 벨맨이었다. 그는 어떻게 주고 어떻게 받는지를 알았고, 포옹이 주는 위로를 알았다. 누군가를 가까이 끌어당겨 그의 것이 아닌 심장 박동을 그의 가슴으로 느낄 수 있었다.

그러나 두 사람을 방해한 것이 무엇이었는지 보려고 하늘을 살피면서 그는 생각했다. 이제 나는 블랙과 함께라고. 슬픔이 주는 위로는 이제 시효가 지났다고. 슬픔을 느끼기에는 너무 늦었다고.

그는 리지의 손을 놓았다. 그녀는 돌아서서 치수를 적는 종이로 돌아갔다.

"전처럼 주머니도 만들까요, 사장님?"

"그래야겠지요, 네."

"핀 조심하세요."

그녀가 핀으로 고정한 옷본을 팔을 통과시켜서 빼는 동안 벨맨은 움직이지 않고 서 있었다. 리지는 옷본을 대충 접어서 팔에 걸쳤다. "내일까지 할 수 있어요. 점심때까지 해드리면 될까요?"

"서두를 것 없어요."

리지는 재봉실로 돌아갔고 벨맨은 하던 일로 돌아갔다.

23

"윌!"

누군가가 그의 이름을 줄여서 부르는 일이, 혹은 이름을 부르는 일 자체가 너무 오랜만이라 벨맨은 자신을 부르는 것인 줄도 몰랐다. 하마터면 그대로 지나칠 뻔했지만 그 순간 그의 속도를 늦춘 것은 그녀의 눈빛에 담긴 기대감이었다. 벨맨은 그제야 그것이 자신의 이름이었다는 깨달았다.

그녀의 얼굴은 친근하기도 했고 낯설기도 했다. 그는 벨맨&블랙에서 모든 사람들을 알고 있었지만 여기는 휘팅포드의 번화가였다. 그는 자신을 잘 아는 것이 분명한 이 얼굴에 어떤 이름을 연결해야 할지 도무지 감이 잡히지 않았다. 그녀가 그에게 미소를 지었고, 안부를 물었고, 그는 어떻게든 대답해보려 애썼지만 그녀가 누구인지 도무지 기억이……

"지니 암스트롱이에요. 예전엔 지니 앨드리지였고…… 이게 얼마만인지……. 날 못 알아보는 것도 당연해요. 내가 많이 변하긴 했죠."

그가 알던 지니의 모습이 남아 있었다. 단지 더 나이 들고, 더 뚱뚱하고, 더 잿빛이었다. 그녀의 모습을 바꾸어놓은 것은 단지 세월만은 아니었다. 다른 무언가가 그녀의 눈밑을 검게 만들었고 얼굴에 주름을 그었다.

벨맨은 그녀가 자식들 이야기를 하는 것을 들었다. 장남인 로브는 방직공장과 공장 사택에 빵을 배달하고 있었다. "로브가 있어서 얼마나 다행인지 몰라요. 정말 그렇다니까요. 하지만 나이가 어린 로브 혼자 제과점을 운영하고 있어요. 배달까지 전부 다. 그 아이가 없었다면 어떻게 했을지 모르겠어요. 댁의 딸 도라는 그야말로 하늘이 내린 선물이었어요. 도라가 로브에게 회계를 가르쳐주고 있거든요. 사실을 말하자면, 로브 대신 회계 일을 봐주고 있어요. 로브의 동생이 학교를 졸업하고 제과점 일을 좀 거들 수 있을 때까지요. 내가 제과점에 있으면서 프레드를 돌볼 수는 없으니까요. 안 그래요? 요즘은 프레드가 점점 더 나를 자주 찾아서 한시도 자리를 비울 수가 없어요. 지금은 딸이 돌봐주고 있어서 잠깐 볼일을 보러 나왔지만……."

벨맨은 지니가 하는 말들을 바탕으로 상황을 유추해보았다. 프레드는 병이 들었고, 그들의 아들 로브는 어린 나이에 아버지 일을 떠안게 되었고, 도라가 그들을 도와주고 있었다. 그는 어렴풋이 네드에게 들은 얘기를 떠올렸다. 제과점 주인이 병이 들었지만 배달은 계속 유지되고 있다고 했었다. 도라가 네드에게서 회계를 배워서 공장 사무실에서 일주일에 몇 번 도움을 주고 있다는 얘기도 들은 것 같았다. 실제로 들으니 어쩐지 의외의 일처럼 느껴졌다.

문득 지니의 머리에 어떤 생각이 떠올랐고, 그로 인해 잠시 수다가 중단되었다.

"한번 우리 집에 와서 인사나 하지그래요? **내가 언젠가 크게 될 줄 알았다니까, 윌 벨맨, 그 친구 말이야.** 프레드가 늘 하는 소리예요. 어렸을 때 알아봤다면서요. 그리고 프레드에게 좋은 기회를 주었잖아요. 공장 아침식사로 빵을 배달하게 해주었죠. 그 덕분에 우리가 이만큼 살고 있는 거예요. 그이도 그걸 한 번도 잊은 적이 없어요."

그녀의 눈동자의 파란 빛은 예전처럼 티 없이 투명하지 않았다.

느닷없이 그의 머릿속에 하나의 이미지가 떠올랐다. 강, 높이 우거진 수풀, 초록색 강기슭에 벌리고 있는 지니의 흰 다리와 그녀가 신고 있던 검은 부츠.

그녀 역시 같은 기억을 떠올리고 있다는 것을 벨맨은 알 수 있었다. 그녀도 벨맨이 그 일을 떠올리고 있다는 걸 알았다.

"와서 그이를 만나줘요, 윌." 그녀가 말했다. "큰 힘이 될 거예요."

"알았어요." 그가 대답했다. "갈게요."

"요즘 공장 사무실에서 네드하고 같이 일을 한다고?" 아침식사를 하며 그가 도라에게 물었다.

"일 년 반째 하고 있어요."

그가 고개를 끄덕였다. "그 일이 좋으니?"

"네."

"제과점 회계 일을 봐준다고?"

이번에는 조금 더 천천히, 얼굴을 찌푸리며 그녀가 고개를 끄덕였다. "암스트롱 씨 가족들은 프레드와 빌리를 학교에서 빼내서 그 일을 돕게 할 생각을 하고 있더라고요. 마음은 이해하지만, 제가 보기에는 너무 단기적인 생각 같아서요. 일 년이나 이 년 정도 교육을 더 받으면 나중에 훨씬 큰 도움이 될 텐데 말이에요. 서류 작업을 좀 도와주면 로브가 제과점만 맡아서 운영할 수 있어요."

"그래서 네가 하는 거구나. 임금은 받고 있니?"

그녀가 미소를 지었다. "집안일은 원래 임금 안 주잖아요. 우린 일요일마다 제과점의 배달용 수레를 타고 소풍을 가요. 로브가 소풍을 가서 잠이 들거나, 청구서를 들고 왔다가 아빠의 오래된 의자에 앉아 잠이 들면, 제게는 한 시간 정도 움직이지 않는 모델이 생기는 셈이죠. 제가 보기엔 괜찮은 거래 같아요."

그가 고개를 끄덕였다. "암스트롱의 제과점이 행여 파산이라도 하게 되면 우리 공장에 납품할 새 제과점을 찾아야 하니 비용도 들고 번거롭겠지."

"런던에 가시기 전에 암스트롱 씨 집에 가신다면서요?" 도라가 마멀레이드에서 고개를 들었다. "로브가 오늘 아침 메리에게 빵을 가져다주면서 얘기하던데요."

벨맨은 갑자기 얼굴을 찌푸렸다. 도라의 말이 옳았다. 그가 약속을 했다.

그가 고개를 저었다. "그러려고 했지. 하지만 지금은……." 그가 옆에 놓아둔 편지를 가리키며 말했다. 버니가 보낸 편지였다. 그가 잠깐 자리를 비운 사이에 발생한 수많은 문제들이 담겨 있었다. 돌아가는 길에 상황을 완전히 파악해서 바로 조처를 취할 수 있도록 편지를 보낸 것이었다. 그는 갑자기 마음이 급해졌다. 최대한 빠른 시일 내에 런던에 도착해야 했다.

"런던에서 처리할 일이 있어." 그가 설명했다.

조급함이 밀려왔다. 그는 자리에서 일어나 냅킨으로 입을 닦았다. 마지막으로 입에 넣은 토스트를 채 삼키기도 전이었다.

"그나저나 암스트롱 씨는 어디가 아픈 거냐?"

도라의 눈빛과 목소리는 덤덤했다. "죽어가고 있어요."

"다음에 가겠다고 전해다오." 마치 그녀가 아무 말도 하지 않았다는 듯, 대답하고는 냅킨을 바닥에 떨어뜨렸다.

그가 문을 열고 서둘러 빠져나갔다.

"다음은 너무 늦을 거예요." 문이 닫힐 때 도라가 말했다.

그녀는 토스트를 한 입 더 먹었다.

벨맨은 송아지 가죽 노트에 기록을 했고 그 기록에 따라 움직였다. 그다음 네드에게 쓰는 편지에서 그는 오랫동안 방직공장의 아침식사를 배달해온 제과점 주인의 장례식 비용을 벨맨&블랙에서 지불하기로 한 결정을 통보했다. 그는 네드에게 적절한 시기에 지니 암스트롱에게 이 사실을 알려주고, 더불어 암스트롱 부인과 장례 책임자인 라티머 씨 사이에서 중간 역할을 해주고, 가족들의 뜻에 따라 일을 진행해달라고 부탁했다. 그는 라티머 씨에게 보내는 정기 서신에 같은 내용을 기록해두었다.

몇 주 후, 여느 때처럼 부산스럽게 책상 위 서류들을 처리하던 중 청구서 한 장이 그의 주의를 끌었다.

이게 뭐지? 벨맨&블랙이 제공한 장례식 비용 청구서? 암스트롱이라면…….

프레드!

그의 피가 놀라 펄쩍 뛰는 것 같았다. 그의 심장은 더 빨리 뛸 준비를 했다. 무언가 그의 목에 걸렸다.

그는 평상시보다 더 다급하고 더 알아보기 힘든 글자로 그 청구서에 서명하고 얼른 다음 청구서로 넘어갔다.

그는 서류 작업에 열심히, 아주 열심히 집중했다. 워낙 일처리가 빨랐지만 더 빠르게 일했다. 매분 매초 그리고 매초의 매 순간까지 일했다. 쌓여 있던 서류가 모두 사라지자 그는 시간을 갖고 읽어보려 했던, 그의 회계사가 보낸 흥미로운 분석 자료를 들었고 그 자료를 들고 기록을 하고 질문을 적으며 밤늦도록 깨어 있었다. 다 읽고 난 뒤에는 그 주장에 대한 총평을 썼다. 그러고는 다시 이런저런 다른 할 일을 찾았다. 아침이 되고 버니가 와서 노크를 할 즈음에는 그의 피와 심장과 목에 대해 완전히 잊을 수 있었고, 프레드의 장례식은 먼 과거에 일어난 사소한 일이 되어 있었다.

24

버니는 그 달의 결산 보고서를 관련 자료와 함께 그의 책상에 올려놓았다. 그의 태도에 망설임, 심지어는 내키지 않아하는 것 같은 느낌이 있었다. "그리고 이것도 한번 보셔야 할 것 같아서 가져왔습니다." 그가 말하며 맨 위에 신문을 올려놓았다.

벨맨이 신문 쪽을 흘긋 보았다. 당대의 문학계 인사 한 명이 쓴 글이 보이도록 접혀 있었고 장례비용 과다 지출을 비판하는 내용이었다.

"또 그런 글인가?" 벨맨이 버니를 쳐다보았다. "신문에 저런 글이 실려봐야 사기꾼들한테 가려던 사람들을 우리 상점으로 오게 만들 뿐이야. 오히려 잘된 일이지."

버니가 고개를 끄덕였다. "더 시키실 일이 없으면, 그만 퇴근하겠습니다."

그들은 밤 인사를 했다.

10월의 마지막 날이었고 어두운 창문을 때리는 빗줄기에도 아랑곳없이 벨맨은 흐뭇하게 책상 앞에 앉아 있었다. 매달 마지막 금요일이면, 각 부서의 책임자들은 지난 사 주 동안의 매출 결산 보고서를 작성했다. 여러 제품들의 매출 상승과 하락, 매출에 영향을 미친 요인 등등. 대부분은 하루 세 번 매장을 돌며 이미 파악한 사실들이었지만, 그래도 그는 상점 문을 닫은 이후 그와 보고서들만 남겨진 이 시간을 좋아했다. 보닛의 매출이 상승했는지 하락했는지, 그 이유는 무엇인지. 뱀을 모티프로 한 흑옥의 수요 급증, 문구류 매출의 증가와 이탈리아 장갑 업체와의 문제. 사업의 기본에 해당되는 이런 일들에 대한 그의 관심은 도무지 사라질 줄 몰랐다. 두 달 전 스탠퍼드 백작의 장례식이 있었고, 큰 장례식은 거의 모든 부서의 매출을 끌어올렸다. 보고서를 읽는 동안 질문들, 구매가 일어나는 시점, 추가로 조처할 일들이 떠올랐고, 그는 그것들을 여백 곳곳에 기록해두었다. 물음표 하나, 화살표 하나, 단어 한두 개. 그는 아무것도 빠뜨리지 않았다.

이제 그는 글로 쓴 보고서에서 회계부장이 작성한 수치들로 넘어갔다. 이번에는 그저 훑어보는 정도로는 안 되었다. 행여라도 오류가 있으면, 마치 무도회장 한복판에 서 있는 동상처럼, 그의 눈앞으로 튀어나올 것이다. 그는 행과 열을 점검했고, 아무 문제도 없는 것 같았다. 그러나 맨 마지막 줄에 이르자 그는 잠시 멈추고 생각해보았다. 그는 조금 더 가까이 들여다보다가, 이번에는 조금 멀찍이 들었다. 그는 보고서를 도로 책상 위에 내려놓고 천장과 벽이 만나는 지점을 보았다. 대체 이게 무슨 일이지?

이번 달 역시 훌륭한 달이 아니었던가? 끊임없는 고객들의 행렬이 슬퍼했고, 구매했고, 지불했고, 위로받고 떠났다. 고객 한 명이 상점을 나서는 순간 또 다른 고객이 들어섰다. 한 고객이 상을 벗는 순간 또 다른 고객이 상을 당했기 때문이었다. 상에서 벗어난 고객은 머지않아 다시 상을 당할 것이다. '다음번'에 대비하여 상복을 집 안에 두면 화를 부른다는 생각이 지배적이었다. 그렇다면 굳이 말릴 이유가 있는가? 그리고 그의 고객들이 죽어서 더 이상 동전 한 푼 쓸 수 없게 되어도, 심지어 그때조차도, 그때는 더더욱, 벨맨&블랙의 성공에 기여하는 셈이었다. 시인들이나 소설가들이 일주일에 몇 편씩 투고하고, 〈하우스홀드 워즈〉*가 그런 글을 일주일에 열두 편 싣는다 해도, 달라지는 것은 없었다. 사람들은 끊임없이 죽었고, 그들이 죽으면 유족들은 울음꾼**을 원했고, 안감을 댄 관을 원했으며, 새 검은 옷을 원했다.

아무것도 달라진 게 없었다. 남자들은 나라 곳곳에 보낼 소포를 포장하느라 수천 미터의 포장지와 끈을 썼다. 여자들은 검은 크레이프와 메리노와 캐시미어를 꿰매기 위해 수천 미터의 검은 실을 썼다. 그는 실과 끈의 청구서를 보았다. 모든 것이 순조로웠다.

그는 보고서를 들고 다시 들여다보았다. 똑같은 매출. 지난달에는 매출이 늘지 않았다.

벨맨은 얼굴을 찌푸렸다. 매출이 동일하다는 것은 시장이 자연스럽게 한계에 도달한 결과인가? 만약 그렇다면, 엄청난 재앙으로 볼 수는 없을 것이다. 이 수준으로 영원히 갈 수도 있을 것이다. 혹시…… 이것이 하나의 징조일 수도 있을까? 그의 가슴이 옥죄어왔다. 지난달과 동일한 매출이 하락세의 전조일 수도 있을까?

벨맨은 펜을 들고 도표 앞에 섰다. 그는 매출에 잉크를 찍으려고 일어섰다가 망설였다. 그럴 리가 없어! 버니의 우아한 손가락이

---

* 1850년대에 영국의 문호 찰스 디킨스가 발간한 주간지.
** 상가喪家에서 돈을 받고 울어주는 사람.

실수를 한 것이 틀림없었다. 소수점 하나가 어디론가 사라졌거나. 3자 하나를 8로 고쳐야 하거나. 내일 바로잡으라고 해야지.

다음 달 목표는 얼마로 정해야 하나? 런던에서 무슨 일이 벌어지고 있던가? 기온이 내려가고 있었다. 날씨는 추웠고, 머지않아 더 추워질 것이다. 사람들은 연료를 최대한 아낄 것이고 가난한 사람들은 연료 없이 버틸 것이다. 어쩌면 남은 장작으로 불을 지필지 음식을 만들지를 놓고 선택의 기로에 설지도 모른다. 시골에 사는 사람들은 눈 때문에 고립될 것이다. 고립된 마을에서는 음식을 구하기도 힘들 것이다. 부유한 사람이라고 해서 추위에 면역이 있는 것은 아니었다. 털외투를 입고 있어도 일요일 예배 시간 내내 떨 것이다. 차디찬 거리에서 사람들의 발가락이 떨어져나가고 뼈가 부러질 것이다. 감염이 시작될 것이다. 질병은 겨울철 허약해진 사람들을 끝으로 내몰 것이다.

벨맨은 다음 달 목표액을 설정하려고 파란 펜을 들었다. 도표 위에서 펜이 서성거렸다. 그는 처음으로 그래프가 하향곡선을 그리는 상상을 했다. 그는 마음속에서 애써 그 이미지를 지우고는, 아무래도 이 일은 내일 아침 버니와 이 문제를 제대로 검토하고 난 뒤로 미루는 게 좋겠다고 생각했다.

그날 밤 암흑의 시간에 벨맨&블랙의 매출액 곡선이 어둠 속에서 저절로 떠올랐고 벨맨은 다시 그 곡선을 바라보았다. 그의 뇌가 계속 계산을 했다. 그의 뇌는 계산을 멈춘 적이 없었던 것 같았다. 바느질도구 더하기 모자류 더하기 문구류 더하기 장례용품…… 3월 더하기 4월 더하기 5월 더하기 6월…… 뇌졸중 더하기 유행성 감기 더하기 노화 더하기 심장병…… 더하기는 계속되었고, 수치들의 목록에서 길을 잃고 말았고, 어디까지 셈했는지 잊어버려서 결국 처음부터 다시 해야 했고…….

하지만 그가 무엇을 잊었던가?

곡선은 올라가고 또 올라가고 또 올라가고, 심지어 더 가파르게 올라갔다. 7월, 8월, 9월, 매달 점점 더 올라가서 벨맨의 가장 야심 찬 예측마저 뛰어넘었다. 그는 매출 목표액을 찍기 위해 다가갔다. 보이지 않는 손이 그의 손을 붙잡고, 끌어내렸고, 그가 생각한 곳보다 훨씬 낮은 곳으로 잡아끌었다.

그렇게 낮게? 있을 수 없는 일이야! 그가 생각했다. 그러나 암울한 확신이 번져왔다. 매출은 하락하고 또 하락할 것이다.

수치들이 내려가고 또 내려가고, 거래가 하나씩 줄어들고, 리본 반 미터와 아기의 묘비 하나가 줄고, 흑옥 모자핀 한 개, 검은 메리노 이십일 미터가 줄고, 복장을 갖추어 입히는 하인은 넷이 줄고, 백작의 장례식이 고용하는 울음꾼은 여덟이 줄고…… 그가 무엇을 빠뜨렸는가?

아래로, 또 아래로, 휘팅포드의 끝없는 하늘 위에서, 곡선이 아래로, 또 아래로 내려가다가 늙은 참나무 쪽으로…….

벨맨이 잠에서 깨었다.

그의 심장이 빠르게 뛰었고, 잠이 달아나면서 마음속 불쾌한 무언가가 서서히 멀어지는 묘한 기분이 들었다.

성냥에 불이 붙으며 훨훨 타올랐고 그는 조그만 초가 곁에 있는 것에 감사했다. 물을 조금 마셨다. 기분이 좀 나아질 때까지 일어나 있어야지. 어쩌면 방 안 공기가 탁한 건지도 모른다.

잠옷에 모자를 쓴 채로 그는 일어나 밖을 내다보았다. 주위는 온통 고요했고, 온통 컴컴했다. 리젠트 스트리트의 웅장한 겉모습 뒤로, 더 좁고 더 허름한 거리들, 푸줏간과 책방과 담배 가게 주인들이 아내와 아이들과 함께 가게에 딸린 방에서 잠을 자는 거리들이 있었다. 거기서 더 가면 온 가족이 단칸방에 함께 살고 집 한 채를 백 명이 같이 쓰는 인구 밀집지역이 있었다. 사람들. 살아 있건 죽었건 다를 게 없었다. 그들 모두가 고객이었다.

벨맨은 등이 뻣뻣하고 발이 욱신거렸다. 자신이 피곤하다는 것을 알았지만 졸리진 않았다. 회계장부 때문이었다. 실수를 하는 것은 버니답지 않았다. 그의 직원들은 정확했고, 그는 모든 것을 확인하고 또 이중으로 확인하는 자신만의 방식이 있었다. 그러나 어디에선가 실수가 발생한 것이 분명했다. 그렇지 않고서야 달리 어떻게 설명할 수 있겠는가?

그가 모든 것을 직접 챙겼고 모든 것을 직접 검토했다.

벨맨이 그 일을 했다.

모든 것이 전과 다름없이 순조로웠다.

심각한 표정으로, 벨맨은 촛불을 들고 벽에 붙어 있는 그래프를 비추었다. 그는 첫 달부터 현재에 이르기까지 매출의 곡선을 눈으로 좇았다.

그때 불현듯 떠오른 생각이 있었다.

십 년! 그가 생각했다. 장장 십 년 동안 그는 사무실 벽에 그래프를 그려온 것이다.

어떻게 그럴 수가 있는가? 열 번의 겨울이 왔다가 갔단 말인가? 그는 미처 깨닫지 못했다. 그렇다면 그의 나이는…… 마흔아홉! 그는 나이를 계산해보았고, 당혹스럽게도 그의 나이는 실제로 마흔아홉 살이었다. 그는 유리창에 비친 자신을 바라보았다. 밤을 배경으로 서 있는 허연 모습이 마치 유령 같았다. 머리도 허옇게 세었다. 피곤해 보였다. 그는 피곤했다.

그는 우스꽝스러운 흰색 수면 모자를 쓰고 잠옷을 입은 사람을 보면서 놀라움에 고개를 저었다. 어떻게 그럴 수가 있는가? 십 년이 흘렀고, 그는 그 사실을 알아차리지 못했다. 무엇 하나 놓치지 않는 그인데! 아무것도 잊지 않는 그인데!

배 속이 울렁거렸다. 그가 딛고 있는 땅이 갑자기 꺼지는 것 같았다.

또 시작이군. 그가 생각했다.

먼저 멀미가 났고, 그다음엔 현기증이 났다.

그는 브랜디를 한 잔 마셨고 떨림이 약간 가라앉았다.

자, 정신 차려. 그가 스스로 책망했다. 숫자에 집중해.

숫자가 불어났다. 그렇지 않은가? 그렇다. 하지만 그러면서도 한편으로는 불어나지 않았다

보닛의 유행. 랭커셔의 관들. 스탠퍼드 백작.

혹은 그 배후에 다른 무언가가 있는가?

벨맨&블랙의 수익에 영향을 미치는 것은 꼭 한 가지뿐이었다. 죽음.

벨맨은 월간 목표 매출액을 항상 그가 의도한 것보다 조금 더 높이 잡도록 그의 손을 올린 것이 과연 누구의 손이었는지 궁금했다. 바로 환자들의 입을 틀어막고 코를 움켜쥔 바로 그 손인가? 환자의 심장을 오른손 집게손가락으로 힘껏 누른 그 손인가? 사랑에 우는 사람의 손에 아편 팅크*를 쥐여주는 그 손인가?

그것은 누구의 손인가?

---

* 　아편으로 만든 약물.

블랙.

다시 전율이 엄습했다. 그는 균형을 잡으려고 한 손을 책상 위에 올려놓았다. 벨맨은 불길한 예감과 함께 자신이 계약을 제대로 이행하지 못했음을 깨달았다.

벨맨은 계약서 초안을 찾아야겠다는 조바심에 서랍을 차례로 열었다. 서류를 뒤적였고, 서류들이 떨리는 손가락 사이로 미끄러져 바닥에 떨어졌다. 손발을 짚고 엎드린 채 촛불의 불빛에 눈을 찌푸리면서, 겁에 질려 숨을 헐떡이면서, 서류들을 헤집었다.

대체 얼마를 빚진 것인가. 윌리엄은 생각했다.

찾을 수가 없었다.

뭐, 아무래도 상관없다. 다시 쓰면 되니까. 중요한 것은 계산을 바로잡는 것이었다.

그는 초조해하며 계산을 했고, 엄청난 수치들을 그의 노트에 휘갈겼고, 이렇게 저렇게 합산해본 다음 그 결과에 눈살을 찌푸렸다.

큰 액수였다. 커도 너무 큰 액수였다.

그런데도 충분한 것과는 거리가 멀었다.

다음 날 아침 버니는 자신의 상사가 바닥에 서류들을 흩어놓은 채 책상에 잠들어 있는 것을 보았다. 여전히 잠옷 차림에 흰 수면 모자를 쓰고 있었고 미친 듯이 희한한 계산을 해놓은 종이에서 잉크가 묻어나 모자에 얼룩이 졌다. 버니는 벨맨을 깨우지 않고 서류들을 정돈한 다음 까치발로 방에서 나왔다. 방문 밖에서 그는 무거운 발소리들, 열쇠와 자물쇠가 달그락거리는 소리들의 폭발을 보류하라고 지시하고 다시 사무실로 들어갔다. 벨맨은 자신과 환상 속의 계산을 자신의 침실로 옮겨간 뒤였다.

25

웨스트민스터 앤드 시티의 앤슨 씨가 고개를 끄덕였다.

"너무 급하게 연락을 받긴 했지만, 급한 일이라면 오늘 오후에 들러 벨맨 씨를 만날 수는 있을 것 같은데."

젊은 남자가 침을 삼켰다. "제 생각엔 벨맨 씨가……그것보다 좀 더 일찍 만날 수 있기를 원하고…… 기대하고 계신 것 같습니다." 그가 기침을 했다. "가능하시다면요."

조지 앤슨은 책상 밑으로 다리를 쭉 펴고 안경 너머로 젊은 남자를 바라보았다.

"그러니까 자네 말은, 벨맨 씨가 지금 당장 내가 그쪽으로 가주기를 원한다는 건가?"

"네, 지점장님."

앤슨 씨에게는 할 일이 백 가지가 있었지만 그의 마음속에서 호기심과 걱정이 힘을 합치고 있었다. 일정대로만 움직여야 한다면, 웨스트민스터 앤드 시티 은행의 지점장이라 좋을 게 뭐가 있겠는가?

그는 혼란스러워하는 비서를 못 본 척하며 의자에서 일어났다. "괜찮다면, 거기 그 외투 좀 건네주게. 어디 그럼, 지금 당장 가볼까?"

젊은 남자의 얼굴에 안도감이 번졌다.

벨맨의 사무실에 들어서는 순간, 앤슨 씨는 곧바로 이 위대한 사업가가 제정신이 아님을 알 수 있었다. 눈은 충혈되어 있었고, 그의 움직임은 마치 통증이 있는 듯, 느리고 굼떴다.

"잠자는 계좌 때문입니다."

비록 예전에 그가 이 용어를 사용하는 것을 한 번도 들은 적이 없지만, 앤슨 씨는 벨맨의 말을 이해했다. 그것은 그의 두 번째 개인계좌였다. 지난 십 년 동안 벨맨은 개인 수입의 삼분의 일을 그 계좌에 입금해왔고, 단돈 1페니도 인출하지 않았다. 지금 그 계좌에는 엄청나게 큰 금액이 쌓여 있었다. 때때로 앤슨이 투자를 제안했지만, 벨맨은 다른 계좌에 있는 돈으로는 기꺼이 투자를 하고 상당한 수익을 냈음에도, 그 돈만큼은 절대로 손대지 않으려 했다.

"듣던 중 반가운 얘기네요." 앤슨이 말했다. "그 돈을 어디에 투자할까요?"

"아무 데도."

"아무 데도?"

"자금을 그쪽으로 더 이체하고 싶습니다."

"얼마나요?"

벨맨이 액수를 말했다. 앤슨 씨는 숨을 헉 들이켜면서 놀라움을 감추지 못했다.

"그 금액은…… 유동자산의 칠십오 퍼센트에 해당되는 금액인

데…… 물론 가능합니다. 원하시면 얼마든지…… 그 자산을 현금으로 보유하길 원하시는 거지요?"

"그래요."

앤슨은 손끝을 입술에 대고 잠시 생각에 잠겼다. 은행 지점장의 역할이란게 참으로 미묘했다. 고객이 자신들의 돈으로 무얼 하건 그가 알 바 아니었다. 그의 고객이 얼마나 많은 돈을 어디에 쓰건 그가 상관할 바가 아니었다. 그러나 때로는 그는 고객들의 자금 상황에 문제가 있음을 감지했고, 고객과 고객의 자금 사이에 문제가 있고 서로를 이해하는 데 실패했다면, 그 둘 사이의 중재자로 나서는 게 자신의 역할이라고 생각하고 있었다. 그 문제를 생각하는 동안 앤슨은 침묵이 길어지는 것을 용인했다.

벨맨이 그 돈을 다른 자산과 분리하고자 하는 데는 특별한 목적이 있겠지만, 그는 그 목적에 대해서는 언급한 적이 없었다.

"상당한 이윤을 낼 수 있는데 돈을 썩히는 걸 방관하는 건…… 제 성향에 맞지 않습니다, 벨맨 씨." 앤슨이 얼굴을 찌푸리며, 서글프게 고개를 저었다.

벨맨은 꿈쩍도 하지 않았다. 대답을 하지 않고 그저 아무 말 없이 멍하니 창밖을 내다보고 있었다. 거리를 본다기보다는 그저 그쪽을 보고 있는 것이라고, 마음의 눈으로, 저 멀리 있는 두려운 무언가를 보고 있는 것이라고 앤슨은 생각했다.

빚이 있을 리는 없었다. 그는 벨맨을 잘 알았다. 친구라고 말할 수는 없었다. 사적인 대화라고 할 만한 대화를 나누어본 적도 없었다. 그러나 그는 벨맨의 습관들을 알고 있었다. 벨맨은 일만 하는 사람이었다. 도박을 하지도 않았고 매음굴에 드나들지도 않았다. 재정적인 것이건, 도덕적인 것이건, 그의 이름이 거론되는 스캔들도 없었다. 그는 오직 일을 위해 사는 사람이었고 그의 사업은 성공적이었다. 바느질도구 판매상들도 벨맨&블랙의 재정적인 문제를 속속들이 꿰고 있었고, 러셀스에서 미소를 머금은 그들의 흡족한 표정만 보아도 모든 게 순조롭다는 것을 알 수 있었다. 그는 벨맨의 계좌들을 손바닥 보듯 훤히 꿰고 있었고 벨맨이 호사스러운 생활을 하고 있지 않다는 건 너무도 분명했다. 실제로 그의 개인적인 씀씀이는 소박한 시골 목사 수준으로 검소했다.

혹시 협박이라도 당하고 있는 건가? 어떤 악당이 벨맨을 움켜쥐고 돈을 요구하고 있는 것일까?

"조만간 현금 인출이 필요한 상황이 발생할 것 같은가요?"

벨맨이 한 손을 눈으로 가져갔다. 마치 빛 때문에 눈이 부시다는 듯. "어쩌면요. 나도 잘 모르겠어요."

"벨맨 씨, 난 당신의 은행 업무 담당자입니다. 지난 십 년 동안 당신을 알고 지냈고, 진심으로 당신이 가장 잘되기만을 바라고 있어요. 지금 상태를 보니 어려운 질문을 하지 않을 수가 없네요. 지금 이 결정은 본인의 자유의지인가요?

벨맨이 그를 보았다. "자유?"

"혹시 누군가 당신으로부터 돈을 갈취하려 한다면, 조처를 취할 수가…… 변호사라든가…… 비밀은 완벽하게 보장할 수 있습니다. 벨맨 씨의 이름을 거론하지 않고 다른 사람이 처리할 수도 있어요."

그 순간 앤슨은 전혀 기대하지 않았던 것을 보고 말았다. 벨맨이 눈을 지그시 감았고 눈물이 한 방울 흘러내렸다.

"어떤 변호사도 날 여기서 꺼내줄 수 없어요. 이건 나의 숙명입니다."

벨맨이 다시 눈을 떴을 때, 앤슨은 가장 짙은 검은색 우울을 보았다.

벨맨은 한숨을 쉬고 말을 이었다. 마치 눈물은 흘린 적 없다는 듯이. "그리고 앞으로는 분기별 입금을 월 단위로 해주세요. 삼십삼 퍼센트에서 오십 퍼센트로 올려주시고요. 아시겠지요?"

앤슨은 수심에 가득 차서 다시 은행으로 향했다.

26

째깍!

이 얼마나 형편없는 시계인가. 일 초를 이토록 고통스럽게 재다니?

째깍!

초와 초의 간격은 얼마나 영원처럼 긴가. 모든 째깍 소리가 마지막일 수도 있었다.

째깍!

시계가 고장 나게 해서는 안 된다.

째깍!

하지만 태엽을 어떻게 감지? 그는 안주머니를 더듬어 회중시계가 있는지 확인해보았다……. 그런데 이게 웬일인가? 시계는 그의 주머니 속에 있는 게 아니었다! 그의 가슴 속에서 뛰고 있었다.

째깍!

모든 째깍 소리가 마지막일 수도 있었다.

째깍!

벨맨은 무거운 마음으로 잠에서 깨어났다. 자는 동안 더럽고 섬뜩한 무언가가 그를 감쌌다. 그것이 이불과 함께 그를 휘감으며 들러붙었다. 그는 곧바로 일어나 행동에 돌입하는 것으로 그것으로부터 탈출했다. 급하게 면도를 하다가 턱을 베었고, 아침식사를 하기엔 속이 너무 울렁거려서, 속을 가라앉히려고 빵을 조금 베어 물었다. 사무실에서 그날의 첫 회의가 시작되기 전 두 시간 동안 편지를 썼다. 그는 동시에 두 가지 혹은 세 가지 일을 할 수 있었다. 그는 일 위에 일을 쌓았고, 매 시간을 쥐어짰으며, 매분을 멈출 줄 모르는 도전으로 채웠다. 그는 평상시의 과다한 업무 시간보다도 더 연장해서 일하며 하루를 늘였고, 하루에 열아홉 시간 혹은 스무 시간을 일하고 나면, 욕실 거울에서 마주하는 절망조차도 그가 지친 잠에 빠져드는 것을 막지 못했다. 그러나 일어날 때면 휴식을 취한 상태가 아니었다. 그의 정신은 항상 경계를 늦추지 않았고, 형체가 분명치 않은, 무시무시한 적에 맞서 밤새 격전을 치렀으며, 잠에서 깨어나면 여전히 더러운 기분이 들러붙어 있었다.

어떤 밤에는 여느 때처럼 피곤한 무의식상태에 빠져들었다가 한 시간 뒤에 번쩍 잠에서 깨어났다. 깨어 있는 상태의 생각들도 수면 중에 그를 공격하는 끔찍한 공포보다 나을 것이 없었다. 잠들어 있건 깨어 있건, 다를 게 없었다. 갇힌 새들, 겁에 질린 날갯짓, 귓불을 스치는 깃털…… 그는 뜬눈으로 누워 식은땀을 흘리며 거친 숨을 몰아쉬었고 그동안 그의 심장은 죽은 자를 깨울 정도로 빠르게 뛰었다.

불면증은 그에게 큰 타격을 입혔다.

마치 잠에서 깨어난 듯 번쩍 정신을 차려보면, 훤한 대낮이었고 맞은편에 챌크래프트 씨가 앉아 있었다.

"네." 그녀가 말하고 있었다. "포프 씨의 상점이 폐점했을 때 데려온 여직원들은 놀라울 정도로 민첩하고⋯⋯."

벨맨은 자신의 사무실, 책상 앞에 앉아 있었지만, 수석 재봉사가 사무실에 들어온 것은 물론이고 조금 전에 그들이 나눈 대화조차 전혀 기억할 수 없었다. 그녀의 태도는 지극히 정상이었다. 그에게서 이상한 점을 발견하지 못한 것이 분명했다.

그녀가 사무실로 들어온 기억이 없는 것은 물론이고 지난번 회의조차 기억이 나지 않았다. 경쟁사가 문을 닫았을 때 그곳 여직원들을 넘겨받기로 했던가? 매출액이 불안정한 상황에서 과연 현명한 조처였을까?

그리고 같은 날, 딕슨이 전날 벨맨이 제안한 대로 진열을 했더니 오후에만 여성용 지갑을 세 개 팔았다고 웃으며 말했지만—그는 웃으며 고개를 끄덕였다. 달리 어쩌겠는가?— 정말 그가 그런 제안을 했던가? 그로서는 처음 듣는 얘기였다.

자신이 근무 중에 꿈을 꾸고 있고, 그가 한 행동의 사분의 삼을 의식하지 못하고 있으며, 밤이면 자신이 어둠의 모든 공포에 고통스러울 정도로 신경을 곤두세우고 있음을 깨닫는 것은 맥 빠지는 일이었다. 혹시 어떤 강탈자가, 가격이나 진열에 대해 놀라울 정도로 효율적인 제안을 하고 경쟁사의 넘쳐나는 재봉사들을 채용하는 또 하나의 벨맨이, 지하세계에 갇혀 있는 벨맨, 깨어 있는 것도 아니고 잠든 것도 아닌, 살아 있는 것도 아니고 죽은 것도 아닌 진짜 벨맨 행세를 하고 있는 것은 아닌지 궁금했다.

딸깍!

딸깍!

딸깍!

무자비한 주판알

서른여덟.

서른아홉.

마흔.

그가 얼마의 빚을 졌는가? 얼마나 많은 십 자리와 얼마나 많은 백 자리와 얼마나 많은 천 자리를?

딸깍!

딸깍!

딸깍!

그러나 주판은 없었고, 오직 그의 심장이 그의 빚을 합산하고 있었다. 한 번 뛸 때마다 빚이 불어났고 누적액이 올라가는 동안 그는 그저 무기력하게 견디는 수밖에 없었다.

27

"한번 보시겠습니까?"

샌더슨 박사가 뒤로 물러서며 벨맨에게 돋보기를 넘겼다. 아버지가 아이 쪽으로 몸을 숙였다. 길이가 십이 센티미터에 달하는 커다란 눈이 렌즈를 통해 그를 보며 깜빡였다. 그녀의 손가락이, 분홍색 소용돌이 무늬가 있고 끝에는 반짝이는 은색 손톱이 달려 있는 손가락이, 눈꺼풀을 젖혔다. 눈꺼풀을 따라 생선알처럼 조그만 물집 혹은 구슬들이 돋아나 있었다.

"문지르거나 긁지 마세요." 의사가 말했다. "좋은 소식입니다. 속눈썹이 다시 자라고 있어요."

눈이 깜빡이더니, 손끝이 다시 한번 눈꺼풀을 들추었고 커다란 눈이 다시 한번 돋보기를 보았다.

벨맨은 홀린 듯 바라보았다. 도라의 홍채는, 여름 하늘처럼 파랬고, 검은 점들이 찍혀 있었다. 그의 눈에는 멀리서 날아가는 새들의 무리처럼 보였다. 도라가 물었다.

"제 머리카락도 다시 자랄까요?"

"몇 달 뒤에 머리카락이 자란다고 해도 하나도 놀랍지 않을 것 같습니다."

벨맨이 샌더슨을 문까지 배웅했다.

"왜 이제야 다시 자라는 걸까요?" 그는 궁금했다. "그렇게 긴 세월이 지났는데?"

"제 방식으로 해석하자면, 따님은 지금 더 행복해 보입니다. 행복이 머리를 자라게 만든다고 하면 과학은 비웃겠지만, 사람의 마음은 육체에 기적을 일으킬 수 있으니까요. 전 그런 일을 수도 없이 보았습니다. 그 반대도 마찬가지이고요. 슬픔은 사람을 병들게 하지요."

샌더슨이 근심 어린 호기심으로 벨맨을 보았다. "런던에서 가장 유명한 의사를 만나보셨겠지요?"

"제가요? 전 병이 없어요, 아시다시피."

의사가 미심쩍은 표정을 지었다. 그는 망설임을 떨쳐내고 다시 물었다.

"하지만 체중이 많이 줄지 않았나요?"

"슈트를 좀 줄여야겠다는 생각은 했습니다. 처리할 중요한 일들이 있었어요."

"식욕은 있으신가요? 잠은요?"

한밤의 공포를 명확하게 설명하기란 불가능했다. 벨맨은 자신이 악몽에 시달리고 있다는 사실을 인정하기가 끔찍이도 싫었다. 밤이면 새들이 검은 부리로 창문을 쪼아대고, 폐 속에 새들이 갇혀서 숨을 헐떡이게 만들고, 내 심장을 쪼아 먹고, 아침에 면도를 할 때면 새들이 내 눈을 통해 나를 보고 있다고 말해야 하나. 절대 그럴 수 없었다.

"가끔 숨이 찰 때가 있긴 합니다. 한밤중에 깨어날 때도 있고 요…… 실은 좀 자주 그래요. 그리고 심장도……."

"심장요?"

"너무 빨리 뛰는 게 정상인가요? 너무 강하게 뛰는 것도?"

심각한 상황인지 아닌지 결정을 내리지 못했을 때 의사들이 취하는 특유의 온화하고 침착한 목소리로 샌더슨이 일련의 질문을 던졌다. 벨맨이 대답했고 샌더슨은 들었고, 그러면서 환자의 충혈된 눈과 잿빛으로 변해가는 피부를 유심히 보았다. 벨맨의 목소리에서 거친 초조함이 배어났고 손은 떨렸다. 입에서는 장황한 말들이 너무 빠르게 쏟아지고 있었다. 벨맨이 때때로 아무것도 느끼지 못하는 듯 멍하니 앞만 바라보는 일시적 공백 상태에 빠졌다가 화들짝 놀라며 정신을 차리는 것에도 주의를 기울였다.

"맥박을 좀 짚어볼까요?

두 사람이 앉았고 샌더슨이 벨맨의 손목을 잡았다.

샌더슨이 그의 손목을 놓아주었다. 샌더슨이 입을 열었을 때 그의 목소리는 한편으로는 놀라면서 한편으로는 안도하는 듯했다. "특별한 이상은 없습니다. 충분히 휴식을 취하면 좋아질 거예요. 일을 너무 많이 하셨어요. 젊은 사람이라면 그렇게 생활해도 무리가 없겠죠. 항상 에너지가 넘치는 분이신 건 알지만, 이젠 나이를 생각하셔야지요. 휴식을 취하세요. 그러면 다시 일을 시작할 때 몸이 날아갈 듯 가벼울걸요. 일주일에 한 번 휴식을 취하시면 앞으로 이십 년 더 일하지 못할 이유가 없습니다."

휴식? 정기적인 휴일? 벨맨은 놀랐다.

"이런 식으로 하시다가는 머지않아 끝장입니다. 우선 수면제를 좀 처방해드리겠습니다. 하지만 머지않아 필요하지 않게 될 거예요. 마음이 편안해지면 잠은 저절로 올 테니까요."

벨맨은 수면제를 별로 믿지 않았지만, 그래도 수면제를 마셨고 그 효과에 놀랐다. 깃털 베개에 머리를 대는 순간 잠이 들었고 다음 날 아침 눈을 떴다. 침대에서 보낸 일곱 시간 동안 아무 일도 일어나지 않았다. 두려움도 없고, 자주 깨지도 않고, 생각도 없고, 꿈도 없었다. 검디검은 무의식 외에는 아무것도 없었다. 일주일 동안 그는 매일 밤 숙면을 취했고 그 속에서 편안했다. 불면증은 아마도 경미한 일시적 증상이었던 모양이라고 자기 자신을 설득했다. 이제 불면증은 지나갔고, 아편 팅크는 필요하지 않았다.

그러나 약 없이 잠든 첫날 밤, 곧바로 고통이 되살아나며 맹위를 떨쳤다.

그는 다시 매일 밤 먹던 약을 먹기 시작했지만 같은 효과를 얻기 위해 조금 더 먹어야 했다.

그러나 얼마 후, 벨맨은 약을 먹고 자는 것은 진짜 잠이 아니라는 것을 깨달았다. 회복력이 같지 않았다. 잠을 자려고 머리를 뉘었다가 눈을 뜨면 바로 아침이었기 때문이다. 젊은 시절에 느끼던 잠의 밀물과 썰물, 깊은 잠과 얕은 잠의 파도는 어디로 갔는가? 고민거리를 안고 눈을 감았다가 해결책과 함께 깨어나던, 그런 잠의 수확은 어디로 갔는가? 그 모든 것이 사라져버렸다. 머리를 베개에 대는 순간 죽음의 암흑이 그를 집어삼켰고, 전혀 싱그럽지 않은, 무기력하고 무거운 상태로 깨어났다. 그 깊은 무의식은 그를 안정시켜주지 않았다. 그는 검은 날개를 지닌 밤의 괴물이 잠든 자신의 몸을 굽어보고 있고, 다가올 위험을 알지 못한 채 어린아이처럼 연약한 상태로 누워 있는 동안 괴물이 자신의 영혼을 갉아먹는 상상을 했다. 그는 잠들기가 꺼려졌다. 잠을 두려워하며, 그리고 깨어남을 두려워하며, 점점 더 늦게까지 깨어 있었다. 수면제를 마실 것인가 말 것인가? 때로는 마셨고 때로는 마시지 않았다. 잠을 자기도 했고 못 자기도 했다. 샌더슨의 마약이 떨어졌을 때 그는 런던의 의사를 찾아갔다. 더 많은 약을 처방받는 것은 어렵지 않았고 다른 약과 섞을 수도 있었다. 그는 다양한 약들을 섞는 데에 능숙해졌고 마음대로 잠을 자기 위해 스스로를 중독시키는 법을 터득했다.

잠만 불규칙해진 것이 아니었다. 완전히 굶주릴 때까지 허기도 느끼지 않았다. 그는 새벽에 먹거나 자정에 먹거나 전혀 먹지 않았다. 시간은 표류했다. 그의 손목시계 바늘은 항상 너무 빠르거나 너무 느렸다. 그는 수리공에게 가서 시계를 점검해달라고 했고, 수리공은 시계가 잘 가고 있다고 했다. 책상 위 달력을 제때 넘기지 못하는 날도 많았다. 그게 오늘이었나, 아니면 내일? 아마 아직도 어제였나 보군. 벨맨은 일요일이 불규칙한 주기로 다가오는 것 같은 기분이 들었다. 심지어 계절도 마음을 기댈 지표가 되어주지 않았다. 벨맨은 창밖으로 여느 때와 같은 무색의 런던 하늘을 바라보면서 지금이 4월인지 9월인지, 정확히 어떤 계절인지 궁금했다.

벨맨은 수면 부족으로 얼룩지고 시들해진 삶에 익숙해졌다. 그의 내면은 공허했지만 그는 여전히 미소 짓고 악수하고 더하고 곱하고 나누었다. 누구도 아닌 그 자신만이 이 모든 것의 대가를 알았다.

28

어쩌면 해결책이 있을 것도 같았다.

벨맨은 습관적으로 도움을 청하는 사람은 아니었다. 왜냐하면 대부분의 경우, 그는 일을 어떻게 처리해야 하는지 알고 있었기 때문이었다. 그러나 이제 난관에 봉착한 그는 어쩔 줄을 몰랐고 그래서 도움을 청하기로 했다.

"버니, 사람을 찾으려면 어떻게 해야 하지?"

"사람요?" 버니는 곰곰이 생각했다. 그는 엉뚱한 곳으로 샌 1실링*을 찾는 백 가지 방법을 알고 있었고, 소수점이 사라지게 만드는 수많은 부정직한 방법들을 꿰고 있었다. 그는 간과된 숫자들을 장부의 제자리로 복원시키는 데 있어서는 도가 튼 사람이었다. 그러나 사람을 찾는 일이라면…….

그가 고개를 저었다. "전 도저히 모르겠네요."

러셀스에서 대화 도중, 벨맨이 다시 한번 물었다.

---

* 영국에서 1971년까지 사용되던 주화.

"제가 사람을 찾고 싶은데요. 어떻게 해야 할까요?"

"그 사람이 다니는 클럽에 가보세요. 그 사람한테 편지를 써서 거기 맡겨두세요." 바느질도구 판매상이 간단한 일이라는 듯 말했다.

"혼자 있는 걸 좋아하는 사람이라서요. 클럽엔 나가지 않는 것 같습니다."

"클럽에 나가지 않는다고요?" 바느질도구 판매상의 눈썹이 올라갔다. 그의 세계에서 클럽은 없어서는 안 되는 요소였고, 클럽에 나가지 않는다면 아주 특이한 사람이 분명했다. 그가 머리를 긁적였다. "그렇다면 상당히 어렵겠군요."

"그분 성함이 어떻게 되시는데요?" 벨맨이 도움을 청하자 앤슨이 물었다. "저희 은행에서 거래하는 분이라면 제가 편지를 써보겠습니다."

그 질문에 답하려면 설명이 필요했고, 그는 그에게 상황을 설명할 생각이 없었다. 더구나, 블랙이라는 이름이 실제로는 블랙이 아니라면? 생각할수록, 그가 중대한 실수를 저지른 것 같았다.

벨맨&블랙을 순회할 때에도 그는 여기저기에서 같은 질문을 던졌다.

"변호사들도 사람을 찾을 수 있지 않을까요?" 편지 배달부 소년이 말했다.

"제가 잘 보고 있겠습니다." 도어맨 펜트워드가 말했다. "세상의 모든 사람이 결국엔 이 문을 지나게 되어 있으니까요. 어떻게 생겼습니까?"

다 맞는 말이지만, 블랙을 찾는 것은 다른 사람을 찾는 것과는 다르다고 벨맨은 생각했다. 미친 사람이 하는 소리처럼 들리지 않도록, 어떻게 설명해야 하나. 의식의 가장자리, 사라져가는 기억 속에 맴도는 모습의 누군가를 찾고 있다는 것을? 이름조차 확실치 않은 사람이라는 것을? 십 년 동안 그자를 본 적이 없지만 자신이 버는 모든 돈에서 영향력이 느껴지는 사람이라는 것을? 마치 그림자처럼, 벨맨&블랙에 찾아오는 모든 사람들의 발끝에 붙어 있는 것 같은 사람이라는 것을?

어설프게 인쇄기를 만지작거리며 벨맨이 같은 질문을 식자공에게 던졌다.

"혹시 그분이 사장님께 빚을 졌다면, 아무리 샅샅이 뒤져도 못 찾을걸요." 서글픈 듯 고개를 저으며 그가 말했다. 서글픈 경험에서 우러나온 얘기 같았다.

"실은 그 반대예요." 벨맨이 그에게 말했다.

식자공이 큰 소리로 웃었다. "만약 사장님이 그분께 빚을 지셨다면, 반드시 찾아올 겁니다. 제 말 믿으세요! 머지않아 온다니까요!"

마부는 꽤 그럴듯한 제안을 했다. "마지막으로 그분을 만난 장소에 가보세요. 사람들은 있던 곳에서 멀리 안 가는 법이거든요."

"그 사람……." 그가 입을 열었다.

"어떤 사람요?"

리지가 손목에 고정한 바늘꽂이에서 핀을 뽑아 조끼에 꽂았다. "조끼를 새로 맞춘 게 불과 몇 달 전이에요. 체중이 줄고 있어요, 사장님."

"리지가 그 사람과 같이 있는 걸 봤어요." 그의 목소리가 거칠었다. "기억해요? 개업식 전날."

그녀는 고개를 숙이고 핀으로 복잡한 손놀림을 하고 있었다. "남자는 기억 안 나요. 그때 아이의 무덤에 갔다 오는 길이었어요. 벌써 오래전의 일이죠."

"어느 거리였지요?"

"백레인이라고 불리던 거리였어요. 지금은 없어졌어요."

"없어졌다고요?"

"다 철거되고 새 건물이 올라갔어요. 그 일대에."

"아."

줄자를 두르기 위해 그녀가 잠시 그의 허리를 끌어안았다. 그녀는 그를 만지지 않았다. 그녀의 팔과 그의 몸 사이에는 일 인치의 간격이 있었다. 날 안으라고, 그는 말하고 싶었다. 그녀의 목 밑에 머리를 기대고 쉴 수 있었으면. 그녀가 그의 머리를 쓰다듬을 때 소리 내어 울 수 있었으면. 그녀가 곁에서 지켜봐준다면 마침내 잠을 이룰 수도 있을 텐데. 진정한 잠. 진정한 어떤 것.

포옹은 너무 빨리 끝나버렸다. 달라진 허리둘레를 적으며 그녀가 한숨을 내쉬었다.

"식사는 잘하고 계신가요? 입맛이 없으세요?"

그녀의 다정한 말에 그의 눈이 아렸다. 그는 눈을 깜빡였고 갑자기 머릿속에 하나의 이미지가 떠올랐다. 터너의 들판에 홍수가 나서 물이 저수지 가장자리까지 차오르고, 저수지의 수면이 불어난 물을 감당하지 못해 파르르 떨리곤 하던 모습. 그 광경을 보면 누구나 물이 넘치는 광경을 상상하게 되었다. 물론 그곳에는 크레이스가 있었다. 그는 적정량을 방류하여 물레방아를 돌렸다. 오늘은 가두었던 벨맨의 눈물이 넘치려 하고 있었다. 지금 쏟아낸다면 얼마나 큰 홍수가 날 것인가? 어떤 시신이 그 물살에 떠내려올 것인가?

단호한 노크 소리가 들렸고, 다급한 표정의 버니가 문틈으로 얼굴을 들이밀었다.

"방해해서 죄송합니다. 크리치로 씨 일입니다."

벨맨이 리지 쪽으로 고개를 돌렸다. "나중에 다시 와줄래요?" 그가 버니를 돌아보았다.

"안으로 모시게."

버니의 눈이 충격으로 커다래졌다. "그게 아니고요. 크리치로 씨가 사망했습니다."

29

벨맨은 장례식을 하나하나 직접 챙겼다.

"제가 할 수 있는 일이 그나마 이것뿐이네요." 그가 크리치로 부인에게 말했다.

그는 리지와 다른 재봉사들을 마차에 태워 그의 집으로 보냈고, 사흘 밤낮에 걸쳐 미망인과 딸들을 위해 크레이프로 상복을 짓게 했다. 그는 계단을 뛰어 내려가 지하실로 가서 인쇄공에게 주소를 주었다. "글씨체를 캐슬런체로 할까요? 아니면 배스커빌체로 할까요?" 식자공이 물었다. 벨맨은 다시 위층으로 올라가 크리치로가 보낸 편지를 들고 아래층으로 내려왔다. 둘 다 아니었다. 클라랜던 체였다. 주소가 기재되었고, 그는 숨이 차지 않은 상태로 다시 사무실로 돌아갔다가 십 분도 채 안 되어 관 장식 카탈로그를 가지러 계단을 내려가고 있었다. 그는 비탄에 잠긴 가족들에게 결정의 부담을 덜어주기 위해 자신이 할 수 있는 모든 일을 했고, 그들을 대신해 세부적인 것까지 계획했다. 술 하나 리본 하나까지 직접 고르지 않은 것이 없었고, 가장 적절한 것을 골랐다. 백작이나 공작이라면 더 값비싼 장례식을 치렀겠지만 (물론 이 장례식도 고가이긴 하지만 벨맨&블랙에서 비용을 부담할 것이다) 이 장례식처럼 세심하게 챙긴 적은 없었다. 모든 것이 차질 없이 진행되어야 했다.

이 모든 결정을 직접 해야 했기 때문에 시신 옆에 앉아서 기도할 시간은 없었다. 그 점에 대해서는 다들 별말 없이 지나갔다. 그날의 저녁식사 이후 십 년이 지났고 벨맨에 대한 크리치로 가족들의 기대도 바뀌었다. 그는 단지 크리치로의 동업자일 뿐이고, 그가 하는 사업의 성격을 감안할 때, 벨맨이 직업적인 방식으로 애도를 표하는 것은 당연하게 여겨졌다.

"사업 문제는 어떻게 해야 하죠, 벨맨 씨?" 크리치로 부인이 관의 안감으로 쓸 벨벳에 대해 얘기하다 말고 물었다. "남편의 사업을 이어받을 아들이 없고, 저의 사위들은……" 사위들은 너무도 대단한 사람이라—그녀가 굳이 이름을 댈 필요조차 없었다— 이런 하찮은 소매업을 하겠다고 나설 리가 없었다.

"걱정 마세요. 제가 지분을 사겠습니다."

"정말요? 그렇게 간단한가요?"

대출 문제로 앤슨을 만날 필요조차 없었다. 자금은 이미 마련되었고 잠자는 계좌에서 기다리고 있었다. 그는 상점으로 돌아가는 길에 웨스트민스터 앤드 시티 은행에 들렀다.

"시장에 모습을 드러내시는 게 과연 시기적으로 적절할까요?" 앤슨이 생각하던 것을 소리내어 말했다.

"안 될 게 뭐가 있나요?"

"지금 상황이 돌아가는 게…… 판사가 웰시의 의사의 손을 들어주었어요. 이제 영국에서 시신을 화장하는 건 불법이 아닙니다."

"시신을 묻건 화장하건 우리에게 무슨 차이가 있습니까? 어쨌든 장례식은 장례식이잖아요. 관이 필요하고, 조문객이 있을 거고, 상복도 필요할 텐데요."

"이건 하나의 변화입니다, 벨맨 씨. 변화는 결코 홀로 오지 않아요. 장례식 비용에 반대하는 목소리가 점점 더 커지고 있어요. 그중에는 강경한 목소리도 있고요. 분명히 감지하셨겠지만, 사람들이 지출을 점점 줄이고 있어요. 크리치로 씨의 장례식은……." 그는 말하지 않았지만, 다시는 이런 장례식을 보기 힘들 거라고 말할 생각이었다. 방탕한 시대가 저물고 있었다.

그러나 벨맨의 지시는 확고했다. 앤슨은 탐탁지 않아하면서도 자금 이체 서류를 작성했다. 그 자신의 자산으로 말하자면, 이미 몇 달 전 크레이프에서 빼내어 와트포드에 신축 중인 화장터에 투자해두었다.

장례식을 준비하는 벨맨의 움직임에는 흥분이 감돌았다. 활기차고 새로워진 그는 다시 예전의 모습으로 돌아갔다. 하루에는 적절한 시간들이 들어 있고 시간은 육십 분으로 이루어졌고, 그 이상도 이하도 아니었다. 그의 생각은 정리되었고, 적절한 때에 시장기를 느꼈으며, 비록 그의 밤은 짧았지만 인공적인 도움 없이 잠들 수 있었다. 그는 이 모든 걱정들이 해결될 거라는 기대를 품고 살았고 또 일했다. 장례식 날짜와 시간이 정해졌다. 장례식은 순조롭게 진행될 것이다. 벨맨&블랙은 그 장례식을 백작이나 공작의 장례식 못지않게 아름답고 고급스럽게 진행할 것이고, 이 사례가 그 과정을 지켜보는 모든 사람에게 하나의 영감이 될 것이다.

그리고 이 모든 것보다 중요한 사실. 블랙은 반드시 나타날 것이다.

바로 그날, 벨맨은 일찌감치 준비를 마쳤다. 그는 장례 행렬에 합류하여 떨리는 마음으로 걸었다. 그는 생각했다. 마침내 오늘, 모든 것이 해결될 거라고. 좋은 쪽일지 나쁜 쪽일지 몰라도, 한 가지만은 분명히 말할 수 있었다. 이제 불확실한 상태로 살지 않을 것이다.

지나가던 행인들이 예를 갖추려고 장례 행렬 앞에서 걸음을 멈추었다. 어떤 사람들은 자신의 하루를 잠시 스쳐가는 낯선 사람의 죽음을 위해 고개를 숙이고 기도했다. 또 어떤 사람들은 청동으로 만든 영원의 뱀 장식과 덩굴을 새긴 명패들이 붙어 있는 흑단 상자 속에 누운 사람이 누구인지 궁금해했다. 모두가 마음의 소리를 듣고 감사했다. 내가 죽은 게 아니라 다행이야! 어떤 사람들은 그 말에 이어, 적어도 오늘 죽진 않았으니까! 하고 생각하기도 했다. 윤기가 흐르도록 솔질한 근사한 여섯 필의 검은 말 위에서 인상 깊게 흔들리며 떠다니는 깃털 장식. 광을 낸 마차, 침착한 울음꾼들, 검디검은 크레이프…… 천국에 있는 그 무엇도 이 죽음의 장관보다 근사할 수는 없다고, 벨맨은 생각했다. 사람들은 슬픔과 감탄과 연민이 담긴 눈으로 장례 행렬을 보았지만, 그중 한두 명은, 낯선 표정을 짓고 있었다. 그것은 차가운 비난이었다.

교회에 들어서면서, 조문객들이 고개를 숙였다. 아직은 살아 있는 육체에 담긴 모든 마음은, 크리치로 씨가 이미 들어선, 그리고 그들을 기다리고 있는 영원을 생각했다. 단 한 명을 제외하고. 벨맨은 고개를 들고 주위를 유심히 살폈다. 먼저 들어온 사람들은 모두 자리에 앉아 있었다. 벨맨은 그들의 뒤통수를 관찰했다. 얼굴을 찌푸리고 뚫어져라 쳐다보면서, 두상 하나하나를, 어깨 하나하나를 가려내려 애썼다. 저 사람인가? 아니. 아니네.

낯선 사람이, 블랙은 아닌 사람이, 비난의 눈초리로 벨맨 쪽을 돌아보았다. 그는 사과의 의미로 고개를 숙였고, 다른 조문객들의 숨죽인 태도를 따라했지만 강렬한 호기심을 억누를 수 없었다. 그 사람이 다른 쪽으로 고개를 돌리자마자 벨맨은 다시 고개를 들고 블랙을 찾기 시작했다.

예배 내내, 노래 부르고 기도하고 무릎을 꿇고 일어서고 앉는 동안에도 그의 눈은 경계를 게을리하지 않았고, 그것은 그의 곁에 앉아 있던 운 나쁜 사람들에게 여간 큰 폐가 아니었다. 누가 보아도 벨맨은 오늘 교회에 사람들이 모인 목적이 무엇인지를 완전히 망각한 것이 분명했다. 그는 딴 데 정신이 팔려 있었다. 사람들은 점점 더 심하게 얼굴을 찌푸렸고, 어떤 문상객들은 서로 돌아보며 못마땅해하며 혀를 찼다.

블랙이 보이지 않자 벨맨은 초조해지기 시작했다. 심지어 뒤를 돌아보기까지 했다. 검은 옷을 입은 조문객들이 그를 쏘아보았다. 그들은 화가 났고, 당혹스러웠으며, 못마땅했다. 하지만 그들은 블랙이 아니었다. 그는 어디 있을까? 어디에?

그때 벨맨이 큰 소리로 말했다. "당연히 그렇겠지!" 블랙은 이곳, 교회로 올 리 없었다. 항상 들어가는 길이나 나오는 길에 만나지 않았던가! 아니면 무덤 옆에서! 크리치로는 이 북적거리는 교회 묘지에 묻히지 않을 것이다. 나무가 우거진 평화로운 교외 묘지에 묻힐 것이다. 당장 그곳으로 가야 했다!

"실례합니다!" 그가 다급하게 웅얼거리고는 사람들의 발을 밟는 것도 개의치 않고 신도석 가장자리로 가서는 통로를 지나 요란한 소리를 내며 문을 열고 밖으로 뛰쳐나갔다.

운동선수나 도둑이라 해도 그렇게 빨리 달릴 수는 없었을 것이다.

거리를 질주하는 벨맨은 모두의 시선을 끌었다. 벌겋게 달아오른 얼굴로 숨을 헐떡이면서 묘지의 울타리 앞에 다다른 그는 비틀거리며 안으로 들어섰다. 그는 위치를 알고 있었다. 그가 직접 고른 자리였다.

무덤은 여기였다. 훌륭한 전망에 녹음이 우거진 기가 막힌 자리였다. 이곳에 세울 묘비도 그가 직접 골랐다. 웅장하고 공을 들인 삼각형 모양의 묘비로, 가장으로서 그리고 시민으로서 크리치로의 미덕들을 줄줄이 적어놓았고 조그만 스패니얼 개의 그림도 넣었다. 어린 시절 크리치로가 사랑했던 개의 그림을 보고 그린 것이었다. 웅장한 묘가 될 것이다.

오늘은 그저 구덩이만 있었다.

아무도 없었다.

"나타날 거야!" 벨맨이 중얼거렸다. "나타날 거야."

그는 사방으로 백 미터 가까이 뻗어 있는 모든 오솔길을 훑었다. 그리고 다시 묘지로 와서 구덩이 안을 들여다보았다. 혹시나 해서. 그리 멀지 않은 곳에 큼직한 묘비가 있는 것을 발견하고 시야를 확보하려고 그 위로 올라갔지만, 서두르다가 미끄러지고 말았다. 그러는 바람에 손바닥이 긁히고 재킷 단추 한두 개를 잃어버렸다. 바지에 묻은 흙을 털다가 바지에 피까지 묻혔고 손은 더 엉망이 되었다. 두 번째 시도에서 목표를 달성했고 무덤 주위를 좀 더 잘 볼 수 있었다. 근처에는 인기척이 없었다.

"블랙!" 그가 고함을 질렀다. "나 여기 있어! 당신을 기다리고 있다고! 어서 모습을 드러내시지!"

덤불숲에서 부스럭거리는 소리가 들렸다. 나뭇가지가 흔들렸고…… 벨맨의 심장이 걷잡을 수 없이 뛰었다. 사람 하나가 오솔길로 들어섰다. 그러나 그는 자다가 깬 지저분한 청년이었다. 정원사이거나 무덤 파는 사람이거나 그런 부류의 사람인 듯했고 하품을 하며 눈을 문지르고는 벨맨을 보자마자 놀라 뒷걸음질하다가 돌아서서 문 쪽으로 내뺐다.

벨맨은 한숨을 쉬며 자리에 앉았다. 팔이 욱신거렸다. 미끄러지면서 세게 넘어진 모양이었다. 통증에 느닷없이 눈물이 쏟아졌고, 눈물을 닦으려다가 얼굴에 흙과 풀과 피를 묻혔다.

아직 때가 아니었다. 블랙은 그가 이렇게 일찍 올 줄은 몰랐을 것이다. 삼십 분 후엔 사람들이 올 것이고, 그는 그때 나타날 것이다. 이제 벨맨은 완전히 탈진한 상태였다. 그는 우두커니 앉아서 부디 블랙이 자신을 가엾이 여겨주었으면 좋겠다는, 겸손하고도 실낱 같은 희망을 품었다. 그는 그러한 수동적인 마음가짐으로 시간을 보냈다. 안주머니에서 시계를 꺼내 보니 시계가 멈추어 있었다. 그는 태엽을 감아 귀에 대보았다. 아무 소리도 들리지 않았다.

그는 무의식적으로 송아지 가죽 노트에 손을 뻗었지만 깜빡 잊고 가져오지 않았다. 어딜 가나 지니고 다녔던 물건을 잊어버렸다는 사실에 놀랄 기력조차 없었다. 그는 둔하고 멍한 상태로, 마치 벨맨&블랙의 마네킹처럼 꼼짝 않고 있었다. 다른 사람들이 도착할 때까지 그는 아무것도 하지 않았다.

조문객들의 무리에서 빠져나와 그의 곁에 다가선 사람은 앤슨이었다.

"무슨 일 있으세요?"

그가 벨맨의 팔을 잡았다. 살짝 잡았을 뿐이었는데도 벨맨은 그의 손길에 움찔했다.

"집으로 모셔다드리겠습니다. 지금 몸이 좋지 않으세요."

그러나 벨맨은 꿈쩍도 하지 않았고 심지어 앤슨을 보지도 듣지도 못하는 것 같았다. 그는 조문객들에게 시선을 고정하고 있었고, 거의 깜빡이지도 않았다. 앤슨은 교회에서 벨맨이 이상하게 행동한 것을 알고 있었다. 그 기이한 모습과 부자연스러운 경계심에도 적어도 여기에서 그는 조용하고 차분했다. 지금 당장 그를 끌고 가서 그를 불안하게 만들기보다는, 매장이 끝날 때까지 기다렸다가 의사에게 데려가는 편이 나을 것 같았다.

벨맨은 주위를 살폈다. 만약 무덤 주위에 서 있는 사람들 틈에서 블랙을 찾지 못한다면, 나중에라도 그를 찾아야 했다. 조문객들이 둘씩 셋씩 무리지어 떠나고 나면 단 한 명이 홀로 남을 것이고, 그가 바로 블랙일 것이다…….

그의 눈이 초조하게 움직였고, 모든 움직임을 포착했다. 누군가 발을 끌 때마다, 고개를 갸웃할 때마다, 그가 돌아보았다. 그는 매 순간 자신이 찾는 얼굴이 보일 거라 기대했다. 그를 찾고 있을 그 얼굴을 벨맨은 보는 순간 알아차릴 것이다. 그의 발은 달려갈 준비가 되어 있었다. 블랙이 알아차리기도 전에 그가 다가설 것이다. 그의 곁으로.

이제 다 끝났다. 사람들이 악수를 나누었고, 서로의 등을 토닥였다. 벨맨은 조문객이 멀리 흩어졌으면, 그래서 그의 시야를 가로막지 않았으면 좋겠다고 생각했다.

마침내 첫 번째 무리가 떠났고, 그다음 사람들도 떠났다.

마지막 남아 있던 조문객들마저 떠났지만 벨맨은 여전히 그 자리에 멍하니 서 있었다.

"안 가세요?" 앤슨이 그에게 물었다. 앤슨이 벨맨의 어깨에 한 손을 얹었지만, 벨맨은 의식하지 못하는 것 같았다. 앤슨은 그의 팔을 잡아서 길 쪽으로 끌어보려 했다.

"집으로 모셔다드릴게요." 그가 말했다. 그러나 벨맨에겐 집이 없었다. "따님과 함께 며칠 지내시는 건 어떨지……."

벨맨이 버럭 화를 내며 그의 손을 뿌리쳤다. 앤슨은 얼른 그에게서 벗어났다. 마지막 남아 있던 사람들이 놀라 두 사람을 바라보았고, 얼굴에 피를 묻힌 남자를 흘금거리다가 서둘러 자리를 떴다.

벨맨과 단둘이 남게 된 앤슨은 무엇이 최선인지 생각해보았다. 그는 묘지기에게 가야겠다고 생각했다. 벨맨을 마차에 태워 의사에게 데려가려면 두 사람이 필요했다. 마치 자신의 영혼이 그곳에 묻혀 있다는 듯 무덤을 바라보며 흐느끼는 벨맨을 홀로 남겨두고 앤슨은 도움을 청하러 갔다.

앤슨이 자신을 도울 건장한 남자와 함께 돌아왔을 때 벨맨은 사라지고 없었다.

30

벨맨&블랙의 문이 닫히고 있었다. 마지막 손님이 떠났고 펜트워드는 손님의 등 뒤에서 문을 닫으며 깊은 조의를 표하면서 고개를 숙였다. 문을 잠그려는 순간, 저녁의 어둠 속에서 익숙한 형체가 나타나 계단을 올라왔다. 벨맨이었다. 펜트워드가 다시 문을 열었다. 그는 자신의 고용주의 이상한 행색을 논할 주제가 못 되었기 때문에 그저 못 본 척했다.

사무실 문이 열리자 버니가 고개를 들었다. 앤슨 씨가 오늘 오후 장례식에서 있었던 황당한 일을 전해주었다. 그는 믿기지 않았다. 분명히 무슨 일이 있었던 것 같긴 했지만 그가 들은 얘기가 사실일 리는…… 벨맨의 얼굴을 본 순간 그는 자신의 의문들을 일단 제쳐두었다.

"결산 보고서는 책상 위에 올려놓았습니다." 버니가 머뭇거리며 말하자 벨맨이 한 손을 들어 그를 조용히 시켰다. 벨맨은 버니 쪽은 보지도 않고 사무실로 들어가 문을 닫았다.

자신이 필요하면 부를 거라고, 버니는 생각했다. 머지않아 평상시로 돌아올 것이다. 그의 손가락이 확신 없이 춤추었다. 그는 집중력을 잃어서 계산을 몇 번이나 처음부터 다시 했다.

대여섯 번 누군가 노크를 했다. 몇몇 관리자들은 폐장시간을 훨씬 넘겨서까지 일했다. "벨맨 씨 돌아오셨나요? 드릴 말씀이……." 버니는 매번 고개를 저었다.

"나중에 다시 오세요."

한 시간이 지나도록 그는 감히 노크를 하고 그의 상사를 방해할 엄두를 내지 못했다. 그로부터 삼십여 분, 그는 불필요한 일들을 하며 시간을 보냈고, 그리고 난 뒤에도 벨맨의 사무실 문이 굳건히 닫혀 있는 것을 보고, 외투를 입고 퇴근했다.

닫힌 문 뒤에서, 벨맨은 습관적으로 책상 위에 놓인 월 결산 보고서를 집어 들었다. 매출이 하락하고 있었다. 벌써 석 달 연속 하락이었다. 그러나 버니의 깔끔한 숫자들과 자를 대고 그은 줄은 혼란과 고뇌를 질서와 조화의 모습으로 정렬시켰다. 둔화된 매출과 늘어가는 손실은 반듯하게 줄이 맞추어져 있었고, 행과 열이 합산되었고, 어떤 식으로든 더해지고 나누어졌다. 하락하는 수익이 완벽하게 기록되고 있다는 것이 그나마 위안이었다. 벨맨은 한숨을 내쉬었다. 다가올 긴 저녁이 그를 고통스럽게 짓눌렀다. 나는 버려졌다고, 그는 생각했다. 그가 찾고 있는 사람을 찾을 수가 없었다. 이제 남은 삶은 어떻게 할 것인가?

창밖을 보니 리젠트 스트리트의 지붕들 위로 떼까마귀 한 마리가 지치고 불안한 날갯짓을 했다. 벨맨은 창문을 등지고 서서, 다시 하던 일로 돌아가서, 펜을 들고 도표 앞에 섰다. 그는 검은 펜을 들고 그 달의 매출을 십자 표시로 그려 넣었다. 그러고 보니 포물선에는 하나의 특성이 있었다. 하락의 정도를 예측할 수도 있었다고, 그는 생각했다. 그러나 이내 생각을 고쳤다. 설마 그럴 리가? 그러나 사실이었다. 그는 이런 곡선을 본 적이 있다.

그는 잉크를 파란색으로 바꾸었다. 다음 달. 요즘 사람들은 무엇으로 죽던가? 크리치로는 노환으로 죽었다. 크리치로 같은 사람들은 수천 명이 있었다. 그는 프레드를 생각했다. 프레드는 살고 사랑했으며 빵을 만들다가 죽었다. 장장…… 몇 년 동안이었던가? 오십 년? 그런 사람들은 얼마나 될까? 상당히 많을 것이다.

프레드는 그와 나이가 같았다, 그렇지 않은가? 벽에 그려진 곡선을 바라보면서, 그는 문득 그와 프레드의 생일이 거의 같다는 사실을 깨달았다. 두 사람은 같은 달에 태어났다. 그걸 이제야 깨닫다니! 그의 사촌 찰스도 마찬가지였다. 가엾은 찰스. 그리고 또 한 명. 루크. 아주 오래전 그가 직접…….

그가 눈을 깜빡였다.

그는 포물선의 경로 전체를 볼 수 있었다. 곡선의 정점. 속도를 잃는 바로 그 지점. 그는 최종점을 예측할 수 있었다. 그가 확신을 갖고 십자표를 그렸다. 그는 알고 있었다. 전에도 본 적이 있었다.

문득 밀려든 불안감에 조금 전에 본 떼까마귀가 궁금해졌다. 지금은 무얼 하고 있을까. 그는 얼른 창가로 다가갔다. 하늘은 짙은 파란색이었고, 떼까마귀의 윤곽이 보이지 않을 정도로 어둡진 않았다. 그러나 떼까마귀가 다니기에는 너무 늦은 시간이라고 그는 생각했다. 보일 리가 없지. 아마도 지금쯤 나무 꼭대기로 돌아갔겠지. 떼까마귀를 찾아 지붕선을 훑다가, 그는 느꼈다. 목덜미가 간질거리는 느낌, 누군가가 쳐다볼 때 척수가 스멀거리는 그 느낌.

돌아서면서 그가 말했다. "당신이군요!"

불가의 안락의자에 편안히 앉아 있는 블랙은 그를 만나서 반가운 표정이었다. 어둠 속에서도 온화하고 친근한 그의 미소는 놀라서 발끈하는 벨맨과 마주하는 순간에도 사라지지 않았다.

"왜 이렇게 오래 걸렸습니까? 온 사방을 찾아다녔잖아요!"

"나를요? 난 줄곧 여기 있었는데요."

"줄곧?" 벨맨은 자신의 귀를 의심했다.

블랙은 별다른 설명 없이, 점잖게 고개를 끄덕였다.

"상관없습니다. 어쨌든 당신이 지금 여기에 있으니까요."

블랙은 평화로웠고, 편안해 보였다. 블랙의 호기심 어린 시선이, 마치 주도권을 잡아주기를 기다리는 듯 벨맨에게 머물렀다. 당황한 벨맨은 그가 지닌 모든 협상의 기술을 잊어버린 것만 같았다. "내가 계약서 초안을 작성했는데." 벨맨이 허둥거리며 이야기를 시작했다. "여기 어디 두었을 거예요." 그가 서랍을 열고 안을 더듬었다. 그걸 쓴 게 몇 년 전이었더라? 그는 그쯤에 작성했던 계약서를 한 뭉치 꺼내 책상 위에 펼쳤지만 그 계약서가 바로 눈에 띄지 않았다. 젠장! 왜 따로 챙겨두지 않았을까? 또 한 뭉치의 서류를 집는 그의 손이 떨렸다. "분명히 여기 있어요. 잠깐만 기다리시면 찾을 수 있습니다. 찾는 건 시간문제예요."

"얼마든지요."

벨맨이 고개를 들었다. 블랙은 단순한 동작으로 자신이 별로 급하지 않다고 말하는 것 같았다.

"기다리는 동안 장부를 훑어보시겠습니까?"

벨맨은 선반에서 한 번에 두 권씩 장부를 꺼내 팔에 한가득 안았다. "최근까지 전부 다 기록되어 있습니다. 꼼꼼하게, 하나도 잊은 것 없이!"

"하나도 잊은 것 없이?" 블랙의 목소리에 약간의 아이러니가 깃

들어 있었던가?

블랙의 손이 닿을 거리의 탁자 위에 장부들을 내려놓으려고 방을 가로지르면서, 벨맨은 자신이 다가갈수록 블랙의 실루엣이 어두워지는 것 같은 묘한 느낌이 들었다.

"하나도요! 전부 그 안에 있어요! 원하신다면 은행 기록도 있습니다. 여기 다 있어요." 그는 은행 기록을 보관해둔 선반으로 다가가 서류함을 꺼내다가 멈칫했다. "내가 뭘 잊었다는 거지요? 그게 무슨 뜻인가요?"

블랙이 대답을 하기도 전에, 문득 의심이 든 벨맨은 또 하나의 질문을 던졌다. "누가 들여보내주던가요? 버니가?"

블랙이 의자에서 몸을 뒤척였다. 그의 얼굴은 어둠 속에 있었다.

"금고는……." 벨맨이 말했다. 입안이 얼마나 바짝 말랐는지 말이 입안에 든 깃털 같았다. "당신 몫을 언제든 내어드릴 수 있습니다. 오늘 밤. 지금 여기서."

금고의 다이얼이 뻑뻑했다. 금고를 여느라 힘을 주었더니 떨리는 손이 진정되었다. 금고가 열리자 펠트 자루 속에 담아놓은 그날의 수입이 보였다. 그가 자루에 든 돈을 책상 위에 쏟아놓으며 두서없이 이런저런 말을 중얼거렸다. "최근에 매출이 약간 떨어졌어요. 걱정할 일은 아니고요. 죽음의 의식과 관련해서 여론이 동요하고 있거든요. 조만간 관습이 도로 제자리를 찾고, 우리도 제자리를 찾을 겁니다. 죽음은 결코 유행을 타지 않으니까요. 세상에는 변하지 않는 것들이 있게 마련이지요!"

자신이 말이 너무 많다는 것을 벨맨도 알고 있었다. 그의 유쾌함에는 지나친 자신감이 담겨 있었고, 애송이가 아니고서야 그 사실을 모를 리 없었다. 그러나 블랙의 침묵에는 그가 대답할 수 없는 온갖 질문들이 담겨 있고, 그는 그 질문을 듣고 싶지 않았고, 그래서 계속 떠들었다. "위안을 필요로 하는 사람들은 항상 있지 않습니까! 세상엔 변하지 않는 것들이 있다니까요!"

그는 허겁지겁 책상 위에 돈 자루를 하나씩 쏟았다. 돈이 수북이 작은 산을 이루었고, 맨 위에 있던 동전들이 가장자리로 미끄러졌다. 몇 개는 바닥으로 떨어졌다. "보세요! 물론 일시적으로 매출이 줄긴 했지만, 그래도 우린 잘하고 있어요. 사업이 기운다고 볼 수는 없습니다. 기우는 것과는 거리가 멀어요."

바닥에 떨어진 동전들은 나름의 속도를 지녔다. 동전들이 사방으로 굴러갔다. 장 밑으로, 문 밑으로, 의자 밑으로.

"이십오 퍼센트, 그 정도로 생각해두었습니다. 그 돈이면 당신은 큰 부자가 될 거예요. 하지만 물론 언제든 협상 가능합니다. 그건 단지 출발점일 뿐이니까요. 원점에서부터 다시 얘기해볼 수도 있어요. 제가 불합리한 사람은 아니거든요. 당신의 공을 충분히 인정해드리고 싶습니다. 만약 오십 퍼센트가 적당하다고 보신다면, 말씀하세요. 기꺼이 들어드리겠습니다."

블랙은 아무 말도 하지 않았다. 벨맨은 심장이 어찌나 빨리 뛰는지 겨우 숨을 고를 수 있었다.

"그럼 오십 퍼센트로 합시다. 얼마든지 베풀 이랑이 있다니까요? 그럼 그렇게 합의할까요?"

벨맨이 앉으며 펜촉을 잉크에 담갔다. "지금 당장 계약서를 새로 쓰겠습니다. 우리가 얘기한 대로……." 정말 그럴 수 있었다. 종이를 펼쳐놓고 쓸 자리가 없어서 그렇지. 벨맨은 공간을 만들기 위해 한 팔로 책상 위를 쓸었다. 더 많은 동전들이 떨어졌다. 그중 몇 개는 블랙 쪽으로 굴러갔다. 한 개가 그의 발치에서 멈추었고 망토를 두른 블랙의 팔이 카펫 위의 동전을 주우려고 아래로 향했다. 자신이 빚진 돈의 일부가 빚쟁이의 손에 들어갔다는 사실이 벨맨에게 조금이나마 위안을 주었다. 이것은 하나의 시작이었다.

그러나 벨맨은 계약서를 작성하면서, 블랙이 바닥에 떨어진 동전을 주워서 들추어보지 않은 장부에 무심히 올려놓는 것을 곁눈으로 보았다.

짙어가는 어둠 속에서 잘 보이지는 않았지만, 블랙은 재미있어 하는 표정이었다. 혹은 슬퍼하거나. 혹은, 마치 벨맨이 무언가를 깨닫지 못하는 어린아이라는 듯, 자상한 미소를 지으면서.

"칠십오 퍼센트." 벨맨이 더듬거리며 말했다. "사실 난 돈이 필요한 건 아니거든요. 돈이라면 이미 충분히……."

대답을 듣지 못하자 벨맨은 초조해지기 시작했다. "팔십 퍼센트?" 큰 액수이긴 해도, 마침내 이 문제를 해결한 데서 오는 안도감은 있을 것이다. 그럴 만한 가치는 있었다. 도라를 위해서도. 어쩌면 그 이상의 가치가 있을 지도.

"아니면 구십 퍼센트? 이 기회를 포착한 사람은 어쨌든 당신이었으니까요."

펜에서 잉크가 흐르고 있었다. 계약서는 하나의 잉크 얼룩에 다름 아니었다. 어떤 모양이든 될 수 있는 잉크 얼룩.

"기회?" 블랙이 다정하게 물었다.

"물론입니다!" 벨맨이 그를 쳐다보았다. "우리가 동업하기로 했던 날 밤. 벨맨&블랙! 기억나시죠!"

그 뒤로 이어진 블랙의 약한 뒤척임 혹은 움직임을 벨맨은 어깨를 으쓱하는 동작으로 해석했다. "당신 생각이었던 걸로 알고 있는데요."

"'이건 하나의 기회일 수도 있습니다!' 당신이 그렇게 말했잖아요!"

블랙이 벽난로를 들여다보았다. "그게 이런 의미라고 생각하셨군요."

"그럼 그게 어떤 의미였습니까?"

벨맨은 이제 블랙을 거의 볼 수 없었다. 블랙은 어둠에 휩싸인 형상으로만 보일 뿐이었다. 그의 옷을 둘러싼 엷은 광채가 어딘가에서 빛이 들어와 반사되고 있음을 암시했지만 그 빛이 어디서 오는 것인지 벨맨은 알 수 없었다. 그의 검은 눈에도 광채가 있었다. 차갑지는 않지만 그러면서도 집요하고 지적인 눈빛. 벨맨은 지금처럼 누군가 자신을 꿰뚫어보는 것 같은 느낌이 들기는 처음이었다.

"소유권을 완전히 넘기겠습니다." 그가 말했다. "그렇게 하려면 당신의 성과 이름이 필요해요."

이어진 침묵이 그가 길에서 벗어났음을 일깨워주었다. 그가 잘못 짚은 것이다. 벨맨은 펜을 내려놓았다.

"그럼 왜 오신 겁니까? 그때 분명히 했어야 했어요. 이제야 그런 생각이 드네요. 하지만 도라는……." 그는 자신이 어리석고 무지한 사람처럼 느껴졌다. 한동안 느껴보지 못했던 기분이었다.

"이건 당신 딸의 문제가 아닙니다."

"아니라고요?" 벨맨은 상황을 이해하려 애썼다. 그러니까 블랙은 도라를 원한 게 아니었다. 그가 방 안을 둘러보았다. 사방에 돈이었다. 블랙은 돈을 원한 것도 아니었다. 그는 안도했다기보다 당황했다. 그렇다면 블랙이 원하는 것은 **무엇**인가?

"작별 인사를 하러 왔습니다."

벨맨이 책상에서 일어났다. "하지만 어디로 가시는데요? 그리고 왜요? 아직 당신을 잘 알지도 못하는데! 사실 휘팅포드 시절에 당신을 지금보다 더 잘 알았던 것 같습니다. 왜 나는 당신에 대해 이토록 아는 게 없는 건가요? 한때는 우리가 친구가 될 수 있을 거라는 희망도 품었었는데……."

"우리에겐 시간이 많지 않습니다."

벨맨이 방을 가로질러 벽난로 쪽으로 다가갔다. 그는 또 하나의 안락의자 등받이에 손을 얹었다. 앉아야 하나, 말아야 하나. 벨맨은 왠지 그가 앉으라고 권할 때까지 기다려야 할 것 같은 묘한 기분이 들었다.

"시간이 없다고요? 제가 살면서 한 가지 배운 게 있다면, 우리가 생각하는 것보단 시간이 많다는 겁니다. 그리고 난 당신한테 많은 걸 배울 수 있을 거예요. 난 아주 오랫동안 당신이 오기를 기다리고 있었고, 이제 마침내……."

"난 항상 여기 있었어요."

"내가 지금 제대로 들은 건가요? 당신이 항상 여기 있었다고요?"

벨맨이 고개를 끄덕였다. "당신 바로 뒤에."

벨맨이 흠칫했다. 그가 미심쩍은 눈초리로 어둠을 바라보았다. "버니가 들어가라고 하던가요?"

그는 그 질문을 흘려보냈다.

"난 당신에게 기회를 주었어요. 벨맨&블랙을 두고 하는 얘기가 아닙니다. 그건 당신 생각이었지요. 비탄에 빠져 있던 당신에게 내가 제안한 것은 다른 종류의 기회였어요. 지금 다시 그걸 당신에게 제안하려 합니다. 너무 늦기 전에."

"무얼 하기에 너무 늦는다는 겁니까?"

벨맨이 말하는 동안, 방문객의 실루엣이 더 어두워졌고, 그 대답이, 놀랍고도 명백한 대답이, 벨맨에게 떠올랐다.

"아!" 그가 말했다. "난 그렇게는 한 번도……."

갑자기 피로감이 밀려들었고 벨맨은 의자에 앉았다. 세상이 빙글빙글 도는 것 같았다. 그는 양손으로 머리를 감싸 쥐었고, 마침내 세상이 돌기를 멈추었을 때, 그는 예전에 미처 알지 못했던 명료한 사실을 깨달았다.

"그럼 거래는 없는 건가요?"

"거래는 없습니다."

"그리고 돈도……." 그가 절망적으로 돈을 가리켰다.

블랙이 고개를 저었다.

"그럼 그 기회라는 것은……?"

"생각."

"생각? 그거라고요?"

"그리고 기억."

벨맨이 고개를 끄덕였다. 생각과 기억. 그가 골똘히 생각하는 동안 시간이 천천히 흘렀다. 이곳 벨맨&블랙에서 지난 십여 년 동안 그는 오직 죽음만을 생각했다. 그러나 그 자신의 유한함에 대해서는 한순간도 생각할 시간을 갖지 못했다. 참으로 기막힌 일이 아닐 수 없었다. 그렇게 중요한 일을 어떻게 잊을 수 있단 말인가?

그는 기억하려 애썼다. 마음의 눈으로 과거를 돌아보았지만, 오직 어둠뿐이었다. 그가 꿈에서 보았던 바로 그 어둠이었고 그 어둠은 온갖 위협으로 가득했다. "기억이 나지 않아요." 고개를 저으며 그가 말했다. 벨맨은 다시 어둠 속을 바라보았고 그 어둠이 움직이더니 그가 겪어온 공포의 형상으로 변하기 시작했다. 그의 아내,

병들어 황폐해진 그의 아내가 그의 앞에 나타났고 그는 고통스럽게 몸을 떨었다. 아버지를 부르는 두 아들, 그리고 그들의 고통을 잠재울 수 없어 무력감에 갈팡질팡하는 자신. 짧은 생애를 덮친 병마에 분노하고 혼란스러워하며 울부짖던 어린 딸.

그 고통과 상실을 떠올려야 하는 괴로움을 견디기 힘들었다. "하지만 기억으로 무엇을 얻을 수 있습니까?" 그가 블랙에게 물었다. "도저히 견딜 수가 없어요."

"기억하세요!"

어둠이 더 짙어졌다. 눈 위에서 환하게 빛나던 루크의 구릿빛 머리카락. 먼 곳에서 떠나버려서 애도조차 하지 못했던 찰스. 프레드, 프레드를 만나러 갔어야 했는데! 왜 가지 않았을까?

그가 얼굴을 일그러뜨렸다. "제발 그만 좀……."

"기억하세요!"

그가 오래도록 묻어두었던 하나의 장면이 있었고, 이제 그 장면이 되살아나고 있었다. 서재 의자에서 죽은 채로, 그러나 꼿꼿하게 앉아 있던 그의 백부. "못하겠어요!" 그가 외쳤다. 그때 두려웠던 것처럼 지금도 두렵기 때문이었다.

"기억하세요!"

영 자매들과 블랙베리 즙으로 물든 하얀 그릇. 빌어먹을 무덤. 빌어먹을 관. 어머니의 이름을 말하던 빌어먹을 포리트 목사…….

애도하지 못했던 모든 죽음의 기억이 그를 관통했다. 일생의 슬픔이 한순간 그의 마음속으로 밀려들었다. 그는 그대로 무너질 것 같았다. 고통이 그를 짓뭉갤 것 같았다. 고통 때문에 죽을 것 같았다. 그러나 아직은 끝이 아니었다.

"기억하세요." 블랙이 그에게 다정하게 말했다.

"기억하고 있어요."

"더 있습니다."

무엇이 기다리고 있을지 두려워하며, 벨맨은 다시 한번 그의 과거를 보았다. 그리고 그는 하나의 곡선을 보았다. 혹은 보는 것 같았다. 하나의 포물선. 도표에 그려졌던, 휘팅포드의 창공에 그려졌던, 한쪽 끝에는 새총이 있고, 반대편 끝의 나뭇가지 위에는 어린 떼까마귀가 있던 그 완벽한 포물선.

이제 그는 떨림을 넘어섰다.

돌멩이가 하늘에 완벽한 곡선을 그렸고, 그의 혀가 입안에서 부풀어 올랐다. 그는 소리를 지르고 싶었고, 새를 놀래서 날아가게 하고 싶었다. 아직은 시간이 있었다, 아직은 새가 나뭇가지에서 날아올라, 창공을 향해 깔깔거릴 시간이……

돌멩이가 궤도를 마쳤다.

새가 떨어졌다.

윌리엄 벨맨이 그렇게 만들었다. 기술과 응용력과 노력으로 그는 일어날 수 없는 일을 저지르고 말았다. 그가 새를 죽였다.

윌리엄은 감히 블랙을 보지 않았다. 그는 블랙이 일어서는 것을 보았다기보다 느꼈다.

"두려워요." 그가 속삭였다.

"기억하세요!"

"다 기억했어요. 전부 다!"

"기억하세요!"

"더 이상은 없어요!"

"기억하세요!"

벨맨이 고개를 들었을 때, 너무 어두워서 아무것도 보이지 않았다. 그러다가 어느 순간, 희미한 보라색과 파란색과 초록색이 어둠 속에서 일렁이며 빛을 발했다.

과거의 어둠 속에 그가 묻어두었던 모든 것들이 살아났다. 동전이 담긴 그릇에 식초를 붓고 뒤섞는 임무로 심각해진 아이들의 얼굴들, 구덩이에 빠진 소, 젖은 부츠, 앞니 사이가 벌어진 미소 짓는 소녀, 맛있는 치즈와 자두 수프 한 그릇, 어머니의 모자에서 나이프로 장미를 뜯어내는 큰아버지, 애완견 쓰다듬듯 그의 머리를 쓰다듬다가 잠옷을 걷어 올리던 레드 라이언의 팔, 붉게 물들인 원단이 흩날리는 들판을 바라보며 느꼈던 짜릿함, 그의 무릎에 앉아 아버지를 보고 웃던 두 소년, 슬픈 노래를 부르던 재봉사, 기쁨과 기억으로 환해지던 그녀의 얼굴…….

"내가 참 대단한 삶을 살았군요!" 그가 감탄하며 블랙에게 말했다. "이 삶을 생각하면서 반생을 보낼 수도 있겠어요!"

"기억하세요!"

그는 기억했다. 한 장면, 한 장면, 한 순간 한 순간, 온갖 종류의 기쁨과 슬픔과 쾌락과 사랑과 상실이, 그가 묻어두었던 곳에서, 마치 영원히 끝나지 않을 것처럼, 그 나날과 시간과 초들의 물결로 흘러나왔다.

몸이 추워, 라고 그는 생각했고, 바로 그 순간 오래전, 조그만 오두막의 불가에서 담요를 덮고 몸을 떨었을 때, 그의 무릎 위에 무겁게 축 늘어져 있던 어린 딸의 기억이 떠올랐다. 딸이 무겁게 손을 들었고 그는 자신의 눈꺼풀을 끌어당기는 딸의 신비한 손길을 느꼈다.

31

리젠트 스트리트의 엠포리엄의 꼭대기 층, 문 밑으로 빠져나온 한 줄기 바람이 재봉사들의 침실 중 한 곳으로 스며들었다. 그 바람이 목과 이불 사이의 틈새를 발견했고 몸과 침대보로 살며시 파고들었다. 바람은 차가웠다.

침대에서 리지가 뒤척였다. 그녀는 온기를 찾아 뒤척였지만 서늘함뿐이었다. 이마와 코가 차가웠다. 그녀의 눈이 파르르 떨리더니, 결국 잠에서 깨었다. 뭔가 잘못되었다는 것을, 잠에 취한 그녀의 머리는 알고 있었다. 창문을 닫아야겠다는 생각에 일어나 방을 가로질렀지만 창문은 열려 있지 않았다. 냉기는 다른 곳에서 들어왔다.

그녀의 침실 문 밖 복도에서 냉기가 더 분명하게 느껴졌다. 찬바람은 위에서 들어오고 있었다. 대체 누가 유리 천장을 열어놓았지? 창이 완전히 열려 있어서 가장자리를 따라 벌어진 구십 센티미터 너비의 공간으로, 별들이 반짝이는 구름 한 점 없는 밤하늘이 펼쳐져 있었다. 넋을 잃고 한동안 쳐다볼 만한 하늘이었지만 복도에 서 있던 리지의 맨발은 너무 시렸고 넋을 잃기에는 너무 피곤했다.

할 수 있는 일은 한 가지뿐이었다. 아래층으로 내려가 벨맨 씨에게 알려야 했다.

그녀의 외투가 문 안쪽에 걸려 있었다. 그녀는 잠옷 위에 외투를 걸쳤다. 어둠 속에서 더듬거리며 신발을 찾았고 오직 감각에 의존해서 신발을 신었다.

리지는 일어서는 동시에 돌아서서 복도로 나섰고, 그 순간 뜻밖의 소리가 그녀를 멈추어 서게 했다.

날갯짓 소리였다.

날갯짓이 일으킨 바람이 그녀의 눈꺼풀, 뺨, 목을 스쳤다. 그녀가 한 번도 본 적 없는 검은 물체가 눈앞에서 퍼덕이며 날아올랐다. 무언가가 나타났다가 사라졌다. 리지는 목을 길게 빼고 그게 무엇이었는지 알아보려 애썼다. 혹시 새였을까?

새였다! 떼까마귀 한 마리.

새가 허공에서 볼꼴 사납게 자세를 고치더니, 기민한 한 번의 날갯짓으로 몸을 밀어 올려 천장의 열린 틈새를 관통했다. 밖으로! 검은색 바탕 위의 검은색은 이미 눈에 띄지 않았지만, 그래도 리지는 잠시나마 눈으로 좇을 수 있었다. 새가 날아가면서 잠깐 동안 별을 가렸기 때문이었다. 그러더니 이내 완전히 사라져버렸다.

리지는 양손을 옷깃에 얹고 하늘을 바라보며 서 있었다. 추위도 잊은 채, 시간도 잊은 채. 그 떼까마귀는 하늘에, 그녀의 눈에, 기적처럼 검게 각인되었다.

까마귀에 관하여

⋯⋯그는 사랑이 무엇인지 알지 못하고
슬픔이 무엇인지 알지 못하고
회한이 무엇인지 알지 못한다.
그의 삶은 요동치는 긴 절정의 행복에 다름 아니고,
아무 고뇌 없이 죽음을 맞이할 것이다.
머지않아 작가 혹은 그 비슷한 무언가로 환생하리란 것을
그리고 그 어느 때보다도 유능하고 편안한 삶이 되리란 것을
그는 알고 있기에.

— 마크 트웨인, 《적도를 따라서 : 세계 여행기》

조문객들은 윌리엄 벨맨을 기억했고, 그를 묻었다. 이제 사람들은 자신들의 삶으로 돌아갔다. 가족과 친지들만이 방직공장 사택의 거실에 남아 있었다. 그들은 도라와 메리, 레인 부인, 그리고 공장의 네드와 크레이스, 그리고 얼마 전에 아버지를 잃고 빵을 만드는 로브였다. 새로운 사람들은 고아가 된 메리의 사촌 조지와 피터뿐이었고, 도라는 얼마 전에 그 아이들을 거두었다.

"네 아버지가 예전에 까마귀를 죽였대." 로브가 도라에게 말했다. "어렸을 때. 우리 아버지도 그 자리에 있었는데 그 일을 결코 잊지 않으셨어. 그때 네 아버지가 만든 새총을 다들 부러워했대."

그가 이야기를 들려주었다.

"우리 아버지는 새를 좋아하지 않았어." 그녀가 말했다. "하지만 새들은 정말 매혹적이야. 하루에 두 번, 공장 위로 떼까마귀들의 강이 흘러."

그가 고개를 끄덕였다. "플라이츠필드의 떼까마귀들."

"플라이츠필드?"

"사람들이 그렇게 불러. 떼까마귀 신도가 모이는 곳."

로브는 도라의 얼굴에 떠오르는 생각을 읽었고 도라가 곧바로 그 생각을 말했다. "거기 가보자!"

플라이츠필드까지는 마차로 거의 한 시간이 걸렸다. 그 길의 끝에서 그들은 언덕 위로 올라갔고, 그들이 언덕 위에 도착하자 가느다란 하늘이 흰 태양과 수평선을 구분하고 있었다. 모두가 무언가를 들고 있었다. 남자들이 거친 길을 걷지 못하는 도라를 안았다. 메리와 아이들은 방수포와 쿠션들을 들었다. 마침내 도착한 그들은 비탈진 바닥에 짐을 풀고 앉아서 담요를 둘렀다.

화가가 그릴 만한 풍경은 아니었다. 넓게 펼쳐진 들판과 한 줄로 들어선 나무가 전부였고, 그 위로 광활하고 창백한 초겨울 하늘이 펼쳐져 있었다.

"어디 있어요?" 메리의 사촌 조지가 조바심을 냈다. "난 안 보여요."

"우리가 일찍 왔잖아. 이제 지나갈 거야."

도라가 시계를 보고는 망원경으로 하늘을 보았다.

"저쪽을 봐." 그녀가 서쪽을 가리키며 말했다.

하늘의 점들은, 너무 멀리 있어서 처음에는 움직임이 보이지 않았다.

그러다가 그 점들이, 스트라우드 방향에서 처음 모습을 드러냈다. 도라는 망원경을 들고 이쪽저쪽 살피면서, 다른 사람들이 아직 보지 못하는 것을 보았다. 여러 방향에서 떼까마귀 무리들이 날아오고 있었다. 그녀는 망원경을 무릎에 내려놓고 한 팔로 조지의 어깨를 다정하게 감싸며 다가오는 장관에 자신을 맡겼다.

그들은 북쪽에서, 남쪽에서, 동쪽에서, 그리고 서쪽에서 날아왔다. 스무 마리에서 서른 마리 정도가, 제각기 다른 출발점으로부터 날아와서, 오는 길에 서로 만났고, 점점 더 커다란 무리를 이루었으며, 긴 강줄기처럼 플라이츠필드로 집결했다. 잠시 후 처음 날아온 새들이 고도를 낮추고 날개를 퍼덕이며 급강하하다가 발톱을 세우고 다리로 버티며 무겁게 내려앉았다. 그들 뒤로 더 많은 새들이 날아왔고, 머지않아 스무 마리, 그리고 백 마리, 삼백 마리가 자신들을 구경하는 사람들 아래에서 까악거리고 뽐내며 걸었다. 새들이 하늘을 온통 뒤덮었다. 새들은 마치 검은 강처럼, 목적지를 향해 흐르고 있었고, 수천 마리가 열심히, 목표 의식을 갖고, 마치 한 마리처럼 움직이며, 하늘에서 땅으로 쉬지 않고 길을 내고, 끝없는 새의 홍수를 이루었다.

하늘이 얼마나 빼곡한지 전 세계의 까마귀가 이곳에 모이는 것 같았다. 그들은 오고 또 오고 또 왔다. 내려앉는 까마귀들은 마치 땅에 기름을 쏟아놓은 것처럼 날개를 펼쳤고 머지않아 들판은 갈색이 아닌 검은색으로 물들었다. 수백 마리 수천 마리가 까악거리는 소리는 몇 마리가 내는 소리와는 전혀 달랐다. 제각기 내는 울음소리가 한데 뒤섞이면서 음악적이지 않은 음향 효과를 만들었다. 그 어떤 살아 있는 생명체의 소리와도 달랐으며, 마치 지구가 내는 소리 같았다. 이제 들판의 사분의 삼이, 그리고 잠시 후에는 그 이상이 까마귀로 뒤덮였고, 새로 도착한 까마귀들을 위한 공간은 점점 더 줄어들었다. 때로는, 판단 착오 혹은 공간의 부족으로 인해 새들이 서로의 몸 위에 내려앉았다가 비틀거리며 미끄러지기도 했다.

마침내 하늘이 엷어졌고 빛이 힘을 되찾았다. 하늘에서 땅으로 새들을 쏟아내던 통로에 틈이 생겼고, 잠시 후 또 하나의 틈이 생졌다. 얼마 후 마지막 새들이 내려앉았고 그 뒤로는 텅 빈 하늘과 끓어오르는 땅 사이를 가르는 텅 빈 하늘이 보였다.

온 세상이 멈추었다. 하늘의 태양이 한 눈금 낮게 내려섰다. 바람이 살짝 서늘해졌다. 다섯 사람의 눈은 깜빡이지 않았고 삼만 마리의 까마귀들이 지저귀던 혀를 멈추었다.

모든 것이 고요했다. 모든 것이 멈추었다.

보이지 않는 떼까마귀 무리의 중심 어딘가에서 떼까마귀 한 마리가 근육을 푼다. 떼까마귀가 날개를 퍼덕이며 날아오른다. 새들의 끈 한 가닥이, 무리에서 뻗어 나오고, 줄이 엉키고 꼬이며 하늘로 올라간다. 줄 아랫부분이 굵어지다가, 소용돌이를 치며 하늘에 갖가지 형상을 그린다. 마치 물에 번지는 검은색 염료처럼 줄이 휘몰아치고 소용돌이친다. 끝없이, 예측할 수 없게 움직여서 그 하나하나가 새들이라는 사실을 믿기 힘들다. 그것은 마치 하늘에 환상적인 형상을 만들어내는 하나의 힘 같다.

검은 무리가 그 중심에서부터 하늘로 흐르는 동안 새들이 만든 검은 호수가 줄어든다. 마지막 한 마리가 날아오를 때까지 점점 더 많은 새들이 소용돌이 춤의 비행에 가담하고 떼까마귀 교구 전체가 마치 허공에 떠 있는 하나의 힘처럼 휘고 비틀린다. 시간은 없다. 미래도 과거도 사라지고 오직 이 순간이 전부다.

이것은 백만 년 전, 다른 세상에서 본 적이 있는 형상이라고, 도라는 생각한다. 이해할 수는 없지만 그녀는 과거에 그들을 알았고, 그들을 다시 볼 날이 오리란 것을 안다. 오늘은 그저, 숨을 죽이고 지켜본다. 도라는 다른 사람들을 잊고, 그녀 자신을 잊고, 모든 것을 잊는다. 오직 그들이 하늘에 그림을 그릴 때, 그녀 영혼에도 그려지는 그림들이 주는 행복만이 있을 뿐이다.

구경꾼들은 플라이츠필드에서 요동치고 춤추는 검은 바람의 장관에 완전히 매혹된 나머지, 처음 날아온 새들이 하늘에서 벗어나 나무 위로 날아가는 것을 알아차리지 못한다. 그러나 다시 빛이 내리쬐면서 새들이 줄어드는 것이 분명해진다. 형상이 엷어지고 처음의 활기를 잃는다. 그러다가 어느 순간 새들이 완전히 흩어지고, 남아 있는 것이라고는 나뭇가지에 내려앉을 때를 기다리며 날갯짓하는 수백 마리뿐이다. 겨울 나뭇가지가 까마귀들로 빼곡하게 뒤덮이고 마지막 새들이 내려앉는 것을 보려면 어둑해지는 저녁 하늘을 한참 들여다보아야 한다.

신비로운 하늘의 춤이 끝나자 구경꾼들은 긴 마법에서 깨어나 눈을 깜빡이고 숨을 쉬고 자신을 추스른다. 그들은 이 비탈진 언덕 위의 육체에 갇혀 있는 자신을 되찾고 조금 놀란다. 왜냐하면 지난 반 시간 동안 그들은 다른 곳에 있었기 때문이다. 그들의 영혼이 그들의 육신에 다시 정착한다. 시험 삼아 손가락을 뻗고 발가락을 꿈틀거리면서. 흉곽과 깃털 없는 육체가 조금 낯설게 느껴진다.

조지는 보지 않으면서 본다. 그의 자그마한 머릿속은 떼까마귀 무리로 가득 차 있고 아무것도 눈에 들어오지 않는다. 그가 하품을 하고, 아무 말 없이, 그대로 잠든다. 다른 사람들이 쿠션을 들고 방수포를 접는 동안 도라가 조지를 안고 있다. 그들 중 누구도 말을 하지 않지만 눈과 눈이 마주치는 순간 무언가를 공유했다는 강렬한 느낌이 든다.

도라가 기쁨에 겨워 빛을 발한다. 떼까마귀의 장난은 인간에게 그런 효과를 낸다. 마치 온 세상의 모든 환희를 자신이 끌어모은 것 같은 표정이다. 그 광경을 한 번 보게 되면 여생을 그 느낌을 간직한 채 살아갈 수밖에 없다. 혈관 속에 떼까마귀 소용돌이의 흥분이 남아 있고 머릿속에, 눈 속에도 여전히 떼까마귀의 회오리가 남아 있다. 떼까마귀들이 나뭇가지에 내려앉은 뒤에도 한참이 지나도록.

도라는 굳은 결심을 한다. 내일 그리고 남아 있는 나날 동안 그녀는 그림을 그릴 것이다. 잘 그릴 것이다. 까마귀들이 그림 그리는 팔에 자유를 주었고 그것을 가능하게 할 마음가짐을 주었다.

도라는 슬프고 행복하고 아프고 건강할 것이다. 그녀가 살 수 있는 최고의 삶을 살 것이며, 더 그렇게 할 수 없을 때 죽을 것이다. 그리고 이 세상이 존재하는 한 떼까마귀들은 새벽녘에 그리고 해질 녘 하늘에 수수께끼를 그릴 것이다.

&

떼까마귀의 집합명사에는 여러 가지가 있다. 어떤 지역에서는 떼까마귀 한 **이야기**라고 부른다.

모든 이야기에는 끝이 있어야 한다. 이 이야기. 모두의 이야기. 당신의 이야기.

떼까마귀는 이야기를 무척 좋아한다. 그는 거둘 이야기가 존재하는 한 항상 이야기를 거두어왔다. 다시 말해 신과 사람과 떼까마귀들이 존재하는 한 늘 그래왔다는 뜻이다. 그리고 그 이야기들을 아주 잘 기억한다.

당신의 이야기가 끝나면 떼까마귀들이 그 이야기를 거둘 것이다. 내가 윌리엄 벨맨의 이야기를 거두었듯이. 그래서 당신이 마지막 페이지의 마지막 줄에 이르렀을 때, 책이 닫히고 당신의 이야기가 끝나는 순간, 당신의 곁을 지키는 것은 바로 생각 혹은 기억 혹은 그들의 수많은 후손 중 하나다. 마지막 텅 빈 페이지와 책 표지 너머, 미지의 세계로 가는 그 길에 당신의 떼까마귀가 당신의 이야기를 거둘 것이다. 그는 나중에 당신 없이 그 길을 되돌아올 것이다. 그러다가 적절한 때가 되면, 하늘의 백지 위에서 떼까마귀의 가장 중요한 의식을 치를 것이다.

검은 잉크의 연못 속에 모두 함께 모일 것이다. 먼저 한 마리가 날아오르고, 또 몇 마리, 그렇게 수백 마리, 수천 마리가 날아올라 종이처럼 흰 하늘에 잉크처럼 검은 자국을 남기며, 생각과 기억의 후손들이, 열정적이고도 웅장하게 일제히 움직이며 춤출 것이다. 그렇게 신들, 사람들, 떼까마귀들의 이야기를 전할 것이다.

우연찮게도, 우리에게는 당신들을 위한 집합명사도 있다. 우리에게 당신들은 **인간 한 놀음**이다.

벨맨 앤드 블랙

1판 1쇄 인쇄 2018년 10월 2일 **1판 1쇄 발행** 2018년 10월 10일
지은이 다이앤 세터필드 **옮긴이** 이진
펴낸이 고세규
편집 이승희 **디자인** 윤석진

발행처 김영사
주소 경기도 파주시 문발로 197(문발동) 우편번호 10881
등록 1979년 5월 17일(제406-2003-036호)
주문 및 문의 전화 031)955-3200 **팩스** 031)955-3111
편집부 전화 02)3668-3292 **팩스** 02)745-4827 **전자우편** literature@gimmyoung.com
비채 카페 cafe.naver.com/vichebooks **인스타그램** @drviche **카카오톡** @비채책
트위터 @vichebook **페이스북** www.facebook.com/vichebook
ISBN 978-89-349-8316-3 03840 책값은 뒤표지에 있습니다.

비채는 김영사의 문학 브랜드입니다.
이 도서의 국립중앙도서관 출판시도서목록(CIP)은 서지정보유통지원시스템 홈페이지(http://seoji.
nl.go.kr)와 국가자료공동목록시스템(http://www.nl.go.kr/kolisnet)에서 이용하실 수 있습니다.
(CIP제어번호: CIP2018030767)